U0118398

SHERLOCK HOLMES

福爾摩斯全集

II

亞瑟・柯南・道爾爵士 (Sir Arthur Conan Doyle 1859–1930)，英國小說家，因塑造歇洛克・福爾摩斯而成為偵探小說歷史上最重要的作家。《福爾摩斯全集》被譽為偵探小說中的聖經，除此之外他還寫過多部其他類型的作品，如科幻、歷史小說、愛情小說、戲劇、詩歌等。柯南・道爾 1930 年 7 月 7 日去世，其墓誌銘為「真實如鋼，耿直如劍」(Steel True, Blade Straight)。

柯南・道爾一共寫了 60 個關於福爾摩斯的故事，56 個短篇和四個中篇小說。在 40 年間陸續發表的這些故事，主要發生在 1878 到 1907 年間，最後的一個故事是以 1914 年為背景。這些故事中，有兩個是以福爾摩斯第一人稱口吻寫成，還有兩個以第三人稱寫成，其餘都是華生 (John H. Watson MD) 的敘述。

譯者李家真，1972 年生，曾任《中國文學》雜誌執行主編、《英語學習》雜誌副主編、外研社綜合英語事業部總經理及編委會主任，現居北京。譯者自敘：「生長巴蜀，羇旅幽燕，少慕藝文，遂好龍不倦。轉徙經年，行路何止萬里；耽書卅載，所學終慚一粟。著譯若為簡冊，或可等身；諷詠倘刊金石，只足汗顏。語云：非曰能之，願學焉。用是自勵，故常汲汲於文字，冀有所得於萬一耳。」

亞瑟 · 柯南 · 道爾

福爾摩斯全集

II

李家真譯注

THE OXFORD SHERLOCK HOLMES
ARTHUR CONAN DOYLE

OXFORD
UNIVERSITY PRESS

OXFORD
UNIVERSITY PRESS

Oxford University Press is a department of the University of Oxford.
It furthers the University's objective of excellence in research, scholarship,
and education by publishing worldwide. Oxford is a registered trade mark of
Oxford University Press in the UK and in certain other countries

Published in Hong Kong by
Oxford University Press (China) Limited
18th Floor, Warwick House East, Taikoo Place, 979 King's Road, Quarry Bay,
Hong Kong

First Edition published 2013

3 5 7 9 10 8 6 4 2

福爾摩斯全集
II

亞瑟·柯南·道爾著

李家真譯注

ISBN: 978-0-19-399544-4

全集 ISBN: 978-0-19-943184-7

Title page illustration: Mark F. Severin

THE OXFORD SHERLOCK HOLMES
ARTHUR CONAN DOYLE

目　錄

福爾摩斯冒險史
The Adventures of Sherlock Holmes

The Adventures of Sherlock Holmes

福爾摩斯冒險史

波希米亞 * 醜聞

一

　　對於歇洛克‧福爾摩斯來說，她始終都是「**那位女士**」。提到她的時候，我很少聽到他使用其他的任何稱謂。在福爾摩斯眼裏，她是她那個性別之中的翹楚，令其他所有的女人黯然失色。這倒不是說，他對艾琳‧阿德勒產生了甚麼類似於戀慕的情感，因為所有情感，尤其是前面所說的那一種，都與他那冷靜精密、穩定至極的頭腦格格不入。按我看，他堪稱是有史以來最為完美的一部演繹 – 觀察機器，要扮演情人的角色卻未免會落入畫虎類犬的境地。他從來不會提及那些溫柔軟弱的情感，即便提及也必然帶上挖苦與諷刺。對一名觀察專家來說，這些情感是十分絕妙的觀察對象，非常適合用來揭開人們身上的面紗，由此洞燭他們的動機與行為。然而，作為一名訓練有

＊　這篇故事首次發表於 1891 年 7 月的《斯特蘭雜誌》(*The Strand Magazine*)，本書其餘故事亦首見於此雜誌，以下只注時間 (本書注釋中的首次發表時間都是就英國而言)；波希米亞 (Bohemia) 為中歐的一個地區，今屬捷克，當時處於奧匈帝國的統治之下；後文中用來形容福爾摩斯的「波希米亞人」(Bohemian) 並不是指波希米亞的居民，而是吉普賽人的別稱，象徵一種天馬行空、放任不羈、愛好文藝的生活方式，文學修辭和流行文化中的「波希米亞」通常都是這個意思。吉普賽人是從北印度移居歐洲的一個流浪民族，後被法國等地的歐洲人誤以為來自波希米亞，所以有此別稱。

素的演繹專家，若是容許此類情感侵襲自己靈敏縝密、調校精準的心智，那就無異於縱容干擾因素破壞自己的智力成果，使之面臨全部失真的危險。他這樣的頭腦若是產生了劇烈的波動，由此而來的干擾不啻於一台精密的儀器進了沙子，或是他本人擁有的某塊高倍透鏡有了裂紋。儘管如此，還是有一個女人，也只有一個女人，在他心裏留下了曖昧可疑的回憶，這個女人，就是已故的艾琳·阿德勒。

最近我很少見到福爾摩斯。自從我結了婚，我倆之間的交道就少了起來。我過着一種堪稱完美的幸福生活，同時又像所有初次成為一家之主的男人一樣，一切以家裏的事情為中心，這樣一來，我自然沒有多餘的心思去關注其他事情。反過來，福爾摩斯卻是個不折不扣的波希米亞人，形形色色的社會規範都讓他厭憎不已。他繼續住在我們先前居住的貝克街寓所裏，一頭扎在他那些古舊書籍之中，這一個星期在可卡因的作用之下昏昏欲睡，下一個星期又雄心萬丈、爆發出警醒天性帶來的蓬勃活力，如此交替，周而復始。跟往常一樣，他仍然癡迷於研究罪案，仍然在盡情施展他不可思議的本領和非同凡響的觀察力，追蹤那些令警方無從下手的線索，破解那些令警方山窮水盡的謎題。隔三岔五，我也會聽到一些關於他事跡的模糊記述，聽說他應邀去敖德薩處理特里波夫謀殺案，又聽說他偵破了亭可馬里 * 阿特金森兄弟的那樁怪異慘案，最後還聽說他完成了荷蘭皇家的一件委託，手法極其巧妙，結果

***

* 亭可馬里 (Trincomalee) 為斯里蘭卡港口城市。

也十分圓滿。不過，他這些動向我都是從報紙上看來的，跟其他的報紙讀者沒甚麼兩樣，除此之外，關於這位老朋友加老室友的近況，我也是所知無幾。

　　一天晚上，那一天是一八八八年三月二十日，我走在出診歸家的路上（當時我已經脫下軍裝，重操民間醫生的舊業），無意中來到了貝克街。我永遠都無法忘記那座舊日的寓所，那裏有我的求愛歷程 *，也有《暗紅習作》當中記述的種種可怕事件。這樣一來，從那道無比熟悉的大門旁邊經過的時候，我突然產生了一股強烈的衝動，想去看一看福爾摩斯，去聽一聽他正在以怎樣的方式運用他那些非凡的本領。他的房間裏燈火輝煌，我抬頭看的時候，剛好就看見他頎長瘦削的黝黑剪影接連兩次映在了百葉窗簾上。他正在房間裏火急火燎地來回走動，腦袋俯在胸前，雙手背在背後。我了解他所有的脾性和習慣，他的姿態和舉止對我來說自然不是秘密。顯而易見，他又一次進入了工作狀態，已經把藥物催生的醉夢拋在身後，正在急不可耐地尋找某個新問題的答案。於是我拉響門鈴，跟着就被人領進了那個我曾經是半個主人的房間。

　　他的態度算不上熱情，當然，他這個人很少有態度熱情的時候。不過我覺得，看到我來，他還是很高興的。他沒有說甚麼，只是親切地看着我，擺手示意我到一把扶手椅上去坐，跟着就把他的雪茄盒子扔了過來，又指了指角落裏的 一隻酒樽和一個蘇打水瓶 †。接下來，他站在壁爐

---

* 　華生的求愛經歷發生在《四簽名》當中。

† 　這裏的「酒樽」(spirit case) 指的是一種可以上鎖的玻璃酒瓶；蘇打

跟前，擺出那種若有所思的特有神態，上上下下地打量着我。

「婚姻生活很適合你啊，」他說道。「按我看，華生，跟上次見面的時候相比，你的體重增加了七磅半 *。」

「七磅！」我答道。

「是嗎，我覺得應該不止。要我說，華生，應該比七磅多那麼一點點。我還發現，你又開始行醫了。重操舊業的打算，你以前可沒跟我提過啊。」

「那麼，你到底是怎麼知道的呢？」

「我觀察出來的，演繹出來的。不通過這些方法，我又怎麼能知道你最近剛把自己澆了個透心涼，而且請了個特別笨拙又特別馬虎的女僕呢？」

「親愛的福爾摩斯，」我說道，「這可真是有點兒過頭了。早生幾個世紀的話，你一定會被人燒死的†。確實，週四我在鄉間的道路上走了一陣，回家的時候已經被淋得一塌糊塗，可我還是不明白你是怎麼知道的，因為我已經換了衣服。至於瑪麗·簡嘛，她真是沒法治，我妻子已經下了逐客令，不過，跟淋雨的事情一樣，我想不出你是怎麼知道的。」

他吃吃地笑了起來，興奮地搓了搓他那雙纖長的手。

水瓶 (gasogene) 是維多利亞時代晚期一種製造蘇打水的家用裝置，通常由上下相連的兩個玻璃瓶構成，上面的瓶子裝的是產生碳酸氣的化學品，下面的瓶子裝的是需要加氣的水或其他飲料。

* 1 磅約等於 450 克。

† 中世紀晚期的歐洲人曾經對女巫和術士非常恐懼，許多人因為被當成此類人物而被燒死，尤以女人為多。

「再簡單不過了，」他說道，「我的眼睛告訴我，你左腳鞋子的內側，映着爐火的那個地方，皮子上有六道幾乎平行的劃痕，劃痕的來由顯然是某個人替你刮沾在鞋底邊緣的泥巴，而且非常地不小心。這樣一來，我同時得出了兩個推論，一個是你曾經在天氣糟糕的時候出過門，另一個則是，你正在向我展示一個倫敦女僕毀壞靴子的惡劣實例。至於行醫的事情嘛，既然眼前的這位先生帶着一股碘仿氣味走進我的房間，右手食指上有一塊硝酸銀染污的黑漬，禮帽右側又有一個被帽子裏的聽診器*撐出來的鼓包，那麼，說實在的，我要是還不能斷定他是醫療行業的一位活躍成員的話，腦子就多少有點兒遲鈍了。」

看到他輕鬆隨意地解釋自己的演繹過程，我不由得笑了起來。「聽完你的解釋之後，」我說道，「我總是覺得事情簡單得讓人難以置信，連我自個兒也可以輕而易舉地推測出來，可是，面對你接連不斷的一個個推論，我又總是要等你解釋之後才能明白其中的緣由。話說回來，按我看，我的眼力並不比你差啊。」

「確實如此，」他一邊回答，一邊點起一支雪茄，身子一歪，倒進了一把扶手椅。「可你只是在看，並不是在觀察，兩者之間的區別十分明顯。舉例來說，你肯定經常看見從門廳到我房間的這段樓梯吧。」

「經常看見。」

「有多經常呢？」

---

* 聽診器是十九世紀初的發明，本故事所在時代的聽診器是單耳的，比今天的聽診器小得多也輕得多。

「呃，幾百次總有了吧。」

「那麼，樓梯一共有多少級呢？」

「多少級？我不知道。」

「這就對了！因為你沒有觀察，儘管你的確是看了。我要說的就是這個意思。好了，我知道樓梯有十七級，因為我不光看了，而且還進行了觀察。對了，既然你對這些小問題有興趣，還好心好意地把我的一兩件微末事跡寫了出來，那你多半也會對這個有興趣。」桌子上攤着一張厚厚的粉色便箋紙，這會兒他就把它拿了起來，扔到了我的面前。「這是上一班郵差送來的，」他說道。「把它念出來吧。」

便箋上沒有日期，也沒有落款和地址，內容如下：

今晚七時三刻，某君將登門拜訪，有干係至為重大之要事相詢。歐洲某王室近日曾得尊駕襄助，足證尊駕精誠可賴，堪以緊要程度言所難盡之重事相託。此處所敍閣下風評，我等已自各方收悉。所訂之時，望勿外出，來客若施面具，萬望海涵。

「這可真是挺神秘的，」我說道，「你怎麼看呢？」

「手頭還沒有資料啊。最要不得的事情就是在拿到資料之前進行假設。那樣的話，不知不覺之中，你就會扭曲事實來適應自己的假設，而不是設法讓假設去適應事實。話說回來，這張便條本身就是資料。你從裏面看出了些甚麼呢？」

我仔仔細細地檢查了一下便箋的字跡，還有便箋所用的紙張。

「寫便條的人應該是相當富裕，」我盡心盡力地模仿着我同伴的演繹方法。「這樣的紙至少也得半個克朗＊一扎。還有，這張紙特別結實、特別挺括。」

「特別——你這個詞用得非常恰當，」福爾摩斯說道。「這張紙壓根兒就不是英國產的。你把它舉到燈光下去看看吧。」

我依言行事，於是就發現，紙張的紋理當中藏着三組字母，挨在一起的一個大「E」和一個小「g」、一個單獨的「P」，以及挨在一起的一個大「G」和一個小「t」。

「按你看，這是甚麼意思呢？」福爾摩斯問道。

「毫無疑問，這是製造者的名字。不對，應該說是他名字的縮寫標記更恰當。」

「完全不對。挨在一起的這個大『G』和小『t』表示『Gesellschaft』，也就是德文裏的『公司』。這是一種慣常的縮寫，跟咱們用『Co.』來表示『公司』一樣。『P』呢，自然是『紙張』的意思。現在來看看這個『Eg』。等一等，咱們先掃一眼這本《歐陸地名詞典》。」他把一本沉甸甸的褐色巨帙從書架上拿了下來。「Eglow, Eglonitz ——找到了，是 Egria。那地方離卡爾斯巴德不遠，屬於一個講德語的國家——波希米亞。『此地為瓦倫斯登†身亡之處，並以玻璃廠及造紙廠眾多聞名。』哈，哈，伙計，你

＊　克朗為英國舊幣，1 克朗等於 5 先令，即 1/4 英鎊。先令為英國舊幣，1 先令等於 12 便士，20 先令等於 1 英鎊。1971 年之後英國貨幣改為十進制，1 英鎊等於 100 便士，不再有先令這一貨幣單位。

†　這個瓦倫斯登 (Albrecht von Wallenstein, 1583–1634) 是真實存在的歷史人物，為波希米亞將領及政治家，於 1634 年在當時波希米亞王國的伊戈爾 (Eger) 遇刺身亡，這裏的「Egria」應即據此虛構。

福爾摩斯冒險史｜波希米亞醜聞　　　　　　　　　　　　　　　·9·

怎麼看呢？」他兩眼放光，得意洋洋地噴了一大口藍色的雪茄煙霧。

「這張紙是波希米亞的產品，」我說道。

「完全正確。還有，寫信的是個講德語的人。你注意到這句話的古怪結構沒有——『此處所言足下風評，我等已自各方收悉。』法國人和俄國人都不會這麼寫，只有講德語的人才這麼不待見自個兒的動詞*。因此，有待查明的是，這個講德語、用波希米亞紙寫信、願意戴面具不願意露臉的人究竟有甚麼樣的企圖。聽，如果我沒搞錯的話，這會兒他已經到了，咱們所有的疑問馬上就會得到解答。」

他話音未落，外面就傳來了一陣清脆的馬蹄聲，然後是車輪貼到路邊的軋軋聲，再下來就是有人猛拉門鈴的聲音。福爾摩斯吹了聲口哨。

「聽外面的聲音，拉車的馬應該有兩匹，」他說道。「沒錯，」他往窗外瞥了一眼，接着說道。「一輛相當漂亮的四輪小馬車，一對十分漂亮的馬兒，每匹價值一百五十畿尼†。這案子就算別的沒有，華生，錢肯定有的是。」

「我還是就此告辭好了，福爾摩斯。」

---

*　這種說法是因為德語經常會把最重要的動詞放到句子末尾，顯得對動詞「不尊重」。美國作家馬克・吐溫 (Mark Twain, 1835–1910) 在《美國佬誤入亞瑟王宮》(*A Connecticut Yankee in King Arthur's Court*) 當中也有類似的諷刺說法：「一個文縐縐的德國人一頭扎進一個句子之後，你就再也別想看見他了；下一次看見他，得等他游過他用那個句子造就的大西洋，然後叼着他的動詞從對岸冒出來。」

†　畿尼為英國舊幣，1 畿尼等於 21 先令，即 1.05 英鎊。

「千萬別走，醫生。就在你的位子上待着。少了我的博斯韋爾*，我就該找不着方向啦。這件案子肯定很有趣，錯過了會後悔的。」

「可你的主顧——」

「別管他。我沒準兒還需要你的幫助呢，他沒準兒也需要。他上來了。你就坐那把扶手椅上，醫生，好好看我們表演吧。」

外面傳來了一陣緩慢沉重的腳步聲，先是在樓梯上，然後是在過道裏，到門口就立刻停了下來。緊接着，門上傳來了一聲果決自信的響亮叩擊。

「請進！」福爾摩斯說道。

一個男人應聲而入，身高至少得有六英尺六英寸†，胸膛和四肢都如赫拉克勒斯‡一般健美。他的衣飾極盡華麗，以英格蘭人的品味來看已經與俗氣相去不遠。他那件雙排扣外套的袖口和前襟都縫着寬大的俄國羔皮，肩上的深藍色斗篷滾着火紅色的絲綢邊子，繫斗篷的領針上則嵌着一顆鮮明耀眼的綠寶石。他的靴子高及小腿中央，上沿兒有一圈兒厚厚的褐色毛皮，為他全身上下的那種土豪氣派添上了最後一筆。他手裏拿着一頂寬邊禮帽，黑色的面

---

* 博斯韋爾 (James Boswell, 1740–1795)，出生在蘇格蘭的律師及日記作家，最著名的事跡是替他的多年知交、英國大學者、《英語詞典》編者薩繆爾·約翰遜 (Samuel Johnson, 1709–1784) 寫了一本經典傳記。在英語當中，博斯韋爾的名字已經成了知己和為密友作傳者的代名詞。

† 1 英尺等於 12 英寸，約等於 0.3 米。

‡ 赫拉克勒斯 (Hercules) 是古希臘神話中著名的英雄，以力大無窮聞名，完成十二件偉大功業之後成神。

具遮住了上半邊臉，一直延伸到了顴骨下方。他顯然是剛剛整理過那個面具，因為在剛剛進門的那個瞬間，他的手還停留在面具上面。從下半邊臉來看，他應該是個性格強硬的人，厚厚的下唇往下翻，又長又直的下巴昭示着一種近於執拗的堅定。

「你收到我的便箋了嗎？」他這句問話低沉沙啞，還帶有濃重的德國口音。「我跟你說過我會來的。」他來回打量着我和福爾摩斯，似乎是不知道該對哪一個說話。

「請坐，」福爾摩斯說道。「這位是我的朋友兼同事，華生醫生，他偶爾會不辭勞苦地幫我破案。這位貴客怎麼稱呼？」

「我是波希米亞的貴族，你不妨稱我為馮·克拉姆伯爵。可想而知，這位先生，也就是你的朋友，必然是個高貴審慎的人，值得我交託至關緊要的事情。若非如此，我還是強烈要求跟你單獨談談。」

我起身準備離開，福爾摩斯卻抓住了我的手腕，把我推回了椅子裏。「要談就一起談，否則就不用談，」他說道。「不管您想跟我說甚麼，都可以當着這位先生的面說。」

伯爵聳了聳寬闊的肩膀。「那我首先要說，」他說道，「你們兩位必須保證，兩年之內對我所說的事情嚴守秘密。兩年之後，這事情就會變得無足輕重，就現在的情況而言，說它重大得足以影響歐洲歷史也不為過。」

「我可以保證，」福爾摩斯說道。

「我也是。」

「面具的事情你得多多包涵，」我們的奇異客人接着說道。「差我來的那位尊貴人物不希望他的代表向你透露身份，所以我可以坦率承認，我剛才用來稱呼自己的那個頭銜並不屬於我。」

「這個我已經知道了，」福爾摩斯冷冰冰地說了一句。

「目前的形勢十分微妙，我們不得不用上所有的措施，以防事態擴大成一樁鋪天蓋地的醜聞，進而嚴重影響歐洲某個在位王族的聲譽。坦白說吧，這事情牽涉到偉大的奧姆斯滕家族，也就是波希米亞的世襲君王 *。」

「這也是我已經知道的事情，」福爾摩斯嘀咕了一句，舒舒服服地在自己的扶手椅上坐了下來，閉上了眼睛。

毫無疑問，根據我們的客人之前收到的情報，他來見的這個人應該是整個歐洲頭腦最為敏銳的演繹專家，同時又是精力最為充沛的私家偵探，所以呢，此刻他看了看眼前這個有氣無力的懶散傢伙，臉上不由得露出了明顯的詫異。接下來，福爾摩斯慢慢地睜開了眼睛，很不耐煩地看了看這個身材魁偉的主顧。

「如果陛下願意屈尊講述案由的話，」他說道，「我就可以更好地為您出謀劃策。」

來人從椅子上跳了起來，開始在房間裏來回踱步，顯然是煩躁得無法自控。這之後，他做了個無可奈何的手

---

* 如開篇注釋所言，此時的波希米亞並非獨立王國，「波希米亞國王」是出身哈布斯堡家族的奧匈帝國皇帝擁有的頭銜之一，此處的國王為作者虛構。後文中的「斯堪的納維亞國王」頭銜亦屬虛構，因為斯堪的納維亞是包括丹麥、瑞典、挪威等國在內的一個地區，從來不曾統一為一個國家。

勢，一把扯下臉上的面具，跟着就把面具狠狠地扔在了地上。「你說得對，」他叫道，「我就是國王。我何必遮遮掩掩呢？」

「是啊，何必呢？」福爾摩斯嘀咕了一句。「陛下還沒有開口說話，我就已經知道，我眼前的不是別人，正是波希米亞世襲國王，卡瑟爾 – 菲爾斯滕大公，威廉·哥特萊奇·瑟吉斯蒙德·馮·奧姆斯滕。」

「不過，你應該可以理解，」我們的奇異客人重新坐了下來，用手捂住了自己高聳的白皙額頭，「你應該可以理解，我並不習慣親自操辦這一類的事情。然而，這件事情實在太過微妙，一旦假手他人，我就會落入任由對方擺佈的境地。我隱姓埋名從布拉格*趕過來，就是為了找你諮詢。」

「既然如此，麻煩您儘管諮詢，」福爾摩斯又一次閉上了眼睛。

「簡單說來，相關的事實是這樣的：大概五年之前，我對華沙進行了一次長時間的訪問，其間認識了一個著名的女投機分子，艾琳·阿德勒。毫無疑問，你應該熟悉這個名字。」

「麻煩你從我的索引裏把這個人找出來，醫生，」福爾摩斯輕聲說了一句，眼皮都沒有抬。許多年以來，他一直在用一種系統的方法追蹤形形色色的人和事，並對相關的資料進行摘要編目，所以呢，要想拈出一個他不能立刻提供相關資料的人物或者事由，並不是那麼容易。這一次

---

* 布拉格當時是波希米亞首府。

也不例外，我成功地找到了艾琳·阿德勒的小傳。在福爾摩斯的人物小傳索引當中，她排在一個猶太拉比和一個曾經專文論述深海魚類的皇家海軍參謀中校之間。

「我瞧瞧！」福爾摩斯說道。「嗯！一八五八年生於新澤西。女低音歌手——嗯！斯卡拉劇院 *，嗯！華沙帝國歌劇院首席女演員——當然！退出歌劇舞台——哈！現居倫敦——確實！如果我沒想錯的話，陛下應該是跟這個小妮子有所瓜葛，寫過一些內容欠妥的信件給她，如今又想把這些信件拿回來吧。†」

「一點兒不錯。可你是怎麼——」

「您跟她有過秘密婚姻嗎？」

「沒有。」

「不會有甚麼法律文書或者證明文件吧？」

「沒有。」

「那我就不太明白了，陛下。假設這個小妮子想通過信件來達到要挾之類的目的，她怎麼證明得了信件的真實性呢？」

「信上有我的筆跡。」

「呸，呸！偽造的。」

「我私人專用的信箋。」

「偷的。」

---

* 斯卡拉劇院 (La Scala) 始創於 1778 年，為蜚聲世界的歌劇院，位於意大利的米蘭。

† 許多外國學者認為，艾琳·阿德勒 (Irene Adler) 的原型是美裔英國女演員莉莉·朗特萊 (Lillie Langtry, 1853–1929)，她曾是時為王儲的英王愛德華七世 (Edward VII, 1841–1910) 的情婦。

「我自己的印璽。」

「仿的。」

「我的相片。」

「買的。」

「我和她都在同一張相片裏。」

「噢，天哪！這可就麻煩了！在這件事情上，陛下確實不夠謹慎。」

「當時我發瘋似的——徹底瘋了。」

「您把自己擺在了非常危險的境地。」

「當時我還是王儲，年紀太輕。現在我也只有三十歲。」

「那張相片必須拿回來。」

「我們試過，沒有成功。」

「陛下應該出個大價錢，多少錢都得買。」

「她不賣。」

「那就去偷。」

「已經試了五次。我僱來的人兩次搜查了她的房子，一次截下了她的行李，還對她實施了兩次攔路搶劫。沒有任何結果。」

「相片沒有任何蹤跡？」

「無影無蹤。」

福爾摩斯笑了起來，說道，「這個問題小之又小。」

「對我來說卻非常嚴重，」國王的語氣中帶着責備。

「非常嚴重，確實。她打算拿那張相片來幹甚麼呢？」

「毀掉我。」

「怎麼個毀法？」

「我就要結婚了。」

「我也是這麼聽說的。」

「聯姻對象是斯堪的納維亞國王的二公主，克羅蒂爾
德·羅斯曼·馮·薩樹－米寧根。你興許知道，她家的規
矩非常多，她本人更是嬌貴的化身。我的行為要是讓他們
產生了一絲一毫的疑慮，這椿婚事就會告吹。」

「艾琳·阿德勒怎麼說呢？」

「她威脅要把相片寄給他們。她做得出來的，我知道
她做得出來。你可能不了解她，可她的意志真是跟鋼鐵一
樣。她有一張女人之中最美麗的臉龐，同時又有一副男人
之中最果決的心腸。為了不讓我娶另外一個女人，沒有甚
麼事情她做不出來——絕對沒有。」

「您肯定她還沒把相片寄出去嗎？」

「我可以肯定。」

「為甚麼？」

「因為她說過，要在我們公佈婚約的那個日子把相片
寄出去。那個日子是下週一。」

「哦，如此說來，我們還有整整三天的時間呢＊，」
福爾摩斯打了個哈欠。「這可真是非常幸運，因為就在眼
下，我手頭還有別的一兩件重要事情要辦。當然，陛下您
暫時不會離開倫敦，對吧？」

＊　原文如此，不過，上文中華生說這天是「一八八八年三月二十
　　日」，據萬年曆可知這天是星期二，距下週一不止三天。

「絕對不會。你可以去朗廷酒店*找我，跟他們説找馮‧克拉姆伯爵就行了。」

「很好，我會給您留字條，讓您知道事情的進展。」

「這樣最好。我的心情非常迫切。」

「那麼，錢的事情怎麼説？」

「完全由你決定。」

「完全嗎？」

「這麼跟你説吧，只要能找回相片，拿我國土當中的一個省來換都不是問題。」

「過程當中的費用呢？」

國王從斗篷下面拿出一個沉重的麀皮袋子，把袋子放在了桌子上。

「這兒有三百鎊金幣和七百鎊紙鈔，」他説道。

福爾摩斯從記事本上扯下一張紙，潦草地寫了張收據，把收據交給了國王。

「那位小姐的地址呢？」他問道。

「聖約翰樹林街區九曲湖街†布萊奧尼公寓。」

福爾摩斯把地址記了下來。「還有一個問題，」他説道。「相片是書齋尺寸‡的嗎？」

---

* 朗廷酒店 (Langham Hotel) 真實存在，倫敦的朗廷酒店於 1865 年開業。

† 這條街出於作者虛構，街名來自倫敦海德公園裏的九曲湖 (Serpentine)。

‡ 書齋尺寸 (cabinet) 是指裝裱後尺寸為 $4\frac{1}{4} \times 6\frac{1}{6}$ 英寸的大相片，名字來自興起於中世紀末的「書齋」(cabinet)，書齋是住宅之中通常只供一人使用的小書房或休息室，掛在書齋裏的油畫通常尺寸很小，名為「書齋油畫」(cabinet painting)。

「是的。」

「很好，晚安，陛下，我相信我們很快就能把好消息帶給您。晚安，華生，」國王的四輪馬車上路之後，他對我說道。「你如果願意的話，明天下午三點鐘可以上我這兒來一趟，我想跟你好好談談這個小問題。」

二

　　下午三點整，我準時趕到了貝克街，福爾摩斯卻在外面沒有回來。女房東告訴我。他是早上八點多一點出去的。他雖然不在，我還是坐到壁爐旁邊，心裏的打算是不管多久都要等他回來。我已經對這件案子產生了很大的興趣，因為它雖然跟我已經收入記載的那兩件罪案 * 不同，不具備那些陰森詭異的特徵，可是，案子的性質和主顧的尊崇地位卻讓它別具一格。實際上，除了案子本身的性質之外，我朋友掌控局面的大師氣度以及他清晰透徹的演繹方式也讓我覺得賞心悅目，讓我樂於研究他的工作方法，觀察他如何以種種快捷高妙的手段破解那些最為複雜難解的謎題。看慣他一次又一次馬到功成之後，我壓根兒就不會去設想，他也有可能遭遇失敗。

　　將近四點的時候，房門開了，一個醉醺醺的馬夫走了進來。只見他頭髮蓬亂，鬍鬚滿面，臉膛通紅似火，衣衫也襤褸不堪。我雖然對我朋友喬裝改扮的驚人本領十分熟悉，此時也不得不仔仔細細地打量了三遍，這才確定真的是他回來了。他衝我點了點頭，然後就去浴室裏待了五分鐘，出來的時候已經換上了一身花呢套裝，恢復了素日裏的體面模樣。他雙手插兜，雙腿伸在壁爐跟前，開懷大笑了好幾分鐘。

　　「有意思，真有意思！」他嚷了一嗓子，跟着就又一次邊笑邊嗆，直笑得全身酸軟，筋疲力盡地癱在了椅子上。

---

* 　即《暗紅習作》和《四簽名》當中的兩件案子。

「甚麼事情呢？」

「真是太有意思了。我敢肯定，你做夢也想不到我這個上午忙活了些甚麼，想不到我忙活的結果。」

「我確實想不到。按我的估計，你應該是在觀察艾琳·阿德勒小姐的生活習慣，沒準兒還有她的房子。」

「你的估計一點兒也不錯，只不過，這次觀察的結果相當不同一般。好了，我來告訴你吧。今早上八點剛過，我就打扮成一個失業的馬夫，離開了這座房子。馬夫之間有一種惺惺相惜的奇妙情感，打扮成他們當中的一員，你就可以從他們嘴裏聽到所有的事情。這麼着，我很快就找到了布萊奧尼公寓。那是一座小巧精緻的雙層別墅，屋子背面有個花園，正面卻臨着大路。門上裝的是丘伯鎖 *，寬敞的客廳位於房子右側，裝潢華麗，長長的窗子幾乎貼到了地面，用的卻是那種荒唐透頂的英國插銷，連小孩子都能打開。屋子背面並沒有甚麼特別的東西，值得一提的只有一點，從馬車房的房頂可以夠到過道的窗戶。我繞着屋子轉了一圈，從各個角度仔仔細細地觀察了一遍，但卻沒有發現其他甚麼值得注意的地方。

「接下來，我順着街道往下蹓躂，然後便有了一個意料之中的發現，緊貼花園圍牆的一條小巷裏有一排馬廄。我幫那裏的馬夫們刷了刷馬，得到的回報是一枚兩便士的硬幣，一杯混合酒和兩煙斗粗切煙絲 †，以及關於阿德

---

* 丘伯鎖 (Chubb lock) 指英國丘伯鎖廠生產的安全鎖，該鎖廠當時以生產民用及商用防盜鎖聞名。

† 粗切煙絲 (shag) 指的是一類切法粗糙、味道濃烈的細煙絲，通常被視為劣質煙絲，可以用來捲紙煙，也可以用來裝煙斗。全集中

勒小姐的一切有用情報。這還沒算另外六位街坊的生平事跡，那幾個人的事跡我雖然完全不感興趣，卻也不得不耐着性子聽在了耳朵裏。」

「他們怎麼說艾琳·阿德勒呢？」我問道。

「噢，她已經讓那一帶所有的男人俯首稱臣。九曲湖街的馬夫們都說，對男人來講，她就是這個星球上最為優雅迷人的尤物。她生活低調，在各種各樣的音樂會上演唱，每天下午五點鐘坐車出門，七點鐘準時回來吃晚飯。除了有演出的時候之外，她很少會在其他時間出門。她的男性訪客只有一位，上門的次數卻十分頻繁。他膚色黧黑，相貌堂堂，衣着時髦，一天至少要來一次，來兩次的情形也很尋常。這位先生名為戈德弗雷·諾頓，是內殿律師學院 * 的成員。你看到了吧，把馬夫當成心腹可以帶來多麼大的好處。他們經常從九曲湖街送他回家，前後送了十幾次，對他的底細瞭如指掌。聽完馬夫們的講述之後，我繼續在布萊奧尼公寓附近轉來轉去，開始思考自己的作戰計劃。

「顯而易見，這個戈德弗雷·諾頓是案子當中的一個重要環節。他幹的是律師行當，這個兆頭可不怎麼好。他們兩個究竟是甚麼關係，他頻頻上門為的又是甚麼呢？她究竟是他的主顧、他的朋友，還是他的情婦呢？如果是第一種關係的話，她很可能已經把相片交到了他的手裏。

共有四個故事提及福爾摩斯與這種煙絲的瓜葛。

* 內殿律師學院 (Inner Temple) 是倫敦歷史悠久的四大律師學院之一，意欲在英格蘭和威爾士取得出庭律師資格的人必須成為其中某個學院的成員。

如果是後兩種關係，這種可能性就不大。他倆之間的關係決定着我應該繼續對布萊奧尼公寓展開行動，還是把注意力轉向這位先生在內殿學院的寓所。這個環節必須慎重處理，迫使我不得不擴大自己調查的範圍。我不想用這些細節來煩你，可我必須讓你看到我面臨的小小困難，要不然，你就沒法了解當時的形勢。」

「我一直仔仔細細地聽着呢，」我回答道。

「我還在掂量這件事情的時候，一輛雙輪馬車跑到了布萊奧尼公寓門前，一名紳士從車裏跳了出來。這個人長相異常英俊，膚色黧黑，鷹鈎鼻子，蓄着髭鬚，顯然就是我剛才聽說的那位先生。他似乎非常着急，吆喝了一聲讓車夫等着，然後就徑直從出來開門的女僕身邊穿了過去，完全是一副到了自己家的架勢。

「他在屋子裏待了大概半個小時，其間我不時透過客廳的窗戶瞥見他的身影，看到他在那裏走來走去，一邊神情激動地說着甚麼，一邊揮舞手臂。不過，我完全看不見她的情形。這之後，他又一次出現在了屋子外面，神色比來的時候還要慌張。他走到馬車旁邊，從兜裏掏出一塊金錶，認認真真地看了看，然後就嚷了一句，『給我往死裏趕，先去攝政大街的格羅斯－漢基珠寶店，然後去埃吉沃爾路的聖莫尼卡教堂。二十分鐘之內趕到的話，我就給你半個畿尼！』

「他們上路之後，我正在琢磨該不該跟上去，巷子裏就來了一輛漂亮的四輪小馬車。車夫的外套只扣了一半，領巾甩在肩膀上，馬具上所有的扣鈎都支棱到了扣眼外

面。馬車還沒停穩，阿德勒小姐就從大廳的門裏飛快地衝了出來，一下子跳上了馬車。當時我對她只是驚鴻一瞥，但卻已經看出她的確是個漂亮女人，長着一張可以讓男人赴湯蹈火的臉。

「『去聖莫尼卡教堂，約翰，』她大聲説，『二十分鐘之內趕到的話，我就給你半鎊。』

「這樣的大好機會我可不能放過，華生。我正在猶豫是直接趕往他們的目的地，還是爬到她那輛馬車後面，街上就來了一輛馬車。面對我這麼個衣着寒酸的客人，車夫不免要多看兩眼，不過，我趕在他拒絕之前就跳上了馬車。『去聖莫尼卡教堂，』我對他説，『二十分鐘之內趕到的話，我就給你半鎊。』當時是差二十五分鐘十二點，他們去教堂的目的自然不難想像 *。

「我那個車夫把車趕得飛快，按我的記憶，更快的車我還沒有坐過呢。不過，他們的車始終都在我的前面。等我趕到的時候，那兩輛馬車已經停在了教堂的門口，拉車的馬兒汗氣騰騰。付完車錢之後，我急步走進了教堂。教堂裏沒有別人，只有我那兩個跟蹤對象，外加一名身穿白色法衣的牧師，似乎是正在跟他倆理論。三個人在聖壇前面站成了一個小圈子。我順着邊上的過道蹓蹓躂躂地往前走，裝成是一個偶然蹩進教堂的閒人。出乎我意料的是，突然之間，聖壇旁邊的三個人一齊轉向了我，戈德弗雷·

---

* 英格蘭的法律曾經要求婚禮必須在中午十二點之前完成，但從《英國議會議事錄》(*Hansard*) 當中的相關記錄來看，這個時間在 1886 年的時候已經放寬到下午三點。

諾頓更是以最快的速度朝我跑了過來。

「『謝天謝地，』他嚷了一聲。『有你就行了。快來！快來！』

「『到底甚麼事情啊？』我問他。

「『來吧，伙計，快來，三分鐘就好，要不然就不合法了。』

「他幾乎是把我拖上了聖壇，我還沒來得及搞清楚自己身在何處，就已經按照別人在我耳邊說出的輕聲提示，懵懵懂懂地回答了一些問題，替我一無所知的一些事情作了見證，概言之則是幫助未婚女子艾琳·阿德勒和單身男士戈德弗雷·諾頓完成了締結婚約的儀式。轉眼之間，所有程序皆已完成，男士和女士分別在左右兩邊向我道謝，牧師則在我前方向我微笑。我這輩子再沒經歷過這麼荒唐的處境，剛才我之所以笑個不停，就是因為想到了當時的情形。現在想來，他倆的結婚證明可能有甚麼不合手續的地方，所以牧師死活不肯幫他倆主持婚禮，非得讓他倆提供一個可以充當見證的人，這樣一來，我的出現等於是幫了新郎倌一個大忙，讓他用不着衝到大街上去拉一個儐相。完了之後，新娘賞了我一枚一鎊的金幣，我打算把它穿到我的錶鏈上，以此紀念這一次的奇遇。」

「這個轉折可真讓人料想不到，」我說道，「接下來又怎麼樣呢？」

「呃，當時我發現，自己的計劃面臨着十分嚴重的威脅。看情形，這對新人多半會立刻離開倫敦，有鑑於此，我必須馬上採取積極主動的措施。不過，他倆在教堂門口

就分了手，男的坐車回了內殿學院，女的則回了自己的公寓。分手的時候，女的對男的說，『我還跟往常一樣，五點鐘坐車去公園。』我只聽見了這麼一句。接下來，他們兩個分道揚鑣，而我也離開了教堂，開始安排自己的事情。」

「甚麼事情呢？」

「一點兒牛肉冷盤和一杯啤酒，」他一邊回答，一邊拉響了鈴鐺。「今天我忙得沒工夫考慮吃飯的事情，晚上的時候多半還會更加忙碌。對了，醫生，我需要你的協助。」

「樂意效勞。」

「你不怕觸犯法律嗎？」

「一點兒也不怕。」

「不怕去冒遭到逮捕的危險嗎？」

「目的正當就不怕。」

「噢，咱們的目的再正當不過啦！」

「那我就聽憑你的差遣。」

「我就知道你這個人靠得住。」

「不過，你到底希望我做甚麼呢？」

「等特納太太 * 把盤子端上來之後，我會跟你講清楚的。好了，」他一邊說，一邊急不可耐地撲向女房東剛剛端上來的簡單飯食，「時間不多，我只能邊吃邊說。現在

---

* 特納太太 (Mrs. Turner) 在整個福爾摩斯系列當中只出現過這麼一次，其他故事中提到女房東的時候說的都是哈德森太太 (Mrs. Hudson)，不知何故。

已經將近五點，咱們必須在兩個鐘頭之內趕到行動地點。艾琳小姐，現在得說是艾琳太太，七點鐘就會兜完風回來。咱們必須到布萊奧尼公寓去迎候她。」

「然後呢？」

「後面的事情都由我來辦，我全都安排好了。我要強調的只有一點，那就是不管發生了甚麼事情，你千萬不要出手干預。明白了嗎？」

「你是要我袖手旁觀嗎？」

「總之你甚麼也別幹。到時可能會有一些小小的不愉快，你不要摻和進來。不愉快事件的結局就是我被人抬進那座房子。我進去四五分鐘之後，客廳的窗子就會打開。你得堅守在離那扇窗子很近的位置。」

「好的。」

「你得留神觀察我的舉動，我會待在你視線範圍之內的。」

「好的。」

「我一舉手——就像這樣——你就把我等下拿給你的東西扔進客廳，與此同時，你要大聲喊人來救火。你聽明白了嗎？」

「完全明白。」

「這並不是甚麼非常可怕的玩意兒，」他一邊說，一邊從口袋裏掏出了一根形如雪茄的長條卷筒。「僅僅是一根管道工人用的普通發煙筒，兩端都有可以自燃的火帽。你全部的任務就是照管這件東西。你喊了救火之後，肯定會有很多人跑來響應。這時候你就走到街尾去等着，十分

鐘之內我就會過去找你。我說得夠清楚了吧？」

「我的任務是袖手旁觀，靠近那扇窗子，觀察你的行動，看到信號就把這東西扔進去，然後大喊救火，再然後就到街角去等你。」

「完全正確。」

「那你放心好了，包在我身上。」

「再好不過。要我看，時候已經差不多了，我該為我不得不演的新角色做點兒準備啦。」

他去臥室裏待了幾分鐘，出來的時候已經變成了一位和藹可親、思想單純的自由派牧師*。他那寬大的黑帽子、蓬鬆的長褲、白色的領結和富於同情的笑容，還有那種瞇縫着眼睛東看西看、充滿善意好奇的整體神態，只有約翰·黑爾先生† 才能比擬。扮演每一個新角色的時候，福爾摩斯不光是換掉了身上的衣服，他的表情、他的儀態乃至他整個的靈魂似乎都發生了相應的改變。正如科學界少了一位思維敏銳的哲人那樣，舞台上也少了一位技藝精湛的演員，不為別的，就因為福爾摩斯選擇了偵破罪案的行當。

我們離開貝克街的時候是六點一刻，抵達九曲湖街的時候也還差十分鐘才到七點。天已黃昏，街燈次第亮起的時候，我們正在布萊奧尼公寓的門口走來走去，等待公

---

* 指不尊奉國教的英國新教牧師。英國國教是天主教與新教的混合體，以英國君主為最高領袖。當時的法律不允許假扮英國國教會牧師，這可能是福爾摩斯選擇假扮自由派牧師的原因。

† 約翰·黑爾 (John Hare, 1844–1921) 是當時英國著名的戲劇演員，1907 年受封為爵士。

寓主人的歸來。之前我已經根據歇洛克·福爾摩斯的簡潔描述想像了一下公寓的模樣，眼前的公寓跟我的想像完全一致，只不過周圍的環境並不像我想的那麼幽靜。恰恰相反，以一片寧靜街區裏的一條小街而論，這地方顯得異常熱鬧。一群衣衫破爛的男人在街邊的角落裏抽煙說笑，幾個衣冠楚楚的小伙子叼着雪茄在路上晃來晃去，此外還有一個推着小車的磨刀匠，以及兩名正在向一個年輕保姆獻殷勤的禁衛軍士兵。

「你瞧，」我倆在公寓門前踱步的時候，福爾摩斯說道，「有了這樁婚事，案子就簡單得多了。那張相片已經變成了一把雙刃劍，她多半不會願意讓戈德弗雷·諾頓先生看到它，就跟咱們的主顧不願意讓他那位公主看到它一樣。現在的問題是，咱們該到哪裏去找那張相片呢？」

「真是啊，到哪裏去找呢？」

「她隨身帶着相片的可能性是非常小的，那可是張書齋尺寸的大相片，要藏在女人的衣服裏面並不容易。再說了，她知道國王幹得出攔路搜身的事情，因為他之前已經幹了兩回。所以呢，咱們完全可以假定，她沒把相片帶在身上。」

「不在身上又在哪兒呢？」

「在她的財務顧問那裏，要不就在她的律師那裏。兩種可能性都存在，可我覺得，兩種都可以排除。女人天生就喜歡秘密活動，而且喜歡把秘密留給自己。她幹嗎要把相片交給別人呢？她可以信賴自身的警覺，但卻沒法確定，間接壓力或者政治權勢能對一名生意人造成多大的影

響。此外，你應該還記得，她本來已經下定了決心，幾天之後就要使用相片。如此說來，相片必定是在她伸手可及的某個地方，必定是在她自己的公寓裏。」

「可她的公寓已經被搜過兩次了啊。」

「啐！那是因為他們不知道該怎麼找。」

「那麼，你會怎麼找呢？」

「我可不會去找。」

「那你要怎麼辦呢？」

「我要讓她自己告訴我。」

「她肯定會拒絕的。」

「她拒絕不了。好了，我聽見了馬車來的聲音，肯定是她的馬車。你趕緊按我的吩咐去做，一個字兒也不許走樣。」

他話音未落，一輛馬車的側燈就從街道轉彎的地方掃了過來。那是一輛漂亮的四輪小馬車，啪嗒啪嗒地跑到了布萊奧尼公寓門口。馬車剛剛停下，角落裏的一個流浪漢趕緊衝上去開車門，指望着掙一個銅板的賞錢，另一個流浪漢早有此意，搶先衝到了車門跟前，這時便把後來者一肘搡到了一邊。兩個人馬上開始大吵大鬧，兩名禁衛軍士兵隨即加入戰團，開始幫其中一方打抱不平，磨刀匠也不甘落後，義憤填膺地站到了另外一邊。緊接着，有人動起手來，剛剛走下馬車的那位女士立刻被包圍在了一群面紅耳赤、扭作一團的男人中間，那些人全都在用拳頭和手杖瘋狂地相互擊打。見此情景，福爾摩斯趕忙衝進人群，想要保護那位女士。可是，剛剛跑到她的身邊，他立刻發

出一聲慘叫，一下子摔倒在地，臉上鮮血橫流。看見他倒了下去，兩名禁衛軍士兵掉頭就跑，兩個流浪漢也朝着另一個方向逃了開去。幾個穿得體面一點兒的人本來是在一旁袖手旁觀，這會兒便圍了上去，一面幫助那位女士，一面察看傷者的情況。艾琳·阿德勒——我姑且還是這麼叫她吧——快步跑上門階，卻又在台階頂上停了下來，回頭張望街上的情況，大廳的燈光映出了她無與倫比的絕美身姿。

「那位可憐的先生傷得厲害嗎？」她問道。

「他已經死啦，」幾個聲音叫道。

「沒死，沒死，他還有氣兒！」另一個聲音高喊。「可是，他已經挺不到醫院了。」

「他可真是個勇敢的傢伙，」一個女人說道。「要不是他的話，那些人肯定會把這位女士的錢包和錶偷走的。那些人是一伙的，而且無法無天。噢，他現在有呼吸了。」

「不能讓他在大街上躺着。我們可以抬他進去嗎，夫人？」

「當然可以。把他抬到客廳裏去吧，那兒有張舒適的沙發。這邊來，快！」

人們神色肅穆，慢慢地把福爾摩斯抬進布萊奧尼公寓，擺在了客廳裏，而我躲在窗子邊上，繼續觀察接下來的情形。客廳裏的燈已經亮了，百葉簾卻沒有放下來，這樣一來，我就可以看到躺在沙發上的福爾摩斯。至今我也不知道，那一刻的他有沒有為自己扮演的角色感到一種突如其來的內疚，可我確實知道，或者是因為我正要算計的對象如此風華絕代，又或是因為她照料傷者的儀態如此優

雅、如此善良，我禁不住為自己的所作所為感到了一種生平未有的強烈恥辱。可是，要是我就此放棄福爾摩斯交託給我的任務，無疑是對他最可恥的出賣。想到這裏，我硬起心腸，從我的烏爾斯特大衣*下面掏出了那個發煙筒。不管怎麼說吧，我暗自想道，我們並沒有傷害她的意圖，意圖僅僅是阻止她傷害另一個人而已。

這時候，福爾摩斯已經從沙發上坐了起來。我看見他做了幾個動作，似乎是需要新鮮空氣。一名女僕趕緊跑了過來，一把推開了窗子。就在同一個瞬間，我看見他舉手發出了約定的信號，於是就趕緊把手裏的發煙筒扔進房間，大喊一聲，「着火啦！」這句話剛一出口，看熱鬧的人群——不管是衣冠楚楚還是鶉衣百結，不管是紳士、馬夫還是女僕——立刻齊聲尖叫「着火啦！」濃濃的煙霧翻滾着穿過房間，又從敞開的窗子裏湧了出來。我瞥見了一些奔跑的人影，片刻之後又聽見屋裏傳來了福爾摩斯的聲音，聽見他安撫大家，說這僅僅是一場虛驚。我悄悄穿過大呼小叫的人群走到街角，十分鐘之後就欣喜地發現我朋友已經攙住了我的胳膊、欣喜地逃離了這片喧囂。他腳步飛快，一言不發地往前走，幾分鐘之後，我倆就轉進了通往埃吉沃爾路的一條僻靜街道。

「你幹得非常漂亮，醫生，」他打破了沉默。「簡直可以說是完美。一切都非常順利。」

「你拿到相片了嗎？」

---

* 烏爾斯特大衣 (ulster) 是一種長而寬鬆、料子粗重的大衣，因愛爾蘭島北部的烏爾斯特地區而得名。

「我知道它在甚麼地方了。」

「你是怎麼知道的呢？」

「我之前不是說過嘛，她自己告訴我的。」

「我還是不明白。」

「我並不打算故弄玄虛，」他笑着說道。「之前的事情非常簡單。當然嘍，你肯定已經看明白了吧，街上的人全都是咱們的同伙。他們都是我請來幫忙的。」

「我也是這麼猜的。」

「這麼着，等他們吵起來之後，我就在手心裏藏了點兒濕答答的紅顏料，然後衝上前去，躺倒在地，用手往臉上一抹，立刻變成了一個可憐兮兮的活寶。這種把戲一點兒也不新鮮。」

「這些我也猜到了。」

「接下來，他們把我抬了進去。她沒法不讓我進去。她還能有甚麼選擇呢？而且，我進的是她家的客廳，正是我懷疑她藏匿相片的那個房間。相片要麼是在客廳，要麼就在她的臥室，而我已經鐵了心要弄清楚，究竟是哪一間。他們把我放在沙發上，我作勢需要新鮮空氣，他們只好打開窗子，這不，你的機會來了。」

「我這個機會對你有甚麼用處呢？」

「用處可大了。如果覺得自己家的房子着了火，女人的本能就是立刻衝向對她來說最重要的那樣東西。這是一種完全不由自主的衝動，我已經利用過不止一次。處理達靈頓替身醜聞案的時候，這種衝動就幫上了我的忙，昂斯沃斯城堡案也是一樣。出現火情的時候，結了婚的女人會

衝向自己的嬰孩，沒結婚的則會伸手去抓自己的珠寶盒。好了，我已經非常清楚，對於咱們今天面對的這位女士來說，最重要的東西就是咱們正在尋找的那一件。同樣的情況之下，她一定會衝向它。咱們這場火警做得非常逼真，哪怕是鋼鐵鑄就的神經也會被那些煙霧和驚叫所撼動。她當時的反應嘛，也得說是非常完美。相片在一塊滑板背後的一個壁龕裏，滑板就在右邊那根鈴繩拉杆往上一點點的地方。火警傳來之後，她立刻撲到了那個地方，我還瞥見她把相片抽出來了一半。等我喊出這是場虛驚的時候，她把相片放回原處，瞥了一眼發煙筒，跟着就衝出了房間，再也沒在我的眼前出現。我站起身來向他們告辭，然後就逃離了那座房子。當時我猶豫了一下，要不要立刻拿走相片，可那個馬夫很快就跑了進來，而且緊緊地盯着我，所以我覺得，還是等一等比較安全。一點點操之過急的舉動，就可能讓人滿盤皆輸。」

「接下來該怎麼辦呢？」我問道。

「眼下咱們可算是大功告成。明天我準備和國王一起去拜會她，還有你，如果你願意一起去的話。那裏的僕人應該會讓咱們到客廳裏去等那位女士，當然嘍，等她出來會客的時候，多半會發現客人和相片都不見了。能夠親手取回相片，國王陛下興許會覺得挺痛快的吧。」

「咱們甚麼時候去呢？」

「早上八點。她那會兒肯定還沒起床，咱們會有充裕的時間。還有，咱們一定得趕緊行動，因為這椿婚事可能會讓她的生活和習慣發生徹底的改變。我現在就得給國王

發電報，一刻也不能耽擱。」

說話間，我們已經走進貝克街，在福爾摩斯的寓所跟前停了下來。他還在掏兜找鑰匙的時候，一個從我們身邊走過的路人忽然說道：

「晚安，歇洛克‧福爾摩斯先生。」

人行道上當時有好幾個人，打招呼的則似乎是一個身穿烏爾斯特大衣、個子瘦高的小伙子。不過，那個人已經急急忙忙地走開了。

「我以前肯定聽到過這個聲音，」福爾摩斯出神地望着燈光昏暗的街道。「可我想不起來，這究竟是誰的聲音。」

三

　　當晚我住在了貝克街，第二天早上，我倆還在享用麵包和咖啡的時候，波希米亞國王急匆匆地衝進了房間。

　　「你真的拿到它啦！」他一邊嚷嚷，一邊抓住歇洛克‧福爾摩斯的雙肩，火急火燎地看着對方的臉。

　　「還沒有呢。」

　　「可你有希望拿到，對吧？」

　　「有希望。」

　　「那好，走吧，我完全等不及了。」

　　「我們必須先叫輛出租馬車。」

　　「不用，我的馬車就在下面。」

　　「這樣的話，事情就簡單了。」說到這裏，我們便一起下樓，再一次啟程前往布萊奧尼公寓。

　　「艾琳‧阿德勒已經結了婚，」福爾摩斯說道。

　　「結了婚！甚麼時候？」

　　「昨天。」

　　「是嗎，跟誰結的？」

　　「一個姓諾頓的英格蘭律師。」

　　「可她絕不會愛他的。」

　　「我倒希望她真的愛他。」

　　「這話怎麼講？」

　　「那樣的話，陛下就不用再為將來的麻煩擔甚麼心了。如果這位女士愛自己的丈夫，那就說明她不愛陛下，如果她不愛陛下，也就沒理由跟陛下搗亂了。」

　　「說得也是。可是──唉！她要是能擁有跟我一樣的

地位就好了！她該是一位多麼了不起的王后啊！」他悶悶不樂地陷入了沉默，一直到我們抵達九曲湖街的時候都沒有再開口。

布萊奧尼公寓的門開着，台階上站着一個年老的婦人。她看着我們走下馬車，眼睛裏帶着挖苦的神色。

「您是歇洛克‧福爾摩斯先生，對嗎？」她說道。

「沒錯，我是福爾摩斯，」我同伴看着她，眼神中充滿疑問，同時又十分驚愕。

「真是您啊！女主人告訴我，說您可能會上這兒來。她今天一大早就跟丈夫一塊兒去了查林十字車站＊，坐五點一刻的火車上歐洲大陸去了。」

「甚麼！」歇洛克‧福爾摩斯向後一個趔趄，又是懊惱又是驚訝，急得臉都白了。「你是說，她已經離開英格蘭了嗎？」

「再也不會回來了。」

「她的文件也帶走了嗎？」國王聲音嘶啞地問道。「這下可全完了。」

「咱們來瞧瞧好了。」福爾摩斯從女僕身邊擠了過去，飛快地衝進了客廳，國王和我也跟了進去。房間裏的傢具七零八落，還有一些拆開的架子和敞着的抽屜，看樣子，女主人逃走之前已經把房裏的東西匆匆忙忙地翻了

＊　查林十字車站因鄰近查林十字 (Charing Cross) 而得名。查林十字是倫敦市中心的一片區域，在全集當中多次出現，地名來自古代村莊查林以及英王愛德華一世為紀念亡妻埃蓮諾而樹立的十字架，指的是斯特蘭街、白廳路等街道的交會處，當時也指大蘇格蘭場街和特拉法爾加廣場之間的一段街道。

個遍。福爾摩斯急步走到那根鈴繩拉杆跟前，一把拽開一塊小小的滑板，然後就把手伸了進去，從裏面掏出了一張相片和一封信。相片裏是身着晚裝的艾琳‧阿德勒本人，信封上寫的則是「致歇洛克‧福爾摩斯先生，留交本人自取」。我朋友一把扯開信封，我們三個人便一塊兒讀了起來。信上的時間是昨天午夜，內容如下：

親愛的歇洛克‧福爾摩斯先生：

您幹得真是非常漂亮，完全把我給蒙住了。直到火警爆發之前，我一點兒都沒起疑心。不過，火警過去之後，我意識到我已經在無意之中出賣了自己，這才開始動起了心思。幾個月之前就有人叫我提防您，他們告訴我，如果國王請了偵探的話，請的就一定是您。不光如此，他們還把您的地址給了我。可是，儘管我收到了這些提醒，您還是讓我主動暴露了您想要打探的秘密。即便是在起了疑心之後，我還是很難把那麼一位和藹可親的老牧師往壞處想。不過，您得知道，我自己也是個受過訓練的演員，改扮男裝對我來說並不是甚麼新鮮事情。在以前，我也經常利用男子的裝扮來給自己找點兒自由。所以呢，當時我叫那個名叫約翰的馬夫看着您，自己就跑到樓上去換我的「散步裝」，我給這種裝扮起的名字就是這個。我下樓的時候，您剛剛離開我的房子。

這麼着，我跟着您到了您的家門口，由此才最終確定，我真的成為了大名鼎鼎的歇洛克‧福爾摩斯先生追蹤的對象。於是乎，我相當冒昧地跟您道了聲晚

安，然後就上內殿學院找我丈夫去了。

　　我倆都覺得，身後跟着如此可怕的一個對手，只有逃走才是最好的出路。所以呢，您明天來訪的時候，就會發現鳥兒已經遠走高飛。至於那張相片，您的主顧盡可以高枕無憂。我愛上了一個比他好的男人，同時也得到了對方的愛。國王愛幹甚麼就可以幹甚麼，那個曾被他無情辜負的人再也不會給他製造甚麼障礙。我留着相片只是為了保護自己，只是為了留下一件防身的武器，免得他將來再用甚麼法子來對付我。我留了一張相片在這裏，他願意留着就可以留着。親愛的歇洛克・福爾摩斯先生，我仍然是，

　　　　　　　　　　　　　　　　您最真誠的朋友

　　　　　艾琳・諾頓（原姓阿德勒）

　　「多了不起的女人——噢，多了不起的女人哪！」我們三個都讀完這封書信之後，波希米亞國王叫了起來。「我不是告訴過你們，她有多麼地機敏、多麼地果斷嗎？假使她當上了王后，難道不會受到萬民的擁戴嗎？她跟我等級懸殊，難道不是非常可惜嗎？」

　　「根據我對這位女士的所見所聞，她這個人的等級的確跟陛下很不一樣。」福爾摩斯冷冰冰地說道。「很抱歉，我沒能讓陛下交託的事情有一個更為圓滿的結果。」

　　「恰恰相反，親愛的先生，」國王叫道，「這結果再圓滿不過了。我知道，她這個人從來都不會食言。那張相片不會再引起甚麼麻煩，跟進了火堆沒有區別。」

　　「陛下這麼說，我覺得非常高興。」

「我欠了你一個天大的人情。請你告訴我，我該用甚麼方法來酬報你。這個戒指——」他從自己的手指上捋下一個蛇形的翡翠戒指，放在手掌上遞了過來。

「陛下手裏有一樣我覺得更加貴重的東西，」福爾摩斯說道。

「甚麼東西，你只管說出來好了。」

「就是這張相片！」

國王驚訝不已地盯着福爾摩斯。

「艾琳的相片！」國王叫道。「當然可以，如果你想要的話。」

「多謝陛下。如此說來，這件事情就算是辦完了。請允許我祝您一聲，今晨萬安。」他鞠了一躬，轉過身去，沒有留意國王那隻已經伸到他面前的手，徑直跟我一起回他的寓所去了。

一樁巨大的醜聞如何對波希米亞王國造成了威脅，歇洛克·福爾摩斯先生的諸般妙計又如何輸給了一個女人的聰敏機智，種種曲折到這裏就算塵埃落定。以前呢，福爾摩斯常常會拿女人的智慧來開玩笑，最近嘛，我倒是沒聽見他談論這方面的話題。除此之外，打那以後，每次他說起艾琳·阿德勒，或者是提到她那張相片的時候，總是會用上「**那位**女士」這個無上光榮的稱號。

紅髮俱樂部

去年的一個秋日，我去探望我朋友歇洛克·福爾摩斯先生，發現他正在聚精會神地跟人聊天，對方是一個豐碩異常、面色紅潤的老先生，頭髮如火焰一般鮮紅耀眼。我為自己的冒昧打擾道了聲歉，正打算就此離去，福爾摩斯卻猛一把將我拽進房間，跟着就關上了門。

「你來得再巧不過了，親愛的華生，」他懇切地說道。

「要我看，你現在有事情吧。」

「我確實有事情，事情還非常多。」

「那我到隔壁去等你好了。」

「完全不用。威爾遜先生，您眼前的這位先生曾經跟我一起辦過許多最為成功的案子，還給過我莫大的幫助，我完全肯定，在您的這件案子當中，他也能給我同樣的幫助。」

身形健碩的老先生從椅子上抬起半個身子，略微表示了一下問候，還用腫泡泡的小眼睛飛快地掃了我一眼，眼神裏帶着疑問。

「你坐那把長椅吧，」福爾摩斯一邊說，一邊倒進自己的扶手椅，雙手的手指攏在了一起。每當他進入慎思明辨的狀態，總是會擺出這麼一副架勢。「我知道，親愛的

華生，你我都是同道中人，都喜歡那些離奇古怪、超越日常生活陳腔濫調的事物。你之好奇愛異，證據就是你身上的那股熱情，正是那股熱情驅使你從我本人的小小事跡當中搜羅了那麼多東西，對它們進行記錄，甚而至於，恕我直言，進行誇大和粉飾。」

「我的確對你那些案子非常感興趣，」我說道。

「你應該還記得吧，就在咱們着手調查瑪麗‧薩瑟蘭小姐委託的那件極其簡單的案子之前，我曾經對你說過，要想尋找離奇的現象和非凡的因果，咱們只能投入生活本身，原因在於，生活比人們的任何想像都要驚人得多。」

「你這個看法，當時我還不揣冒昧地提出了質疑呢。」

「當時的情形的確如此，醫生，不過，現在你一定得轉變立場，要不然，我就會把一堆又一堆的事實壓到你的身上，直到壓垮你的那些邏輯、迫使你承認我說得對為止。好了，今天早上，這位傑貝茲‧威爾遜先生賞臉光臨，開始給我講一個故事，我敢肯定，他接下來的敍述將會成為我好些日子以來聽到的最奇特的事情。我跟你說過，最離奇、最獨特的那些東西通常與大案無關，往往都是在那些比較小的罪案當中出現，偶爾呢，說實在話，還會出現在連有沒有罪案都成問題的場合。聽到現在，我仍然無從判斷，眼前的這件事情是不是一宗罪案，不過，事情的經過無疑是我這輩子最奇特的見聞之一。威爾遜先生，能不能麻煩您多多費心，把您的故事從頭到尾再講一遍。我這個不情之請，並不只是因為我朋友華生醫生沒有趕上故事的開頭部分，也因為您的故事實在是非比尋常，以致我非

常想從您嘴裏聽到盡可能多的細節。一般來說，如果能從事情的經過當中聽出一丁點兒小小的提示，我就可以回想起成千上萬的類似案例，由此找到方向。可是，就目前這個案子而言，我不得不承認，所有的事實，在我所知道的範圍之內，都稱得上獨一無二。」

聽了他的話，身形肥碩的主顧挺起胸膛，神態之中帶上了一點兒小小的自豪，接着就從大衣內兜裏掏出了一張又髒又皺的報紙。他把報紙攤在自己的膝蓋上，腦袋前傾，眼睛在報紙的啟事欄裏搜尋。趁着這段工夫，我把他好好地打量了一番，努力地模仿我朋友的方法，想要從他的衣裝或者長相當中看出一些名堂來。

不過，我這番觀察並沒有帶來多少收穫。我們這位客人從頭到腳都是個普普通通的英國商販，肥胖、虛榮、反應遲鈍。他穿着一條鼓鼓囊囊的棋盤格灰色長褲，以及一件算不上十分乾淨的黑色長禮服，禮服的前襟敞着，露出一件土黃色的馬甲，馬甲上吊着一根沉甸甸的阿爾伯特黃銅錶鏈 *，鏈子上有一塊穿了方孔的金屬飾品，正在那裏甩來甩去。他身邊的椅子上放着一頂磨禿了的高頂禮帽，還有一件褪了色的棕褐色大衣，大衣的絲絨領子已經起了皺。總體說來，不管我怎麼看，除了火紅的頭髮和極度懊喪不滿的表情之外，眼前的這個人再沒有甚麼能讓人多看一眼的地方了。

---

* 這篇故事首次發表於 1891 年 8 月；阿爾伯特錶鏈 (Albert chain) 是一種式樣簡單的粗錶鏈，因維多利亞女王的丈夫阿爾伯特親王而得名。

我的舉動沒有逃過歇洛克·福爾摩斯那雙銳利的眼睛，看到我詢問的眼神，他微笑着搖了搖頭。「他以前幹過一段時間體力活，有吸鼻煙的習慣，是共濟會的會員，曾經去過中國，近來還做過不少寫字的工作，除了這些顯而易見的事實之外，我也看不出甚麼別的了。」

　　傑貝茲·威爾遜先生在自己的椅子上打了個激靈，食指依然點着報紙，目光卻落在了我同伴的身上。

　　「老天在上，這些事情您都是怎麼知道的，福爾摩斯先生？」他問道。「比方說，您怎麼知道我以前幹過體力活兒呢？這件事情跟上帝的福音一樣真實，因為我的第一份工作就是船上的木匠。」

　　「您的手告訴我的，親愛的先生。您的右手比左手大得多，因為您老是用右手幹活，右手的肌肉就比左手發達一些。」

　　「好吧，那麼，鼻煙和共濟會又是怎麼回事呢？」

　　「我不想告訴您我是怎麼看出來的，那樣等於是侮辱您的智力，更何況，您還不顧您那個組織的嚴格規章，把一枚圓規加量角器圖案的胸針別在了身上＊。」

　　「噢，當然，我倒把這東西給忘了。可是，寫字的工作又是怎麼回事呢？」

　　「您右邊的袖口有一截已經磨得油光鋥亮，寬度足足有五英寸，左邊袖子的胳膊肘附近也有一塊磨禿了的地

＊　共濟會（參見《暗紅習作》相關注釋）帶有一定的秘密性，通常不主張會員佩戴本會徽記。共濟會通常的徽記是圓規加曲尺（square-and-compass），就當時英國的共濟會而言，圓規加量角器（arc-and-compass）是地位非常高的會員才能使用的徽記。

方，説明您經常把左胳膊肘架在書桌上，您説説，這些跡象還能代表別的甚麼事情嗎？」

「好吧，中國的事情呢？」

「您右邊手腕往上一點兒的地方刺着一條魚，那樣的刺青只可能來自中國。我對刺青圖案作過一點兒小小的研究，甚至還為這個主題的相關文獻增添了一點兒內容。您手腕上那種用輕柔粉色暈染魚鱗的技藝基本上是中國的專利。再者説，既然您的錶鏈上還吊着一枚中國的銅錢，事情就更加一目瞭然啦。」

傑貝茲·威爾遜先生大聲地笑了起來。「噢，真沒想到！」他説道。「我一開始還覺得您神機妙算，眼下我才知道，説到底，這裏面也沒有甚麼了不起的東西。」

「我禁不住覺得，華生，」福爾摩斯説道，「我這番解釋完全是個錯誤。『莫測才是高深 *』，你明白吧，我這點兒名聲本來就微不足道，再這樣甚麼都不藏着的話，那就該甚麼也不剩啦。您究竟能不能找到那則啟事啊，威爾遜先生？」

「找到了，現在已經找到了，」他回答道，又粗又紅的手指停在了啟事欄的中央。「就在這兒。所有事情都是從這兒開始的。您自個兒看吧，先生。」

我從他手裏接過了報紙，啟事內容如下：

致紅髮俱樂部全體會員：

---

* 原文為拉丁文，出自古羅馬歷史學家塔西陀 (Publius Cornelius Tacitus, 55 ？ –120 ？)的《阿格里科拉生平》(*The Life and Character of Julius Agricola*)，阿格里科拉為古羅馬將領，曾任不列顛總督。

謹奉美國賓夕法尼亞州黎巴嫩城埃茲基亞·霍普金斯遺贈，現有一新增職位空缺供俱樂部會員應選，週薪四鎊，無需工作，掛名即可。年滿二十一週歲、身體健康、心智健全之紅髮男性皆具應選資格。如欲應選，請於週一上午十一點親身前往艦隊街教皇巷* 7 號紅髮俱樂部辦公室，聯繫人：鄧肯·羅斯。

「這到底是甚麼意思？」我把這則非同一般的啟事讀了兩遍，不由得脫口問了出來。

福爾摩斯吃吃地笑了起來，身子在椅子上扭來扭去。興致高昂的時候，他總是這副樣子。「這跟那些老一套的玩意兒有點兒不同，對吧？」他說道。「好了，威爾遜先生，您可以從頭開始講了，給我們講講您自個兒，講講您屋裏的人，還有這則啟事對您的生活造成的影響。醫生，你先把報紙的名稱和日期記下來吧。」

「是一八九零年四月二十七日的《紀事晨報》，離現在剛好兩個月。」

「很好。可以開始了嗎，威爾遜先生？」

「呃，就像我剛才跟您說的那樣，歇洛克·福爾摩斯先生，」傑貝茲·威爾遜一邊說，一邊擦拭自己的額頭，「我在故城† 附近的薩克斯－科伯格廣場開了間小當鋪，生意不大，近年來無非是勉強餬口而已。以前我還請得起

---

* 　艦隊街 (Fleet Street) 是倫敦故城當中的一條著名街道，由於報社集中，歷來是英國報界的代名詞；教皇巷 (Pope's Court) 為虛構地名。

† 　故城 (the City) 通譯為「倫敦城」，特指倫敦市中心的一小片歷史悠久的區域，有時也稱「方里」(the Square Mile)，因為這片區域的面積剛好是一平方英里左右。為免與泛指倫敦全城的「倫敦城」發生混淆，本系列均譯作「故城」。

兩個伙計，現在卻只有一個了。就這一個伙計我本來也是請不起的，還好他甘願只領一半的工錢，說是為了跟我學做生意。」

「這個好心腸的小伙子叫甚麼名字呢？」歇洛克·福爾摩斯問道。

「他的名字叫文森特·斯鮑爾丁，不過，他也算不上甚麼小伙子了。看不出他到底多大年紀。比他還要能幹的伙計可不好找，福爾摩斯先生。我心裏清楚得很，他完全可以另攀高枝，掙到比我這裏高一倍的工錢。可是，不管怎麼樣，既然他自個兒都沒甚麼意見，我又幹嘛要跟他提這個醒呢？」

「是啊，幹嘛呢？能夠按照低於行情的價錢請到伙計，真算是您的運氣啊。這年月，能有您這種經歷的東家可不常見。要我說，您這個伙計也不一般，就跟您看到的這則啟事一樣。」

「哦，他也有他的毛病，」威爾遜先生說道。「從來都沒有誰像他那麼愛照相。該學東西的時候，他卻拿着相機東拍西拍，然後就一頭扎到地下室裏去洗相片，就跟兔子進了洞似的。他最大的毛病就是這個，話又說回來，他總體上還算是個好伙計，沒有甚麼壞心眼兒。」

「依我看，他現在還跟您住在一起吧？」

「是的，先生。他，還有一個十四歲的小姑娘，小姑娘負責做點兒簡單的伙食，另外還得打掃房間。我屋裏就這麼些人，因為我是個老光棍兒，從來都沒有成過家。我們的生活很平靜，先生，我們三個人。別的雖然幹不了，

我們總還有個安身的地方，該還的債也還得上。

「給我們添亂的第一件事情就是這則啟事。八個星期之前，就是報紙上寫的這一天，斯鮑爾丁跑到辦公室來找我，手裏拿的就是這張報紙。當時他跟我說：

「『我真想祈求上帝，威爾遜先生，讓他把我變成一個紅頭髮的人。』

「『為甚麼呢？』我問他。

「『是這樣，』他說，『紅髮俱樂部又有了一個空缺，只要能得到那個空缺，你就能小小地發一筆財。我聽説，那兒的空缺很多，人卻不夠，所以啊，那些掌管基金的理事已經沒了主意，不知道該拿手裏的錢怎麼辦啦。我的頭髮要能變變顏色該多好啊，那份兒小小的白食就在那兒擺着，只等着我去吃哩。』

「『是嗎，那麼，到底是甚麼樣的白食呢？』我問他。您瞧，福爾摩斯先生，我這個人特別喜歡待在家裏，我的生意也是等人上門，用不着我去跑，所以呢，我經常連着幾個星期都不跨出門檻一步。這樣一來，我就不怎麼了解外面的事情，每次聽到點兒甚麼新聞，我心裏也總是挺高興的。

「『難道説，您從來都沒聽説過紅髮俱樂部嗎？』他瞪大了眼睛問我。

「『從來沒聽過。』

「『是嗎，那可真是怪了，您自個兒就有資格去申請他們的空缺啊。』

「『他們的空缺值多少錢呢？』我問他。

「『哦，一年兩百鎊而已，好就好在工作非常輕鬆，即便你還有其他的工作要幹，也不會受到多大的影響。』

「呃，你們一想就知道，聽了他的話，我耳朵都支了起來。這些年以來，鋪子的生意一直不怎麼好，要是能掙上兩百鎊的外快，倒真是一場及時雨呢。

「『你從頭到尾給我講講吧，』我這麼說。

「『喏，』他一邊說，一邊把啟事拿給我看，『您自個兒看看吧，俱樂部眼下就有一個空缺，啟事裏有他們的地址，具體的事情您應該上那兒去了解。我只知道，這個俱樂部的創始人是美國的一個百萬富翁，名叫埃茲基亞・霍普金斯，行事非常古怪。他自己就長着一頭紅髮，而且對其他的紅髮男人很有感情。他死了以後，大家發現他把偌大的家產託付給了一些理事，並且指示他們，要用這筆錢的收益來為紅頭髮的男人安排一點兒輕鬆的差使。照我聽說的情況來看，他們給的差使錢很多，要幹的事情卻很少。』

「『可是，』我說，『跑去申請的紅頭髮男人可能得有幾百萬呢。』

「『沒您想的那麼多，』他這麼回答。『您瞧，這個差使實際上是只給倫敦人的，而且得是成年的男人。那個美國人年輕的時候是在倫敦起的家，所以就想給這座老城辦點兒好事兒。還有啊，我聽說，要想去申請的話，頭髮的紅顏色淺了不行，深了也不行，只有那種地地道道、鮮明耀眼的火紅色才行。您瞧，如果您想去申請的話，威爾遜先生，直接去就行了。當然嘍，就為了這麼區區幾百鎊，

興許也不值得您去跑一趟。』

「好了，先生們，你們自個兒也看見了，我的頭髮確實是紅得飽滿、紅得鮮豔，所以我就想，如果需要跟別人競爭的話，我中選的機會也不比我所見過的任何人差。文森特·斯鮑爾丁似乎對這件事情特別了解，我覺得他沒準兒能幫上忙，於是就直接命令他上好窗板，停業一天，馬上跟我一起出發。他倒是巴不得能有一天的假期，這麼着，我倆就關上店門，往啟事上登的那個地址去了。

「要我說，福爾摩斯先生，那樣的景象我這輩子是再也見不到啦。四面八方的男的，但凡頭髮上有那麼一丁點兒紅色，全都嘩里啪啦跑到城裏應徵來了。整條艦隊街都讓紅頭髮的伙計堵得水洩不通，教皇巷看着就像一輛賣橘子的手推車。依我看，全國的紅頭髮加在一起，也沒有這一則啟事招來的那麼多。麥秸色、檸檬色、橙色、磚紅色、愛爾蘭紅毛獵狗色、肝紅色、粘土色，甚麼顏色的頭髮都有，不過，就像斯鮑爾丁說的那樣，地道鮮明的火紅色確實不多。看到有那麼多的人在等着，我一下子洩了氣，準備打道回府，斯鮑爾丁卻死活不肯答應。他是怎麼辦到的我不知道，反正他生拉活拽，還拿腦袋當撞槌使，硬是拖着我擠過人群，走到了辦公室門口的台階上。辦公室的樓梯上有兩股人潮，一股滿懷希望地往上湧，另一股垂頭喪氣地往卜洩。我倆竭盡全力楔到人潮裏面，不一會兒就走進了辦公室。」

「您的經歷真是太有趣了，」福爾摩斯插了一句，因為他的主顧暫時停止了講述，挖了一大撮鼻煙來喚醒往日

的回憶。「您這個故事真有意思，麻煩您接着講吧。」

「辦公室裏啥也沒有，只有兩把木頭椅子和一張簡陋的松木桌子，桌子後面坐着一個小個子男人，頭髮的顏色比我的還要紅。他跟每一個走到近前的應徵者都簡單地交談了幾句，總是能從他們身上找出一點兒不合格的地方。說到底，想弄到人家提供的空缺，畢竟不是甚麼輕鬆便宜的事情。不過，輪到我倆上去的時候，小個子男人的確對我格外高看，待我的態度比待其他人都要好。我倆進去之後，他立刻關上了房門，為的是跟我倆私下聊聊。

「『這位是傑貝茲·威爾遜先生，』我的伙計説，『他打算應徵俱樂部的空缺。』

「『而他也特別適合填補這個空缺，』對方這麼回答。『所有條件他都具備。按我的記憶，這麼漂亮的紅頭髮，以前我還真沒見過呢。』他往後退了一步，歪着腦袋盯住我的頭髮看了半天，看得我都不好意思了。這之後，他突然衝了過來，緊緊地握住我的丰，熱情地表示祝賀，祝賀我申請成功。

「『我要是再猶豫不決的話，那就是對你不公道了，』他説。『不過，照我看，你肯定能夠理解，我必須採取一個最最基本的預防措施。』説完之後，他就用雙手抓住我的頭髮，使勁兒地扯了起來，一直扯到我疼得大喊大叫為止。『你眼淚都流出來啦，』他放開了我，這麼説了一句。『我看得出你的頭髮沒甚麼蹊蹺，可我們沒法不多加小心，因為我們已經被假髮騙了兩回，還上過一回顏料的當。我可以跟你講一些用鞋蠟作假的故事，一準兒能讓你

覺得人性非常醜陋。』接下來，他走到窗子跟前，鉚足了勁兒衝外面喊，説空缺已經有人填上了。下面傳來了一陣失望的抱怨，人群轟然四散，到最後，除了我和那個管事的腦袋之外，所有的紅腦袋都不見了。

「『我名叫鄧肯‧羅斯，』他説，『本身也是多虧了我們那位高貴的恩主，靠他那筆基金的收益過活。你結婚了嗎，威爾遜先生？你有家庭嗎？』

「我回答説我沒有。

「他的臉一下子沉了下來。

「『天哪！』他語氣沉重地説，『這事情可真是太嚴重了！聽你這麼説，我真是替你遺憾。天經地義，基金的宗旨不光是幫助紅頭髮的人維持生計，還要幫助他們繁衍興旺、開枝散葉。可你居然是個單身漢，這實在是太不走運了。』

「聽了他的話，我的臉一下子拉得老長，福爾摩斯先生，因為我意識到，自己終歸還是得不到那個空缺。不過，想了幾分鐘之後，他又改口跟我説，這事情沒有甚麼問題。

「『換作是別人的話，』他説，『這樣的缺陷可以説是無法容忍，不過，你的頭髮長得這麼好，我們多少得給你通融一點兒。你甚麼時候能走上新的崗位呢？』

「『呃，説起來有點兒不好意思，可我自己已經有了一樁買賣，』我説。

「『噢，這個您用不着擔心，威爾遜先生！』文森特‧斯鮑爾丁説。『我會替您把買賣看好的。』

「『上班時間是怎麼安排的呢？』我問。

「『上午十點到下午兩點。』

「是這樣，福爾摩斯先生，當鋪的生意大多數都集中在晚上，尤其是週六發薪水之前，週四和週五的晚上。所以呢，上午去掙點兒外快，對我來說非常合適。除此之外，我知道我這個伙計非常能幹，就算有甚麼事情，他也可以替我應付。

「『這對我來說非常合適，』我說。『薪水呢？』

「『一週四鎊。』

「『工作是甚麼呢？』

「『掛名而已。』

「『您說的『掛名而已』是甚麼意思？』

「『是這樣，上班期間，你必須得一直待在辦公室裏，至少也得待在這座樓裏。走開的話，你就會永遠地失去這個職位。霍普金斯先生在遺囑裏把這一點說得特別清楚。如果你上班時間偷偷溜號的話，那就是違反了遺囑裏的要求。』

「『一天不過四個小時，我不會想要溜號的，』我說。

「『甚麼事情都不能成為借口，』鄧肯·羅斯先生說，『不管你是生了病，是生意忙，還是有甚麼別的理由。你必須在辦公室裏待着，否則就會丟掉這個工作。』

「『具體是幹甚麼呢？』

「『抄寫《大英百科全書》。書的第一卷就在那個立櫃裏，墨水、羽毛筆和吸墨紙你得自己帶，不過我們會把這張桌子和這把椅子留給你。你明天就能來嗎？』

「『沒問題，』我一口答應。

「『很好，再見，傑貝茲‧威爾遜先生，我要再一次表示祝賀，祝賀你幸運地獲得了這麼個重要職位。』說完之後，他點頭示意我離開房間。這麼着，我和伙計一起回了家，心裏覺得無比慶幸，都不知道該說甚麼該做甚麼才好了。

「這之後，我翻來覆去地想了一整天，到晚上就開始沮喪起來，因為我幾乎已經斷定，整件事情一定是一個巨大的騙局或者圈套，只不過我琢磨不透，他們究竟想騙甚麼。按我看，根本就不可能會有人留下這樣的遺囑，也不可能會有人為抄寫《大英百科全書》這樣的簡單工作付這麼高的薪水，這樣的事情叫人完全無法相信。文森特‧斯鮑爾丁竭力勸我往好處想，不過，臨到上床睡覺的時候，我已經說服了自己，不要再跟這件事情攪在一起。可是，到了第二天早上，我還是決定，好歹也去那裏看一看。於是我花一個便士買了瓶墨水，再帶上一支羽毛筆和七張富士紙 *，就這麼上教皇巷去了。

「到了之後，我又驚又喜地發現，一切情形都很正常。桌子已經替我預備好了，鄧肯‧羅斯先生也等在了那裏，為的是確保我順利地投入工作。他吩咐我從 A 字頭開始抄，然後就走開了。不過，他時不時都會進來看一看，以便確定我還在正常工作。下午兩點的時候，他跟我道了日安，還誇獎了一番我抄寫的數量。我走出辦公室之後，他就把門給鎖上了。

---

* 富士紙 (foolscap) 是一種規格約為 13× 16 英寸的書寫紙，略大於 A3 紙。

「日子就這麼一天一天地過，福爾摩斯先生，到了週六，羅斯先生走進辦公室，往桌子上扔了四個金鎊，作為我一週的薪水。第二個星期也是這樣，第三個星期還是這樣。每天我都是上午十點去，下午兩點走。漸漸地，鄧肯·羅斯先生來得越來越少，後來就變成每天上午只來一次，又過了一段時間，他壓根兒就不來了。當然嘍，我仍然不敢離開辦公室一步，因為我不知道他甚麼時候又會來。這份工作這麼好，又這麼適合我的情況，我可不想把它丟掉。

「就這樣過了八個星期，我已經抄完了『方丈』、『箭術』、『盔甲』、『建築學』和『阿提卡』等等詞條＊，並且暗自期望，如果我加倍努力的話，興許用不了多久就可以向 B 字頭進軍。我為富士紙花了不少的錢，我抄寫的東西也幾乎堆滿了整整一個架子。可是，突然之間，整件事情就結束了。」

「結束了？」

「結束了，先生。不在別的甚麼時候，恰恰就在今天早上。今天我跟平常一樣，早上十點去上班，結果卻發現辦公室的門關着，而且上了鎖，門板中央用大頭釘釘着一塊小小的方形卡片。卡片就在這兒，你們可以自個兒瞧瞧。」

他舉起了一張白色的卡片，卡片跟一張信紙差不多大，上面寫的是：

＊ 這些詞條的英文都以字母 A 開頭。阿提卡 (Attica) 是古代希臘環繞雅典的那片地區。

紅髮俱樂部

業已

宣告解散

一八九零年十月九日 *

歇洛克·福爾摩斯和我一會兒瞧瞧這則言簡意賅的聲明，一會兒又瞧瞧聲明背後那張寫滿懊惱的面孔，到最後，整件事情當中的喜劇色彩終於徹底壓過了其他的一切考慮，讓我倆縱聲狂笑起來。

「我看不出這裏面有甚麼特別好笑的地方，」我們的主顧忿然叫道，一張臉紅到了脖子根兒上。「你們倆要是光知道取笑我的話，我還是上別處去好了。」

「別，別走，」福爾摩斯一邊大叫，一邊把身子起了一半的主顧摁回了椅子上。「我說甚麼也不能錯過您這件案子，因為它真是非同凡響，簡直讓人耳目一新。不過，您別介意我這麼説，這事情的確有那麼一點點好笑。麻煩您接着講，發現門上的卡片之後，您是怎麼做的呢？」

「我驚得打了個趔趄，先生，不知道該怎麼辦才好。接下來，我去找了在周圍上班的一些職員，可他們好像都對這事情一無所知。到最後，我跑到了房東那裏，房東是個會計，就住在同一座樓的底層。我問他知不知道紅髮俱

---

* 原文如此。前文中説報上啟事的日期是同年 4 月 27 日，八個星期之後不應該是這個日子；1890 年 10 月 9 日是星期四，並不是後文所説的星期六。據英國女偵探小説家薩耶斯 (Dorothy Sayers, 1893–1957) 考證，抄寫工作的正確日期應該是 8 月 4 日至 10 月 4 日，還有人據當時版本的《大英百科全書》考證，威爾遜要完成他自己所説的抄寫量，每小時需抄寫三萬多個單詞，實屬人力難以企及。凡此種種，姑為軼聞。

樂部出了甚麼事情，他說他從來沒聽說過這麼個組織。然後我又問他，鄧肯・羅斯先生到底是幹甚麼的，他的回答是，這名字他還是頭一次聽說。

「『那麼，』我說，『你總認識4號房的那位先生吧。』

「『甚麼，你是說那個紅頭髮的人嗎？』

「『沒錯。』

「『噢，』他說，『他名叫威廉・莫里斯，是個法律顧問。他只是暫時租用我的房間，因為他的新辦公室還沒弄好。他昨天搬走的。』

「『我該上哪兒去找他呢？』

「『還能是哪兒，去他的新辦公室唄。他倒是跟我說過他的新地址，沒錯，新地址是愛德華王大街17號，就在聖保羅大教堂附近。』

「我馬上就往那裏趕，福爾摩斯先生。可是，找到那個地址之後，我發現那是家生產人工膝關節的工廠，廠裏沒人聽說過威廉・莫里斯先生，也沒人聽說過鄧肯・羅斯先生。」

「接下來您又是怎麼做的呢？」福爾摩斯問道。

「我回到了薩克斯－科伯格廣場的家裏，想聽聽我那個伙計的意見。可是，他一點兒也幫不上我的忙，就知道勸我等一等，說他們應該會寫信來。乾等着可算不上甚麼特別好的法子，福爾摩斯先生。這麼好的一個職位，我怎麼也得掙扎掙扎才能放棄，所以呢，聽說您心腸好，願意給需要幫助的可憐人出主意，我就直接上您這兒來了。」

「您這麼做非常明智，」福爾摩斯說道。「您這件

案子極其特別，我十分樂意展開調查。根據您剛才說的情況，我估計，這裏面多半有更加嚴重的內情，並不像乍一看那麼簡單。」

「已經是夠嚴重的了！」傑貝茲・威爾遜先生說道。「不是嗎，我每週都少了四鎊的收入啊。」

「從您個人的角度來看，」福爾摩斯說道，「我覺得您沒有理由抱怨這家非同一般的俱樂部。恰恰相反，如果我沒理解錯的話，您掙到了大概三十鎊，更別說還掌握了A字頭所有詞條所包含的詳盡知識。他們可沒給您甚麼虧吃啊。」

「確實沒有，先生。可我還是想找到他們，想知道他們究竟是幹甚麼的，同時也想問問他們，幹嗎要跟我開這麼個玩笑，我的意思是，如果他們確實是在開玩笑的話。對他們來說，這個玩笑可開得有點兒貴啊，花了整整三十二鎊呢。」

「我們會努力幫您解答這些疑問的。這樣吧，我首先要問您一兩個問題，威爾遜先生。剛開始的時候，是您那個伙計讓您注意到了報上的啟事——那個時候，他在您那裏幹了多久了呢？」

「一個月左右。」

「怎麼開始的呢？」

「他來應徵我登的啟事。」

「只有他一個人來應徵嗎？」

「不是，一共有十幾個。」

「您為甚麼選他呢？」

「因為他手腳麻利，要價也便宜。」

「只要一半的工錢，準確說的話。」

「沒錯。」

「這個文森特·斯鮑爾丁長甚麼樣呢？」

「小個子，體格健壯，手腳非常利索，臉蛋光光的，年紀卻肯定在三十開外。額頭上有一塊酸液濺出的白斑。」

聽到這裏，福爾摩斯非常興奮地坐直了身子。「果然不出我的意料，」他說道。「他兩隻耳朵都穿了戴耳環的耳洞，您注意到了嗎？」

「是的，先生。他跟我說，那是他少年時候一個吉普賽人幫他穿的。」

「嗯！」福爾摩斯靠回椅子背上，沉思了一會兒。「眼下他還在您那裏嗎？」

「哦，是的，先生。我來的時候他還在呢。」

「您不在的時候，他把您的生意照看得好嗎？」

「沒甚麼可挑剔的，先生。上午本來也沒多少生意。」

「我問完了，威爾遜先生。關於這件事情，我非常樂意在一兩天之內向您提供一點兒意見。今天是週六，據我看，我們應該能在週一之前拿出一個結論。」

「好了，華生，」客人走了之後，福爾摩斯說道，「這些事情你怎麼看呢？」

「我甚麼看法都沒有，」我坦白招認。「這案子實在是太神秘了。」

「一般說來，」福爾摩斯說道，「一件事情越是古怪，

到頭來就越不神秘。真正讓人摸不着頭腦的恰恰是那些普普通通、毫無特徵的罪案，道理就跟普普通通的面孔最不好認一樣。話說回來，這件事情刻不容緩，我必須立刻採取行動。」

「那麼，你打算採取甚麼行動呢？」我問道。

「抽點兒煙，」他回答道。「像這樣的問題，怎麼也得抽上三斗煙才行，還有啊，我得跟你告個假，五十分鐘之內，你不要和我説話。」緊接着，他在椅子上蜷了起來，瘦骨伶仃的膝蓋幾乎頂到了他那個鷹鉤鼻子。他就這麼坐在那裏，閉着眼睛，黑陶煙斗支棱在嘴巴外面，活像是某種異鳥的長喙。到後來，我斷定他已經睡着了，自己也開始打起盹兒來，可他突然從椅子上蹦了起來，擺出一副斬釘截鐵的架勢，跟着就把煙斗擱到了壁爐台上。

「今天下午，聖詹姆斯音樂廳有薩拉薩蒂 * 的演奏會，」他説道。「你覺得怎麼樣，華生？你那些病人能准你幾個小時假嗎？」

「今天我沒甚麼事兒。我的日程一向都不算太滿。」

「那你就戴上帽子，跟我一塊兒去吧。我打算先在故城裏轉一圈兒，路上還可以順便吃個午飯。我發現，演奏會的節目單上有許多德國音樂，德國音樂可遠比意大利或是法國音樂更對我的胃口。德國音樂有一種內省的特質，而我正需要好好地內省一下。走吧！」

---

* 聖詹姆斯音樂廳 (St.James' Hall) 是當時倫敦的一個音樂廳，1905 年拆除；薩拉薩蒂 (Pablo Sarasate, 1844–1908) 為西班牙小提琴家及作曲家。

我倆上了地鐵*，一直坐到阿爾德斯大門站，跟着就步行一小段，走到了薩克斯－科伯格廣場，也就是我倆早上聽說的那個離奇故事的發生地點。這是個狹窄擁擠、假充上流的小地方，四排煙熏火染的兩層磚房俯瞰着一小塊圍了欄杆的空地，空地裏是一片亂草橫生的草坪和幾叢凋萎的月桂，正在與煙霧騰騰、不甚可心的周遭環境進行殊死的搏鬥。街角的一座房子上懸着三個鍍金的圓球†，還有一塊寫着「傑貝茲・威爾遜」幾個白字的褐色招牌，標明了我們那位紅頭髮主顧開展業務的處所。歇洛克・福爾摩斯在房門前停了下來，側着腦袋把房子仔仔細細地打量了一遍，眯縫的眼睛裏閃着明亮的光芒。接下來，他慢慢地順着街道往上走，然後又倒回原來的街角，眼睛仍然死死地盯着街上的那些房子。到最後，他走回當鋪跟前，用自己的手杖在人行道上使勁兒地敲打了兩三次，這才走上前去敲了敲門。房門應聲開啟，一個長相伶俐、臉刮得乾乾淨淨的年輕人出現在了門口，還把他往屋裏讓。

「謝謝，」福爾摩斯說道，「我只是想問一問，從這兒到斯特蘭街該怎麼走。」

「第三個路口右轉，之後第四個路口左轉，」伙計應答如響，跟着就關上了房門。

「精明哪，這個傢伙，」我倆舉步離去的時候，福爾摩斯讚嘆了一聲。「按我的評判，他是全倫敦第四精明的

---

*　倫敦地鐵是世界上歷史最悠久的地鐵，第一段於 1863 年開通。

†　三個鍍金圓球是普遍流行於歐洲各地的當鋪標誌，源自典當業發源地、意大利的隆巴第地區 (Lombardy)。

人，要說膽大嘛，我覺得他應該有資格排到第三。我以前就領教過他的厲害。」

「很顯然，」我說道，「威爾遜先生的伙計在這件紅髮俱樂部謎案當中起了很大的作用。我敢打包票，你剛才問路只是為了看他一眼。」

「不是為了看他。」

「那又是為了看甚麼？」

「為了看他褲子的膝蓋部位。」

「那你看見了甚麼呢？」

「看見了我預計會看見的東西。」

「你幹嘛敲打人行道呢？」

「親愛的醫生，眼下這個時間是用來觀察，不是用來聊天的。咱們這會兒可是在敵人的土地上搞間諜活動呢。好了，咱們已經對薩克斯－科伯格廣場有所了解，接下來該看看它背面的那些地方了。」

我們離開了僻靜的薩克斯－科伯格廣場，轉過街角之後，大路上的景象跟剛才那個地方形成了極其強烈的對比，如同一幅油畫的正面與反面。這是從故城通往北區和西區的一條交通要道，浩浩蕩蕩的商旅河流之中湧起進城出城的兩股大潮，街心的路面為之壅塞不通，兩邊的人行道上也擠滿了行色匆匆的路人，望過去只是黑壓壓的一片。看著路邊那一列裝潢精美的店鋪和富麗堂皇的商業建築，我倆簡直不敢相信，在這些東西的背面，真的就是我倆剛剛走出的那個凋敝零落、死氣沉沉的廣場。

「讓我琢磨琢磨，」福爾摩斯站在街角，順著路邊那

列房子往前張望，「我想要記住這些房子的排列次序，我的嗜好之一就是努力搜集關於倫敦的準確知識。這兒有莫蒂默咖啡館、一家煙具店、一間小報亭、城畿銀行的科伯格分行、一家素食餐廳，還有麥克法蘭馬車製造廠，廠房一直延伸到了前面的一個街區。好了，醫生，咱們的正事已經辦完，應該去找點兒樂子了。咱們不妨去吃一塊三明治，再來杯咖啡，然後就前往小提琴的世界，那裏只有甜美、精緻與和諧，絕不會有甚麼紅頭髮的主顧拿着謎語來打擾咱們。」

　　我這位朋友是個熱情很高的音樂家，不光具有高超的演奏水平，作曲的本領也不能等閒視之。這一天，他在音樂廳的前排座位坐了整整一個下午，全身上下都洋溢着無比的喜悅。他那纖長的手指和着音樂的節奏輕輕搖動，那張笑意吟吟的臉龐和那雙慵倦矇矓的眼睛更是比想像範圍之內的任何事物都更不像福爾摩斯，不像那個警犬附身的福爾摩斯，不像那個心如鐵石、機警敏銳、手到擒來的罪犯天敵。這樣的雙重特質在他獨一無二的個性之中交替顯現，而我常常覺得，他那種極端的嚴謹與機敏實際上是一種自然的反應，為的是跟偶爾主宰他心靈的詩意與浮想形成制衡。大開大闔的性情讓他可以從癱軟如泥的狀態之中瞬間爆發出無可阻遏的力量，也讓我深切地體會到，如果他一連幾天窩在扶手椅上、靠即興創作的曲子和哥特字體 * 的舊書消磨光陰，才算是真正進入了他最為強大、最

---

*　　哥特字體 (black-letter) 是十二世紀中葉至十七世紀廣泛流行於西歐的一種書寫字體，後演變為一種印刷字體。

為可怕的狀態。接下來，追獵的渴望就會在突然之間將他攫住，而他無與倫比的演繹本領也會上升為一種不假思索的直覺，致使那些對他的方法缺乏認識的人目瞪口呆地仰望着他，如同仰望一個擁有超凡力量的妖巫。這天下午，看到他如此專注地沉浸在聖詹姆斯音樂廳的樂聲之中，我不由得心中暗想，對於他正在追獵的那些傢伙來說，不祥的結局已經迫在眉睫。

「你肯定是打算回家了吧，醫生，」我倆從音樂廳出來的時候，他說道。

「是啊，該回家了。」

「我手頭還有些事情，需要幾個鐘頭的時間才能辦完。科伯格廣場的這件案子十分嚴重。」

「為甚麼嚴重呢？」

「有人正在策劃一起嚴重的罪案。當然，我有充分的理由相信，咱們應該來得及加以制止。可是，考慮到今天是週六，事情就顯得比較複雜了。今天晚上，我得借重你的幫助。」

「甚麼時間？」

「十點鐘吧，不能再早了。」

「那我就十點鐘到貝克街。」

「很好。還有啊，聽我説，醫生，到時候可能會有一點兒小小的危險，你最好把你當兵時用的那把左輪手槍揣在兜裏。」他揮了揮手，跟着就轉過身去，即刻消失在了人群之中。

按我自己的感覺，我並不比周圍的人們魯鈍，可是，

跟歇洛克·福爾摩斯打交道的時候，我總是會意識到自己的愚笨，由此覺得沮喪不已。就拿今天的事情來說吧，他聽到的我都聽到了，他看見的我也都看見了，可是，他那些話顯然已經表明，他不光清楚地知道之前發生了甚麼事情，還知道接下來將要發生甚麼事情，我呢，卻還是覺得整件事情離奇詭異、無從索解。坐車回肯辛頓街區我自己家的路上，我從頭到尾想了想今天的事情，想到那個紅頭髮《大英百科全書》抄寫員的奇特故事，想到我和福爾摩斯的薩克斯－科伯格廣場之行，又想到他臨走時那些預示着危險的話語。稍後的夜間冒險到底是怎麼回事，他為甚麼要我帶上武器？我們要去的地方是哪裏，去那裏做甚麼？福爾摩斯倒是提醒過我，那個臉蛋光光的當鋪伙計是個非常可怕的人，興許還正在策劃一場陰謀。我試着解開這些謎團，最終卻還是在絕望之中選擇放棄，暫且放下了這件事情，無論如何，晚上就會有答案了吧。

九點一刻，我從家裏出發。我走的是穿過公園的那條路，最後就從牛津街轉進了貝克街，看到福爾摩斯家的門口停着兩輛雙輪雙座馬車。剛走進樓下的過道，我就聽見樓上有說話的聲音。踏進他的房間之後，我發現他正和兩個男人聊得熱火朝天，其中一個我認識，是警方探員彼得·瓊斯，另一個則身材瘦高、面容哀戚，禮帽打理得熠熠生輝，長禮服氣派得讓人敬而遠之。

「哈！咱們的人到齊了，」福爾摩斯一邊說，一邊扣上自己的雙排扣粗呢上衣，還把擱在架子上的那根沉重獵

鞭 * 拿了下來。「華生，蘇格蘭場 † 的瓊斯先生你應該認識吧？我來給你介紹一卜這位梅瑞威瑟先生，他也會加入今天晚上的冒險旅程。」

「您瞧，咱們又要並肩打獵了，醫生，」瓊斯的口吻還是那麼自命不凡。「咱倆的這位朋友可真是擅長組織狩獵活動啊。這一次，他又找了我這條老獵犬來幫他撲倒獵物。」

「我只是希望，咱們追的不會是甚麼子虛烏有的獵物，」梅瑞威瑟先生悶悶不樂地說道。

「您應該對福爾摩斯先生抱有百倍的信心，先生，」探員趾高氣揚地說道。「他有他自個兒的一套小小辦法，只可惜，希望他聽了不要介意，那些方法稍微有一點點稀奇古怪、紙上談兵。當然，偵探的天賦他還是有的。不過份地說，之前的一兩件案子當中，比如那件牽涉到阿格拉寶藏的舒爾托謀殺案 ‡，他的判斷的確比警方更接近事實。」

「哦，瓊斯先生，既然您都這麼說，那我就放心了，」陌生人對瓊斯的話表示尊重。「不過，說老實話，我還是挺惦記我的橋牌比賽的。整整二十七年當中，週六晚上打不成橋牌的經歷對我來說還是頭一回呢。」

「依我看，您馬上就會發現，」歇洛克·福爾摩斯說

---

* 獵鞭 (hunting crop) 是一種沒有鞭梢的短馬鞭，可以充當武器。

† 蘇格蘭場 (Scotland Yard) 是倫敦警察廳的代稱，按照蘇格蘭場官網的說法，這是因為它原來的辦公地點有一道開在「大蘇格蘭場街」(Great Scotland Yard Street) 的後門。

‡ 相關記述可參見《四簽名》。

道，「今晚的彩頭比您以往的任何一次比賽都要大，所以呢，這一次的遊戲肯定會更加刺激。對您來說，梅瑞威瑟先生，今晚的彩頭大概有三萬鎊，你呢，瓊斯，你的彩頭就是你一直想抓的那個傢伙。」

「約翰·克萊，殺人、偷盜、印鈔票、造假貨，無所不為。雖然他年紀還輕，梅瑞威瑟先生，但卻已經成了他那個行當裏數一數二的人物，全倫敦的罪犯之中，我最想拿銬子銬上的就是他。說實在的，約翰·克萊這小子還真是不一般。他祖父是王室的一位公爵，他自個兒也在伊頓公學*和牛津大學待過。他手腳利落，腦子也跟手腳一樣靈活，我們雖然一次又一次地看到他留下的蛛絲馬跡，他本人卻始終不見蹤影。他頭一個星期剛在蘇格蘭砸爛了一張嬰兒床，下一個星期沒準兒又會在康沃爾†出現，為興辦孤兒院的事情籌集資金。我追蹤了他好些年，但卻從來沒有親眼看到過他。」

「我希望，今晚我就能得到把他介紹給你的榮幸。我也跟約翰·克萊先生打過一兩次交道，完全同意你的看法，他的確是他那個行當裏數一數二的人物。不過，眼下已經十點多了，咱們還是趕緊出發吧。你們倆坐第一輛馬車好了，我和華生在後面跟着。」

這段路雖然很長，歇洛克·福爾摩斯卻沒怎麼開口說話，只是自顧自地倚在車座上，嘴裏哼着今天下午剛剛聽過的那些曲調。點着煤氣路燈的一條條街道宛如一座沒有

---

* 　伊頓公學 (Eton) 是英國最頂尖的私立中學之一。
† 　康沃爾 (Cornwall) 是英格蘭西南端的一個郡，與蘇格蘭相距遙遠。

盡頭的迷宮，我們的馬車就在這座迷宮裏轔轔駛過，一直跑到了法靈頓街。

「咱們就要到了，」我朋友開了口。「這個梅瑞威瑟是一名銀行董事，這事情關係到他的切身利益。後來我又覺得，把瓊斯一塊兒叫上也不錯。他這人不壞，只不過辦案的時候完全是個低能兒。他只有一樣好處，那就是勇敢得像隻牛頭犬，同時又犟得跟龍蝦一樣，鉗子一夾到誰就再也不會鬆開。好啦，咱們已經到了，他倆在等咱們呢。」

腳下的這條通衢我倆上午剛剛來過，此時也跟上午一樣人潮洶湧。我們打發走了馬車，然後就跟着梅瑞威瑟先生穿過一條狹窄的過道，走進了他為我們打開的一道側門。門裏面有一條狹窄的走廊，走廊盡頭是一道巨大的鐵門。鐵門開了之後，我們走下一段曲折的石頭台階，台階盡頭是又一道無比堅固的大門。梅瑞威瑟先生停了一停，點起一盞提燈，然後就領着我們走進了一條散發着泥土氣息的黑暗過道。這麼着，打開第三道大門之後，我們就進入了一個巨大的保險庫或者地下室，身邊堆滿了板條箱，還有一些碩大的盒子。

「從上方下手的話，你們這兒還是不太容易攻破的，」福爾摩斯一邊說，一邊舉着提燈四處張望。

「下方也一樣，」梅瑞威瑟先生說道，說着就用自己的手杖敲了敲鋪在地上的石板。「怎麼回事，天哪，聽聲音，下面好像是空的啊！」說完之後，他驚愕地抬起了頭。

「我真的要請您安靜一點兒！」福爾摩斯的口氣十分

嚴厲。「您已經給我們的行動帶來了徹底失敗的危險。麻煩您行行好，找個箱子坐下，別再管這件事情，行嗎？」

莊重威嚴的梅瑞威瑟先生在一隻板條箱上坐了下來，臉上是一副傷得不輕的表情。與此同時，福爾摩斯跪到地上，開始用提燈和放大鏡仔細檢查石板之間的縫隙。短短幾秒鐘之內，他得到了滿意的結果，於是便一躍而起，把放大鏡放回了兜裏。

「咱們至少還有一個鐘頭的時間，」他說道，「不等到那位實心眼兒的當鋪掌櫃安然就寢，他們是不會採取任何行動的。那之後，他們就會爭分奪秒地立刻動手，因為收工越早，逃跑的時間也就越充裕。眼下呢，醫生，你肯定也猜到了，咱們是在倫敦一家大銀行的故城分行，在他們的地下室裏。梅瑞威瑟先生是這家銀行的董事會主席，讓他給你解釋一下吧，目前這個時候，倫敦那些膽子比較大的罪犯為甚麼會對這個地下室產生這麼大的興趣。」

「他們是衝我們的法國黃金來的，」董事先生低聲說道。「我們已經接到了幾次警告，說有人可能會打它的主意。」

「你們的法國黃金？」

「是的。幾個月之前，我們需要充實自己的資金儲備，因此就從法蘭西銀行借來了三萬枚拿破侖金幣。到後來，消息傳了出去，大家都知道我們始終沒有動用這筆資金，知道這些金幣仍然放在我們的地下室裏。我現在坐的這隻板條箱裏就裝着二千枚拿破侖金幣，中間還墊着一層層錫箔。這個分行目前存放的黃金遠遠超過了一間分行通

常的儲備量，董事們一直都很擔心這件事情。」

「你們的擔心完全是有理有據，」福爾摩斯說道。「好了，咱們該制訂一個小小的作戰計劃了。據我估計，一個鐘頭之內，千鈞一髮的時刻就會來臨。對了，梅瑞威瑟先生，咱們必須得把這盞提燈的擋板放下來。」

「那不就得坐在黑暗裏了嗎？」

「我看是只能如此。其實我帶了一副牌在身上，本來是這麼想的，既然咱們四個剛好可以湊成兩對*，您興許終歸可以打上橋牌。可是，我發現敵人的準備十分周詳，咱們不能冒險讓他們瞧見光亮。好了，咱們要辦的第一件事情就是找好各人的位置。那些人可都是膽大包天，咱們雖然可以打他們一個措手不及，不留神的話也會傷在他們手裏。我準備站在這隻板條箱後面，你們就躲在那堆箱子背後。然後呢，一旦我把燈光投到他們身上，你們就趕緊圍上來。要是他們開火的話，華生，你就用槍把他們撂倒，可不要覺得過意不去。」

我蜷在一隻木箱背後，拉開左輪手槍的保險，把槍架在了箱子上。福爾摩斯把提燈前端的擋板拉了下來，周圍立刻變得漆黑一片。這麼徹底的黑暗，我以前還沒有見識過。不過，金屬受熱的氣味依然在告訴我們，燈光並沒有熄滅，瞬間的動作就可以把它釋放出來。我的神經已經被等待的焦灼搞得異常興奮，此時就禁不住產生了一種沉重壓抑的感覺，一方面是因為這種突如其來的黑暗，一方面是因為地下室裏的陰冷空氣。

---

* 原文是法語「*partie carrée*」，指參與者包括兩對男女的約會。

「他們只有一條退路，」福爾摩斯悄聲說道。「那就是從這裏倒回去，通過那座房子逃進薩克斯－科伯格廣場。你應該已經按我的要求安排好了吧，瓊斯？」

「我派了一名督察*和兩名警員在房子的前門守着。」

「這麼說，咱們已經封死了所有的洞口。好了，咱們都別說話，就這麼等着。」

時間可真是漫長！後來我們對了一下錶，發現我們只等了一小時十五分鐘，可是，我當時的感覺卻是這個夜晚就要過去、外面的天恐怕都開始亮了。我不敢改變姿勢，結果就把自己的手腳弄得又乏又僵。與此同時，我的神經卻達到了極度興奮的狀態，聽覺也變得無比敏銳，不但可以聽到同伴們輕微的呼吸，還可以聽出呼吸之間的區別。略顯深沉粗重的吸氣聲來自身材健碩的瓊斯，嘆息一般的纖細聲響則來自那位銀行董事。躲在目前的這個位置，我可以從箱子頂上往地板的方向張望。突然之間，我眼前出現了一點亮光。

剛開始，那只是石頭地板上的一點詭異火星。接下來，火星越拉越長，變成了一條黃色的亮線。再下來，沒有任何徵兆，也沒有任何聲響，地板上已經憑空多出了一道裂縫，一隻手出現在了裂縫裏。那是一隻白得有點兒脂粉氣的手，在那片小小光亮的中央探來探去，手指還不停地扭動。至少過了一分鐘的時間，那隻手的高度才超過了地板。緊接着，那隻手縮了回去，跟出現的時候一樣突然，

---

* 英國的警銜系統與香港大致相同，故書中警銜的譯名比照香港警銜，由低到高包括警員、警長、督察、警司等等級別。

眼前又變得漆黑一片，剩下的只有那個從石頭罅隙裏透出來的詭異火星。

不過，這樣的情形只持續了短短的片刻。只聽得一聲震耳的巨響，地上那些白色的大石板有一塊突然翻了個個兒，露出一個深深的方形洞口，提燈的光線從洞口湧了上來。一張刮得乾乾淨淨、帶着幾分孩子氣的臉探到洞口外面，仔仔細細地張望了一番。緊接着，兩隻手分別搭到了洞的兩邊，這張臉便越升越高，漸漸露出了下面的肩頭和腰身，到最後，一隻膝蓋擱到了洞口邊緣。轉眼之間，來人已經站在了洞口，後面還跟了一個同伴。同伴跟他本人一樣靈活瘦小，長着一張蒼白的臉和一頭十分鮮豔的紅髮。

「一切正常，」來人低聲說道。「你的鑿子和袋子呢？糟了！快跑，阿契，快跑，死罪由我來頂着！」

說時遲那時快，歇洛克·福爾摩斯已經跳了出去，一把揪住了來人的衣領。另一名闖入者縱身跳進地洞，瓊斯連忙抓住那人的衣服下擺，我立刻聽到了衣服撕裂的聲音。燈光映出一把左輪手槍的槍管，可福爾摩斯的獵鞭已經抽到了來人的手腕，「哐噹」一聲，手槍砸在了石頭地板上。

「沒用的，約翰·克萊，」福爾摩斯溫和地說道。「你根本就沒有逃跑的機會。」

「我也看出來了，」對方的口氣平靜得無以復加。「可我知道，我的伙伴已經安全了，雖然我看得見，他的衣角落在了你們手裏。」

「有三個人在那邊的門口等他呢，」福爾摩斯説道。

「噢，真的啊！你們這件事情還辦得挺仔細的嘛，我得誇誇你們。」

「彼此彼此，」福爾摩斯回答道。「你那個紅頭髮的點子非常新穎，效果也相當不錯。」

「你很快就能見到你的伙伴，」瓊斯説道。「因為他鑽地洞的速度可比我快多了。把手伸出來，我好給你戴上鐲子。」

「麻煩你，別把你那雙髒手伸到我身上，」手銬「咔嗒」一聲合上的時候，我們的犯人説道。「你們興許還不知道吧，我身上可流着王室的血液呢。麻煩你們，跟我説話的時候，一定不能忘了加上『閣下』和『請』。」

「好吧，」瓊斯先是瞪了他一眼，跟着又吃吃地笑了一笑。「那麼，閣下，請您移駕上樓，好讓我們找輛馬車送閣下去警局，可以嗎？」

「這還差不多，」約翰·克萊泰然自若地説道。他飛快地衝我們三人稍稍鞠了個躬，然後就默不作聲地在探員的押送之下走了出去。

「説真的，福爾摩斯先生，」我們三人跟着他倆走出地下室的時候，梅瑞威瑟先生説道，「我真不知道我們的銀行該怎樣感謝您，又該怎樣酬報您的功勞。您剛剛以一種滴水不漏的方式查明並挫敗了一起險惡程度前所罕有的銀行劫案，確實讓我心服口服。」

「即便沒有這件事情，我自己也有一兩筆小賬要跟約翰·克萊先生算一算，」福爾摩斯説道。「辦這件案子產

生了一點小小的費用，我希望銀行方面可以報銷，其他就不必了。我有了一次在諸多方面都堪稱獨一無二的經歷，又聽到了關於紅髮俱樂部的那個非凡故事，由此已經得到了極大的回報。」

「你得明白，華生，」凌晨時分，我倆正在貝克街喝威士忌加蘇打水，福爾摩斯開始向我解釋。「這案子從一開始就非常明顯，紅髮俱樂部的啟事也好，抄寫《大英百科全書》的工作也罷，這些事情雖然相當古怪，目的卻只可能有一個，那就讓那位腦子不算特別靈光的當鋪掌櫃每天離開幾個小時，免得擋了別人的道。這種支開障礙的招數確實很不尋常，不過，說實在話，更好的招數還真是不容易找。毫無疑問，腦子非常好使的克萊之所以能夠想到這種招數，肯定也是受了同伙頭髮顏色的啟發。開出四鎊的週薪，當鋪老闆就必然會上鉤，再者說，這些傢伙做的是成千上萬的買賣，這點錢對他們來說又算得了甚麼呢？這麼着，兩個無賴登出啟事，一個無賴待在臨時租來的辦公室裏，另一個無賴攛掇當鋪老闆去應徵，兩個無賴再合力保證他每個工作日的上午都不在家裏。一聽說那個伙計只要一半的工錢，我就清楚地意識到，他如此急於得到這個職位，一定有甚麼相當重大的圖謀。」

「可是，他們的圖謀具體是甚麼，你是怎麼猜出來的呢？」

「要是當鋪裏有女人的話，我多半會覺得，這僅僅是一起格調低下的桃色事件。可是，事實證明這種可能性並

不存在。當鋪的生意非常小，鋪子裏的哪一件東西也不值得他們如此大費周章，還賠上這許多的費用。如此說來，他們想要的玩意兒一定是在房子外面。究竟是甚麼玩意兒呢？我想起了這個伙計的照相嗜好，還有他老在地下室裏賴着的那套把戲。沒錯，就是地下室！這團亂麻的線頭就在這裏。這之後，我問了幾個關於這個神秘伙計的問題，結果就發現，我需要對付的竟然是全倫敦頭腦最冷靜、膽量最驚人的罪犯之一。他肯定是在地下室裏搞某種玩意兒，某種需要他每天花上許多個小時、連續搞上幾個月的玩意兒。那麼，我們再問一次，究竟是甚麼玩意兒呢？我只能想出一個答案，也就是說，他打算挖一條通往其他建築的地道。

「咱們去勘查現場的時候，我已經知道了上面說的這些事情。看見我用手杖敲打人行道的時候，你還覺得非常驚訝哩。實際呢，當時我只是想檢驗一下，地下室在房子下面往外延伸，究竟是向前還是向後。檢驗的結果是，它並沒有向房子的前方延伸。於是我拉響門鈴，然後呢，如我所願，當鋪的伙計出來開了門。以前我跟他小小地較量過幾次，但卻從來沒有跟他打過照面。他開門之後，我基本上沒看他的臉，他的膝蓋則正好符合我的預期。當時你一定也注意到了，他褲子的膝蓋部位有多少的磨損痕跡、多少的褶皺，又有多少的污漬，這些東西全都在訴說他無數個鐘頭的挖掘工作。好了，現在只剩下一個問題，也就是說，他這些挖掘工作為的是甚麼。我轉過街角，看到城畿銀行正好在我們主顧那間鋪子的背面，於是就覺得，我

的問題已經有了答案。聽完演奏會之後，你坐車回了家，我卻跑去拜訪了一下蘇格蘭場，然後又拜訪了一下銀行的董事會主席，結果嘛，你已經親眼看到了。」

「那麼，你憑甚麼斷定他們會在昨天夜裏動手呢？」

「這個嘛，他們既然關掉了俱樂部的辦公室，說明他們已經不再關心傑貝茲·威爾遜先生是否在家。換句話說，他們已經挖通了地道。對他們來說，至關重要的事情就是趕緊讓地道派上用場，因為地道可能會被人發現，黃金也可能被轉移到別的地方。週六比其他任何日子都更加適合他們，原因是這樣一來，他們就有兩天的逃跑時間。所有這些理由都讓我斷定，他們會在昨天夜裏動手。」

「你這番演繹真是妙極了，」我擊節叫好，心裏也佩服得五體投地。「這麼長的一根鏈條，每個環節卻都是無懈可擊。」

「它可以讓我擺脫無聊，」他打着哈欠回答道。「唉！說着說着，我已經又開始覺得無聊了。我的人生就是一場漫長的逃亡，為的是擺脫平淡庸碌的存在狀態。就這個方面來說，這些小小的問題對我不無裨益。」

「而你卻有益於整個人類，」我說道。

他聳了聳肩。「呃，也許吧，說到底，我的人生多少還是有點兒用的，」他如是說道。「居斯塔夫·福樓拜在給喬治·桑的信中說得好，『作者毫無意義──作品意義無窮』*。」

---

* 這句引文原文為法語，與原句有微小出入。居斯塔夫·福樓拜 (Gustave Flaubert, 1821–1880) 為法國文學巨匠，喬治·桑 (George

Sand, 1804–1876) 為法國女作家，二人過從甚密，有大量書信往來；亞瑟・柯南・道爾寫作這個故事有可能受到了他景仰的美國作家福爾摩斯 (Oliver Wendell Holmes, Sr., 1809–1894) 的啟發，後者的文集《早餐桌上的獨裁者》(*The Autocrat of the Breakfast-Table*, 1858) 當中提到了一個背下了百科全書 A 字頭大量詞條、學問止於他背得的最後一個詞條的人。

身份問題

　　一天，我和歇洛克‧福爾摩斯分坐在他貝克街寓所的壁爐兩邊。「親愛的伙計，」他如是説道，「生活比人們的任何想像都要奇異，人的想像根本不能與它同日而語。生活當中處處可見的一些尋常事情，咱們連想都不敢去想。如果能攜手飛出這扇窗子，盤旋在這座巨大城市的上空，然後悄悄地揭開下方的屋頂，瞧一瞧正在屋裏上演的種種古怪事情，瞧一瞧各式各樣的離奇巧合、圖謀算計和誤解猜疑，瞧一瞧那些奇妙的事件鏈條，再瞧一瞧所有這些東西如何世代相因、產生種種最為不可思議的結果，咱們一定會覺得，所有的虛構作品都只是一些結局可想而知的俗套常規，不但陳舊至極，而且毫無意義。」

　　「你説的這些並不能讓我信服，」我回答道。「通常情況之下，報紙上登的案子全都是十分無聊、十分粗俗。我們的警訊報道已經將現實主義風格發揮到了極致，結果呢，只能説是既不精彩，也不藝術。」

　　「要得到真正的現實主義效果，必不可少的是一定程度的挑選和鑑別，」福爾摩斯説道。「警訊報道當中沒有這兩樣東西，原因嘛，興許在於它們的刻劃重點是地方吏員的官腔，並不是案子的細節，而在一名觀察專家看來，細節才是案子的精魂所在。你一定得相信，甚麼東西也不

能像日常生活這麼稀奇古怪。」

我笑着搖了搖頭。「你這麼想，我完全能夠理解，」我說道。「當然嘍，身為一名民間顧問，你成天都在替那些傷透腦筋的人排憂解難，範圍遍及三個大洲，這樣一來，你接觸到的自然都是些稀奇古怪的事情。可是，喏」——我從地上撿起了當天的晨報——「咱們就拿它來做一個現實的測試好了。你瞧，我眼前的第一個標題就是『虐妻暴行』。標題下面的文章佔了半欄，可我不用看也知道，它講的都是些我十分熟悉的事情。可想而知，裏面必然牽扯到第二個女人、酗酒使氣、推推搡搡、拳打腳踢、鼻青臉腫、滿心同情的姐妹或者女房東，如此等等。最粗俗的作家也虛構不出比這更粗俗的事情。」

「老實說，你挑上這個例子可不怎麼走運，」福爾摩斯接過報紙掃了一眼，如是說道。「這篇文章講的是鄧達斯分居案，而我呢，剛巧幫人家解決過幾個跟這件案子有關的小問題。做丈夫的滴酒不沾，案子當中也沒有第二個女人，妻子抱怨是因為丈夫染上了一個習慣，每次吃完飯都會把自己的假牙取下來，然後再把它往妻子的身上扔。按我看，你應該會同意，這樣的舉動可不是一般的小說家想得出來的。來一撮鼻煙吧，醫生，然後就痛痛快快地承認，你這個例子幫的是我而不是你。」

他把鼻煙壺遞了過來，這是個古舊的黃金鼻煙壺，蓋子中央鑲着一顆巨大的紫水晶。這件玩意兒極盡奢華，跟他的樸素作派和簡單生活格格不入，以致我不得不品評了幾句。

「哦，」他說道，「我倒是忘了，咱倆已經好幾個星期沒見了。這是波希米亞國王送我的一件小紀念品，因為我在艾琳・阿德勒相片事件當中幫了他的忙。」

「這個戒指呢？」我瞥見他手指上有一顆璀璨異常的寶石*，於是就問了一句。

「這是荷蘭王室送的，不過，我幫他們辦的那件事情實在是太過微妙，即便是你我也不能透露，雖然你那麼地不辭勞苦，把我的一兩件小小事跡寫了出來。」

「眼下你手頭有案子嗎？」我興致勃勃地問道。

「有那麼十到十二件吧，只可惜都沒有甚麼有趣之處。一件件的都很重大，你明白吧，同時又沒有甚麼意思。說實在的，我已經發現，一般來說，只有無關緊要的案子才能給人留下觀察的餘地，才能用得上機敏迅捷的因果分析，給調查工作添點兒樂趣。比較嚴重的罪行通常都比較簡單，原因是罪行越大，動機呢，一般說來，也就越明顯。我手頭的這些案子當中，只有從法國馬賽轉過來的那件案子還算是相當複雜，其他的都只能說是毫無趣味。不過，很有可能，等不了幾分鐘，我就可以接到一件像樣一點兒的案子。這不，除非我的判斷完全錯誤，不然的話，下面來的那個一定是我的主顧。」

說話間，他已經從椅子上站了起來，這會兒正站在兩道掀開的百葉簾之間，眼睛望着下面那條灰暗乏味的倫敦街道。從他的肩頭望下去，我看到對面的人行道上站着

---

*　這篇故事首次發表於 1891 年 9 月；「寶石」的原文為「brilliant」，指的是「明亮式切割的寶石」，明亮式切割是一種常用的寶石琢磨方式，成品有許多切面，反射光線的效果非常好。

一個高大的女人，脖子上圍着一塊粗大的毛皮，歪搭在耳邊的寬邊帽子上簪着一根又大又捲的紅色羽毛，頗有點兒德文郡公爵夫人*那種賣弄風情的味道。頂着這件碩大招搖的飾品，她慌裏慌張、猶猶豫豫地瞟着我們的窗子，身子不停地前後搖晃，手指則撥弄着手套上的扣子。突然之間，她拿出一副游泳運動員跳水的架勢，身子向前一衝，急匆匆地穿過了街道，我倆馬上就聽到了刺耳的門鈴聲。

「我以前也見過這樣的表徵，」福爾摩斯一邊說，一邊把手裏的香煙扔進了壁爐。「站在人行道上搖來晃去，這樣的表現總是意味着感情問題。她想徵詢別人的意見，同時又擔心這種事情太過私隱，不好對別人講。不僅如此，這一類的問題還可以往細裏分。女人如果遭受了男人的嚴重傷害，那她就不會搖來晃去，通常的表徵將會是一根被人生生拉斷的鈴繩。就眼下的情形來說，咱們不妨假定，這事情牽涉到一場戀愛，可它帶給那位姑娘的感覺並不是憤怒，多半是迷惑或者悲傷。好了，她已經親自來解答咱們的疑問了。」

話音未落，門上傳來一聲叩擊，身穿黑色制服的小聽差進來通報，瑪麗·薩瑟蘭小姐已經光臨。小姐本人站在瘦小的聽差背後，如同行駛在引水小艇後面的一艘張滿風帆的大商船。歇洛克·福爾摩斯用他那種隨意而不失文雅

---

* 德文郡公爵夫人 (Duchess of Devonshire) 是英國貴族喬治亞娜·卡文迪許 (Georgiana Cavendish, 1757–1806) 的頭銜，她以美艷時髦、作風大膽著稱，是當時的時尚明星。在英國著名畫家庚斯博羅 (Thomas Gainsborough, 1727–1788) 的肖像名畫《德文郡公爵夫人》當中，她戴的就是一頂簪有羽毛的大帽子。

的獨特方式招呼了一聲，跟着就關上房門，頷首示意她坐到一把扶手椅上，然後才開始打量她的模樣，用的則是他那種明察秋毫卻又漫不經心的獨特方式。

「視力不太好，」他説道，「又打那麼多字，您會不會覺得有點兒費勁呢？」

「剛開始的確有點兒費勁，」她回答道，「還好，現在我熟悉了那些字母的位置，打的時候也用不着看了。」緊接着，她突然意識到了福爾摩斯話裏蘊藏的全部意義，身子猛然一顫，抬起眼睛，寬大和藹的臉龐顯得驚詫莫名。「莫非您聽説過我的情況嗎，福爾摩斯先生，」她叫道，「要不然，您怎麼會知道這些事情呢？」

「別管這個了，」福爾摩斯笑着説道，「我做的是這個行當，自然應該知道這樣那樣的事情。興許，這也是因為我進行了一番自我訓練，可以看到一些別人看不到的東西。不然的話，您幹嗎還來找我諮詢呢？」

「我來找您，先生，是因為我聽伊瑟瑞吉太太説，包括警方在內的所有人都找不到她丈夫，最後就當她丈夫死了，可您輕輕鬆鬆就把他找了回來。噢，福爾摩斯先生，真希望您能幫我辦到同樣的事情。我並不富裕，可我自個兒名下也有一百鎊的年金，還可以靠打字機再掙一點兒，只要您能查到霍斯莫·安吉爾先生的下落，我可以把所有的錢都給您。」

「動身來找我的時候，您幹嗎走得這麼匆忙呢？」歇洛克·福爾摩斯問道，兩隻手的手指攏在一起，眼睛望着天花板。

驚駭的表情又一次掠過了瑪麗‧薩瑟蘭小姐那張多少有點兒木訥的臉。「沒錯，我是從家裏衝出來的，」她說道，「因為我看到溫迪班克先生——也就是我父親——對這件事情滿不在乎，心裏非常生氣。他不肯去報警，也不肯來找您，甚麼都不肯做，光知道不停地說沒事沒事，到最後，我實在氣得不行，所以就穿上出門的衣服，直接找您來了。」

　　「您剛才提到了您的父親，」福爾摩斯說道，「肯定是您的繼父吧，既然你們倆不是一個姓。」

　　「是的，他是我的繼父。聽着雖然可笑，可我還是管他叫父親，他才比我大五歲零兩個月呢。」

　　「您母親還健在吧？」

　　「哦，是的，我母親還在，而且活得好好的。當時我並不是特別高興，福爾摩斯先生，因為我父親剛死不久她就嫁了人，嫁的還是一個比她小將近十五歲的人。我父親原來在托特納姆宮廷路做管子生意，身後留下了一樁相當大的買賣。母親把買賣接了下來，和工頭哈迪先生一起打理。可是，來到我家之後，這個溫迪班克先生就攛掇我母親賣掉了鋪子，因為他是個推銷葡萄酒的行商，覺得自個兒很了不起。連字號帶產業，他們一共才賣了四千七百鎊，要是我父親還在的話，肯定不會只賣這麼點兒錢。」

　　我本來以為，這通東拉西扯、雞毛蒜皮的敍述會把歇洛克‧福爾摩斯搞得很不耐煩。事實卻跟我的估計恰恰相反，因為他聽得再專注不過了。

「您名下的那筆小小年金，」他問道，「是從這樁買賣裏得來的嗎？」

「哦，不是，先生。它跟這樁買賣沒有關係，是奧克蘭*的內德叔叔留給我的遺產，全都是新西蘭股票，每年有百分之四點五的利息。股票總額是二千五百鎊，不過，我能動用的只是利息。」

「您說的這些事情有趣極了，」福爾摩斯說道。「既然您每年的固定收入多達一百鎊，自己還能再掙一些，那您肯定會到處旅遊，從各個方面優待自己吧。據我估計，單身女士每年能收入六十鎊左右的話，生活就可以過得非常不錯了。」

「比這個數少得多我都能過，福爾摩斯先生，可您肯定明白，只要還在家裏住着，我就不想成為他們的負擔，所以呢，既然我跟他們住在一起，我的錢就是大家一起用。當然嘍，這樣的情況只是暫時的。溫迪班克先生按季度支取我的利息收入，再把錢交到我母親手裏，我呢，靠打字掙的錢就可以過得很好了。打一張紙可以掙兩個便士，我一天通常都可以打十五到二十張。」

「您已經把自個兒的境況講得很清楚了，」福爾摩斯說道。「這位是我的朋友，華生醫生，當他的面您甚麼都可以說，就跟對我說一樣。現在，請把您和霍斯莫·安吉爾先生之間的關係原原本本地告訴我們吧。」

薩瑟蘭小姐臉上泛起一抹紅暈，慌慌張張地理了理短

---

* 叫奧克蘭 (Auckland) 的地方不止一個，根據上下文，這裏的奧克蘭應該是指新西蘭北島上的那個港口城市。

外套上的鑲邊。「我第一次見他是在那些煤氣管道工人辦的舞會上，」她說道。「父親在世的時候，他們通常都會寄幾張票給他。後來有一次，他們又想起了我們家的人，於是就給我母親寄了票。溫迪班克先生不讓我們去，實際上，他從來都不讓我們去任何地方。哪怕我只是去參加一次主日學校 * 辦的招待會，他都要大發雷霆。可是，那一次我已經打定主意要去，無論如何也要去，他有甚麼權力不讓我去呢？我父親所有的朋友都會去，他卻說那些傢伙的身份配不上我們。他還說我沒有合適的衣服，可我衣櫥裏明明有一件紫色的長絨禮服，從來都沒拿出來穿過呢。到最後，他發現別的招數都不管用，就跑到法國出差去了。沒他我們還是照樣去，我和我母親，還有我們家以前的工頭哈迪先生。就是在那次舞會上，我遇上了霍斯莫‧安吉爾先生。」

「依我看，」福爾摩斯說道，「溫迪班克先生從法國回來，發現你們去了舞會，一定是非常生氣吧。」

「哦，這個嘛，他這一次的表現還是挺好的。我記得他只是笑了笑，聳了聳肩膀，跟着就說了一句，拒絕女人的任何要求都是沒有用的，因為她們總歸會由着自己的性子來。」

「我明白了。好了，您剛才說的是，在煤氣管道工人的舞會上，您認識了一位名叫霍斯莫‧安吉爾的先生。」

「是的，先生。那天晚上我遇見了他，第二天他就上

---

* 　主日學校 (Sunday School) 是利用星期天對青少年進行宗教教育的慈善機構，後來也提供其他方面的課程。

門探訪，看我們有沒有安全到家。後來，我們又跟他見了面──我是說，福爾摩斯先生，我又跟他見了兩次面，一起散步。可是，等我父親回家之後，霍斯莫‧安吉爾先生就再也不能上門來了。」

「不能嗎？」

「是啊，您得知道，我父親不喜歡這一類的事情。他巴不得家裏一個客人都沒有，而且老是說，女人就應該高高興興地待在自個兒的家庭圈子之內。可是，就像我常常跟母親說的那樣，女人的第一件事情就是得有一個屬於自己的圈子，可我到現在都還沒有呢。」

「可是，霍斯莫‧安吉爾先生是甚麼反應呢？難道他沒有設法跟您見面嗎？」

「是這樣，父親準備一週之後再去法國，霍斯莫就寫信給我，提議我倆等他走了之後再見面，這樣更好也更保險，他還沒走的時候呢，我倆可以相互通信。那時他每天都會寫信給我，而我一早就會跑出去把他的信拿進屋裏，父親也就沒法發現了。」

「到這個時候，您跟這位先生有婚約了嗎？」

「哦，有的，福爾摩斯先生。第一次散步之後，我倆就訂了婚約。霍斯莫──我是說安吉爾先生──在利登霍街的一間事務所裏當出納──而且──」

「甚麼事務所？」

「最糟糕的地方就在這裏，福爾摩斯先生，我不知道。」

「那麼，他住在哪裏呢？」

「他就睡辦公室裏。」

「也就是説，您沒有他的地址？」

「沒有──只知道是在利登霍街。」

「可是，您給他寫信的時候，地址怎麼寫呢？」

「就寫利登霍街郵局，留交本人自取。他跟我説，要是把信寄到辦公室的話，其他那些辦事員發現有女士給他寫信，就會拿這事來尋他的開心。於是我説，我可以像他給我寫信的時候那樣，用打字代替手寫。可他堅決反對我這麼做，理由是親筆寫下的信才像是直接來自我本人，如果用打字機打的話，他就會覺得我倆之間隔了一台機器。這正好説明了他有多麼在意我，福爾摩斯先生，連這些小事情都想得那麼周全。」

「這確實意味深長，」福爾摩斯説道。「長期以來，我一直都篤信這樣一句至理名言，小事情最為重要，其意義無可估量。關於霍斯莫·安吉爾先生，您還記得別的甚麼小事情嗎？」

「他非常地腼腆，福爾摩斯先生。他不喜歡白天和我散步，總是選擇夜晚，理由是他非常討厭招搖過市。非常謙遜、非常紳士，他就是這麼個人，連説話的聲音都很輕柔。他嗓子不好，説起話來總是含含糊糊、如同耳語，不過他跟我説過，這是因為他年輕的時候得過扁桃體炎和扁桃腺腫大。他總是穿得很精神，又整潔又大方，不過他眼睛不好，跟我一樣，所以就總是戴着有顏色的眼鏡，為的是擋住強光。」

「那麼，等您繼父溫迪班克先生又去了法國之後，事情怎麼樣了呢？」

「霍斯莫·安吉爾先生又上我家來看我，並且提議，我倆應該趕在我父親回來之前辦完婚事。他的口氣嚴肅得讓人害怕，還叫我把雙手按在《聖經》上發誓，不管發生了甚麼事情，我都要永遠忠於他。我母親說，他讓我發誓也是很正常的，正好說明他非常癡心。我母親從一開始就喜歡他，甚至比我自己還要喜歡。接下來，他倆開始商量一週之內辦婚禮的事情。於是我就問他倆，父親會怎麼說，可他倆都說不用管，事後再告訴他就行了，我母親還說，她會負責把他安撫住的。這樣子我可不太喜歡，福爾摩斯先生。父親只比我大幾歲，請求他同意未免有點兒可笑，可我不願意偷偷摸摸地做事情，所以還是把信寫到了波爾多，他那個公司的法國辦事處就在那裏。可是，剛好在婚禮當天的早上，信被人退了回來。」

「這麼說的話，他沒有收到信嘍？」

「沒有，先生。信剛要寄到的時候，他卻動身回英國來了。」

「哈！這可真是不走運。如此說來，您辦婚禮的日子應該是星期五。是在教堂辦的嗎？」

「是的，先生，只不過辦得非常簡單。按照原來的計劃，我們會在國王十字車站附近的神聖救主教堂舉行婚禮，然後去聖潘克拉斯酒店吃喜宴。霍斯莫坐着一輛雙座馬車來找我們，可我和母親加上他一共是三個人，於是他就讓我和母親先上車，自己叫了一輛四輪馬車 * 跟在後

---

* 　這種四輪馬車 (four-wheeler) 的車廂在車夫身後，車廂兩邊都有門。

面，因為當時街上就那麼一輛馬車。我和母親先到了教堂，可是，等那輛四輪馬車趕過來的時候，我們怎麼等也不見他下來。車夫跳下車來看了看，車廂裏居然沒有人！車夫說，他怎麼也想不出客人去了哪裏，因為他親眼看見客人進了車廂。那是上週五的事情，福爾摩斯先生，打那以後，我再沒有看見或者聽說有關他下落的任何線索。」

「照我看，他讓您蒙受了極大的羞辱，」福爾摩斯說道。

「噢，沒有，先生！他這人非常好，非常善良，絕不會這麼對我的。唉，整個早上他都在對我說，不管發生了甚麼事情，我都要忠於他。他還說，即便有甚麼完全無法預料的事情分開了我倆，我也要始終牢記自己的誓言，因為他遲早會來要求我履行約定。婚禮當天的早上說這些話似乎有點兒奇怪，可是，後來的事情已經表明，他這些話顯然是有含義的。」

「絕對是有含義的。如此說來，您本人的看法是他遭遇了某種飛來橫禍，對嗎？」

「是的，先生。依我看，他肯定是預感到了甚麼危險，要不然就不會對我說這些話。事情發生之後，我心裏就想，他的預感不幸變成了現實。」

「可是，到底會是甚麼樣的不幸，您一點兒概念都沒有嗎？」

「沒有。」

「還有一個問題，您的母親怎麼看待這件事情呢？」

「她非常生氣，還叫我永遠也不要再提這件事情。」

「您的父親呢？您跟他說了嗎？」

「說了。他的想法似乎和我一樣，也覺得這只是一個意外，霍斯莫還會再來找我。就像他說的那樣，誰也不會故意把我領到教堂門口，然後又把我扔下，這麼幹能有甚麼好處呢？再說了，要是他借了我的錢，或者是結婚之後把我的錢轉到了他的名下，這麼跑了還算是有點兒理由，可是，霍斯莫在錢財的事情上非常獨立，從來沒有打過我一個子兒的主意。既然是這樣，究竟發生了甚麼事情呢？他為甚麼連封信都不寫呢？噢，我一想到這件事情就難過得跟瘋了一樣，夜裏也是一秒鐘都睡不着。」說到這裏，她從手籠裏抽出一條小手絹，用手絹蒙住了臉，大聲地抽泣起來。

「我會幫您查這件事情的，」福爾摩斯一邊說，一邊站了起來，「而且我敢肯定，我們能給您一個明確的答案。從現在開始，您不妨把這副擔子交到我的身上，自個兒就別再去想了。最重要的是，您得努力把霍斯莫·安吉爾先生從自己的記憶裏抹掉，就像他把他自個兒從您生活裏抹掉一樣。」

「您是說我再也見不到他了嗎？」

「我看是見不到了。」

「那麼，他究竟遇上了甚麼事情呢？」

「這個問題您交給我來處理就行了。我需要關於他外表的一份準確描述，此外，如果您願意提供的話，我還想看看他寫的那些信。」

「我在上週六的《每日紀事報》上登了尋人啟事，」

她說道。「您瞧，這就是報上剪下來的啟事，還有他寫給我的四封信。」

「謝謝您。您的地址是？」

「坎伯維爾路萊昂廣場 31 號。」

「安吉爾先生的地址您從來都不知道，這我明白，您父親上班的地方在哪裏呢？」

「他替韋斯特豪斯－馬班克酒行跑生意，那是家進口波爾多紅酒的大酒行，地點在芬丘奇街。」

「謝謝您。情況您已經講得非常清楚了，現在呢，您就把這些文件留在這兒，好好記着我剛才的建議，讓整件事情到此為止，別讓它影響您的生活。」

「您真是太好心了，福爾摩斯先生，可惜我做不到。我不能辜負霍斯莫，不管他甚麼時候回來，都會發現我還在等着他。」

帽子可笑也好，面容木訥也罷，我們的客人那份純樸的忠誠當中包含着一些高貴的東西，讓我們不得不肅然起敬。她把自己帶來的那一小沓文件放在桌子上，還答應我們隨傳隨到，然後就離開了。

歇洛克·福爾摩斯一聲不吭地坐了幾分鐘，雙手的指尖仍然頂在一起，雙腿直挺挺地伸在身前，雙眼則直勾勾地盯着天花板。接下來，他從架子上取下一個古舊油膩的陶土煙斗，點燃了這件對他來說不啻於謀臣策士的家什，然後就靠回椅子背上，口中騰起一股股濃濃的藍煙，臉上的神情無限慵倦。

「真是個有意思的案例，我是說這位姑娘，」他說

道。「我覺得，她本人比她那個小小的問題更有意思。順便提一句，她那個問題可一點兒都不新鮮。翻翻我那本索引，你就可以找出一些類似的案子，漢普郡的安多維爾一八七七年出過一件，荷蘭的海牙去年也出過一件差不多的事情。話說回來，這案子的點子雖然陳舊，其中倒真有一兩個我沒聽說過的細節。不過，真正讓人大開眼界的，還得說是這位姑娘本人。」

「你似乎從她身上看到了很多我看不到的東西，」我說道。

「你不是看不到，只是沒留意而已，華生。你不知道該往哪裏看，所以就錯過了所有的重要訊息。袖子非常重要，拇指指甲飽含深意，鞋帶也能說明一些大問題，這些我都教過你，可你總也學不會。好啦，你從她的外表裏看到了些甚麼呢？說說看。」

「呃，她戴了一頂暗藍色的寬邊草帽，上面插着一根磚紅色的羽毛。她的短外套是黑色的，上面縫着一些黑色的珠子，邊上還有一圈兒小小的墨玉飾品。她穿了一條褐色的裙子，顏色比咖啡色還要深得多，領子和袖子上都鑲了一點兒紫色的長毛絨。她的手套是灰色的，右手的食指已經磨穿。靴子我倒沒注意看。她還戴了一對又小又圓、甩來甩去的金耳環，總體的印象嘛，她以一種低俗、舒適、大大咧咧的方式過着一種相當富足的生活。」

歇洛克・福爾摩斯輕輕地鼓了鼓掌，吃吃地笑了起來。

「說真的，華生，你進步的速度相當快。你真的幹得確確實實非常不錯。誠然，你漏掉了所有的重要東西，可

你已經找對了方法，分辨色彩的眼光也很銳利。千萬不要相信甚麼總體的印象，伙計，一定要集中精力觀察細節。面對女人的時候，我第一眼總是會落在她的袖子上。如果是男人呢，也許是從他褲子的膝蓋部位下手比較好。你已經觀察到了，這個女人的袖子上有長毛絨，而長毛絨正是保留痕跡的絕好材質。她袖子手腕往上一點兒的地方有兩道凹痕，無比清晰地指明了打字員的手臂與桌子接觸的位置。手搖式縫紉機也會留下類似的凹痕，但卻只限於左胳膊，而且是在胳膊上離大拇指最遠的那一側，不會像她這樣，凹痕橫貫了胳膊上最寬的那個側面。這之後，我掃了一眼她的臉，發現她鼻樑兩邊都有夾鼻眼鏡留下的凹痕，於是就大着膽子推測她視力不好，而且經常打字，聽了我的話，她似乎相當驚訝。」

「我也相當驚訝。」

「可是，毫無疑問，這些都是非常明顯的東西。接下來的事情才讓我非常驚訝，同時又覺得非常有意思，因為我掃了一眼她的靴子，發現那兩隻靴子雖然彼此相像，本來卻不是一雙，其中一隻的靴尖上有一點兒小小的裝飾，另一隻卻沒有。兩隻靴子都有五粒扣子，一隻只扣了最下面的兩粒，另一隻扣的則是第一、第三和第五粒。好了，這麼一位其他衣着還算整潔的年輕女士，出門的時候穿的卻是兩隻不搭配的靴子，扣子也只扣了一半。看到這樣的情況，推斷她走得匆忙，並不能算是甚麼了不起的演繹吧。」

「還有別的嗎？」我問道。跟以前一樣，我朋友的透

徹分析又一次讓我產生了強烈的興趣。

「有一個順帶的發現，那就是她出門之前還匆匆地寫了張便條，而且是在穿戴整齊之後。你觀察到了她右手手套的食指已經磨穿，可你似乎沒有看見，手套和手指上都有藍紫色的墨水印跡。她寫便條寫得太着急，蘸墨水的時候把筆浸得太深了。這只可能是今天早上的事情，如其不然，手指上的墨水漬就不可能保留得這麼清晰。所有這些雖然相當有趣，卻也只是相當初級的東西。好了，華生，我還是回到正題上來吧。你願意把啟事當中對霍斯莫·安吉爾先生的描述念給我聽聽嗎？」

我把那張小小的剪報舉到了燈光下面，啟事是這麼寫的：

> 霍斯莫·安吉爾先生於十四日上午失蹤，身高約五英尺七英寸，體格健壯，臉色發黃，黑頭髮，頭頂略禿，蓄有濃密黑色連鬢鬍子及髭鬚，佩戴有色眼鏡，口音略顯含混。失蹤時衣裝包括絲綢鑲邊黑色禮服、黑色馬甲、阿爾伯特金錶鏈、灰色蘇格蘭花呢長褲、褐色鞋套 * 及鬆緊皮靴。據知受僱於利登霍街某事務所。
>
> 若有人將──

「不用念了，」福爾摩斯說道。「至於這些信嘛，」他掃了一眼桌上的信，接着說道，「全都是非常普通的東西。我從裏面找不出任何關於安吉爾先生的線索，光知道

---

* 鞋套是主要流行於十九世紀晚期及二十世紀早期的一種遮蓋腳背及腳踝部位的布製或皮製飾品。

他在信裏引用過一次巴爾扎克＊的話。不過，這些信有個地方很不尋常，一定會讓你大吃一驚。」

「這些信都是用打字機打的，」我説道。

「不光是信，連簽名都是用打字機打的，瞧瞧末尾這行整齊的小字，『霍斯莫·安吉爾』。信裏有日期，地址卻非常含糊，只有『利登霍街』這麼幾個字。這樣的簽名非常有啟發性，實際上，説它可以一錘定音也不為過。」

「定的甚麼音呢？」

「親愛的伙計，它跟這件案子的關連如此重大，你竟然看不出來嗎？」

「別的我可看不出來，只能推測這人是為了留下抵賴的餘地，如果有人告他悔婚的話，他就可以説這不是自己的簽名。」

「不對，關鍵不在這裏。接下來，我準備寫兩封信，這兩封信應該可以解決這件事情。一封寫給故城裏的一家商行，另一封寫給這位年輕女士的繼父溫迪班克先生，請他明晚六點上咱們這兒來。要我説，見一見女士家裏的男性親屬也不錯。好了，醫生，這兩封信得到回覆之前，咱們甚麼也幹不了。在此期間，咱們先把這個小問題擱到一邊兒好了。」

數不清的理由讓我對我朋友高超的演繹本領和非凡的行動能力深信不疑，因此我覺得，他既然以如此輕鬆自信的態度來對待手頭這件異乎尋常的謎案，一定是有甚麼不

＊　巴爾扎克 (Honoré de Balzac, 1799–1850) 為法國文學巨匠，《人間喜劇》(*La Comédie Humaine*) 的作者。

容置疑的依據。以前我只看見他失敗過一次，那就是波希米亞國王委託的艾琳‧阿德勒相片案。另一方面，回頭想想「四簽名」那件古怪案子，還有「暗紅習作」當中的種種離奇案情，我只能認為，連他都解不開的亂麻，不知道該亂到怎樣的程度。

這之後，我辭別了仍然叼着黑陶煙斗吞雲吐霧的福爾摩斯，心裏暗自確信，第二天傍晚我再來的時候，他肯定已經掌握了所有的線索，足以揭示瑪麗‧薩瑟蘭小姐那位失蹤新郎的身份。

當時我正在診治一個非常嚴重的病患，第二天又在那個病患的病床旁邊忙活了一整天，一直到將近六點才終於有了空閒。於是我趕緊跳上馬車趕往貝克街，心裏忐忑不安，怕的是到得太晚，不能在這件小小謎案蓋棺論定的時刻幫上他的忙。不過，到達貝克街的時候，我發現歇洛克‧福爾摩斯隻身一人，半睡半醒，頎長的身體蜷縮在他那把扶手椅裏面。桌上擺着一大堆瓶子和試管，房間裏瀰漫着蕭殺刺鼻的鹽酸氣味，於是我立刻知道，他一整天都在搞他無比鍾愛的那些化學實驗。

「呃，那個問題你解決了嗎？」我進門就問。

「解決了，那東西是硫酸氫鋇。」

「不，不是這個，那件謎案！」我叫了起來。

「噢，這個啊！我以為你問的是我之前測試的那種鹽呢。這案子從頭到尾都算不上一個謎，當然嘍，昨天我也說了，裏面的一些細節還是有點兒意思的。唯一的遺憾在

於，據我所知，恐怕沒有甚麼法律能制裁那個無賴。」

「那麼，那個無賴是誰，為甚麼要拋棄薩瑟蘭小姐呢？」

我剛剛提出這個問題，福爾摩斯還沒來得及開口作答，過道裏就傳來了一陣沉重的腳步聲，跟着就聽見有人敲門。

「來的是姑娘的繼父，詹姆斯·溫迪班克先生，」福爾摩斯說道。「之前他給我回了信，說他六點鐘會來。請進！」

一個中等個頭的壯實傢伙應聲而入，年紀三十上下，臉刮得乾乾淨淨，面色發黃，舉手投足之間帶着一種陰柔諂媚的神態，灰色的眼睛倒是十分銳利、咄咄逼人。他探詢地瞄了瞄我和福爾摩斯，把閃閃發亮的高頂禮帽放到食櫥上面，然後稍稍鞠了個躬，側着身子往旁邊挪了幾步，坐到了就近的那把椅子上。

「晚上好，詹姆斯·溫迪班克先生，」福爾摩斯說道。「照我看，這封答應我六點見面的打字信函，應該是您自己打的吧？」

「是的，先生。恐怕我來得遲了一點兒，可您應該知道，我也是身不由己。薩瑟蘭小姐拿這麼點兒小事情來打擾您，我在這兒跟您賠個不是，因為我覺得，家裏的這種事情真不該到處張揚。我是一點兒也不贊成她來的，可是，您肯定也發現了吧，這個姑娘性子很急，做事衝動，一旦她拿定了甚麼主意，要管住她也不是那麼容易。當然嘍，她來找您我也不是特別介意，因為您跟警方沒有關

係。話又說回來，把這種類型的家庭不幸嚷嚷到外面，終歸不是件讓人高興的事情。還有啊，這完全是白費力氣，原因在於，您怎麼可能找得到這個霍斯莫・安吉爾呢？」

「恰恰相反，」福爾摩斯平靜地說道，「我有充足的理由相信，我可以找到霍斯莫・安吉爾先生。」

溫迪班克先生猛一哆嗦，手套也掉在了地上。「聽您這麼說，我覺得非常高興，」他說道。

「真是奇怪，」福爾摩斯說道，「機器打出來的字體竟然會跟人的筆跡一樣富於個性。除非是打字機非常新，否則的話，世上絕對找不出兩台字體一模一樣的打字機。有一些字模的磨損程度會比其他的字模嚴重，另一些字模則只會局部磨損。好了，溫迪班克先生，您不妨來品鑑一下您打的這張便條，"E"這個字母總是有一點點模糊不清，『r』的尾巴也總是有一點點小小的殘缺。類似的特徵還有十四個，只不過，還是這兩個比較明顯。」

「我們辦公室裏所有的函件都是用這台打字機打的，有點兒磨損也不足為奇，」我們的客人回答道，亮閃閃的小眼睛死死地盯着福爾摩斯。

「接下來，我還要給您展示一項真正算得上極其有趣的研究成果，溫迪班克先生，」福爾摩斯接着說道。「近期我打算再寫一篇小小的論文，探討一下打字機，以及打字機與犯罪的關係*。針對這個主題，我已經投入了少許力氣。喏，我這兒有四封據稱是來自那名失蹤男子的信，全都是用打字機打的。在這些信當中，您可以看到所有的

---

* 打字機是十九世紀六十年代的發明，當時還是一種新鮮事物。

"E"都模糊不清,所有的『r』都短了尾巴,除此之外,如果您賞光用一用我的放大鏡的話,那您還可以看到,我剛才提到的另外十四個特徵也是一個不少。」

溫迪班克先生從椅子上跳了起來,抄起了自己的帽子。「我可不能浪費時間聽您講這些莫名其妙的東西,福爾摩斯先生,」他說道。「能抓到那個人的話,您只管去抓,抓到之後通知我一聲就行了。」

「絕對沒問題,」福爾摩斯走上前去,跟着就鎖上了房門。「好的,我現在就通知您,我已經抓到他了!」

「甚麼!在哪?」溫迪班克先生大叫起來,臉一直白到了嘴唇上,眼睛四處亂瞟,活像一隻被夾子夾住了的老鼠。

「噢,這樣可不管用——真的不管用,」福爾摩斯好聲好氣地說道。「賴是賴不掉的,溫迪班克先生,事情實在是太明顯了。這麼簡單的一個問題,您剛才還說我根本解決不了,這樣的恭維可不是那麼中聽。這就對了!坐下,咱們來好好談談。」

我們的客人癱倒在一把椅子上,臉色像死人一般慘白,濕漉漉的額頭閃閃發亮。「這——這可不是甚麼可以立案的罪名,」他結結巴巴地說了一句。

「我看也多半是立不了案。可是,咱倆私下裏說,溫迪班克,我從來都沒有見過這麼殘酷、這麼自私、這麼冷血、這麼卑鄙的把戲。好了,我來把事情的經過從頭到尾捋一遍,說得不對的地方,你儘管反駁好了。」

來人縮在椅子上,腦袋耷拉在胸前,看樣子是已經徹

底崩潰。福爾摩斯把雙腳搭到壁爐台的一個角上，雙手插進衣兜，身子往後一靠，然後就開始講了起來，只不過更像是自言自語，不像是在對我們説話。

「為了錢，有個男人娶了個比自己大得多的女人，」他説道，「他痛痛快快地花着繼女的錢，前提是繼女一直在家裏住着。對於他們這樣的人家來說，女兒的錢是筆相當大的財富，沒了的話，家裏的境況就會很不一樣。為了保住這筆財富，花點兒力氣還是值得的。女兒天性善良可親，為人又溫柔熱情，顯而易見的事情是，她本人擁有這些美好的特質，自己還有一筆小小的收入，長期單身實在是絕無可能。對她的繼父來說，當然，她的婚姻意味着每年一百鎊的損失。那麼，他用了些甚麼手段來防止這件事情呢？他首先用上的是最為淺顯的招數，那就是把她關在家裏，禁止她跟同齡人接觸。可是，他很快就發現，這樣做並不是長久之計。她開始不聽招呼，開始堅持自己的權利，到最後竟然自行宣佈，無論如何她也要去參加某個舞會。這時候，她那個才思敏捷的繼父又是怎麼做的呢？他想出了一條妙計，用的只是自己的腦袋，沒有去考慮自己的心地。在妻子的默許和協助之下，他喬裝改扮，用有色眼鏡擋住自己精光四射的眼睛，用髭鬚和濃密的連鬢鬍子遮上自己的臉，用含含糊糊的低語取代清晰的嗓音，又把姑娘的視力缺陷當作一份雙保險，最終以霍斯莫・安吉爾先生的身份登場亮相，親手騙得姑娘的愛情，把其他的追求者擋在了門外。」

「剛開始這只是一個玩笑，」我們的客人發出了委屈

的呻吟。「我們壓根兒就沒想到，她竟然會陷得這麼深。」

「多半不會是玩笑。不管是不是玩笑，這位年輕的女士反正是徹徹底底地陷了進去，而且，她一心以為自己的繼父身在法國，因此就不曾有過哪怕是瞬間的懷疑，自己是遭到了家人的出賣。這位先生的殷勤讓她受寵若驚，母親的高聲讚美又讓她加倍動情。接下來，安吉爾先生開始登門拜訪，因為當時的形勢一目瞭然，要想達到真正的效果，就必須把整齣戲唱到終篇。於是就有了幾次約會，還有了結婚的約定，目的無非是徹底拴住姑娘的心，防止它轉向其他的任何人。但是，這樣的騙局終歸無法永遠持續，一次次假裝去法國也是件相當累人的事情。所以呢，最好的辦法就是來一個清清楚楚的了斷，而且要用上一種十分戲劇化的方式，以便在這位年輕女士的心裏烙下永久的印記，讓她一段時間之內無法再對任何追求者假以辭色。於是就有了《聖經》為證的忠貞誓言，有了婚禮當天早上那些關於某種意外的暗示。詹姆斯·溫迪班克的如意算盤是，薩瑟蘭小姐會對霍斯莫·安吉爾忠貞不渝，又為他的命運感到無比的擔憂，以至於在接下來至少十年的時間當中，其他任何男人的話都只會被她當作耳邊風。這麼着，他一直把她領到了教堂門口，然後呢，他已經沒法再往前走，於是就用上了一個古老的招數，從四輪馬車的這個車門進、那個車門出，恰到好處地選擇了消失。依我看，事情的經過就是如此，溫迪班克先生！」

福爾摩斯說話的時候，我們的客人漸漸恢復了些許鎮靜。到了這會兒，他站起身來，蒼白的臉上掛着冷笑。

「也許是，也許不是，福爾摩斯先生，」他說道，「不過，你既然精明到這等地步，自然不會看不出來，眼下是你在觸犯法律，並不是我。我並沒有做過甚麼能讓人扣上罪名的事情，反過來，你要是再不把房門打開的話，倒是會面臨攻擊他人以及非法拘禁的指控。」

「你說得沒錯，法律懲罰不了你，」福爾摩斯一邊說，一邊打開門鎖，狠狠地推開了房門，「可是，這世上再沒有哪個人比你更應該受到懲罰。要是這位年輕的女士有兄弟或者朋友的話，他們一定會拿鞭子衝你的背上招呼。對啊！」他喊了一嗓子，已經被對方臉上的刻毒譏誚氣得滿臉通紅，「這並不在我對主顧承諾的職責範圍之內，不過，這兒既然有一根現成的獵鞭，我看我完全可以放開手腳去——」他三步併作兩步衝到了獵鞭跟前，可是，他還沒來得及抓起鞭子，樓梯上就響起了狂亂的腳步聲，跟著又是大門「咣」一聲摔上的聲音。我倆湊到窗子邊上看了看，只見詹姆斯·溫迪班克先生正在下面的大街上狂奔，用上了自己最快的速度。

「好一個無情無義的畜牲！」福爾摩斯罵了一句，笑了起來，一屁股坐回了原來的那把椅子上。「這傢伙肯定會一樁接一樁地犯下越來越嚴重的罪行，最終犯下彌天大罪，在絞刑架下了此一生。好啦，這件案子，從某些方面來說，也不是全無趣味的。」

「到現在，我還是不能完全看清你演繹過程當中的所有步驟，」我說道。

「是這樣，局面從一開始就非常清楚，這個霍斯莫·

安吉爾先生的古怪行徑背後必然有甚麼重大圖謀，同樣清楚的是，就咱們所知，真正能從這件事情當中得到好處的人只有一個，那就是她的繼父。然後呢，兩個男人始終不曾同時出現，一個在場，另一個就不在，這個事實非常值得留意。同樣值得留意的是有色的眼鏡和古怪的嗓音，還有濃密的連鬢鬍子，它們都讓人聯想到偽裝。再看到他用打字機打簽名的奇特舉動，我的種種懷疑就全部得到了證實。毫無疑問，此舉表明他的筆跡是她十分熟悉的東西，即便是最小的樣本也會被她認出來。你瞧，所有這些孤立的事實，以及其他許多較為次要的細節，全都指着同一個方向。」

「可是，你是怎麼驗證這些推論的呢？」

「一旦找對了目標，驗證就是件輕而易舉的事情。這傢伙上班的那家商行我是知道的。拿到尋人啟事裏的外貌特徵之後，我刪去了所有那些可能是出自偽裝的細節，也就是連鬢鬍子、有色眼鏡和嗓音，然後就把剩下的東西寄給了那家商行，問他們商行有沒有哪個旅行推銷員的長相符合這些描述。此時我已經注意到，打出信件的那台打字機有一些獨特之處，於是就按照這傢伙上班的地址寫信給他本人，問他願不願意過來。果然不出我所料，他的回信是用打字機打的，字體當中也有同樣一些微小卻又獨特的缺陷。同一班郵差還送來了芬丘奇街韋斯特豪斯－馬班克酒行＊的回信，信裏說我寄去的外貌描述跟他們的員工詹

＊　芬丘奇街 (Fenchurch Street) 在倫敦故城之中，所以福爾摩斯在前文中說寫了一封信給「故城裏的一家商行」。

姆斯・溫迪班克完全吻合。這不，大功告成！」

「薩瑟蘭小姐怎麼辦呢？」

「即便我把結論告訴她，她也不會相信。你興許會記得那句古老的波斯格言，『自女子心中劫奪幻夢，危殆無異入虎穴探虎子。』哈菲茲跟賀拉斯＊一樣字字珠璣，也跟賀拉斯一樣洞燭世情。」

＊　哈菲茲 (Hafiz) 是十四世紀波斯詩人沙姆茲・穆罕默德 (Shams al–Din Muhammad, 1325 ？ –1389 ？) 的筆名；賀拉斯 (Horace, 前 6–前 8) 為古羅馬詩人；文中所引波斯格言的真正出處尚有疑問。

博斯庫姆溪谷謎案

一天早晨，我和妻子正在吃早餐，女僕送來了一封電報。電報是歇洛克·福爾摩斯發來的，內容如下：

得二日空閒否？有人自英格蘭西部電告我博斯庫姆溪谷慘案事宜。盼君與我同往。彼處空氣景致皆佳。11：15自帕丁頓啟程。

「你覺得怎麼樣，親愛的？」我妻子和我相對而坐，這時便看着我問道。「你想去嗎？」

「我真不知道該怎麼決定，眼下的事情多着呢。」

「噢，安斯特魯瑟會替你做的。這陣子，你臉色都有點兒蒼白了呢。我覺得調劑一下會對你有好處，再說了，你不是一直都對歇洛克·福爾摩斯先生的案子很感興趣嘛。」

「想想他有件案子帶給我的收穫，我要是不感興趣的話，那就是不知感激啦*，」我回答道。「不過，要去我就得趕緊收拾行裝，因為我只有半個小時的準備時間。」

且不說其他結果，阿富汗的戎馬生涯至少是把我變成了一個手腳麻利、隨時可以啟程的旅行專家。我的旅途需

---

* 這篇故事首次發表於 1891 年 10 月；華生和他妻子是在「四簽名」一案當中相識的。

索寥寥無幾、簡單易辦，這樣一來，還沒到半個小時，我已經拎着手提箱上了馬車，轔轔駛向了帕丁頓車站。歇洛克·福爾摩斯正在月台上來回踱步，身穿一件長長的灰色旅行斗篷，頭戴一頂緊貼腦袋的便帽，原本瘦長的身形便顯得更瘦更長。

「你能來真是太好了，華生，」他説道。「對我來説，有了一個絕對可以信任的同伴，局面就會大有改觀。地方上提供的幫助總是毫無價值，甚至還可能失於偏頗。麻煩你去佔着角落裏的那兩個座位，我去買票。」

除了福爾摩斯帶來的一大堆亂七八糟的報紙之外，車廂裏只有我們兩個人。他在報紙堆中翻來找去，找到有用的材料就讀一讀，其間還時不時地停下來做做筆記、想想問題，就這樣一直過了雷丁*。這之後，他突然把所有的報紙捲成一個大捆，塞到了行李架上。

「你讀過跟這件案子有關的報道嗎？」他問道。

「一個字也沒讀過，我有些日子沒看報了。」

「倫敦新聞界沒有對案情進行詳盡的報道。我剛才一直在翻近期出版的各種報紙，想要了解案情的細節。就我找到的材料來看，它似乎是一件極其難破的簡單案子。」

「你這話有點兒自相矛盾啊。」

「同時又絕對可以自圓其説。特異之處幾乎總是會成為破案的線索，案子越是平淡無奇，要徹底弄清楚也就越是困難。不過，具體到這件案子嘛，他們已經對死者的兒

---

*　雷丁 (Reading) 是英格蘭伯克郡的一個工業城鎮，東距倫敦六十公里左右。

子提出了非常嚴重的指控。」

「如此説來，這是一樁謀殺案嘍？」

「呃，只能説是估計如此。有機會進行親身調查之前，我絕不會想當然地認定任何事情。這樣吧，我按我自己目前的認識把情況給你介紹一下，盡量説得簡短一點兒。

「博斯庫姆溪谷在赫里福德郡鄉下，離羅斯不算太遠*。那一帶最大的地主是約翰·特納，此人在澳大利亞發了財，若干年前重歸故土。他把自己名下的哈瑟利農莊租給了一個名叫查爾斯·麥卡錫的人，那人也是從澳大利亞回來的。他倆在澳大利亞即已相識，回國定居之後盡量往一塊兒湊也很正常。兩個人之中顯然是特納比較富裕，麥卡錫因此就成了他的佃戶，與此同時，他倆似乎保持着完全平等的關係，因為他倆經常聚在一起。麥卡錫只有一個十八歲的兒子，特納也只有一個同樣年紀的女兒，兩個人卻都沒有妻室。他們似乎是刻意避開了周圍那些英格蘭家庭的社交圈子，過着一種隱遁的生活，不過，麥卡錫父子都很喜歡運動，經常在那一帶的賽馬活動當中露面。麥卡錫有兩個僕人，一男一女，特納家裏的人就多了，至少也有六七個。這兩家人的情況我只了解到這麼多，下面來説説案情。

「六月三號，也就是上週一，麥卡錫在大約下午三點的時候離開哈瑟利農莊裏的房子，走路去了博斯庫姆池塘

---

*　赫里福德郡 (Herefordshire) 是英格蘭中西部的一個郡，這裏的羅斯 (Ross) 應該是指「懷伊河上的羅斯」(Ross-on-Wye)，為赫里福德郡東南部的一個市鎮。此外，赫里福德郡並沒有「博斯庫姆溪谷」(Boscombe Valley) 這個地方。

那邊，那是個小小的湖泊，由博斯庫姆溪谷裏的那條溪流擴展而成。當天早上，他曾經帶着男僕去了羅斯，並且跟男僕説，自己必須抓緊時間，下午三點還有個重要約會。趕赴那個約會之後，他就沒能活着回來。

「哈瑟利農舍離博斯庫姆池塘有四分之一英里＊遠，當時有兩個人看見他從農舍和池塘之間的那片地方走過，其中之一是個老婦人，報紙上沒提她的名字，另一個則是特納先生僱的獵場看守，威廉·克勞德爾。兩名目擊者都已經宣誓證明，麥卡錫先生當時是獨自在路上走。獵場看守還補充説，麥卡錫先生過去幾分鐘之後，他看見麥卡錫的兒子詹姆斯·麥卡錫也朝同一個方向去了，腋下還挎着一支槍。按他的估計，父親當時應該還在兒子的視線範圍之內，兒子是在跟蹤他。不過他並沒有多想甚麼，到晚上才聽説發生了慘劇。

「麥卡錫父子從獵場看守威廉·克勞德爾的視線當中消失之後，還有人看見過他們兩人。博斯庫姆池塘四周林木茂密，湖邊只有窄窄的一圈兒野草和蘆葦。十四歲的佩興斯·莫蘭是博斯庫姆溪谷莊園門房的女兒，當時正在池塘附近的一片林子裏採摘野花。據她説，她在林子邊緣靠近湖面的地方看見了麥卡錫先生父子倆，兩個人似乎吵得不可開交。她聽見老麥卡錫先生用非常難聽的語言辱罵兒子，還看見兒子抬起手來，似乎是想要毆打父親。她被他倆的激烈衝突嚇得夠嗆，於是就跑開了，回家的時候還告訴自己的母親，説她剛剛看見麥卡錫父子在博斯庫姆池塘

＊　1英里約等於1.6公里。

旁邊吵架，擔心他倆可能會打起來。她還沒講完，小麥卡錫就跑進了她家，說他發現自己的父親死在了林子裏，叫門房去幫他的忙。當時他非常激動，帶在身上的槍和帽子都不見了，右手和袖子上都有新鮮的血漬。他們跟着他去了，發現死者攤開四肢躺在池塘邊的草地上，腦袋凹了進去，顯然是遭到了某種沉重鈍器的連續猛擊。從傷口的情況來看，兇器很可能是他兒子那支槍的槍托，那支槍就躺在屍體旁邊的草地上，離屍體只有幾步遠。在這樣的情況下，小伙子當即遭到逮捕。週二死因調查 * 的結論是『蓄意殺人』，小伙子周三就被送上了羅斯的地方法庭，後者已將此案呈交下一次巡回法庭 † 審理。以上就是驗屍官和警庭掌握的主要案情。」

「我真是想不出，還有哪件案子能比這件更加鐵證如山，」我說道。「要說間接證據能夠指認罪犯的話，這件案子裏的間接證據可是再充分不過了。」

「間接證據是種非常不好把握的東西，」福爾摩斯若有所思地回答道。「有些時候，它似乎清清楚楚地指向了某個結論，可是，如果稍微轉換一下自己的視角，你就會發現，它以同樣毫不含糊的方式指着一個截然不同的結

---

* 死因調查是由驗屍官主持的一個法律程序。在英格蘭和威爾士，驗屍官是由地方政府聘任的獨立司法官員，職責之一是對非自然死亡進行驗屍及死因調查，調查時可自行決定是否召集陪審團，情況特殊的時候則必須召集陪審團 (比如死者死於獄中或警方監管之下的時候)。

† 地方法庭 (magistrates' court) 即後文中所說的警庭 (police court)，是英格蘭和威爾士最低級的法庭；巡回法庭 (Azzizes) 為當時英格蘭和威爾士負責審理重大案件的定期巡回法庭，1972 年廢止，職責由皇家法庭 (Crown Courts) 取代。

論。不過，説老實話，眼下的形勢對那個小伙子非常不利，而且，他確然就是真兇的可能性也可以説是非常之大。另一方面，鄰居當中也有幾個人相信他清白無辜，其中之一就是那位地主的女兒特納小姐，小姐還請了雷斯垂德去幫他洗刷冤情呢。雷斯垂德你應該還記得吧，『暗紅習作』那件案子裏就有他。雷斯垂德被這件案子弄得相當迷惑，於是就找上了我，結果呢，兩位中年紳士就以每小時五十英里的速度奔向了西部，儘管他們本來應該待在家裏、安安靜靜地消化早餐。」

「照我看，」我説道，「事實既然如此明顯，這案子恐怕會讓你落得個費力不討好的結果。」

「再沒有比明顯的事實更迷惑人的東西了，」他笑着回答道。「再者説，咱們也可能會碰上別的一些明顯事實，雖然它們對雷斯垂德先生來説可能一點兒也不明顯。我敢説，不管是確證還是駁倒雷斯垂德的推斷，我用的都會是他根本不懂得用、甚至根本不能理解的手法。你對我這麽了解，應該知道我這話並不是吹牛。舉一個近在眼前的例子吧，眼下我看得清清楚楚，你臥室的窗子是在右邊，可我非常懷疑，像這樣一個明顯得不能再明顯的事實，雷斯垂德先生有沒有本事看出來。」

「你究竟是怎麽——」

「親愛的伙計，我可是很了解你的，知道你有那種注重整潔的軍人習慣。你每天都刮鬍子，這個季節當然是借着陽光刮，可是，瞧瞧你的臉，越靠左的地方就刮得越不徹底，到了下巴左邊之後，看起來就只能説是相當邋遢

了，這樣一來，事情顯然十分清楚，這邊的光線不如那邊。我無法想像，如果兩邊光線一樣的話，你這麼愛整潔的人會對這樣一種效果感到滿意。我說起這件事情，僅僅是把它作為一個瑣碎的例子，用以說明觀察和演繹的重要性。這兩樣東西是我的專長，興許也能在眼下這件案子的調查過程當中發揮一點兒作用。死因調查的過程當中有一兩個小小的細節，值得咱們考慮一下。」

「甚麼細節呢？」

「看情形，他們並沒有立刻抓人，小伙子是在回到哈瑟利農舍之後才被捕的。警隊督察通知他逮捕決定的時候，他說他並不吃驚，還說自己該當如此。可想而知，即便死因調查陪審團對他是否行兇還殘存着幾絲疑問，聽了他這些話也就沒了。」

「這些話等於是主動認罪啊，」我脫口而出。

「不然，因為他緊接着就開始申辯，說自己是無辜的。」

「前面的種種事實既然如此確鑿，往最輕的程度上說，他這些話也非常可疑。」

「恰恰相反，」福爾摩斯說道，「在我看來，他這些話是這團迷霧當中迄今為止最為清晰的一點亮光。再怎麼天真幼稚，他終歸也能看出形勢對自己極其不利，除非他是個徹頭徹尾的傻子。要是他被捕時表現出驚訝或者憤怒的神色，我倒會覺得非常可疑，因為驚訝和憤怒不是這種形勢之下的正常表現，更像是奸狡之徒的鬼蜮伎倆。他坦然接受了眼前的形勢，說明他要麼是清白無辜，要麼就

擁有相當強大的意志和自制力。至於他說自己該當如此，也只能說是一種自然的反應，因為他當時正站在自己父親的遺體旁邊，與此同時，就在父親死去的這一天，他完全忘記了做兒子的孝道，不但跟父親拌嘴，甚而至於，按那個小姑娘提供的關鍵證詞，還舉手作勢要打父親。在我看來，他言語當中的自責和悔恨恰恰說明他良心未泯，而不是心中有鬼。」

我禁不住搖了搖頭。「許多上了絞架的人，獲罪的證據比他還少得多哩，」我說道。

「的確如此。可是，許多上了絞架的人都是冤枉的。」

「關於事情的經過，小伙子自己是怎麼說的呢？」

「老實說，他的說法當中雖然有一兩個值得注意的地方，但卻並不能給他的支持者增添多少信心。喏，這上面就有，你自己讀吧。」

他從那一大捆報紙當中找出一張赫里福德郡當地報紙，翻到其中的一個版面，把一篇報道指給我看，裏面有那個倒霉的小伙子講述的事情經過。我舒舒服服地坐在車廂的角落裏，把報道仔仔細細地讀了一遍。報道是這麼寫的：

死者獨子詹姆斯·麥卡錫隨即受到傳訊，供詞如下：「之前我在布里斯托爾 * 待了三天，週一上午才回到家裏，具體日期則是三號。到家的時候，我發現父親沒在家裏，女僕告訴我，他和馬夫約翰·科布一起坐

---

* 布里斯托爾 (Bristol) 為英格蘭西南部港口城市，在羅斯鎮南面不遠的地方。

車去了羅斯。回家之後不久，我聽見他那輛小馬車進了院子，於是就往窗子外面看，發現他下了車，急匆匆地走出了院子，不知道是要往哪裏去。接下來，我帶上槍往博斯庫姆池塘的方向蹓躂，打算去瞧瞧池塘對面的那些兔子洞。路上我看見了獵場看守威廉‧克勞德爾，這一點跟他的證詞一樣，只不過我並不是在跟蹤父親，這一點他搞錯了。當時我一點兒也不知道，父親就在我前面。離池塘還有大概一百碼*的時候，我聽見了一聲『庫伊！』那是我們父子倆平常用來呼喚對方的訊號。於是我加快腳步走了過去，發現父親站在池塘邊上。看到我之後，他顯得十分驚訝，還非常粗暴地問我，到那裏去幹甚麼。我倆沒說幾句就吵了起來，差點兒還動了手，因為我父親脾氣十分暴躁。我發現他已經激動得無法自制，只好離開了他，掉頭往哈瑟利農莊的方向走。可是，還沒走出一百五十碼的距離，我就聽見身後傳來一聲讓人毛骨悚然的慘叫，於是又跑了回去，發現父親奄奄一息地躺在地上，腦袋上有非常可怕的傷口。我扔下槍，把他抱在懷裏，可他轉眼之間就死去了。我跪在他身邊待了幾分鐘，然後就去找特納先生的門房幫忙，因為他家離現場最近。我跑回池邊的時候並沒有看到父親周圍有人，因此不知道他的傷是怎麼來的。他平常的作派多少有點兒冷漠嚇人，所以也算不上很受大家的歡迎，不過據我所知，他並沒有甚麼不共戴天的仇

---

* 1碼約等於 0.9 米。

人。關於這件事情，我知道的就是這麼多了。」

驗屍官：去世之前，你父親有沒有跟你說甚麼呢？

證人：他含含糊糊地說了幾句甚麼，可我能夠判斷的只是，他似乎提到了一隻老鼠。

驗屍官：你覺得這是甚麼意思呢？

證人：我一點兒也想不出來。當時我覺得，他只是在說胡話。

驗屍官：你和你父親之間這場最後的爭執，為的是甚麼呢？

證人：我不想回答這個問題。

驗屍官：恐怕我必須堅持讓你作答。

證人：這個問題我真的不能回答。不過我可以向您保證，這跟那之後的慘劇沒有任何關係。

驗屍官：有沒有關係得由法庭認定。不用我說，你也應該知道，如果你拒絕回答問題，就會對自身在此後各種法律程序當中的處境造成相當不利的影響。

證人：即便如此，我還是只能拒絕。

驗屍官：按你剛才所說，「庫伊」的叫聲是你和你父親之間常用的一個訊號。

證人：是的。

驗屍官：那麼，既然你父親當時並沒有看到你，甚至根本不知道你已經從布里斯托爾回來，為甚麼會發出這個訊號呢？

證人（表情十分迷惑）：我不知道。

某陪審員：你聽到慘叫之後跑了回去，然後就發現你

父親遭受了致命的傷害。那個時候，你有沒有看到甚麼可疑的情況呢？

證人：沒有甚麼明確的可疑情況。

驗屍官：此話怎講？

證人：跑進那片空地的時候，我已經驚慌到了極點，想不到甚麼別的，只擔心我父親的安危。不過，跑上前去的過程之中，我還是模模糊糊地留意到，左手邊的地面有樣東西。按我當時的印象，那東西是灰色的，興許是一件大衣，也可能是件格子斗篷。等我從父親身邊站起來找那件東西的時候，它已經不見了。

「你的意思是，它在你跑去求助之前就不見了嗎？」

「是的，不見了。」

「你說不清那是甚麼東西嗎？」

「說不清，我只是感覺到有東西在那裏。」

「那東西離屍體有多遠？」

「大概十二碼。」

「離林子邊緣又有多遠呢？」

「差不多也是這個距離。」

「如此說來，如果有人把它拿走的話，那也是在離你十二碼的範圍之內嘍？」

「是的，但我當時是背對着它的。」

驗屍官對該證人的訊問至此結束。

「照我看，」我一邊繼續瀏覽報道，一邊說道，「驗屍官最後的幾個問題對小麥卡錫相當不利。他有理有據地點出了小麥卡錫陳述當中的一些可疑之處，一是他父親在看

到他之前就呼叫他，二是他拒絕提供他與父親對話的細節，三是他關於父親臨終遺言的古怪說法。正像驗屍官指出的那樣，所有這些東西都大大加重了兒子身上的嫌疑。」

福爾摩斯輕輕地衝自己笑了笑，在鋪有軟墊的車座上伸了伸懶腰。「你和那個驗屍官一樣，」他說道，「怎麼也看不見對小伙子最有利的那些地方。你一會兒假定小伙子太有想像力，一會兒又假定他太沒想像力，這樣的矛盾，你有沒有意識到呢？太沒想像力，因為他編不出一個能幫自己爭取陪審團同情的吵架理由；太有想像力，因為他居然能憑空編出一些極其古怪的細節，編出關於『一隻老鼠』的臨終遺言，以及那件消失不見的衣服。你這樣是不行的，先生，我打算假定小伙子說的是實話，從這個角度展開調查，看看這樣的假定能把咱們領到甚麼地方。你瞧，我帶了本袖珍版的彼特拉克＊詩集，抵達現場之前，我不會再對這個案子發表任何評論。我估計，火車二十分鐘之內就能到斯溫頓†，到了咱們就吃午飯。」

我們一路穿越風光秀麗的斯特勞德谷地，渡過浩波粼粼的塞汶河，最後才在將近下午四點的時候抵達玲瓏可愛的羅斯村鎮。一個身材瘦削的男人在月台上等我們，只見他鬼鬼祟祟、神情狡獪，十足的偵探模樣。儘管他用了淺棕色的風衣和皮綁腿來搭配眼下的鄉土環境，我還是一眼

＊　彼特拉克 (Francesco Petrarch, 1304–1374) 為意大利著名詩人及早期人文學者，有「人文主義之父」的美稱。

†　斯溫頓 (Swindon) 是英格蘭西南部威爾特郡的一個大鎮，東距雷丁約 60 公里。

認出他就是蘇格蘭場的雷斯垂德。我倆和他一起坐車去了赫里福德紋章旅店，他已經替我倆訂了一個房間。

「我已經叫了一輛馬車，」坐下來喝茶的時候，雷斯垂德説道。「我知道你這個人幹勁十足，不到犯罪現場去一趟是不會甘心的。」

「多謝你費心安排，還要多謝你的恭維，」福爾摩斯回答道。「我去不去完全取決於大氣壓力。」

雷斯垂德似乎吃了一驚。「我不太明白你的意思，」他説道。

「氣壓計怎麼説的？二十九，很好*。沒颳風，天上也是一片雲都沒有。你瞧，我有一盒香煙需要消化，這張沙發也遠遠超出了一般的鄉村旅店那種讓人深惡痛絕的水平。照我看，今晚我多半是用不上馬車的。」

雷斯垂德肆無忌憚地大笑起來。「毫無疑問，你已經根據登在報紙上的案情得出了結論，」他説道。「這件案子可説是清清楚楚，而且是越看越清楚。當然嘍，誰也不好意思拒絕一位女士，更別説是這樣一位真真正正的女士。她聽説過你的大名，想聽一聽你的意見，雖然我已經跟她説了好多遍，你能夠辦得到的事情，我早就已經辦完了。哎唷，還真巧！她的馬車已經到門口了。」

他話音未落，一位年輕女郎就衝進了房間，容色之秀美為我生平僅見。她紫羅蘭色的眼睛光華熠熠，雙唇微

---

* 這裏説的是氣壓計的讀數，「二十九」後面省略的單位是英寸汞柱，29英寸汞柱大約相當於730毫米汞柱。一般來説，氣壓高意味着天晴。「二十九」雖然不是一個太高的讀數，但就氣壓計而言，讀數與前一日相比的升降比實際讀數更重要，上升預示晴天。

啟，兩頰泛着淡淡的紅暈，天生的矜持已經完全讓位於無法遏制的激動與焦慮。

「噢，歇洛克·福爾摩斯先生！」她叫道，目光在我倆之間來回逡巡，跟着就憑借女人那種敏銳直覺的指引，在我同伴的身上生了根，「您能來我真是太高興了。我來是為了告訴您，我知道詹姆斯沒有殺人。我真的知道，也希望在您動手辦案之前讓您知道。這一點您千萬別有任何懷疑。我倆很小的時候就認識了，我比誰都更了解他的缺點。可是，他心腸軟得連蒼蠅都不願意傷害，對於真正了解他的人來說，殺人的指控實在是荒唐透頂。」

「我覺得，我們應該可以洗脱他的罪名，特納小姐，」歇洛克·福爾摩斯説道。「您放心好了，我一定會盡力的。」

「還有，證詞您想必已經讀了吧。您有甚麼結論了嗎？有沒有看到甚麼漏洞、甚麼破綻呢？按您自己的看法，他是不是清白的呢？」

「我認為，他很有可能是清白的。」

「聽聽，聽聽！」她嚷嚷了一嗓子，一下子扭過頭去，挑釁似的看着雷斯垂德。「您聽見了吧！他給我帶來了希望。」

雷斯垂德聳了聳肩。「要我看，我這位同事下結論的速度恐怕是快了那麼一點點，」他説道。

「可他是對的。噢！我知道他是對的。詹姆斯沒有殺人。至於他和他父親吵架的緣由，我敢肯定，他之所以不肯對驗屍官説，僅僅是因為裏面牽扯到我。」

「甚麼樣的牽扯呢？」福爾摩斯問道。

「到了現在，我也不能瞞着甚麼了。為了我的緣故，詹姆斯和他父親發生了很多爭執。麥卡錫先生特別想在我倆之間安排一門親事，詹姆斯和我也一直都像兄妹一樣要好。不過，當然嘍，他還年輕，還想多見見世面，所以——所以——這麼說吧，他自然不想現在就做這樣的事情。這樣一來，他倆就經常爭吵，這一次的爭吵呢，我敢肯定，也是因為這件事情。」

「您的父親是甚麼意見呢？」福爾摩斯問道。「他贊成這門親事嗎？」

「不，他的意見也是反對。贊成的人只有麥卡錫先生一個。」聽了這句話，福爾摩斯用意存疑問的銳利眼光掃了她一眼，她那張充滿朝氣的年輕臉龐立刻泛起了一抹紅暈。

「謝謝您告訴我這些，」福爾摩斯說道。「明天到府上去的話，能見到您父親嗎？」

「醫生恐怕不會同意。」

「醫生？」

「是的，您沒聽說嗎？好些年以來，我可憐的父親一直都身體不好，這一次的事情更是讓他整個人都垮了。他病得起不了床，威婁斯醫生說他已經成了個廢人，還說他的神經系統已經完全崩潰。我爹老早以前在維多利亞*待過，麥

---

* 維多利亞 (Victoria) 是今日澳大利亞的一個州，首府為墨爾本，當時是英國殖民地。十九世紀五、六十年代，維多利亞曾經興起淘金熱。

卡錫先生本來是唯一的一個那時候就認識他的人。」

「哈！維多利亞！這一點非常重要。」

「是的，他在那兒的礦場裏待過。」

「一點兒不錯。準確說則是在開採黃金的礦場裏，據我所知，特納先生就是從那裏發家的。」

「是的，的確是這麼回事。」

「謝謝您，特納小姐，您給我的幫助真是太大了。」

「明天如果有甚麼消息的話，您一定得告訴我。您肯定會到監獄裏去看詹姆斯吧。噢，您要是去了的話，福爾摩斯先生，麻煩您轉告他，我相信他是無辜的。」

「好的，特納小姐。」

「我得回家去了，因為我爹病得很厲害，我不在家他就會很惦記。再見，願上帝保佑您破案成功。」她急匆匆地走出了房間，跟來的時候一樣風風火火。緊接着，我們就聽見了她的馬車軋軋碾過街道的聲音。

「我真是替你害臊，福爾摩斯，」沉默了幾分鐘之後，雷斯垂德道貌岸然地說道。「你怎麼能給人家一個注定破滅的希望呢？我這個人的心腸算不上特別軟，可我還是覺得，你這種做法相當殘忍。」

「按我看，我已經找到了幫詹姆斯·麥卡錫洗清冤枉的方法，」福爾摩斯說道。「你有探監的許可嗎？」

「有的。不過，他們只允許你我兩個人去。」

「這樣的話，我就得重新考慮一下到底出不出門了。咱們今晚坐火車去赫里福德*看他，時間來得及嗎？」

---

* 赫里福德 (Hereford) 是赫里福德郡的首府。

「綽綽有餘。」

「那咱們就去吧。華生，恐怕你會覺得時間比較難熬，不過，我大概兩個鐘頭就可以回來。」

我送他倆去了車站，又在小鎮的街上轉了轉，然後就返回旅店，躺進沙發，努力地想對一本黃皮小說＊產生興趣。然而，相較於我們正在探索的這件離奇謎案，小說的情節實在是太過蒼白貧乏，以致我的思緒不斷從虛構的故事轉向現實的案情，最後便乾脆把書往房間對面一扔，開始專心致志地思考今天的種種見聞。假設那個倒霉的小伙子句句屬實的話，那麼，從他離開父親開始、到他聽到慘叫聲跑回去為止，短短的片刻之中究竟發生了甚麼樣的恐怖事件、甚麼樣的飛來橫禍呢？那件事情當然是十分可怕、十分致命，可是，究竟會是甚麼事情呢？身為一名醫生，職業的直覺能不能讓我從死者的傷情之中看出一些端倪呢？我拉響鈴鐺，叫人送來一份本郡週報，在裏面找到了死因調查過程的逐字記錄。根據法醫出具的驗屍報告，死者的頭部遭到了鈍器的重擊，左頂骨的後三分之一和枕骨的左半部分均呈粉碎狀態。我在自己的腦袋上比劃了一下傷口的位置，顯而易見，這樣的重擊只能來自身後。從一定程度上說，這一點對被告有利，因為目擊者看到的情況是他面對面地和父親爭吵。雖然有利，作用也不是太大，因為做父親的完全有可能背過身去，然後才遭到了重

＊　黃皮小說 (yellow–backed novel) 是十九世紀下半葉流行於英國的一種價格低廉、內容庸俗的小說，封面顏色通常十分鮮豔。《暗紅習作》也曾經以這種形式出現。

擊。不過，提醒福爾摩斯留意一下這個細節，興許還是值得的。另一個疑點是關於老鼠的那句古怪遺言，那句話是甚麼意思呢？不可能是胡話，死於突然重擊的人通常都不會出現譫妄反應。不對，他那句話多半是為了説明自己遇害的經過。但是，它指的究竟是甚麼呢？我想得頭痛欲裂，但卻找不出一個合理的解釋。再下來還有一個問題，也就是小麥卡錫看見的那件灰色衣服。如果小麥卡錫所言屬實的話，兇手逃走的時候就一定是把某件衣服落在了現場，興許是他的大衣，然後呢，儘管死者的兒子背對衣服跪在現場，跟衣服之間的距離還不到十二步，兇手還是膽大包天地跑回去取走了它。整件事情當中包含着多少謎團、多少匪夷所思的狀況啊！這樣想來，雷斯垂德的觀點完全可以理解，另一方面，我又對歇洛克·福爾摩斯的洞察力抱有無比的信心。既然所有的新發現似乎都讓他更加確信自己的推斷、更加確信小麥卡錫清白無辜，我自然沒有理由放棄希望。

歇洛克·福爾摩斯很晚才趕回來，而且是隻身一人，因為雷斯垂德在鎮上另外找了個住處。

「晴雨表的讀數仍然很高哩，」他一邊説，一邊坐了下來。「咱們勘查完現場之前可千萬別下雨，這一點非常重要。另一方面，面對這麼一件絕妙的工作，人應該保持思維極度敏捷的最佳狀態，就是由於這個原因，剛才我才不願意拖着長途旅行之後的疲憊身體去勘查現場。我見到小麥卡錫了。」

「你從他嘴裏問到了些甚麼呢？」

「甚麼也沒問到。」

「他甚麼線索也提供不了嗎？」

「甚麼也提供不了。我一度認為他知道兇手是誰，眼下是在幫兇手打掩護。不過，現在我已經完全確信，他跟其他人一樣，對這件事情沒有半點頭緒。這小伙子算不上特別聰明，只不過模樣中看，心地嘛，按我看也還善良。」

「他的眼光我可不敢恭維，」我說道，「要是他真的曾經拒絕跟特納小姐這麼迷人的姑娘成親的話。」

「哦，這裏面有一段相當痛苦的內情。小伙子愛她愛得發瘋、愛得發狂，可惜的是，大概兩年之前，當時他還是個半大小子，對她也沒有甚麼真正的了解，因為她在一所寄宿學校裏待了五年，那時候，你知道這個傻子幹了件甚麼蠢事嗎？他落入了布里斯托爾一名酒吧女招待的圈套，到一個戶籍登記處去跟女招待結了婚。誰也不知道這件事情，不過你可以想像，他後來的處境該有多麼地讓人瘋狂，因為他願意犧牲自個兒的眼睛去做一件事情，偏偏又知道這事情絕對不能做，還要因為不做而承受責罵。他最後一次見到父親的時候，父親又在嚴詞催促他向特納小姐求婚，就是因為這種狂亂至極的心情，他才把雙手舉到了空中。另一方面，他沒有獨立生活的能力，然後呢，眾人的說法都表明他父親是一個心腸比誰都硬的人，如果知道了事情真相的話，一定會把他趕出家門。之前他在布里斯托爾待了三天，就是跟他那個吧女妻子待在一起，案發之時，他父親並不知道他在甚麼地方。這一點你得記着，因為它非常關鍵。還好，他現在也算是因禍得福，因為那

個吧女從報紙上知道他惹出了天大的麻煩，多半還得上絞架，於是就徹底拋棄了他，並且寫信告訴他，她本來就有個在百慕大海軍基地 * 服役的丈夫，所以呢，他倆之間的婚約並不算數。按我看，儘管吃了這麼多苦頭，這個消息還是讓小麥卡錫挺欣慰的。」

「他如果無辜的話，兇手又是誰呢？」

「對啊！誰呢？有這麼兩件事情，我想提醒你予以特別的關注。第一件，死者曾經約了某個人在池塘邊上見面，這個人不可能是他的兒子，因為他兒子不在家，甚麼時候回來他也不知道。第二件，他並不知道兒子回了家，兒子卻聽見他叫了一聲『庫伊！』這兩件事情是把握案情的關鍵。好了，如果你願意的話，咱們還是來聊聊喬治·梅瑞迪斯 † 吧，那些次要的事情明天再說。」

不出福爾摩斯所料，夜裏沒有下雨，我們又迎來了一個晴朗無雲的早晨。九點鐘的時候，雷斯垂德坐着馬車來到了我們的旅店，我們三人便一起往哈瑟利農莊和博斯庫姆池塘出發了。

「今天早上又出了件大新聞，」雷斯垂德說道，「據說，博斯庫姆莊園的主人特納先生已經病入膏肓，回天乏術。」

「他年紀相當大了，對吧？」福爾摩斯說道。

---

* 百慕大 (Bermuda) 是北大西洋上的一個群島，當時有英國皇家海軍的重要基地，冷戰結束後棄用。

† 喬治·梅瑞迪斯 (George Meredith, 1828–1909) 為英國小說家及詩人，與亞瑟·柯南·道爾有來往。

「大概六十歲，不過，他的身體已經被海外那段日子折騰得七零八落，每況愈下的局面也不是一天兩天了。這次的事情對他造成了非常大的打擊。他是麥卡錫的老朋友，應該說，我得補充一句，還是麥卡錫的大恩人，因為我聽說，哈瑟利農莊是他免費租給麥卡錫的。」

「是嗎！這倒挺有意思，」福爾摩斯說道。

「噢，錯不了！除了農莊之外，他還千方百計地幫過麥卡錫許多忙，這裏的人都在說他夠朋友哩。」

「真的啊！那麼，這個麥卡錫看上去一無所有，還欠了特納無數的人情，居然好意思提出讓自己的兒子娶特納的女兒，也就是莊園的未來主人，而且一副志在必得的架勢，似乎他需要做的只是上門提親，其他的都會水到渠成，這樣的情況，你覺不覺得有點兒奇怪呢？更讓人想不通的是，咱們還知道特納本人並不贊成這門親事，因為他女兒就是這麼說的。你有沒有從這樣的情況當中演繹出甚麼結論呢？」

「瞧，演繹和推論又來了，」雷斯垂德一邊說，一邊衝我擠了擠眼睛。「可我發現，福爾摩斯，用不着追在那些離奇假設和古怪念頭的後面跑，光是事實就已經夠難應付的了。」

「你說得對，」福爾摩斯一本正經地說道，「對你來說，事實的確很難應付。」

「隨你怎麼說吧，我好歹還抓住了一個事實，你呢，似乎連這個事實也領會不了，」雷斯垂德的腔調之中帶上了一點兒火氣。

「你説的這個事實是——」

「老麥卡錫死在了小麥卡錫的手裏，與此相反的一切假設都不過是水中撈月。」

「呃，有月亮可撈，總比罩在迷霧裏要亮堂一點兒，」福爾摩斯笑着説道。「好了，如果我的估計不是大錯特錯的話，左邊這座應該就是哈瑟利農舍吧。」

「是的，就是這裏。」我們眼前是一座佔地寬廣的雙層房舍，屋頂鋪着板瓦，灰色的牆面印着大片大片的黃色苔痕，看起來相當舒適。然而，拉得緊緊的百葉窗簾 * 和冷清的煙囪卻給人一種遭殃罹禍的感覺，似乎是這次慘案的陰影依然籠罩在房子上空。我們在農舍門前稍事停留，福爾摩斯讓女僕把東家死時穿的那雙靴子拿出來看了一下，還讓她拿了一雙少東家的靴子出來，只不過並不是他事發時穿的那一雙。福爾摩斯對兩雙靴子的七八個不同部位進行了一番仔細的測量，然後就讓女僕把我們領到了場院裏。我們從那裏走上一條曲曲彎彎的小徑，小徑的盡頭便是博斯庫姆池塘。

置身於這樣一個重大罪案的現場，開始全力追蹤線索，歇洛克·福爾摩斯一下子變了模樣。如果你只見識過貝克街那個沉靜安閒的思想者和演繹專家，此時就沒法認出他來。他面色通紅，神情凝重，眉毛擰成了兩道勁挺的黑線，眉毛下面的眼睛則閃着金屬般的寒光。他俯着臉，弓着背，雙唇緊抿，瘦長有力的脖子上冒出了一根根鞭梢

---

* 　維多利亞時代，趕上喪事的人家有把屋子裏所有窗簾放下來的習俗，要到葬禮結束才會重新拉起窗簾。

似的青筋。他的鼻孔似乎已經膨脹起來，裝滿了與動物無異的追獵渴望，心思則完全投入了手頭的工作，我們的問題和議論都被他當成了過耳清風，至多也只能換來一聲乾脆利落、不勝其煩的呵斥。他默不作聲地沿着小徑飛速前行，小徑縱貫牧場，然後又穿過樹林伸向博斯庫姆池塘。這個地區的原野潮濕如同沼澤，眼前的土地也不例外，上面印着許多人留下的足跡，小徑上有，小徑兩邊的低矮草叢裏也有。福爾摩斯時而銜枚疾走，時而僵立不動，有一次還到牧場裏去兜了一個不小的圈子。我和雷斯垂德跟在他的身後，探員的神情冷漠又輕蔑，我卻看得津津有味，因為我確信無疑，我朋友的每一個動作都帶有明確的目的。

博斯庫姆池塘是一片蘆葦環繞的小小水面，大概有五十碼寬，坐落在哈瑟利農莊和富翁特納那座私家莊園的交界處。越過池塘邊緣的樹林，我們可以看到那位地主巨富的宅邸，看到那些參差錯落的紅色尖頂。哈瑟利農莊這邊的林子十分茂密，林子邊緣和水畔蘆葦之間有窄窄的一帶水浸草地，寬度是二十步。雷斯垂德把發現屍體的準確地點指給了我們，沒錯，由於地面十分潮濕，我可以清楚地看到受害人倒下時壓出的痕跡。從福爾摩斯的急切臉色和眯縫眼睛看來，被人踩得亂七八糟的草地上顯然還有其他許多可看的東西。他到處跑來跑去，像一隻追蹤嗅跡的獵犬。接下來，他轉向了雷斯垂德。

「你到池塘裏去做甚麼？」他問道。

「我拿着耙子去掏摸了一下，想的是水裏沒準兒會藏

着兇器，或者是別的甚麼線索。不過，你究竟是怎麼——」

「噢，嘖，嘖！我沒工夫跟你解釋！這地方到處都是你那隻內八字的左腳留下的足跡，連鼴鼠都能夠追蹤，這不，足跡在蘆葦叢中消失了。唉，要是我能早點兒來，趕在那群人上這兒水牛打滾之前，事情該是多麼地簡單啊。瞧，這就是跟門房一起來的那幫人留下的腳印，把屍體周邊六至八英尺之內的痕跡全給蓋住了。還好，這裏還有三行單獨的足跡，全都是同一雙腳留下的。」說到這裏，他掏出了一把放大鏡，為了看得更清楚，還把裹着防水雨衣的身子趴到了地上。他一邊看一邊說，只不過不像是衝我們說話，更像是自言自語。「這是小麥卡錫的腳印，其中兩行是走路的時候留下的，另一行則來自飛速的奔跑，結果就是腳掌印得很深，腳跟的痕跡幾乎看不見。這可以證明他的說辭，他看見父親倒在地上，所以跑了起來。這些是他父親的腳印，他父親當時正在來回踱步。咦，這又是甚麼呢？是兒子的槍托留下的痕跡，他當時站着聽父親說話，槍拄在地上。這個呢？哈，哈！咱們眼前的是甚麼呢？腳尖！腳尖！腳尖還是方的，這樣的靴子可不多見啊！這雙腳來了，又去了，接着又來了——當然是來拿斗篷嘍。好了，這雙腳當初是從哪裏來的呢？」他跑上跑下，這一刻追丟了，下一刻又把足跡找了回來。到最後，我們就都跟着他鑽進樹林，來到了一棵山毛櫸下面。這棵櫸樹十分高大，周圍再沒有比它大的樹了。福爾摩斯循着足跡繞到櫸樹背面，歡呼一聲，又一次趴到了地上。他在

那個地方待了很長的一段時間，扒拉着地上的落葉和乾樹枝，把一些在我看來像是塵土的東西裝進了一個信封，然後又用放大鏡檢查了一遍地面，甚至還對那棵櫸樹的樹皮進行了一番檢查，只放過了那些實在夠不着的地方。苔蘚之中躺着一塊七棱八角的石頭，他不但仔仔細細地研究了一番，還把它收了起來。接下來，他沿着林子裏的一條小路走到了大路上，上了大路之後，所有的痕跡都消失了。

「這件案子非常有意思，」他說道，神態已經恢復正常。「按我看，右手邊這座灰色房屋應該就是莊園的門房。我覺得我應該進去和莫蘭談一談，興許還得寫張便條。完了之後，咱們就坐車回去吃午餐吧。你們先去馬車那邊，我一會兒就來找你們。」

大約十分鐘之後，我們已經重新坐上馬車，駛入了羅斯鎮。福爾摩斯依然帶着那塊從林子裏撿來的石頭。

「這件東西你可能會有興趣，雷斯垂德，」他把石頭拿了出來。「殺人的兇器就是它。」

「上面沒有痕跡啊。」

「的確沒有。」

「那你怎麼知道它是兇器呢？」

「石頭下面的草還在生長，說明它只在那個位置待了幾天，它原來是在甚麼地方則沒有蹤跡可尋。它的形狀跟死者的傷痕對得上，再者說，咱們眼前並沒有其他武器的痕跡。」

「兇手又是誰呢？」

「一個高個子男人，左撇子，右腿不太靈便，當時穿着一雙鞋底很厚的獵靴和一件灰色的斗篷，抽印度雪茄，用煙嘴，兜裏還裝了一把不太鋒利的削筆刀。另外還有幾個特徵，不過，咱們要追查他，這些就已經足夠了。」

雷斯垂德笑了笑。「坦白說，我仍然是一名懷疑分子，」他說道。「你怎麼假設都可以，只不過，咱們要應付的可是英國的陪審團，他們是只講實際的。」

「等着瞧吧，」福爾摩斯平靜地回答道。「你按你自個兒的方法辦，我也按我自己的來。今天下午我得忙一陣子，興許會搭傍晚的火車回倫敦去。」

「就這麼把沒結的案子扔下不管嗎？」

「不是啊，已經結了。」

「案子當中的謎題呢？」

「已經解了。」

「那麼，兇犯究竟是誰呢？」

「我剛才形容的那位先生。」

「那位先生是誰呢？」

「毫無疑問，要找到他並不是甚麼難事，這一帶人又不多。」

雷斯垂德聳了聳肩。「我這個人講的是實際，」他說道，「實在沒法像你說的那樣，滿山遍野地去找甚麼跛了一隻腳的左撇子先生。我可不想成為蘇格蘭場的笑柄。」

「隨便你，」福爾摩斯平心靜氣地說道。「機會我反正是給你了。好了，你的住處到了，再見，走之前我會給你留個話的。」

放下雷斯垂德之後，我們回到了自己的旅店，午餐已經擺上了桌子。福爾摩斯一言不發地陷入了沉思，臉上帶着一種痛苦的表情，似乎是處於某種左右為難的境地。

「聽我說，華生，」桌子收拾乾淨之後，他開口說道，「你就坐這把椅子上，容我在你面前嘮叨一小會兒。我有點兒不知道該怎麼辦，想聽聽你的寶貴意見。來支雪茄吧，我要開講了。」

「請講吧。」

「呃，是這樣，分析這件案子的時候，咱倆都看到了小麥卡錫的說辭，其中有兩個地方立刻引起了咱倆的注意，只不過我覺得它們對他有利，你的印象則正相反。第一點，按他的說法，他父親在看到他之前就叫了一聲『庫伊！』第二點則是他父親那句關於一隻老鼠的古怪遺言。你也知道，當時他父親咕噥了幾句話，可他只聽清了這麼一個詞。好了，咱們就從這兩個疑點着手研究，而且預先假定一下，小伙子說的都是徹徹底底的實話。」

「那麼，這聲『庫伊！』到底是怎麼回事呢？」

「首先，這聲呼喚的對象顯然不是他的兒子，因為據他所知，他兒子還在布里斯托爾。他兒子出現在能聽見這聲呼叫的地方，純粹是因為巧合。所以呢，這聲『庫伊！』的用意是呼喚那個跟他有約的人。可是，『庫伊』是澳大利亞特有的一種招呼方式，澳洲人就用它來彼此呼喚。這樣一來，咱們就有充足的理由推測，跟麥卡錫約在博斯庫姆池塘的那個人曾經到過澳大利亞。」

「可是，『老鼠』又是怎麼回事呢？」

歇洛克・福爾摩斯從口袋裏掏出了一張折成一疊的紙片，又把它攤在了桌子上。「這是維多利亞屬地的地圖，」他說道。「我昨晚發電報去布里斯托爾要的。」他把手放在了地圖上的一個地方。「你讀一讀，這是甚麼？」

「ARAT，」我念道。

「現在呢？」他拿開了手。

「BALLARAT*。」

「的確如此。死者當時念叨的就是這個詞，可他兒子只聽清了最後兩個音節。他是想說出兇手的名字，某某某某，來自巴勒萊特。」

「太妙了！」我讚嘆了一聲。

「應該說是太明顯了才對。好了，你瞧瞧，由此我就大大地縮小了搜索的範圍。第三點，既然咱們認定兒子的話都是真的，那人就必然有一件灰色的衣服。這麼着，咱們就撥開迷霧，清晰地看到了一個身穿灰色斗篷、來自巴勒萊特的澳洲人。」

「毫無疑問。」

「還有，那人一定是對這一帶非常熟悉，因為去那個池塘只有兩條路，一條是從哈瑟利農莊去，一條是從博斯庫姆莊園去，外鄉人很難找到路。」

「的確如此。」

---

* 巴勒萊特 (Ballarat) 是澳大利亞的一座城市，在墨爾本的西北邊，是十九世紀五、六十年代澳洲淘金熱的發源地之一。地名英文的後四個字母是「arat」，和英文裏的「一隻老鼠」(a rat) 同形同音。此外，這裏華生的反應不太自然，因為在《四簽名》當中，他說自己去過巴勒萊特。

「今天呢，咱們又去勘查了一下。檢查完地面之後，我收集到了一些關於兇犯特徵的小小細節，還把它們交給了那個低能的雷斯垂德。」

「可是，你那些細節是怎麼收集來的呢？」

「我的方法你也知道，一切的基礎不過是留心觀察瑣細事物而已。」

「我知道，他的身高你是從步幅大致推算出來的，還有，他的靴子也可以從地上的痕跡看出來。」

「沒錯，他那雙靴子挺特別的。」

「可你怎麼知道他跛腳呢？」

「他右腳的足跡總是比左腳模糊，說明他身體的重量主要落在左腳。為甚麼呢？因為他走路一瘸一拐——是個瘸子。」

「左撇子的事情呢？」

「你自個兒也注意到了法醫驗屍報告當中的傷情啊。那記重擊來自死者的正後方，但卻是打在他腦袋的左側。你說說，兇手不是左撇子又是甚麼呢？父子倆爭吵的時候，他一直站在那棵大樹背後。他還在那裏抽過煙哩。我在樹下找到了雪茄的煙灰，因為我對煙灰比較內行，所以可以判斷那是印度的雪茄。你也知道，我花過一些力氣來研究煙灰，還寫過一篇小小的論文，談到了一百四十種不同的煙絲、雪茄和香煙留下的煙灰。找到煙灰之後，我四處看了看，結果就發現了兇手扔在苔蘚當中的煙蒂。那的確是用印度煙草製成的雪茄，而且是在鹿特丹捲製的。」

「煙嘴的事情又怎麼說呢？」

「我看出煙蒂沒在他嘴裏待過,自然知道他用了煙嘴。煙蒂的頂端不是用嘴咬掉的,用的是刀削的方法,削得又不太整齊,所以我推測,他有一把不太鋒利的削筆刀。」

「福爾摩斯,」我説道,「這樣一來,你等於是撒下了一張天羅地網,兇手根本逃不掉啦。還有啊,你實實在在地拯救了一個無辜者的生命,就跟親手割斷他脖子上的絞索一樣。我看出來了,所有這些發現都指着一個方向。兇手就是——」

「約翰・特納先生到了,」旅店的服務生打開我們客廳的門,一邊高聲通報,一邊把一位訪客領了進來。

來人長相奇特,讓人過目難忘。緩慢顛簸的腳步和彎曲的背脊使他顯得衰朽不堪,與此同時,他的臉龐棱角分明、紋路縱橫,四肢也異常粗大,表明他的身體和個性當中都蘊藏着非凡的力量。他須髯虬曲,頭髮花白,醒目的眉毛低低地壓着眼睛,透露着一種有權有勢的威嚴氣派。可是,他面色灰白,嘴唇和鼻孔邊緣都泛着青色,一瞥之下,我就知道他患有某種致命的慢性疾病。

「您坐沙發上好了,」福爾摩斯溫和地説道。「您收到我的便條了,對嗎?」

「是的,門房把便條交給了我。按您在便條裏的説法,您希望在這兒見我,原因是您不想引發流言。」

「我覺得,如果我上莊園去的話,人們會説閒話的。」

「可是,您為甚麼想要見我呢?」他看着我的同伴,疲倦的眼睛裏流露出絕望的神色,似乎是自己也知道這個問題的答案。

「沒錯，」福爾摩斯回答道，答的是他的眼神，並不是他的問題。「跟您想的一樣。麥卡錫的事情我全都知道了。」

老人用雙手捂住了臉。「願上帝寬恕我！」他叫道。「可我絕不會看着那個小伙子受連累的。我可以向您保證，要是巡迴法庭的判決對他不利的話，我會把真相說出來的。」

「聽您這麼說，我覺得很高興，」福爾摩斯的語氣十分沉重。

「要不是為了我心愛的女兒，我現在就已經說了。她會傷心死的——要是我遭到逮捕的話，她一定會傷心死的。」

「不一定非得搞到那種地步，」福爾摩斯說道。

「甚麼？」

「我並不是官方的偵探。按我的理解，我是應您女兒的邀請來的，自然得為她的利益着想。話又說回來，小麥卡錫的罪名必須洗清。」

「我活不了多久了，」老特納說道。「我得糖尿病已經好些年了。我的醫生說，我還能不能再活一個月都是個問題。可我還是願意死在自家的屋簷下，不願意死在監獄裏。」

福爾摩斯站起身來，拿着筆坐到桌子跟前，還在自己面前擺上了一沓紙。「把真相告訴我們吧，」他說道。「我會對事實作一個摘要的記錄，由您在上面簽名，華生可以算個旁證。然後呢，如果拯救小麥卡錫的事情到了萬不得

已的緊要關頭，我就可以用您的自白充當證據。我可以向您保證，如果不是絕對必要，我不會用它的。」

「用也沒關係，」老人說道，「我能不能活到巡迴法庭開庭都是一個問題，這事情對我不會有甚麼影響。我只是希望，愛麗斯能夠逃過這樣的打擊。好了，現在我就把事情清清楚楚地告訴你們。事情的來龍去脈雖然很長，講起來卻用不了太長的時間。

「你們還不了解這個死者，也就是麥卡錫。他簡直就是惡魔的化身。我這可不是瞎說。上帝保佑你們，千萬別落到他這種人手裏。過去二十年當中，他一直緊緊地掐着我的脖子，徹底毀掉了我的生活。好了，首先我要告訴你們，我是怎麼栽到他手裏的。

「事情發生在六十年代早期，發生在那些礦區裏面。那時我還是個小伙子，頭腦衝動，甚麼顧忌都沒有，甚麼事情都敢幹。我交上了一些壞朋友，沾上了酒癮，想開礦沒開成，最後就鑽進荒山野嶺，一句話，變成了你們這邊所說的攔路搶匪。我們一共有六個人，過的是一種無法無天的生活，有時候盯着一個地方搶，有時候又在路上攔截往礦區去的馬車。當時我號稱『巴勒萊特的黑傑克*』，而那片殖民地的居民至今也還記得我們那個『巴勒萊特匪幫』。

---

*　黑傑克 (Black Jack) 本來是撲克當中的黑桃 J，以此為綽號的著名匪徒只有美國西部的托馬斯・科恰姆 (Thomas Ketchum, 1863–1901)。作者可能有所影射，果真如此的話，按時間順序，應該是科恰姆叫「美國西部的黑傑克」才對。此外，這個人名叫約翰・特納，傑克是約翰的暱稱。

「有一天，一個運送黃金的車隊從巴勒萊特前往墨爾本，我們埋伏在半道上，發動了突然襲擊。車隊裏有六名護送的騎兵，我們也只有六個人，所以說，雙方的實力還是差不多的。不過，我們第一次齊射就把四名騎兵打下馬來。即便如此，我們還是折了三個伙計才拿到黃金。當時我用手槍頂着車夫的腦袋，車夫不是別人，就是這個麥卡錫。老天在上，我要是把他當場打死就好了，可我偏偏饒過了他，雖然我看到他用那雙邪惡的小眼睛死死地盯着我的臉，似乎是要把我的眉毛鼻子記個一清二楚。我們帶着黃金遠走高飛，一個個都成了富翁，後來還一路跑回了英格蘭，沒有受到甚麼懷疑。回來之後，我跟老朋友們各奔東西，打定主意要過一種安安靜靜的體面生活。當時剛好有人在市場上出售這座莊園，我就把它買了下來，決心用我的錢做一點兒善事，以便為我得到這些錢的方法贖一點兒罪。我還成了個家，雖然我妻子年紀輕輕就離開了人世，但卻給我留下了親愛的小愛麗斯。我覺得，還是個嬰兒的時候，她那雙小小的手就已經在把我往正道上領了，作用比其他任何東西都要大。一句話，我翻開了人生的新頁，竭盡全力地想為過去的所作所為做些彌補。一切本來都非常順當，可是，偏偏就在這個時候，麥卡錫把他的爪子伸到了我身上。

「那一天，我上倫敦去處理一件投資事務，結果就在攝政大街碰上了他。那時候，他幾乎可以說是衣不蔽體、赤腳一雙。

「『咱倆又見面了，傑克，』他一邊說，一邊捅我

的胳膊，『這以後，我們跟你就得像一家人那麼親啦。我們一共兩個人，我和我兒子，你可以照顧我們的生活。你要是說不的話——那也很好，英格蘭可是個有法律的好地方，到哪裏都有警察在等着招呼。』

「這麼着，他倆就跟着我來了西邊，我壓根兒就沒法甩掉他倆。打那以後，他倆就免費佔上了我最好的一片土地，一直待到現在。我一刻也不得安寧，沒有和解，沒有寬恕。不管我走到哪裏，他那張齜牙冷笑的狡詐面孔都在我身邊跟着。愛麗斯長大之後，情況就更糟了，因為他很快就發現，我特別害怕她知道我的過去，比讓警察知道還害怕。這一來，他要甚麼就一定得有甚麼，而我也二話不說馬上就給，土地、錢財和房子都是一樣。到最後，他終於開了口，問我要一樣我不能給的東西。他問我要愛麗斯。

「你們得明白，他的兒子已經成年，我的女兒也一樣，與此同時，大家都知道我身體不好，所以呢，他覺得這是個高招，可以讓他兒子接管我所有的產業。不過，我在這件事情上的態度非常堅決。我可不能讓他那該死的血脈跟我的混在一起，倒不是說我對那個小伙子有甚麼反感，可他身上流着他老子的血，這就已經夠了。看到我堅決不肯答應，麥卡錫就開始威脅我，可我沒有退讓，他要使出他最下流的手段，那也只能由得他。我跟他約了見面，打算把這件事情談個明明白白，見面的地點就在我們兩家中間的那個池塘邊上。

「到了見面地點之後，我發現他正在跟他兒子說話，

所以就點了支雪茄，在一棵樹後面等着，想等他一個人的時候再談。可是，聽着聽着，我心裏所有的陰鬱和怨恨漸漸地達到了頂點。他當時正在催他的兒子娶我的女兒，言語之間絲毫也沒有顧及她本人的想法，就跟她不過是大街上的一名娼婦一樣。想到我和我最在意的一切都要落入這樣一個傢伙的掌握，我氣得都要瘋了。難道說，我永遠也擺脫不了他的奴役嗎？我已經快死了，再沒有甚麼好指望的東西。雖然我腦子還清醒，四肢也還強壯，可我知道，自個兒的命運已經注定。可是，還有我死後的名譽，還有我的女兒！只需要掐斷他那條毒舌，這兩樣東西就可以得到拯救。所以我就這麼幹了，福爾摩斯先生。從頭來過的話，我還會再幹一次。過去我的確罪孽深重，可我已經過上了一種殉道者的生活，已經在盡量清償自己的罪行。但是，要讓我女兒也掉進囚禁我的這個陷阱，那我實在是承受不了。我毫無愧疚地砸倒了他，感覺跟砸倒一頭邪惡兇殘的野獸沒有區別。他的慘叫聲把他兒子引了回來，可我已經躲進了樹林，當然，後來我又不得不回去了一趟，為的是取回我逃開時落下的斗篷。先生們，這就是前前後後所有事情的真相。」

「呃，我沒有權力評判您，」老人在福爾摩斯寫好的聲明上簽字之後，福爾摩斯說道。「我只是希望，我們永遠也不要面臨這樣一種犯罪的誘惑。」

「我也這麼希望，先生。那麼，您打算怎麼做呢？」

「考慮到您的健康狀況，我甚麼也不打算做。您自個兒也知道，您很快就得去一個比巡回法庭還要權威的法

庭，到那裏去為自己的所作所為接受審判。我會留着您這份自白，如果麥卡錫被判有罪，那我就不得不使用它。如果情況並非如此，我就不會讓任何人看見它。還有，不論您活着還是死去，我倆都會替您保守秘密。」

「那麼，咱們就此別過，」老人十分鄭重地説道。「將來的某個時候，你們兩位也到了行將瞑目的時刻，想到自己曾經讓我安心瞑目，一定會覺得更加安心的。」 説完之後，他一瘸一拐地走出了房間，高大的身影顫顫巍巍、搖搖晃晃。

「願上帝保佑我們！」沉默良久之後，福爾摩斯説道。「凡人不過是淒慘無助的蟲豸，命運為甚麼要這樣作弄我們呢？以前我從來都沒聽説過這樣的案子，所以從來都不會去想巴克斯特的那句名言，從來都不知道感嘆一句，『要不是上帝的恩寵，上刑場的就會是我，歇洛克・福爾摩斯。』*」

收到福爾摩斯草擬並交給辯方律師的幾份有力抗辯之後，巡回法庭將詹姆斯・麥卡錫無罪開釋。跟我倆見面之後，老特納又活了七個月，現在則已經離開了人世。各方面的情況都表明，兩個老冤家的兒子和女兒很有可能會幸福地生活在一起，同時又對曾經罩在他們頭上的那片陰雲一無所知。

---

*　這是經過改造的一句名言，原文是「要不是上帝的恩寵，上刑場的就會是我，約翰・布萊德福」。這話出自英國宗教改革家及殉道者約翰・布萊德福 (John Bradford, 1510–1555)，是他在目睹犯人走向刑場的時候説的。作者這裏所説的「巴克斯特」(Baxter) 應該是指十七世紀的英國自由派牧師理查德・巴克斯特 (Richard Baxter, 1615–1691)，屬於誤引。

五粒橘核

    關於歇洛克·福爾摩斯在一八八二至一八九零年間所辦的案子，我瀏覽了一下自己整理的筆記和相關材料，結果發現，離奇有趣的案子可謂數不勝數，取捨之間着實為難。不過，其中的一些案子已經通過報紙公之於眾，另一些則沒能提供充分的用武之地，致使我朋友無從施展他那些登峰造極的獨特本領，而那些本領正是我這些文章想要着力描繪的對象；也有一些對他的分析天才構成了考驗，當成故事來講的話，未免會有頭無尾；還有一些則只是得到了部分的澄清，案情的解釋更多是基於假想和推測，而不是他至為推崇的那種天衣無縫的邏輯證據。但是，在最後的這個類別當中，有一件案子從情節上說極其特出，從結局上說又極其驚人，以致我禁不住想對它進行一番記述，哪怕這件案子當中的一些問題至今都還沒有，興許也永遠不會有，完整的解釋。

    一八八七年，我倆經辦了一長串或大或小的案子，所有的案子我都保留着相關的記錄。我看了看這十二個月之內的記錄標題，發現其中有「帕拉多爾密室案」；有「業餘乞討協會案」，該協會在一座傢具倉庫的地下室裏辦了個豪華俱樂部；有「英國三桅船『索菲·安德森號』失蹤真相案」；有「格萊斯·帕特森斯案」，此人在烏法島經

歷了種種奇遇；此外還有「坎伯維爾投毒案」。在最後的那件案子當中，大家興許還記得，歇洛克·福爾摩斯給死者的懷錶上了上發條，由此證明那隻錶兩個小時之前剛剛上過，進而得出死者在那個時間之前必然已經上床就寢的推論，為成功破案奠定了至關重要的基礎。以上這幾件案子，將來我興許會略述其詳，不過，它們當中的哪一件也比不上我即將動筆敘寫的這件案子，哪一件也不像這件案子這樣，擁有如此奇特的一根事件鏈條。

當時是九月下旬，秋分時節的暴風 * 來得格外猛烈。整整一個白天都是狂風呼嘯、雨點敲窗，這樣一來，即便身處倫敦這件人工鉅製的心臟地帶，人們也不得不讓自己的頭腦暫時從凡塵俗務之中超脫出來，不得不承認造化的偉力，因為它正在隔着人類文明的柵欄衝人類尖聲嘶叫，如同一頭野性難馴的籠中野獸。夜幕漸漸降臨，暴風雨也越來越囂張、越來越響亮，大風嗚咽哭號，聽起來彷彿是困在了煙囪裏的小孩。歇洛克·福爾摩斯悶悶不樂地坐在壁爐的一邊，為他那些罪案記錄編製互見索引，而我坐在壁爐的另一邊，全神貫注地讀着克拉克·羅素 † 關於海洋冒險的一本精彩小說。到後來，窗外狂風的怒號似乎已經與書裏的文字彼此交融，越來越大的嘩嘩雨水也似乎變成了海上的千頃浩波。眼下的這幾天，我又一次變成了貝克

---

* 這篇故事首次發表於 1891 年 11 月；英美民間有一種流行認識，春分秋分兩個時節往往伴隨着暴風雨，因而有「二分風暴」(equinoctial storm) 的專門說法。

† 克拉克·羅素 (William Clark Russel, 1844–1911) 為美國通俗小說家，著有六十多部海洋冒險小說。

街舊寓的住客，因為我妻子上阿姨家＊去了。

「聽，」我抬眼看着我的室友，「那肯定是門鈴的聲音。誰會趕着今天晚上來呢？多半是你的朋友吧，對嗎？」

「我只有你這麼一個朋友，」他回答道。「我並不希望我這裏門庭若市。」

「那麼，來的一定是主顧嘍？」

「如果是主顧的話，案情一定非常嚴重。這樣的天氣，這樣的時間，誰也不會為一件小事情出門的。不過，據我推測，來的多半是女房東的至交好友吧。」

可是，歇洛克‧福爾摩斯居然也有推測錯誤的時候，因為外面的過道裏響起了腳步聲，隨之而來的是房門上的一聲叩擊。福爾摩斯伸出長長的手臂，挪了挪身邊的燈，讓它對着來人不能不坐的那把空椅子，然後才應了一聲，「請進！」

一個約摸二十二歲的小伙子應聲而入，只見他衣冠楚楚，舉手投足之間帶着一種溫文爾雅的氣度。他手裏的雨傘不住地往下滴水，身上的雨衣閃閃發亮，全都在訴說他路上遭遇的兇暴天氣。在明亮燈光的照耀之下，他慌裏慌張地四下張望，而我發現他臉色蒼白，眼神陰鬱，顯然是被某種巨大的焦慮壓得喘不過氣來。

＊　「阿姨」的原文是「aunt」，是各種上一輩女性親戚的統稱，有些英文版本用的不是「aunt」，而是「mother」（母親），然而，「mother」與《四簽名》當中的說法有所抵觸，因為在《四簽名》當中，華生未來的妻子瑪麗‧莫斯坦曾經說：「我母親已經去世，英格蘭也沒有我家的親戚。」（英格蘭沒有親戚倒可以用親戚在其他地方來解釋。）

「我得跟你們道個歉，」他一邊說，一邊把金色的夾鼻眼鏡往上抬了抬。「但願我沒有打擾你們。不過，恐怕我已經把暴風雨的痕跡帶進了你們這個溫暖舒適的房間。」

「把您的雨衣和雨傘給我吧，」福爾摩斯說道。「它們得待在那邊的掛鈎上，一會兒就乾了。我注意到了，您是從西南方向來的。」

「沒錯，我是從霍舍姆＊來的。」

「您靴尖上那種粘土與白堊的混合物是非常有地方特色的。」

「我來是想聽聽您的建議。」

「建議不過是舉手之勞。」

「還需要您的幫助。」

「幫助就不一定有那麼容易了。」

「我聽說過您的大名，福爾摩斯先生。您曾經幫普倫德加斯少校擺脫了坦克威爾俱樂部醜聞，他把當時的情形跟我說了。」

「噢，是有這麼回事。人家冤枉他打牌作弊。」

「他說您甚麼問題都能解決。」

「那是他過譽了。」

「還說您從來沒有失敗過。」

「我失敗過整整四次呢，三次是栽在男人手裏，還有一次是輸給了女人。」

＊　霍舍姆 (Horsham) 是英格蘭西薩塞克斯郡（當時為薩塞克斯郡）的一個城鎮，東北距倫敦約五十公里。

「可是，跟您成功的次數相比，這又算得了甚麼呢？」

「總體上說我還算成功，這話倒不假。」

「希望您在我這件事情上也是如此。」

「麻煩您把椅子往壁爐跟前拉一拉，再給我講講您這件事情的細節。」

「這件事情非同一般。」

「一般的事情都不來找我，我這裏是最終的上訴法庭。」

「可我還是懷疑，先生，即便您見多識廣，恐怕也沒聽說過這麼一連串神秘莫測、無法解釋的事件，而且，這些事件就發生在我自己家裏。」

「您可真會吊胃口，」福爾摩斯說道。「麻煩您，把主要的事實從頭給我們講一遍好了，然後我就可以提點兒問題，跟您打聽在我看來最重要的那些細節。」

小伙子把椅子往我們這邊拉了拉，又把濕漉漉的雙腳伸到了壁爐跟前。

「我名叫約翰·奧彭肖，」他說道，「不過，據我所知，這件可怕的事情跟我自個兒的所作所為並沒有甚麼關係。這事情是我家裏的老輩遺留下來的，所以呢，為了把事實講清楚，我必須得回溯到事情剛開始的時候。

「你們得知道，我祖父有兩個兒子，一個是我伯父伊萊亞斯，一個是我父親約瑟夫。我父親在考文垂辦了個小廠，又趁着自行車問世的時候擴大了規模 *。他是奧彭肖

---

* 考文垂 (Coventry) 為英格蘭中部重要城市。自行車從十九世紀初開

防爆輪胎的專利權所有人之一，生意做得非常成功，以致他後來可以賣掉工廠，憑借相當可觀的財富過起了退隱生活。

「我伯父伊萊亞斯年輕時就移民去了美國，在佛羅里達州幹上了種植行業，據說也幹得非常不錯。南北戰爭剛剛爆發，他就加入了傑克遜的軍隊，後來又轉入胡德麾下，最終獲得了上校的軍銜。羅伯特‧李繳械投降之後 *，我伯父回到自己的種植園，又在那裏待了三四年。大概是在一八六九或者一八七零年，他回到歐洲，在薩塞克斯 † 的霍舍姆附近置下了一處小小的產業。他在美國掙下了巨額的家產，拋家捨業的原因則是討厭黑人，而且反感共和黨政府賦予黑人選舉權的政策。他這個人非常特別，脾氣火爆，發怒的時候說話難聽極了，同時又極其孤僻。他在霍舍姆住了那麼些年，我都懷疑他究竟有沒有上城裏去過。他的房子周圍有一個花園和兩三塊田地，他就在那些地方鍛煉身體，當然嘍，連着幾個星期不出房門的時候也多得是。他喝白蘭地喝得很兇，抽煙也抽得很厲害，可他就是不願意接觸社會，不願意跟任何人交朋友，

始初露雛形，後來經過了一系列的改進。1885 年，第一輛現代自行車在考文垂問世。

* 南北戰爭是 1861 至 1865 年間美國北部聯邦軍和南部邦聯軍之間的內戰。傑克遜 (Thomas Jackson, 1824–1863) 和胡德 (John Bell Hood, 1831–1879) 均為南軍名將，羅伯特‧李 (Robert Lee, 1807–1870) 為南軍統帥，於 1865 年 4 月宣佈投降。佛羅里達州是當時宣佈脫離聯邦的南方諸州之一。

† 薩塞克斯 (Sussex) 是英格蘭東南部一片歷史悠久的地域，當時雖然分為東西兩部，名義上卻是一個郡，到 1974 年才分為東薩塞克斯和西薩塞克斯兩個郡。

連他自個兒的弟弟也不例外。

「他倒是不討厭我，實際上還相當喜歡我，因為他第一次看到我的時候，我還是個十二歲左右的小孩子。那應該是一八七八年的事情，當時他已經在英格蘭住了八九年。他求我父親讓我跟他一起住，我去了之後，他待我也非常好。沒喝酒的時候，他喜歡跟我一起玩雙陸*和跳棋，還讓我在僕人和商販面前充當他的代表。這麼着，到十六歲的時候，我已經成了他屋裏的半個主人，拿着所有的鑰匙，想去哪兒就可以去哪兒，想做甚麼就可以做甚麼，只要不在他想要清靜的時候打擾他就行。不過，這當中也有一個異乎尋常的例外，例外就是一間閣樓。那是個雜物間，總是上着鎖，他從來不讓我進去，也不讓別的任何人進去。男孩子天性好奇，所以我曾經從鎖孔偷窺過裏面的情形，看到的卻只是一大堆古舊的箱子和包裹，都是些雜物間裏該有的東西。

「有一天，準確說就是一八八三年三月裏的一天，上校正要吃飯，突然發現自己的餐盤前面擺着一封貼有外國郵票的信件。他很少會收到甚麼信件，因為他的賬單都是現款即付、從無賒欠，同時又沒有任何朋友。當時他一拿起那封信，立刻叫了起來，『印度來的！蓋的是龐第切瑞†的郵戳！這是封甚麼信呢？』他急匆匆地把信打開，

---

* 這裏的雙陸 (backgammon) 為西洋雙陸，是一種兩個人玩的棋盤遊戲，雙方各有十五枚棋子，按骰子點數移動棋子，率先將己方所有棋子移出棋盤者為勝。

† 龐第切瑞 (Pondicherry) 為印度東南部城市，瀕臨孟加拉灣。《四簽名》當中舒爾托少校的別墅就叫這個名字。

五粒乾癟的橘核從裏面蹦了出來，噼里啪啦地掉進了他的盤子。看到這一幕，我忍不住想笑，可我同時看到了他的臉，笑容就僵在了嘴邊。只見他面如死灰，嘴巴合不攏來，眼睛凸到了眼眶外面，直勾勾地瞪着依然握在手裏的信封，手也在不停地顫抖。『K.K.K.！』他尖叫了一聲，跟着又說，『上帝啊，我的上帝，從前的孽債找上門來了！』

「『這封信是甚麼意思呢，伯伯？』我大聲問了一句。

「『意思就是死亡，』說着他就起身離開餐桌，自顧自地回房去了，留下我在那裏心驚肉跳，恐懼萬分。我拿起那個信封，發現內側封口上用紅墨水寫着三個潦草的『K』，就在封口膠塗層往上一點兒的地方。除了那五粒乾癟的橘核之外，信裏再沒有甚麼別的。伯父嚇得失魂落魄，到底是甚麼原因呢？我離開早餐的飯桌，上樓的時候又碰見了伯父。他正在往樓下走，一隻手拿着一把生了鏽的古舊鑰匙，肯定是用來開那間閣樓的，另一隻手則拿着一個小小的黃銅箱子，看着跟錢箱差不多。

「『他們愛幹甚麼就幹甚麼好了，可我還得使出殺着來將死他們，』他賭咒發誓地說。『你告訴瑪麗，今天得把我房間裏的火生上，然後派人去霍舍姆，把福達姆律師給我叫來。』

「我按他的吩咐做了。律師來了之後，伯父把我叫到了他的房間裏。壁爐的火燒得很旺，爐膛裏還有一堆蓬鬆的黑灰，看着像是燒紙的餘燼，那個黃銅箱子就在壁爐旁邊，蓋子開着，裏面空空如也。我瞥了一眼箱子，一下子

嚇了一跳，因為它的蓋子上也有三個『K』，跟早上我在信封裏看到的一樣。

「『約翰，』伯父說，『我要你做我的遺囑見證人。我要把我的產業，不管它是好是歹，都留給我弟弟，也就是你父親。毫無疑問，將來他又會把這份產業傳給你。如果你能夠平平安安地享用它，那敢情好！如果你發現平安不了，那就聽我的話，孩子，把它留給你最勢不兩立的仇敵吧。留給你這麼一件禍福難料的東西，我心裏很是過意不去，可我自個兒也拿不準，事情究竟會朝哪個方向發展。好了，你在福達姆先生指給你的地方簽個字吧。』

「我在律師指的地方簽了字，律師就帶着遺囑走了。你們可以想像，這件古怪的事情對我造成了多麼巨大的影響。我琢磨來琢磨去，方方面面都考慮過了，怎麼也想不出任何結論。可是，我始終都擺脫不了那種模模糊糊的恐懼，只不過，日子一週一週地過去，我們的生活還是跟往常一樣，沒有發生甚麼意外，所以呢，恐懼感就不像當初那麼強烈了。另一方面，我伯父卻發生了明顯的變化。他喝酒喝得比以前更兇，也比以前更不願意參加任何社交活動。他大多數時間都在自個兒的房間裏待着，還把門反鎖上，有時也會借着酒勁兒從房裏跑出來，拿着左輪手槍衝出屋子，然後就一邊在花園裏到處狂奔，一邊大聲嚷嚷，說他誰也不怕，是人是鬼都別想把他關在房裏，像把綿羊關在圈裏一樣。但是，每次像這樣發作完了之後，他又會驚惶失措地奔回房間，鎖上房門，插上門閂，似乎是已經被靈魂深處的恐懼徹底摧垮，再也無法強撐顏面。趕上這

樣的時候，我發現他的臉總是亮晶晶的，就算是大冷天，也濕得跟剛從水裏撈上來一樣。

「呃，我還是趕緊說說這件事情的結局吧，福爾摩斯先生，不能沒完沒了地考驗你們的耐性。後來的一天夜裏，伯父又像往常那樣，借着酒勁兒衝出了牢籠，這一去就再也沒有回來。我們出去找他，發現他趴在花園盡頭一個漂滿綠色浮沫的小池子裏。他身上並沒有暴力傷害的痕跡，池子裏的水又只有兩英尺深，再結合他眾所周知的古怪脾性，死因調查陪審團就得出了『自殺』的結論。可是，我知道他是個一想到死就怕得要死的人，根本沒法相信他會主動跑出去迎接它。不管我相不相信，事情就這麼過去了，然後呢，我父親繼承了他的產業，外加大概一萬四千鎊的銀行存款。」

「稍等片刻，」福爾摩斯插了一句，「據我估計，您正在講述的事情肯定會成為我聽過的最離奇的案子之一。現在我想要知道，您伯父收到那封信的具體日期，還有就是，被他們認定為自殺的那個事件發生在哪個日子。」

「那封信是一八八三年三月十號到的，他的死則是七個星期之後的事情，發生在五月二號的夜裏。」

「謝謝，麻煩您繼續講吧。」

「接下霍舍姆的房子之後，我父親依照我的請求，把那間長年鎖閉的閣樓仔仔細細地檢查了一遍。我們在閣樓裏找到了那個黃銅箱子，當然嘍，箱子裏的東西已經被我伯父給毀掉了。箱蓋的裏側有一張紙做的標籤，標籤上又有『K.K.K.』的縮寫，縮寫下方還有一行字，寫的是『信

函、備忘錄、收據及名冊』。按我們的推測，這行字可以說明，奧彭肖上校燒掉的那些紙都是些甚麼東西。除了那個箱子之外，那間閣樓裏再沒有甚麼重要東西，只有一大堆亂七八糟的文件和筆記本，都是我伯父美國生活的見證。有一些文件是南北戰爭時期留下的，從中可以看出他恪盡職守，還贏得了作戰勇敢的美名。另一些則來自南方各州重建時期*，其中大多數都與政治有關，顯而易見，他曾經激烈反對北方政府派下來的那些氈包政客，為此花費了很大的力氣。

「然後呢，我父親是一八八四年初搬到霍舍姆去住的。一直到一八八五年一月為止，我們都可以說是萬事如意。新年之後的第四天，我和父親坐到飯桌跟前準備吃早餐，父親卻突然發出了一聲尖叫。只見他坐在那裏，一隻手拿着一個剛剛拆開的信封，另一隻手伸了過來，攤開的手掌上有五粒乾癟的橘核。以前聽我說上校的事情，他總是笑話我，說那都是些無稽之談，可是，等同樣的事情落到他頭上的時候，他也顯得非常恐懼、非常迷惑。

「『怎麼回事，約翰，這到底是甚麼意思？』他結結巴巴地問我。

「我的心一下子沉得跟灌了鉛似的，於是就說，『意思是 K.K.K.。』

---

* 史稱 1865 年（一說 1863 年）至 1877 年為美國南方各州重建時期，其間取勝的聯邦政府試圖對南方各州進行改造和重建，然而收效甚微，以聯邦政府放棄強行改造、反對變革的保守派白人重新執掌南方各州而告終。下文中的「氈包政客」(carpet–bag politician) 一詞即來自此一時期，是南方保守派對前往南方的北方政客的蔑稱，「氈包」指當時常見的一種用舊地毯改造而成的旅行包。

「他往信封裏面看了看。『還真是,』他嚷了一聲。『就是你說的那些字母。可是,字母上面的這些又是甚麼意思呢?』

「我從他的肩頭望過去,把那句話念了出來,『把文件放到日晷上。』

「『甚麼文件?甚麼日晷?』他問我。

「『日晷肯定是指花園裏的那一個,別的地方也沒有了,』我説,『文件嘛,肯定是指那些已經被伯父毀掉了的東西。』

「『呸!』他啐了一口,拼命地給自己壯膽。『咱們這兒可是個文明世界,容不下這種愚蠢的把戲。這玩意兒是從哪兒來的呢?』

「我瞥了一眼信上的郵戳,然後告訴他,『從鄧迪*來的。』

「『一定是某種荒唐的惡作劇,』他説。『日晷和文件跟我有甚麼關係呢?我才不會去理會這種無聊事情呢。』

「『如果是我的話,一定會去報警的』我説。

「『然後就讓他們拿我來尋開心。這樣可絕對不行。』

「『那我去報警好了,行嗎?』

「『不行,我禁止你這麼幹。我不能為了這種無聊的事情搞個雞飛狗跳。』

「跟他爭論是沒有用的,因為他的頭腦非常頑固。我只好去忙自己的事情,心裏卻充滿了不祥的預感。

---

* 鄧迪 (Dundee) 為蘇格蘭重要城市,瀕臨北海。

「收到那封信之後的第三天，我父親去拜訪他的老朋友弗雷博迪少校，少校在坡茨當山＊的一座要塞當指揮官。他願意出門我很高興，因為我覺得，離家遠點兒的話，離危險也就遠了一點兒。沒想到，這完全是我一廂情願。他出門之後的第二天，少校就給我發了一封電報，叫我立刻趕過去。原來，那一帶到處都是開採白堊的深坑，而我父親掉進了一個礦坑，摔碎了頭骨，人事不省地躺在那裏。我急匆匆地趕了過去，可他始終沒有清醒過來，就這麼離開了人世。看情形，出事的時候他正從法雷厄姆往回走，黃昏時光線不好，那一帶的地形他也不熟，那個白堊礦坑周圍又沒有柵欄，所以呢，死因調查陪審團毫不猶豫地給出了『意外死亡』的結論。我仔仔細細地核查了跟他的死有關的所有事實，但卻找不出一絲一毫的謀殺跡象。沒有暴力傷害的痕跡，沒有腳印，沒有搶劫，也沒有人報告附近曾有陌生人出現。即便如此，不用我說你們也知道，我心裏還是一點兒也不輕鬆，因為我幾乎可以肯定，我父親是掉進了別人設下的陰毒陷阱。

「就是通過這麼一種不祥的方式，我得到了我的遺產。你們也許要問我，你幹嘛不乾脆賣掉那座房子呢？我的回答是，因為我非常肯定，我們家的不幸多多少少是跟我伯父經歷的某個事件有關，不管我在哪座房子裏面待著，禍事都同樣迫在眉睫。

＊　　坡茨當山 (Portsdown Hill) 是英格蘭漢普郡的一長列白堊低山，山上有 1859 年興建的 6 座要塞。後文中的「法雷厄姆」(Fareham) 是最西邊一座要塞的名字，也可能是指要塞附近的一座同名市鎮。

「我可憐的父親遭遇不測是一八八五年一月的事情，到現在已經兩年零八個月了。這段時間裏面，我在霍舍姆過着高高興興的日子，心裏漸漸生出了一絲僥倖，覺得這個詛咒已經遠離了我的家族，跟我家的上一代人一起逝去了。可是，我高興得實在有點兒太早，我父親曾經遭受的打擊，昨天早晨又原封不動地落到了我的頭上。」

小伙子從馬甲的口袋裏掏出一個皺巴巴的信封，然後就轉身對着桌子，把五粒乾癟的小小橘核抖在了桌上。

「這就是那個信封，」他接着說道。「蓋的是倫敦東部郵區的郵戳。裏面的字句跟我父親收到的最後一封信一模一樣，先是『K.K.K.』，然後是『把文件放到日晷上』。」

「您採取了一些甚麼行動呢？」

「沒有行動。」

「沒有行動？」

「老實說」——他用瘦長白皙的雙手捂住了臉——「我覺得非常絕望，覺得自己就像是一隻可憐的兔子，只能眼睜睜看着那條毒蛇一扭一扭地撲過來。我似乎是落進了一雙無法抵擋、絕不饒恕的魔掌，再怎麼料事如神，再怎麼小心戒備，終歸還是防範不了。」

「嘖！嘖！」福爾摩斯叫了起來，「您一定得行動起來，伙計，要不然就輸定了。只有積極的行動才能救您的命；您現在可沒有工夫絕望。」

「我找過警察了。」

「啊！」

「可是，聽我講述情況的時候，他們的臉上全都帶着微笑。我看得非常明白，那個督察認為這些信都是惡作劇，而我家人的死就像陪審團宣佈的那樣，全都是貨真價實的意外，跟這樣的警告沒有任何關係。」

聽了這些話，福爾摩斯開始揮舞緊握的雙拳。「愚蠢得叫人沒法相信！」他嚷了一句。

「不過，他們還是同意派一名警察去保護我，上我家裏去待着。」

「今晚他跟您一起來了嗎？」

「沒有，上頭的命令是讓他在我家裏待着。」

福爾摩斯的拳頭又開始在空中揮舞。

「那您為甚麼要來找我，」他高聲叫道，「還有，最重要的是，收到信的時候，您為甚麼沒有立刻來找我？」

「我不知道您啊。我今天才跟普倫德加斯少校説起我的麻煩事，今天才聽到他推薦您啊。」

「説實在的，您收到信已經整整兩天了，可我們本應該在這之前就採取行動的。依我看，除了已經擺在我們面前的這些東西之外，您也沒甚麼別的線索了吧——別的值得留意的細節，能對我們有所幫助的東西，沒有了嗎？」

「有一樣東西，」約翰・奧彭肖説道。他在外套的口袋裏翻尋了一通，最後掏出一張褪了色的藍紙片，把它擺到了桌子上。「我還有一點兒印象，」他説道，「我伯父燒文件的那一天，我看見灰燼當中有一些沒燒乾淨的紙邊子，顏色跟這張紙一模一樣。這張紙是我在伯父房間的地板上找到的，按我看，它興許是從我伯父那些文件當中掉

了出來，所以才沒有被他燒掉。紙上有橘核這個字眼兒，其他我也看不出甚麼特別有用的內容。照我自己推測，它應該是某一本私人日記裏的一頁。字是我伯父寫的，這一點沒有任何疑問。」

福爾摩斯挪了挪燈，我倆一起躬身查看桌上的紙片。紙片的邊緣參差不齊，確實是從一個本子裏撕下來的。紙片頂端寫着「一八六九年三月」，下面是幾行謎一般的簡短記錄，內容如下：

四日　哈德森到訪。政見一如既往。

七日　橘核送交聖奧古斯丁*的麥考利、帕拉莫及約翰·斯維恩。

九日　麥考利已清除。

十日　約翰·斯維恩已清除。

十二日　造訪帕拉莫。諸事順利。

「謝謝您！」福爾摩斯一邊說，一邊把紙片折疊起來還給了客人。「從現在開始，您無論如何也不能再耽擱哪怕是一秒鐘。咱們沒時間管別的事情，甚至沒時間就您告訴我的情況進行一番討論。您必須立刻回家，立刻採取行動。」

「我應該做些甚麼呢？」

「您只需要做一件事，這件事必須立刻辦妥。您剛才拿給我們看的那張紙片，您得把它放進您說的那個黃銅箱

---

*　聖奧古斯丁 (St. Augustine) 為佛羅里達州東北部城市，1866 年，獲得解放的黑奴在該市建立了一個以總統林肯命名的社區，林肯維爾 (Lincolnville)。

子，再附上一張便條，便條上要寫明白，所有的文件都被你伯父給燒掉了，只剩下這麼一張。便條上的字句必須毫不含糊，讓人覺得十分可信。這之後，您就得按信上的指示，立刻把箱子放到日晷上去。您明白了嗎？」

「完全明白。」

「別去想報仇之類的事情，至少是現在別想。按我看，咱們應該可以通過法律來達到這個目的，只不過，咱們的網還沒開始織，他們的網卻早已織成。眼下最要緊的事情是解除您的燃眉之急，其次才是廓清謎案，懲治那些罪有應得的人。」

「我對您感激不盡，」小伙子一邊說，一邊站起身來，穿上雨衣。「您讓我重新擁有了勇氣和希望。我這就按您的建議去辦。」

「一秒鐘也別耽擱。還有啊，最重要的是，您千萬要多加小心，因為據我看，毫無疑問，您面臨着真真切切、近在咫尺的危險。您怎麼回去呢？」

「去滑鐵盧車站坐火車。」

「現在還沒到九點，街上的人仍然很多，我相信您應該是安全的。即便如此，您還是要提高警惕，再怎麼警惕都不過份。」

「我身上帶了武器。」

「那就好。明天我就開始辦您這件案子。」

「明天我就能在霍舍姆見到您，對嗎？」

「不對，您這件案子的秘密藏在倫敦，要追查也得是在倫敦。」

「那麼，我過一兩天再來拜訪，把有關箱子和文件的新情況告訴您。我會一絲不苟地按您的建議辦的。」接下來，他跟我倆握了握手，然後就離去了。外面的風依然在尖聲嘶叫，雨點也依然在噼里啪啦地敲打窗子。情形似乎是，這個驚悚離奇的故事從屋外的狂野天氣之中來到了我們眼前，宛如挾着暴風劈面而至的一團海草，眼下呢，屋外的狂野天氣又把它收了回去。

歇洛克·福爾摩斯不聲不響地坐了一會兒，腦袋往前伸着，眼睛直勾勾地盯着壁爐的火光。這之後，他點起煙斗，身子往椅背上一靠，目光轉向了那些一面彼此追逐、一面往天花板上飄的藍色煙圈。

「照我看，華生，」他終於開了口，「咱倆辦過那麼多案子，沒有哪件能比這件更離奇。」

「興許，『四簽名』可以算個例外。」

「呃，也對。那一件，興許吧，算個例外。可我覺得，這個約翰·奧彭肖面臨的危險比舒爾托一家 * 還要大。」

「可是，他面臨的危險究竟是甚麼性質，」我問道，「你有甚麼明確的概念了嗎？」

「還能是甚麼性質，不用問也知道啊，」他回答道。

「那你告訴我，到底是甚麼性質呢？這個 K.K.K. 是誰，為甚麼不肯放過這個不幸的家庭呢？」

歇洛克·福爾摩斯閉上眼睛，把雙肘支在椅子的扶手上，雙手的指尖攏在了一起。「理想的演繹專家，」他如是說道，「一旦對某個孤立的事件有了全面的了解，那就

---

* 舒爾托是《四簽名》當中受害者的名字。

不光可以演繹出這個事件的全部前因，還可以演繹出這個事件的全部後果。只需要一塊骨頭，居維葉*就可以展開推演，對相應的動物作出完整正確的描述，同樣道理，只要徹底掌握了某一根事件鏈條的某一個環節，觀察專家也應該可以精確地闡明之前之後的所有環節。可惜的是，光靠思維就可以達成的種種成就，我們至今仍然沒有達成。有些問題難住了所有那些靠感官尋找答案的人，拿到書齋裏之後呢，本來是可以迎刃而解的。但是，要讓這門藝術臻於完滿，演繹專家就必須懂得如何利用手頭的所有事實，而這個要求本身就意味着，你應該很容易看出來，他必須掌握世上的一切知識。然而，即便是在教育已經成為義務、百科全書比比皆是的當今時代，掌握所有的知識依然是一件多少有點兒稀罕的成就。話又說回來，如果把自己打算掌握的知識限定在對工作有用的範圍之內，目標也就不是那麼無法企及了，我自己呢，就是在向着這樣的目標努力。如果我沒記錯的話，咱倆剛認識沒多久的時候，你還對我的知識領域作過一次非常精確的總結哩。」

「是啊，」我笑着回答道。「那是張很不一般的表格，我記得，你的哲學、天文學和政治學知識都得了零分，植物學知識參差不齊，就倫敦周圍五十英里之內的泥斑來說嘛，地質學知識可以算是淵博，化學知識與眾不同，解剖學知識不成系統，關於驚悚文學和犯罪史的知識倒是稱得上無與倫比，會拉小提琴，還會拳擊和劍術，精通法律，

---

* 居維葉 (Georges Cuvier, 1769–1832) 為法國博物學家，比較解剖學和古脊椎動物學的奠基人。

同時又俯首甘為可卡因和煙草的奴僕。按我的記憶，我那份總結的要點就是這些了 *。」

聽我說到最後一點的時候，福爾摩斯咧開嘴笑了一笑。「好了，」他說道，「跟當時一樣，現在我還是要說，咱們應該在自己那間小小的大腦閣樓裏儲備自己用得上的所有傢具，而且只應該儲備這種傢具，別的東西都應該扔進權充雜物間的藏書室，要用的時候再去取。現在呢，面對今夜上門的這麼一件離奇案子，咱們顯然得把所有能用的資源都用上。《美國百科全書》就在你旁邊的書架上，麻煩你把包含 K 字頭詞條的那一卷遞給我。謝謝。好了，咱們來研究一下眼下的形勢，看看能得出甚麼樣的推論。首先，咱們必須作一個有理有據的假定，也就是說，奧彭肖上校之所以離開美國，一定有甚麼不得已的理由，他那個歲數的人可不會輕易改變自己所有的生活習慣，也不會美滋滋地拿佛羅里達的宜人氣候來交換英格蘭一個鄉下小鎮的孤獨日子。回到英格蘭之後，他那麼瘋狂地愛上了孤獨，只能說明他是在恐懼某個人或是某件東西，由此我們可以得出一個言之成理的推論，正是對某個人或是某件東西的恐懼把他趕出了美國。至於是甚麼讓他恐懼，咱們只能根據他和他的繼承人收到的那些恐怖信件來推斷。你注意到那些信上的郵戳了嗎？」

「第一封來自龐第切瑞，第二封來自鄧迪，第三封則來自倫敦本地。」

---

* 華生此處的敍述與《暗紅習作》當中的那張表格略有小異。

「具體說則是倫敦的東區*。你從這些郵戳當中看出了甚麼呢？」

「這些城市都是海港，說明寫信的人是在一艘船上。」

「完全正確。咱們這就算是找到了一條線索。毫無疑問，寫信的人很可能——應該說是非常可能——在一艘船上。好了，咱們再來看看另外一點，信從龐第切瑞來的時候，受害人收到威脅和威脅變成現實的時間相差了七個星期。信從鄧迪來的時候呢，這當中的間隔卻只有三到四天。這一點有沒有讓你聯想到甚麼呢？」

「龐第切瑞比鄧迪的路程遠。」

「可是，信要走的路程也遠啊。」

「那我就搞不懂這一點意義何在了。」

「根據這一點，咱們至少可以提出一種假設，那就是這個人，或者是這幫人，坐的是一艘帆船。看情形，他們寄出那個異乎尋常的警告或者標記，等於是宣佈他們馬上就要展開完成使命的旅程。你也看到了，標記從鄧迪來的時候，禍事跟上的速度有多麼快。不過，如果他們從龐第切瑞來的時候坐的是汽輪的話，人到的時間就應該跟信到的時間差不多。事實呢，人和信相差了整整七個星期。按我看，這七個星期反映的是承載信件的郵輪和承載信件作者的帆船之間的速度差距。」

「有這個可能。」

「不只是可能，你得說是非常可能。現在你應該明

---

* 倫敦東臨北海，港區在城市東邊。

白，咱們剛剛接到的這件案子實在是十萬火急，也應該明白，為甚麼我一再提醒小奧彭肖多加小心。禍事總是會在寄信的人走完郵程的時候來臨，這一次的信卻是來自倫敦本地，所以說，咱們絕不能有任何的耽擱。」

「天哪！」我不由得叫了起來。「這種沒完沒了的殘酷迫害，究竟是為了甚麼呢？」

「顯而易見，對於帆船上的這個人或者這幫人來說，奧彭肖帶回英國的那些文件具有至關重要的意義。依我看，事實已經相當清楚，咱們面對的絕不會是單獨的一個人。單獨的一個人沒法把前面兩樁謀殺做得這麼天衣無縫，讓死因調查陪審團瞧不出破綻。咱們面對的一定是幾個人，而且是幾個多謀善斷的人。他們無論如何也要拿到那些文件，不管文件是在誰的手裏。從這個角度來看的話，你就會發現，『K.K.K.』不再是某個人的姓名縮寫，只能是某個組織的名稱。」

「可是，是哪個組織的名稱呢？」

「難道你從來沒有——」歇洛克‧福爾摩斯把身子探了過來，壓低了嗓門兒——「難道你從來沒有聽說過三 K 黨嗎？」

「從來沒聽說過。」

福爾摩斯開始翻閱攤在膝蓋上的《美國百科全書》。過了一小會兒，他說道，「喏，就在這裏：

庫‧克拉克斯‧克蘭*，組織名稱源於對拉槍栓聲音

---

* 這是三 K 黨英文名稱「Ku Klux Klan」的音譯。美國歷史上從古到今一共有過三個名為三 K 黨的組織，這裏說的是最早的一個。

的新奇模仿。該秘密恐怖組織成立於內戰之後，由若干曾為邦聯作戰的南方諸州士兵創立。該組織分支機構迅速蔓延至全國各地，勢力最盛之處則是田納西州、路易斯安那州、南北卡羅萊納州、喬治亞州以及佛羅里達州。該組織以自身勢力服務於政治目的，首要任務則是恐嚇黑人選民，並對異己人士實施謀殺，或是將他們逐出本國。實施暴行之前，該組織通常會向目標對象發出某種看似稀奇古怪、一般說來也能讓對方領悟的警告，有時是一根帶有樹葉的橡樹枝，有時又是幾粒瓜籽或者橘核。收到警告之後，受害人要麼公開發誓改弦更張，要麼就只能逃出本國。設若拒絕理會，受害人便難逃一死，通常還會死於某種無法預見的離奇意外。該組織結構極其完善，手段也極其縝密，根據現有記載，安然逃脫該組織迫害的目標對象可謂鳳毛麟角，事後緝獲兇手的案例亦屬絕無僅有。成立之後的幾年當中，儘管聯邦政府及南方上層人士多方遏止，該組織仍然發展迅猛。直至一八六九年，該組織才以相當突然的方式土崩瓦解。不過，自此之後，同樣性質的暴行仍然時有爆發。

「你看見了吧，」福爾摩斯說道，放下了手裏的書本，「這個組織突然瓦解的時間正好跟奧彭肖帶着文件離開美

該組織由來如文中所述，以暴力推行白人至上等種族主義主張。1869 年，三 K 黨總幹事弗雷斯特宣佈解散三 K 黨，但他的命令收效甚微。1870 年，美國聯邦大陪審團裁定三 K 黨為恐怖組織。1871 年，當時的美國總統格蘭特簽署了一個俗稱「三 K 黨法」的針對性法令，第一個三 K 黨由此衰亡。

國的時間相符，兩件事情之間很可能存在因果關係。這樣看來，有那麼一幫子不太懂得善罷甘休的妖魔鬼怪追着他和他的家人不放，也就沒甚麼好奇怪的了。你想想看，那些名冊和日記沒準兒會牽涉到美國南方的一些頭面人物，找不回那些東西的話，很多人晚上都睡不好覺哩。」

「如此說來，咱們剛才看見的那頁紙就是——」

「就是咱們可想而知的那種東西。我沒記錯的話，上面有一條『橘核送交某甲、某乙和某丁』，意思就是，他們把組織的警告發給了那三個人。之後的兩條說的是某甲和某乙已經清除，換句話說就是，那兩個人逃離了美國。最後的一條是造訪某丁，按我的估計，這對某丁來說恐怕不是甚麼好事情。好了，醫生，要我說，咱們不妨給這個黑暗的夜晚添點兒光明，同時我也相信，在此期間，小奧彭肖唯一的機會就是按我說的去辦。今天晚上已經沒甚麼可說的，也沒甚麼可做的了，所以呢，麻煩你把我的小提琴遞給我，好讓咱倆輕鬆半個小時，暫時忘記惡劣的天氣，也忘記咱們的人類同胞比天氣還要惡劣的行為方式。」

第二天早上，天已經放了晴，這座龐大城市的上空懸着一層朦朧的紗幕，紗幕背後的太陽閃着柔光。我下樓的時候，歇洛克·福爾摩斯已經開始吃早餐了。

「我沒有等你下來，你得擔待一下，」他說道，「今天我估計會忙得夠戧，因為我得調查小奧彭肖的案子。」

「你打算採取一些甚麼步驟呢？」我問道。

「從很大程度上說，這得取決於初期調查的結果。說來說去，我多半還是得上霍舍姆跑一趟。」

「你沒打算一開始就去嗎？」

「沒有，我還是打算從故城開始。你拉鈴好了，叫女僕把你的咖啡端來。」

等咖啡的時候，我拿起桌上那份尚未打開的報紙，開始瀏覽起來。一篇報道的標題抓住了我的目光，我心裏突然一涼。

「福爾摩斯，」我叫道，「你已經來不及了。」

「啊！」他說道，放下了手裏的杯子，「我就擔心會是這樣。具體是怎麼回事呢？」他說話的語氣非常平靜，可我看得出來，這個消息帶給他的震撼着實不輕。

「我剛剛在報上瞥見了奧彭肖這個姓氏，還有『滑鐵盧橋左近發生慘劇』這個標題。報道是這麼說的：

昨夜九時至十時之間，蘇格蘭場第八分局警員庫克巡邏至滑鐵盧橋左近，忽聞呼救之聲，繼聞有人落水。唯夜色昏黑已極，兼之風狂雨驟，該警員雖得三五路人之助，施救亦乏良策。所幸警訊既發，復賴水警之助，落水者屍身終得尋回。查死者為青年男士一名，囊中並有信封一紙，由信封可知死者名約翰‧奧彭肖，為霍舍姆左近居民。以理推之，死者當時或是急欲趕赴滑鐵盧車站搭乘末班火車，行色既已匆忙，天色復漆黑莫辨，死者以故偏出道路，自某內河汽船小型碼頭邊緣失足落水。屍身並無毆傷痕跡，死因顯係意外之慘禍，此一節應無疑義。此等慘禍當可警示有

關當局，沿河碼頭之狀況實有堪虞。

我倆默不作聲地坐了幾分鐘。此時此刻的福爾摩斯，比我曾見過的任何時候都更加沮喪、更加震驚。

「這事情傷到了我的尊嚴，華生，」他終於開了口。「毫無疑問，我這種感覺非常小器，可是，它的確傷到了我的尊嚴。從現在開始，這件案子就是我的私人恩怨，還有，只要老天不叫我倒下，我就要親手逮住這幫匪徒。想想吧，他來向我求取幫助，我竟然把他送上了死路──！」說到這裏，他從椅子上跳了起來，滿屋子踱來踱去，惱恨得無法自控，已經變成蠟黃色的臉如今又泛出了紅暈，緊張不安的瘦長雙手一陣一陣地握緊，又一陣一陣地鬆開。

「這幫魔鬼真是狡猾到了極點，」良久之後，他大聲叫了出來，「他們是怎麼把他騙到那下面去的呢？去車站的正路根本不會從河堤上過啊。考慮到他們的目的，毫無疑問，即便是這樣的一個夜晚，橋上的人也還是太多了。好吧，華生，咱們跟他們走着瞧，看看是誰笑到最後。我現在就出門去！」

「去找警察嗎？」

「不是，我的警察由我自個兒來當。等我把網織好之後，可以讓他們來捉現成的蒼蠅，之前可不需要他們的參與。」

整個白天我都在忙自己的本職工作，回到貝克街的時候已是暮色深沉，可是，歇洛克‧福爾摩斯還是沒有回來。將近十點鐘的時候，他終於進了門，臉色蒼白，神情疲憊。

他徑直走到食櫥跟前，扯下一塊麵包，狼吞虎嚥地吃了一氣，又喝了一大口水，把麵包送了下去。

「你餓壞了吧？」我說道。

「餓了個半死。我從早餐之後就沒吃東西，壓根兒想不起這回事。」

「甚麼都沒吃？」

「一口都沒吃。我沒工夫想這個。」

「你的事情辦得怎麼樣呢？」

「挺好。」

「你掌握甚麼線索了嗎？」

「我掌握了他們，他們已經落入了我的手心，小奧彭肖的冤仇要不了多久就能報了。怎麼樣，華生，咱們就用他們自個兒的邪惡標記來收拾他們。我這招可真是妙極了！」

「你這麼說是甚麼意思呢？」

他從食櫥裏拿出一隻橘子，把橘子掰開，又把一粒粒橘核擠到桌面上。接下來，他把五粒橘核塞進一個信封，在封口內側寫上「S.H. 代表 J.O.」*，然後就把信封粘好，寫上了收件人的姓名地址：「喬治亞州薩凡納†，『孤星號』帆船，詹姆斯·卡爾洪船長收」。

「等他進港的時候，這封信已經在那裏等他啦，」他一邊說，一邊吃吃地笑。「他多半會嚇得整晚睡不着覺，因為他立刻就會明白，這封信鐵板釘釘地宣判了他的死

---

* 　意即「歇洛克·福爾摩斯代表約翰·奧彭肖」。

† 　薩凡納 (Savannah) 為喬治亞州東南部海港。

刑，就跟同樣的信對奧彭肖產生的效果一樣。」

「可是，這個卡爾洪船長是甚麼人呢？」

「那幫傢伙的頭領。其他人也跑不掉，我只不過是讓他排第一而已。」

「那麼，你是怎麼追蹤到他們的呢？」

他從口袋裏掏出了一大張紙，紙上寫滿了日期和名字。

「這一整天，」他說道，「我都在查勞氏船級社*的船舶登記冊和以前的舊文件，追蹤每一艘曾在一八八三年一月和二月之間駛入龐第切瑞的帆船，追蹤所有這些帆船後來的去向。那兩個月當中，總共有三十六艘噸位適於航海的帆船駛入龐第切瑞。三十六艘之中，名為『孤星號』的那一艘立刻引起了我的注意，原因在於，報告裏雖然說它的航行許可來自倫敦，可它的名字卻跟美國的某個州相同。」

「據我所知，這是得克薩斯州的名字†。」

「究竟是哪個州，我以前不知道，現在也不清楚。可我知道，那艘船肯定跟美國脫不了干係。」

「後來呢？」

「我查了一下鄧迪的記錄，結果發現『孤星號』帆船

---

*　勞氏船級社 (Lloyd's Register of Shipping) 是世界上歷史最悠久、規模最大的船舶評級組織，每年都會編製《勞氏船舶登記冊》。勞氏船級社的總部在倫敦故城之中，福爾摩斯在前文裏說要從故城開始調查，大概就是指的這個機構。

†　「孤星」(Lone Star) 是得克薩斯州的官方別名，因為該地曾屬墨西哥，後於 1836 年宣佈獨立，號為「得克薩斯共和國」，又稱「孤星共和國」。該地於 1846 年併入美國，南北戰爭中屬於邦聯陣營。

曾在一八八五年一月駛入鄧迪，這樣一來，我心裏的懷疑立刻變成了確定無疑的現實。接下來，我打聽了一下，目前都有哪些帆船泊在倫敦港。」

「結果呢？」

「上個星期，『孤星號』到了倫敦。我趕緊前往阿爾伯特碼頭，到了就聽說它借着今天的早潮去了下游，準備返航薩凡納。我給格里夫森 * 方面發去電報，那邊的回覆是它已經在一段時間之前駛過了那裏。現在刮的是東風，所以我絕不懷疑，眼下它肯定已經駛過了古德溫暗沙，離懷特島也不遠了†。」

「那你打算怎麼辦呢？」

「噢，我已經逮到他了，還有他那兩個大副。我已經了解清楚，那艘船上只有他們三個是土生土長的美國人，其他都是芬蘭人或者德國人。我還知道，他們三個昨天夜裏都下了船，這是幫他們裝貨的碼頭搬運工告訴我的。等他們的帆船到達薩凡納的時候，我這封信已經搭郵輪到了那裏，而我的電報也已經讓薩凡納警方知道，這三位先生是咱們這裏急欲緝拿的殺人兇犯。」

然而，人類的計劃即便極盡高明，終歸難免百密一疏，因為謀殺約翰·奧彭肖的那些兇犯永遠也不會收到那些橘核，由此便永遠不會知道，自己已經成為了另外一個

---

* 　格里夫森 (Gravesend) 是英格蘭肯特郡的一個城鎮，在倫敦下游，泰晤士河南岸，離入海口很近。

† 　這艘船去往美國東岸，路線應該是東出泰晤士河口，南過多佛海峽（古德溫暗沙在此），入英吉利海峽（懷特島在此）之後折而向西，所以有東風有利航行。

人的追獵對象，這個人跟他們一樣足智多謀、一樣不肯善罷甘休。這一年的秋分時節，暴風颳得格外猛烈、格外久長，我倆苦苦等待薩凡納那邊傳來「孤星號」的消息，消息卻始終不曾來到。到最後，我倆終於聽說，有人在大西洋的深處看見了一塊船尾骨架的殘片，正在浪谷之中顛簸輾轉，殘片上刻着「L.S.」這個字母縮寫。關於「孤星號」的命運，再不會有別的消息了。

翻唇男子

　　已故神學博士、聖喬治神學院院長伊萊亞斯・惠特尼有個名叫艾薩・惠特尼的弟弟，此君嗜食大煙，煙癮還相當之大。據我所知，他之所以染上這一惡習，是因為大學時代的一件荒唐蠢事。當時他讀到了德・昆西*描繪的種種幻覺和快感，於是就抽起了浸過鴉片酊†的煙草，為的是體驗一下同樣的感覺。可是，跟其他許多人一樣，他也發現這種東西沾上容易、想甩掉卻比較困難。這麼着，他無法自拔地抽了好多年，不光充當了鴉片的奴隸，還變成了親朋好友又是嫌惡又是憐憫的對象。下筆之時，他那副模樣彷彿就在我的眼前：臉色蠟黃，眼皮低垂，瞳孔縮得跟針尖一樣小，整個人蜷縮在一把椅子裏面，一看就是個自毀前程的世家子弟。

　　一八八九年六月的一天夜裏，約摸是在常人打出第一個哈欠、眼睛開始往鐘上面瞟的時間，我家的門鈴突然響了起來。我猛一下坐直了身子，我妻子也把手裏的針線活

---

*　這篇故事首次發表於 1891 年 12 月；德・昆西 (Thomas De Quincey , 1785 –1859) 為英格蘭作家，以講述鴉片影響的自傳體小說《一名英國煙客的自供狀》(*Confessions of an English Opium-Eater*, 1821) 而聞名。

†　在當時的英國，鴉片製品與可卡因一樣屬於合法物品，煙館亦為合法生意。

放到膝頭，扮了個表示失望的鬼臉。

「有病人！」她說道。「你又得出診了。」

我不由得呻喚了一聲，因為我累了一整天，剛剛才從外面回來。

我倆聽見了開門的聲音，又聽見幾句匆匆忙忙的交談，跟着就聽見有人從地氈上快步走過。接下來，房間的門猛一下開了，一位女士走了進來，身穿深色的呢絨衣服，蒙着黑色的面幕。

「這麼晚上門打擾，請兩位多多包涵，」她開口說道，跟着就突然失去了自控，跑上前來，用雙臂環住我妻子的頸項，伏在我妻子肩上抽泣起來。「噢，我可真是不幸！」她哭道，「我真的非常需要一點兒小小的幫助。」

「哎唷，」我妻子一邊說，一邊掀開了她的面幕，「這不是凱特‧惠特尼嘛。你可真把我給嚇着了，凱特！你進來的時候，我都沒認出你是誰呢。」

「我不知道該怎麼辦，所以才直接跑來找你，也沒有提前打個招呼。」情形總是這個樣子，大家一遇到傷心事就來找我妻子，就跟鳥兒飛向燈塔一樣。

「你這麼賞臉，真是太好啦。這樣吧，你先來點兒兑水的葡萄酒，然後就在這兒舒舒服服地坐着，把事情原原本本地告訴我們。要不然，我先打發詹姆斯* 去睡覺好了，你覺得怎麼樣？」

「噢，不，不用！我也需要醫生的建議和幫助呢。我

---

* 原文如此。之前的故事裏說華生的名字是約翰 (John)，詹姆斯 (James) 又不能作為約翰的暱稱，想係作者筆誤。

要説的是艾薩的事情，他已經兩天沒回家了。我真要擔心死了！」

她這可不是第一次找我倆說她丈夫惹的麻煩了，找我是因為我是個醫生，找我妻子則是因為她倆是老朋友，以前還一起上過學。我倆千方百計地找些話來安慰她，同時也問了一些問題。她知道自個兒的丈夫眼下在哪裏嗎？我倆去幫她把他找回來，行嗎？

看樣子是行，因為她非常清楚地知道，最近他丈夫一旦煙癮發作，就會鑽到故城最東邊的一家煙館裏去。在此之前，他去煙館狂歡的時間總是不超過一天，到晚上就會哆哆嗦嗦地回到家裏，身子跟散了架似的。可是，這一回的鬼迷心竅已經持續了整整四十八個鐘頭，毫無疑問，眼下他依然躺在那裏，廁身於那些碼頭混混之間，要麼是正在吸食毒藥，要麼就正在昏睡，等着毒樂的樂勁兒發散出去。斯旺丹北巷 * 的黃金煙館，她知道他肯定是在那裏。知道又能怎麼樣呢？她這麼個嬌怯怯的年輕女子，怎麼能踏足那樣的場所、把自個兒的丈夫從成群的惡棍當中揪出來呢？

情況就是這樣，出路當然也只有一條。我陪她上那裏去，好不好呢？再想一想，我總歸是要去，可她有甚麼必要非得去呢？我是艾薩‧惠特尼的健康顧問，在他面前也算有點兒權威，自己一個人去，事情還好辦一些。於是我向她保證，如果她丈夫的確在她說的那個地方的話，兩個小時之內我就會把他送上出租馬車，讓他回家去。這麼

---

* 斯旺丹北巷 (Upper Swandam Lane) 是作者的杜撰。

着，十分鐘之後，我已經拋下自己的扶手椅和溫馨舒適的客廳，坐上了一輛雙輪馬車，急匆匆地上城東去應付手頭的差使。當時我只是覺得這差使有點兒稀奇，要到後來才能知道，它究竟稀奇到了甚麼程度。

不過，我這次冒險歷程的第一階段倒是相當容易。斯旺丹北巷是一條污穢的弄堂，就藏在倫敦橋東邊泰晤士河北岸那一排高大的碼頭建築後面。一間廉價成衣店和一間酒吧之間有一段伸向下方的陡峻台階，台階的盡頭是一個如同洞口的黑暗門臉，我要找的那家煙館就在裏面。我叫馬車在路邊等着，自己則拾級而下，梯級的中央已經被無數雙醉醺醺的腳板踩得凹了下去。借着門首一盞油燈的搖曳光線，我摸到了煙館的門把手，然後就走進了一個幽深低矮的房間。房間裏瀰漫着褐色的鴉片煙霧，擺滿了一張又一張的木榻，光景跟移民船船頭的水手艙相去無幾。

房間裏雖然幽暗，還是可以依稀瞥見一些躺臥的軀體，全都擺着各式各樣的古怪姿勢，肩膀窩着，膝蓋彎着，腦袋往後面仰着，下巴朝上方支棱着。發現有人進來，房間的各個角落都投來了黯淡無神的目光。一團團小小的紅色光暈在幢幢黑影之中閃爍，忽明忽暗，正是那種毒藥在金屬煙槍的煙鍋裏燃燒，火頭忽大忽小。房間裏的大多數人都是一聲不吭地躺在木榻上，也有一些正在自己跟自己叨咕，還有一些正在以一種詭異低沉、嗡嗡營營的方式聊天，一會兒滔滔不絕，一會兒又戛然而止，大家都在嘰里咕嚕地自說自話，壓根兒就沒有留意旁邊的人在講些甚麼。房間的遠端有一隻燒着木炭的小火盆，火盆旁邊有一

張三條腿的木凳，木凳上坐着一個又高又瘦的老頭，攢成拳頭的雙手托着下巴，雙肘支在膝蓋上，直勾勾地盯着火盆裏的火焰。

我進去之後，一個黃臉的馬來侍者忙不迭地給我送來了一杆煙槍和一鍋鴉片，招呼我往一張空着的木榻上躺。

「謝謝。我馬上就要走，」我說道。「我有個朋友在這兒，就是艾薩‧惠特尼先生，我想跟他說句話。」

我右手邊有了一點兒動靜，還有人發出了一聲驚呼。借着模糊的光線，我看到惠特尼正在呆呆地望着我，臉色蒼白，形容憔悴，一副邋裏邋邋的模樣。

「天哪！是華生啊，」他說道。他這會兒正處於藥勁兒發作的可鄙狀態，全身上下的每一根神經都在顫抖。「我說，華生，現在幾點鐘了？」

「快到十一點了。」

「是星期幾呢？」

「星期五，六月十九號*。」

「老天爺！我還以為今天是星期三呢。不對，今天就是星期三。你這麼嚇唬我這個老朋友，到底是為甚麼？」他把臉埋到自己的胳膊上，尖着嗓門兒抽泣起來。

「我跟你說了，今天確實是星期五。你妻子等了你整整兩天了，你真該替自個兒覺得丟人！」

「我是挺丟人的。可你一定是搞錯了，華生，因為我剛來幾個小時，只抽了那麼三鍋，四鍋——我記不得是多

---

* 原文如此，不過，1889 年 6 月 19 日是星期三。

少鍋了。算了，我會跟你回去的。我可不想嚇着凱特，可憐的小凱特。拉我一把！你叫馬車了嗎？」

「叫了，就在外面等着呢。」

「那我就去坐好了。對了，我肯定是欠了點兒賬。你幫我看看我欠了多少，華生。我精神不好，管不了自個兒的事情。」

我順着兩排昏睡煙民之間的一條狹窄過道往前走，一邊四處張望管事的在甚麼地方，一邊屏住呼吸，免得聞到鴉片發出的那種麻痺頭腦的邪惡芬芳。從火盆邊上那個瘦高老頭身旁走過的時候，我感覺自己的衣服下擺突然被甚麼東西拽了一下，跟着就聽見一聲低語，「你先往前走，然後再回頭看我。」這句話聽得十分真切，於是我低頭看了一眼。説話的肯定是我近旁的那個老頭，可我看過去的時候，他還是跟剛才一樣坐在那裏，一心一意地盯着火盆，瘦骨嶙峋，滿臉皺紋，衰老的身軀佝僂着，一杆煙槍耷拉在雙膝之間，似乎他的手指已經極度疲乏，沒法再把煙槍拿穩。我往前走了兩步，然後就回過了頭，一瞥之下，我用盡了所有的自制力才沒有驚叫出來。老頭已經轉了個身，除了我之外，別人都看不見他的臉。只見他直起腰來，臉上的皺紋不知道去了哪裏，黯淡的眼睛裏也重新閃出了火花。坐在火盆旁邊、咧着嘴笑話我驚慌表現的這個傢伙，不是別人，正是歇洛克·福爾摩斯。他輕輕做了個手勢，示意我到他跟前去。緊接着，他又把臉轉回去對着周圍的眾人，臉剛轉到一半，他已經恢復了那種抖抖索索、嘴唇耷拉的龍鍾老態。

「福爾摩斯！」我悄聲說道，「你跑到這種地方來，究竟想幹甚麼？」

　　「嗓門兒要盡量放低，」他回答道，「我耳朵好使得很。你要願意幫我個大忙，把你那個昏天黑地的朋友打發走的話，我就十二萬分樂意跟你聊上兩句。」

　　「有輛馬車在外面等我呢。」

　　「那就麻煩你打發他坐那輛車回去。你只管放心好了，你看他那副沒用的樣子，想闖禍也不會有那個本事。還有啊，我建議你寫張便條，叫車夫捎給你的妻子，就說你已經跟我廝混到了一起。你到外面去等着，五分鐘之後我就出來。」

　　要拒絕歇洛克・福爾摩斯的請求可不容易，因為他的請求全都十分明確，而且還帶着一種不露痕跡卻又不容抗拒的主子架勢。話說回來，照找看，一旦把惠特尼關進馬車，我的差使就可以算是大功告成。再者說，我朋友的生活當中充滿了非同一般的冒險旅程，能跟他一起體驗一次那樣的旅程，對我來說也是求之不得的事情。這麼着，幾分鐘之內我就寫好了便條，付清了惠特尼的賬單，又把他領進外面的馬車，看着他的車在黑夜之中漸漸遠去。緊接着，一個衰朽的身影從煙館裏蹩了出來，而我就跟歇洛克・福爾摩斯一起走在了大街上。他彎腰駝背、一瘸一拐地蹣跚了兩條街，然後才飛快地四下張望一番，挺起腰杆，爆發出了一陣爽朗的笑聲。

　　「因為我打可卡因，還有其他種種小小癖好，你從醫家的角度賞了我不少寶貴意見，」他說道，「依我看，華

生，剛才你一定是以為，我光搞那些名堂還不過癮，眼下又抽上了大煙吧。」

「看到你出現在那種地方，我當然會覺得奇怪。」

「看到你我才覺得奇怪呢。」

「我去那裏是為了找一個朋友。」

「而我是為了找一個敵人。」

「敵人？」

「沒錯，找我一個天然的敵人，不對，應該這麼說，找我一個天然的獵物。簡單說吧，華生，我正在查一件非常特別的案子，去那裏是指望從那些癮君子的胡言亂語當中找到一點兒線索，以前我也這麼幹過，而且找到了線索。要是在那裏被人認出來的話，那我就活不過一個鐘頭，因為我曾經為自個兒的某種目的耍弄過那家煙館，開煙館的那個印度水手發誓要找我報仇。那座房子的背後有道活門，離聖保羅碼頭所在的那個拐角不遠。那道活門可以告訴你一些離奇的故事，讓你知道，在那些沒有月亮的晚上，都有些甚麼東西從它那裏掉進去。」

「甚麼！你說的不會是屍體吧？」

「沒錯，就是屍體，華生。要是把死在那家煙館手裏的倒霉鬼數一數、每一個算咱們一千鎊的話，咱們可就發大財了。那家煙館是整個河濱地區最兇險的殺人器具，我擔心內維爾・聖克萊爾已經栽了進去，再也出不來了。不過，咱們的器具應該是在這兒 *。」他把兩根食指放到兩

---

* 這句話和上一句話裏的「器具」在英文裏都是「trap」，「trap」一語雙關，在前後兩句中分別指「陷阱」和「雙輪輕便馬車」。

排牙齒中間，打了個尖聲的嗚哨。遠處立刻傳來一聲同樣的嗚哨，沒過一會兒，我們就聽見了轔轔的車輪聲和得得的馬蹄聲。

「好了，華生，」福爾摩斯説道。這時候，一輛高高的雙輪小馬車已經從黑暗中衝了過來，懸在車廂兩側的提燈投出了兩根金燦燦的光柱。「跟我一塊兒走吧，怎麼樣？」

「如果我幫得上忙的話。」

「噢，信得過的朋友都幫得上忙，會寫故事的更不用説。我在雪松別墅的那個房間有兩張床。」

「雪松別墅？」

「是啊，聖克萊爾先生的宅子就叫這個名字。調查這件案子的時候，我就住在那裏。」

「那麼，別墅在甚麼地方呢？」

「在肯特郡，離李鎮不遠*。咱們有七英里的路要趕。」

「可我還甚麼都不知道呢。」

「那是當然。不過，一會兒你就甚麼都知道了。跳上來吧。好了，約翰，你的任務完成了。喏，這是半個克朗。明天再來找我，十一點鐘左右。把馬兒的韁繩鬆開吧。好了，再見！」

福爾摩斯揚鞭打馬，我們便開始在一條又一條昏黑空曠的街道上疾馳。街道逐漸展寬，再下來，我們就從

這裏勉強以「器具」與之對應。

* 肯特郡 (Kent) 是倫敦東南方向的一個郡；「李鎮」英文是「Lee」，是當時屬於肯特郡的一個行政區域。該行政區自 1900 年起不復存在。

一座帶有欄杆的大橋上飛奔而過，橋下是緩緩流動的黑暗河流。大橋對面是又一片人類用磚塊和灰泥砌成的單調荒原，荒原之中沒甚麼動靜，有的只是一名巡警節奏分明的沉重腳步，以及一幫深夜不歸的狂歡者又唱又喊的聲音。一片支離破碎的烏雲緩緩地飄過天空，雲層各處的縫隙之中不時閃現一兩顆光芒暗淡的星星。福爾摩斯一言不發地趕着車，腦袋耷拉在胸前，似乎是陷入了沉思。我坐在他的身邊，心裏充滿了好奇，很想知道這件新案子到底是怎麼回事，為甚麼能讓他為難成這個樣子，可我擔心打斷他眼下的思緒，所以不敢開口動問。飛奔了幾英里之後，馬車漸漸駛入城郊別墅區的邊緣，福爾摩斯這才晃了晃身子，聳了聳肩，點起了自己的煙斗，看架勢是已經說服自己，目前只能思考到這個程度。

「你保持沉默的天賦真是了不得，華生，」他說道。「所以說，你是個非常難得的同伴。說實在話，現在我真的很需要一個可以說話的人，因為我心裏的想法並不特別讓人愉快。剛才我一直都在琢磨，今天晚上，那個可愛的小婦人到門口來迎接我的時候，我該對她說些甚麼才好呢。」

「你又忘了，這件事情我一點兒也不知道啊。」

「到李鎮還有一段時間，剛好夠我把所有的事情講給你聽。這案子看起來簡單得要命，可是，不知道為甚麼，我就是找不到下手的地方。線索的確有一大把，這一點毫無疑問，可我始終理不出一個頭緒。好了，我這就把案情簡明扼要地跟你說一遍，華生，說不定，你還能從那些讓

我兩眼一抹黑的地方看出一點兒亮光哩。」

「那你就說來聽聽吧。」

「幾年之前，準確說就是一八八四年五月，一位名叫內維爾·聖克萊爾的先生來到了李鎮，看樣子是腰纏萬貫。他買了一座大別墅，把庭院打理得十分漂亮，總而言之是過得相當優裕。他漸漸地和街坊鄰里交上了朋友，又在一八八七年跟當地一個啤酒釀造商的女兒結了婚，還生了兩個孩子。他沒有工作，但卻擁有幾家公司的股份，每天都是早上進倫敦城，傍晚到加農街車站坐五點十四分的火車回來。聖克萊爾先生現年三十七歲，生活很有節制，既是個好丈夫，又是個慈愛的父親，認識他的人都喜歡跟他打交道。順便說一下，根據我們掌握的情況，他目前欠有八十八鎊十先令的債務，同時又在都郡銀行擁有二百二十鎊的存款。所以說，我們並沒有理由認為，他受到了財務問題的困擾。

「上週一，內維爾·聖克萊爾先生進城特別早，走之前說他有兩件重要的事情要辦，還說他會給小兒子帶一盒積木回來。說起來巧得很，就在同一個週一，他剛剛一走，他妻子就收到了一封電報，電報裏說她一直在等的一個價值不菲的小包裹已經到了阿伯丁海運公司的辦公室，讓她到那裏去取。好了，如果你對你自個兒生活的倫敦夠熟的話，就該知道那家公司的辦公室坐落在弗雷斯諾街*，那條街跟你今晚碰到我的斯旺丹北巷是交叉在一起的。這麼着，吃過午餐之後，聖克萊爾太太就去了故城裏面，先逛

---

* 弗雷斯諾街 (Fresno Street) 也是作者杜撰。

了逛街，然後去那家公司的辦公室取了包裹，接着就往車站走，經過斯旺丹北巷的時候剛好是四點三十五分。我說的你都聽明白了嗎？」

「非常明白。」

「不知道你記不記得，週一那天特別地熱，所以呢，聖克萊爾太太走得非常慢，同時還四處張望，希望能找到一輛出租馬車，因為她不喜歡自個兒當時所處的那個環境。這麼着，她正在斯旺丹北巷邊走邊看，突然卻聽見了一聲驚呼或是喊叫，然後就驚駭萬分地看見，她的丈夫正從三樓的一扇窗子裏往下看她，似乎還在衝她比划着甚麼。那扇窗子是開着的，所以她清清楚楚地看到了丈夫的臉，按她的描述，丈夫的臉顯得十分驚恐。他瘋狂地衝她揮舞雙手，然後就從窗子裏面消失了，消失得非常突然，就跟被某種無法抗拒的力量從背後拽走了似的。女人的眼睛特別敏銳，所以她還注意到了一個很不尋常的細節，那就是他雖然依舊穿着進城時穿的那件深色外套，身上的硬領和領帶卻都不見了。

「她確信丈夫遇上了甚麼麻煩，於是就衝下了台階，因為她丈夫現身的房子不是別的，正是你今晚碰見我的那家煙館。她跑進煙館的前屋，打算順着樓梯上二樓去，但卻在樓梯腳碰上了我剛才提過的那個印度水手。那個痞子一把推開了她，還和一個在煙館裏幫忙的丹麥人合力把她搡到了大街上。她又是擔心又是害怕，急得都快瘋了，於是就順着街道往前跑。靠着一種罕有的運氣，她在弗雷斯諾街碰上了一名督察和幾名警員，那幾個警察都是在前往

值勤地點的路上。這麼着，督察帶着兩名警員跟着她回到了煙館，儘管東家連聲抗議，他們還是強行闖進了聖克萊爾先生最後現身的那個房間。房間裏沒有他的蹤跡，實際上，整層樓裏都沒有別人，有的只是一個相貌極其醜怪的倒霉跛子。看情形，那個跛子似乎是把家安在了那裏。跛子和煙館東家都賭咒發誓地說，下午根本就沒有其他人進過三樓的前屋。他們兩個的否認十分堅決，督察不由得犯起了嘀咕，眼看着就要相信，聖克萊爾太太是眼花認錯了人。就在這時，她忽然驚叫一聲，衝到擺在桌上的一個松木做的小盒子跟前，一把扯開了盒蓋。一堆兒童積木從盒子裏滾了出來，正是她丈夫許諾要帶回家的玩具。

「有了這個發現，再加上那個跛子一覽無遺的慌亂表情，督察立刻認識到，眼前的事情非常嚴重。他們對所有的房間進行了徹底的搜查，種種跡象都指向一樁令人髮指的罪行。三樓的前屋裏有一些簡單的陳設，派的是客廳的用場，前屋裏邊是一間小小的臥室，臥室對着一座碼頭建築的背面。碼頭建築和臥室窗子之間是一塊狹窄的地面，退潮的時候是乾的，漲潮時則會淹上至少四英尺半深的水。臥室的窗子很大，而且是從下面開的。警察在窗台上找到了鮮血的痕跡，臥室的木頭地板上也有幾滴零落各處的血跡。除了外套之外，內維爾·聖克萊爾先生的所有衣物都被人塞在了前屋裏的一道簾子後面，靴子、襪子、帽子和懷錶一樣不少。所有衣物上都沒有暴力的痕跡，此外也找不到關於內維爾·聖克萊爾先生的任何線索。他顯然是從臥室的窗子出去的，因為房間裏沒有別的出路。與此

同時，窗台上的不祥血跡表明，他不太可能通過游泳逃得性命，原因在於，悲劇正是發生在潮水最高的時刻。

「好了，現在來說說立刻惹上嫌疑的那兩個惡棍。那個印度水手是個前科累累、劣跡昭彰的傢伙，可是，根據聖克萊爾太太的講述，她丈夫在窗口現身的短短幾秒鐘之內，他就已經出現在了樓梯腳，這樣一來，他在這樁罪案裏的角色頂多也不過是個幫兇。他自己的辯詞則是他對這件事情一無所知，並且一口咬定，他完全不知道那個名為休·布恩的房客搞過些甚麼名堂，因此就不能對那位失蹤紳士的衣物在前屋裏出現的事情承擔任何責任。

「那個印度水手掌櫃的情況就說到這裏，現在來說說住在煙館三樓的那個邪惡跛子，因為他無疑是這世上最後一個看見內維爾·聖克萊爾的人。他名叫休·布恩，經常去故城的人都很熟悉他那張醜怪至極的面孔。他是一名職業乞丐，當然囉，為了逃脫警察的拘管，他把自己裝扮成了一個賣蠟梗火柴的小販。順着針線街＊走一小段，路左手邊的城牆，你可能也留意到了，拐了個小小的彎。這傢伙的寶座就在那個拐角裏，他天天都去那裏盤腿而坐，還在膝頭擺上少得可憐的幾根火柴。他那副慘相堪稱奇景，所以呢，總有那麼一小陣善心的雨點從天而降，落到他擺在身邊人行道上的那頂油光光的皮帽子裏面。以前我從沒想過，自己竟然會通過本行跟他相識。即便如此，我還是

＊　針線街 (Threadneedle Street) 是倫敦故城內一條歷史悠久的老街，是英格蘭銀行所在的地方，2004 年之前還是倫敦證券交易所的所在地。

留意觀察過這個傢伙不止一次，而且非常驚訝地發現，短短的一段時間之內，他就能有那麼大的收穫。他的長相，你明白吧，實在是特別到了極點，走過的人不可能對他熟視無睹。他長着橘黃色的頭髮，蒼白的臉讓一道可怕的傷疤給破了相，傷疤拉緊了皮膚，致使他上唇的上緣翻到了外面。他的下巴跟牛頭犬一樣，黑色的眼睛十分銳利，與他的髮色形成了十分奇異的對比。所有這些特徵都讓他從成群的乞丐同行之中脫穎而出，除此之外，他那股機靈勁兒也算是行中翹楚，因為他總是能隨口應對路人的任何嘲弄。好了，眼下咱們已經知道，這個傢伙不光是煙館的房客，而且是最後一個看見咱們尋找目標的人。」

「可他是個跛子啊！」我說道。「光靠自個兒的話，他能把一個年輕力壯的男人怎麼樣呢？」

「他是個跛子，只能說明他走路一瘸一拐，從其他方面來看，他還是相當強壯的，營養狀況也非常不錯。你是當醫生的，華生，當然應該知道，一條肢體的缺陷往往會從異常發達的其他肢體當中得到彌補。」

「麻煩你接着講吧。」

「看到窗台上的血跡，聖克萊爾太太當場暈了過去。接下來，警察就護送她坐出租馬車回了家，因為她留在那裏也不會對調查有甚麼幫助。負責這件案子的巴頓督察對煙館進行了非常仔細的搜查，但卻沒有找到任何線索。警方當時犯了個錯誤，沒有立刻逮捕布恩，讓他得到了幾分鐘的時間，興許可以跟他那個印度水手朋友串供。不過，警方很快就改正錯誤，把布恩抓了起來，還搜了他的身，

只不過並沒有找到任何可以用來指控他的證物。誠然，他那件襯衫的右邊袖子確實沾有血跡，可他馬上就指了指自己的無名指，那根手指靠近指甲的地方有個傷口。他把受傷的手指解釋為血跡的來由，並且補充說，他不久之前到那扇窗子跟前去過，窗子那邊的血跡無疑也是這麼來的。他矢口否認他見過內維爾·聖克萊爾先生，並且賭咒發誓，說他跟警方一樣，也不知道聖克萊爾的衣物為甚麼會出現在他的房間裏。至於聖克萊爾太太堅稱自己看到丈夫在窗子裏現身的事情，他的解釋是她要麼是發了瘋，要麼就是在白日做夢。這之後，他雖然高聲抗議，但卻還是被送進了警局，與此同時，督察留在了那家煙館裏，希望能在退潮之後找到一點兒新的線索。

「退潮之後的泥灘上確實出現了新的線索，只不過並不是警方擔心會找到的那樣東西。退潮之後露出來的只是內維爾·聖克萊爾的外套，並不是內維爾·聖克萊爾本人。按你的推測，警方在外套的口袋裏找到了一些甚麼東西呢？」

「我想不出來。」

「想不出，我估計你也想不出。所有的口袋裏都裝滿了一便士和半便士的硬幣，一共有四百二十一枚一便士硬幣，二百七十枚半便士硬幣。外套沒讓潮水給捲走，實在也不足為奇。不過，屍體就是另外一回事了。潮水在碼頭建築和煙館之間形成了一股十分強勁的渦流，非常可能出現的情形是，墜了重物的外套雖然還留在原地，光溜溜的屍體卻被捲到河裏去了。」

「可是，你剛才說其他的衣物都在屋子裏面，難道說，屍體只穿了一件外套嗎？」

「不是這樣的，先生，這些事實完全可以有一個說得過去的解釋。假設布恩這個傢伙把內維爾‧聖克萊爾從窗口扔出去的話，不會有誰能看見他這椿罪行。接下來他會怎麼做呢？他當然會立刻想到，必須把那些足以成為罪證的衣物處理掉。於是他抓起外套準備往窗子外面扔，跟着就突然想到，外套可能會浮在水上，不會沉入水底。他的時間非常有限，因為內維爾的妻子打算闖到樓上來，他已經聽見了樓下的混戰，興許又聽那個印度水手同伙說了，警察正在從大街上趕過來。他不能有一秒鐘的耽擱，於是就奔到某個隱秘的藏錢處所，拿出積攢下來的乞討成果，盡量往外套口袋裏塞硬幣，確保它會沉到水裏去。這之後，他把外套扔了出去，並且打算對其他衣物進行同樣的處理，只可惜聽見樓下響起了急匆匆的腳步聲。警察趕到之前，他有時間做的事情僅僅是關上窗子而已。」

「這種假設確實說得過去。」

「好了，因為沒有更好的假設，我們不妨暫且認為，這種假設就是事實。剛才我說了，布恩已經遭到逮捕，並且被送進了警局。可是，警方找不出他過去的任何劣跡。大家都知道，他多年以來一直是一個專業的乞丐，與此同時，他的生活似乎相當安分、相當清白。目前的情況就是這樣，至於內維爾‧聖克萊爾上煙館去幹甚麼，在那裏趕上了甚麼事情，目前他身在何處，休‧布恩跟他的失蹤又有甚麼關係，種種問題還是跟以前一樣毫無頭緒。坦

白說，按我自己的記憶，我以前從來都沒遇到過這樣的案子，乍一看極其簡單，辦起來卻困難重重。」

歇洛克·福爾摩斯細述這一連串古怪事件的時候，我們已經飛速穿過了這座巨大城市的郊區，把最後一片亂七八糟的房子拋在了身後，眼下正沿着樹籬夾道的鄉村小路轔轔前行。不過，他剛剛講完，我們就穿過了兩個屋宇疏落的村莊，路邊還有幾扇燈火閃亮的窗戶。

「咱們已經進入了李鎮的郊區，」我的同伴說道。「今晚的這段路程雖然不長，但卻經過了英格蘭三個郡的轄區，從米德爾塞克斯郡開始，之後穿過薩里郡的一角，最後就到了肯特郡*。看到那片樹叢當中的燈光了嗎？那就是雪松別墅。那盞燈的旁邊坐着一個女人，我一點兒也不懷疑，她那雙焦灼的耳朵已經聽到了咱們的馬蹄聲。」

「可是，你幹嗎不在貝克街辦這件案子呢？」我問道。

「因為許多調查工作都只能在這裏完成。聖克萊爾太太非常殷勤，為我準備了兩個房間，你只管放心好了，看到我帶了個朋友兼同事，她除了歡迎之外不會有別的表示。我真是害怕見到她，華生，因為我還沒有找到她丈夫的下落。咱們到了。吁，停下，吁！」

我們停在了一座帶有庭院的大別墅門前，一個馬童跑出來牽住馬兒，我則跟着福爾摩斯跳下馬車，順着一條蜿蜒的礫石小徑走向那座大屋。我們走到屋子近旁的時候，

---

*　米德爾塞克斯 (Middlesex) 是瀕臨泰晤士河的一片歷史悠久的區域，歷史上一直是一個郡，1965 年，該地區的絕大部分土地併入了大倫敦地區，同名的郡也不復存在；薩里郡 (Surrey) 是倫敦南面的一個郡。

門一下子開了，門口站着一個身材嬌小的金髮女子，穿着一件輕柔的薄絲衣服，領口和袖口都點綴着蓬鬆的粉色絲綢花邊。明亮的燈光勾勒出了她的身影，只見她一隻手扶着門，另一隻手焦急地抬起了一半，身子微微前傾，腦袋朝我們這邊探了過來，眼神裏充滿期待，嘴唇也略略分開，全身上下都在向我們發問。

「怎麼樣？」她叫道，「怎麼樣？」看到來的是兩個人，她發出了一聲飽含希望的歡呼，接着又看到我同伴搖頭聳肩的動作，歡呼立刻變成了一聲沉悶的呻吟。

「沒有好消息嗎？」

「沒有。」

「也沒有壞消息吧？」

「沒有。」

「謝天謝地。請進吧。您這麼晚才回來，一定累壞了吧。」

「這位是我的朋友華生醫生，他在以前的幾件案子當中幫過我特別大的忙。今天是因為運氣好，我才能夠把他請來、才能夠讓他跟我一起調查這件案子。」

「很高興見到您，」她說道，熱情地握了握我的手。「要是我們的招待不夠周全的話，您一定得多多包涵，因為您也知道，對我們來說，這次的打擊確實是非常突然。」

「親愛的夫人，」我說道，「我可是一名上過戰場的老兵，就算不是，我也完全能夠明白，您用不着道甚麼歉。只要能幫得上忙，不管是幫您還是幫我這位朋友，都是我莫大的榮幸。」

「好了，歇洛克・福爾摩斯先生，」這位女士說道。這時我們已經走進了一個燈火輝煌的餐廳，餐桌上擺着一份冷餐，「我很想直截了當地問您一兩個問題，也希望您能給我一個直截了當的回答。」

「沒問題，夫人。」

「您不用擔心我的感受，我這個人並不歇斯底里，也不會動不動就暈過去。我想聽的只是您毫無保留的真實看法。」

「關於甚麼的看法呢？」

「說心裏話，您認為內維爾還活着嗎？」

這個問題似乎讓歇洛克・福爾摩斯有點尷尬。「有甚麼說甚麼，說吧！」她催促道。她站在地毯上，目不轉睛地俯視着靠在一把藤椅上的福爾摩斯。

「那麼，有甚麼說甚麼，夫人，我不認為他還活着。」

「您認為他已經死了嗎？」

「是的。」

「是被人謀殺的嗎？」

「我沒這麼說過。也許吧。」

「那麼，他是哪一天死的呢？」

「星期一。」

「這麼說的話，福爾摩斯先生，麻煩您行行好，幫我解釋一下，為甚麼我今天還能收到他寫來的信。」

歇洛克・福爾摩斯從椅子上彈了起來，彷彿是遭了電擊。

「甚麼！」他大叫一聲。

「沒錯，就是今天。」她笑眯眯地站在那裏，把一張小紙條高高地舉到了空中。

「我可以看一看嗎？」

「當然可以。」

福爾摩斯急不可耐地抓過紙條，把它攤在桌子上，又把燈挪到近旁，全神貫注地研究起來。之前我已經從自己的椅子上站了起來，這會兒便從他的肩頭看了過去。這封信使用的信封非常粗劣，上面蓋着格里夫森的郵戳。郵戳上的日期正是今天，準確說的話應該是昨天，因為眼下的時間早已經過了午夜。

「字寫得很糟糕啊，」福爾摩斯咕噥了一句。「肯定不是您丈夫的筆跡吧，夫人。」

「的確不是，可信封裏的信是他的筆跡。」

「我還發現，不管信封上的地址是誰寫的，寫的人總之是在一邊寫一邊查。」

「這您是怎麼知道的呢？」

「您瞧，黑墨水寫的收件人名字顏色很純正，說明它是自然晾乾的。其餘的部分則有點兒發灰，說明寫的人用上了吸墨紙。如果名字和地址都是一氣兒寫完、然後又用吸墨紙吸乾的話，字跡的深淺就應該一致。可是，寫信封的這個人顯然是先寫好了名字，停了一陣之後才開始寫地址，這樣的情況只有一種解釋，那就是他不熟悉這個地址。當然嘍，這只是一個瑣碎的細節，話說回來，瑣碎的細節恰恰是最重要的東西。咱們再來看看裏面的信。哈！信裏面還附了一件東西呢！」

「沒錯，裏面有個戒指，他的圖章戒指。」

「您能肯定這是您丈夫的筆跡嗎？」

「是他的一種筆跡。」

「一種？」

「是他匆忙之中的那種筆跡，跟他平常的筆跡很不一樣，對我來說還是非常好認。」

> 最親愛的不用擔心，一切都會恢復正常。我犯了個大錯，可能需要一點兒時間來糾正。請耐心等待。
>
> 內維爾

「信是用鉛筆寫的，信紙則是一本八開書的扉頁，紙上沒有水印。嗯！信是今天從格里夫森寄出來的，寄信的人拇指髒得要命。哈！如果我的推測不是完全錯誤的話，把信封粘上的時候，那個人嘴裏還嚼着煙草哩。不過，夫人，您還是完全確定這是您丈夫的筆跡，對嗎？」

「對。這些字句的確是內維爾寫的。」

「同時又是今天從格里夫森寄出來的。好了，聖克萊爾太太，陰霾已經不那麼濃重了，只不過我還不敢貿然地告訴您，危險已經成為過去。」

「可他肯定還活着，福爾摩斯先生。」

「除非這是一件旨在迷惑我們的高明贋品。說到底，戒指並不能說明任何問題，因為別人完全可以從他身上奪走戒指。」

「不，不是贋品。這的確是，的的確確是他本人的筆跡！」

「非常好。不過，這封信也可能是星期一寫的，只不過是今天才寄出來而已。」

「是有這個可能。」

「果真如此的話，當中的這段時間可以發生很多事情。」

「噢，福爾摩斯先生，您別淨給我潑冷水啊。我知道他一切平安，因為我倆之間有一種特別強烈的心靈感應，他要是遇上了不幸的話，我一定會有感覺的。就在我最後見到他的那一天，他在臥室裏割傷了自己，我當時雖然是在樓下的餐廳裏，但卻還是真真切切地意識到他肯定是出了甚麼事兒，所以就立刻衝到了樓上。您想想看，連這樣的小事情我都會有感應，他要是死了我會不知道嗎？」

「我見過的事情太多了，不可能不知道，女人的直覺印象往往會比演繹專家的推論更加可取。再者說，毫無疑問，這封信也為您的觀點提供了非常有力的佐證。可是，您的丈夫既然沒有死，而且可以寫信，為甚麼還不回家來找您呢？」

「我想不出來。他這樣的做法確實沒法理解。」

「星期一出門之前，他沒有跟您交代甚麼事情嗎？」

「沒有。」

「看到他在斯旺丹巷出現，您覺得驚訝嗎？」

「非常驚訝。」

「那扇窗子當時是開着的嗎？」

「開着的。」

「那他應該可以叫您嘍？」

「應該可以。」

「可是，據我所知，他只是發出了一聲含糊不清的喊叫，對吧？」

「對。」

「您覺得他那聲喊叫是在呼救嗎？」

「是啊，他還衝我揮舞雙手呢。」

「不過，他的喊叫也可能只是因為驚訝。他想不到會在那裏看見您，大驚之下就不由自主地揮起了雙手，這種解釋也說得通吧？」

「說得通。」

「還有，您認為他是被人硬拽回去的，對吧？」

「他消失得太突然了啊。」

「也沒準兒，他是自個兒跳回去的呢。當時，您沒看見那個房間裏有別人吧？」

「沒看見。可是，那個可怕的傢伙承認他當時就在那個房間裏，再說了，樓梯腳還有那個印度水手呢。」

「的確如此。按您當時看見的情形，您丈夫還穿着平常的那身衣服，對吧？」

「是倒是，可他的硬領和領帶都沒有了啊。當時我看得很清楚，他的喉嚨是露在外面的。」

「他跟您說起過斯旺丹巷嗎？」

「從來沒有。」

「他曾經有過抽上大煙的跡象嗎？」

「從來沒有。」

「謝謝您，聖克萊爾太太。前面這幾點至關重要，

所以我才想問個明明白白。好了，現在我倆打算吃點兒晚餐，然後就回房休息，明天多半會忙得不可開交哩。」

安排給我倆的那個房間又寬敞又舒適，裏面擺着兩張床。我已經被夜間的旅程搞得十分疲憊，於是就飛快地鑽進了被窩。可是，歇洛克·福爾摩斯這個人心裏不能有懸而未決的問題，如果有的話，他就會一連幾天，甚至是整整一個星期不眠不休，翻來覆去地掂量問題、整理事實，從所有可能的角度進行分析。只有兩種情況能讓他停下來，一種是他終於想出了問題的答案，另一種則是他最終認定，手頭的材料並不充分。這天夜裏，我很快就清楚地認識到，他正在進行熬通宵的準備工作。只見他脫掉外套和馬甲，裹上一件寬鬆的藍色睡袍，然後就在房間裏轉了一圈兒，從自己的床上收集了幾個枕頭，又從沙發和扶手椅上收集了幾個靠墊，用這些東西搭了一張束方式的長條軟榻。接下來，他盤着腿在軟榻上坐了下來，面前擺着一盎司＊粗切煙絲和一盒火柴。借着暗淡的燈光，我看見他不聲不響、紋絲不動地坐在那裏，嘴裏叼着一隻古舊的歐石南煙斗†，空洞的眼睛緊盯着天花板的角落，藍色的煙霧從他身上裊裊升起，煙斗的火光映着他鷹隼一般的堅毅面容。我沉入夢鄉的時候他是這麼坐着，我突然驚醒的時候他還是這麼坐着，而在我驚醒的時候，夏日的陽光已經照進了我們的房間。煙斗仍然在他的嘴裏，藍煙仍然在裊

＊　1 盎司約等於 31 克。

†　歐石南 (Erica arborea) 是生長在地中海地區的一種灌木，根部木質堅硬，是製作煙斗的好材料。同樣的煙斗曾經出現在《四簽名》當中。

裊上升，房間裏籠罩着一層濃濃的煙草雲霧，昨夜我看見的那一堆粗切煙絲卻已經無影無蹤。

「你醒了嗎，華生？」他問道。

「醒了。」

「今天早上願意去兜兜風嗎？」

「當然願意。」

「那就趕緊穿衣服。其他人都還沒有動靜呢，好在我知道馬童睡在哪兒，咱們很快就能把馬車趕出來。」他一邊說，一邊吃吃地笑，眼睛也閃閃發亮。跟昨夜那個神色凝重的思想者相比，眼前的他完全變成了另外一個人。

穿衣服的時候，我看了看自己的錶。難怪其他人都沒有動靜，現在才四點二十五分呢。我剛剛收拾完畢，福爾摩斯就回到了房間裏，帶來了馬童正在幫我們套車的消息。

「我有個小小的假設，現在打算去驗證一下，」他一邊說，一邊穿靴子。「照我看，華生，你面前的這個人是整個歐洲最沒治的傻瓜。我真該被人從這兒一腳踹到查林十字＊去。話說回來，我覺得，眼下我已經找到了打開破案之門的鑰匙。」

「鑰匙在哪裏呢？」我笑着問道。

「在浴室裏，」他回答道。「噢，是真的，我沒開玩笑，」看到我的懷疑表情，他接着說道。「我剛剛去了浴室，把鑰匙拿了出來，裝進了我這個格萊斯頓提包†。走

＊　參見《波希米亞醜聞》當中的相關注釋。

†　格萊斯頓提包 (Gladstone bag) 是一種硬質的小型手提旅行包，因曾

吧，伙計，咱們去瞧一瞧，看它開不開得了那把鎖。」

我們輕手輕腳地下了樓，走進明亮的晨曦之中。套好的馬車已經等在路旁，衣服都沒穿整齊的馬童則在馬頭旁邊候着。我倆跳上馬車，順着通往倫敦的大路衝向前方。路上走着幾輛鄉下來的大車，車上裝的都是運往首都的蔬菜。路兩旁的一排排別墅則還是鴉雀無聲、生機杳然，如同一座夢中的城鎮。

「這件案子裏有幾個非常奇特的地方，」福爾摩斯繼續用鞭子輕抽馬兒，馬兒飛奔起來。「坦白説，之前我真是瞎得跟一隻鼴鼠一樣，話説回來，遲一點兒明白，總比永遠也不明白要好。」

我們驅車穿過泰晤士河濱薩里郡一側的一條條街道，市區裏起身最早的一批人也只是剛剛走到窗前，正在睡眼惺忪地往外張望。接下來，我們經由滑鐵盧橋路過了河，順着威靈頓街疾速上行，跟着就猛然右轉，進入了鮑街*。歇洛克·福爾摩斯是警方人員十分熟悉的人物，看到他來之後，警局門口的兩名警員衝他敬了個禮，一個走上來牽住馬兒，另一個則把我倆領了進去。

「值班的是誰呢？」福爾摩斯問道。

「布拉德斯垂特督察，先生。」

「噢，布拉德斯垂特，你好嗎？」一名高大健壯的警官已經順着石板鋪砌的過道走了過來，頭戴一頂大簷帽，

四任英國首相的格萊斯頓 (William Ewart Gladstone, 1809–1898) 而得名。
*　當時的鮑街 (Bow Street) 上有蘇格蘭場的一個警署，還有一個地方法庭，兩者均於 2006 年關閉。

身穿一件帶有扣袢的外套。「我想跟你私下聊兩句，布拉德斯垂特。」

「沒問題，福爾摩斯先生。到我房間裏來吧。」

他的房間看着像一個小辦公室，桌上擺着一本巨大的簿冊，牆上支棱着一部電話。督察在桌子後面坐了下來。

「有甚麼可以效勞的呢，福爾摩斯先生？」

「我是來找那個名叫布恩的乞丐的，就是犯了事兒的那個傢伙，罪名是涉嫌導致李鎮的內維爾·聖克萊爾先生失蹤。」

「有這個人。之前他被帶到這兒來過，現在已經暫時收監、等候再審。」

「我也聽説了。他在你這兒嗎？」

「在單人牢房裏。」

「他老實嗎？」

「哦，他倒是一點兒也不惹是生非。不過，這傢伙真是髒得要命。」

「髒？」

「是啊。我們勸了半天，他也只把自個兒的一雙手洗了洗，可他那張臉真是黑得跟補鍋匠一樣。還好，定案之後，他就得按正常的獄規好好洗洗了。要我説，您要是見到他的話，一定會贊成我的看法，也就是説，他真的需要好好洗洗。」

「我非常樂意見到他。」

「是嗎？這件事情非常好辦。跟我來，您可以把提包留在這兒。」

「不用，我覺得還是拿着比較好。」

「好吧。請跟我來。」他領着我倆穿過一條過道，打開一道閂着的門，走下一段曲裏拐彎的樓梯，進入一條刷了白灰的走廊，走廊兩邊都是一道又一道的門。

「他的牢房是右手邊的第三間，」督察説道。「就是這兒！」他悄無聲息地掀起了房門上部的一塊活板，往裏面瞥了一眼。

「他還在睡覺，」他説道。「您可以瞧得一清二楚。」

我倆都把眼睛湊到了活板背後的格柵跟前，只見犯人躺在裏面，臉衝着我們這邊，睡得十分香甜，呼吸又緩慢又深沉。他中等身材，一身破舊的本行裝扮，花裏胡哨的襯衫從四分五裂的外套裏面綻了出來。正如督察所言，他的確是髒得要命，可是，滿臉的塵垢都掩不住他那令人反胃的尊容。一道寬闊的舊傷疤從他的眼睛部位一直延伸到了下巴上，皺縮的皮膚使得上唇的一側翻捲上去，露出了三顆牙齒，他的表情由此定格，始終都像是正在猙獰吠叫。鮮亮的紅髮從他的頭頂耷拉下來，蓋住了他的額頭和眼睛。

「他可真是個美人兒，對吧？」督察説道。

「他確實需要好好洗洗，」福爾摩斯説道。「之前我就覺得他可能會有這個需要，所以就冒昧地帶了一些家什過來。」説話間，他打開了手裏的格萊斯頓提包，而我萬分驚訝地看見，他從裏面掏出了一塊洗澡用的碩大海綿。

「嗬！嗬！您可真會逗樂，」督察吃吃地笑了起來。

「好了，如果你願意幫我個大忙、輕輕悄悄地把門

打開的話，咱們很快就能給他一副比現在體面得多的模樣。」

「是啊，幹嗎不呢，」督察說道。「他現在的模樣可不能替鮑街的牢房增光添彩，對吧？」他輕輕地把鑰匙插進鎖眼，我們三個都輕手輕腳地摸進了牢房。睡覺的人轉側了一下，跟着就再一次進入了深沉的夢鄉。福爾摩斯蹲到水罐旁邊，浸濕手裏的海綿，然後就使勁兒地在犯人的臉上抹了兩把。

「容我向諸位介紹一下，」他高聲叫道，「咱們眼前的不是別人，正是肯特郡李鎮的內維爾·聖克萊爾先生。」

我這輩子都沒見過那樣的奇景。海綿過處，犯人的臉龐寸寸瓦解，就像樹皮從樹幹上剝落一樣。粗糙的棕褐色皮膚不見了！縱貫他面孔的那道可怕傷疤不見了，把他的表情定格成那種可憎冷笑的翻捲上唇也不見了！那團亂蓬蓬的紅髮被人一把揪掉之後，從床上坐起來的是一個臉色蒼白、表情哀戚、模樣斯文、皮膚光滑的黑髮男子，他一邊揉着眼睛，一邊帶着昏昏沉沉的睡意四處張望。接下來，他突然意識到自己已經暴露，於是就尖叫一聲，撲倒在床上，把臉埋到了枕頭裏。

「天哪！」督察叫了起來，「他，他還真的是那個失蹤的人。我見過他的相片。」

犯人轉過身來，擺出了一副死豬不怕開水燙的架勢。「是又怎麼樣，」他說道。「麻煩您解釋一下，我犯了甚麼罪呢？」

「你犯的罪是殺害內維爾·聖——噢，得了，你跟這

樣的罪名沾不上邊，除非他們能證明你企圖自殺＊，」督察說道，咧開嘴笑了起來。「呃，我幹警察幹了二十七年，這回才算是開了眼界。」

「如果我是內維爾·聖克萊爾的話，顯而易見，根本就沒有發生甚麼罪案，如此說來，我就是遭到了你們的非法拘禁。」

「的確沒有罪案，只是有人犯了個大錯，」福爾摩斯說道。「您應該對您的妻子更加信任，那才是聰明的選擇。」

「問題不在於我的妻子，而在於我的孩子，」犯人呻吟起來。「上帝保佑，我可不想讓孩子們為他們的父親感到羞恥。上帝啊！這回可真是徹底暴露！我該怎麼辦哪？」

歇洛克·福爾摩斯在他的床邊坐了下來，友善地拍了拍他的肩膀。

「如果您讓法庭來解決這件案子的話，」福爾摩斯說道，「暴露當然是無法避免的事情。反過來，如果您能說服警方，讓他們相信您並沒有犯下甚麼可以立案的罪行，那我倒是覺得，案子當中的種種細節不會有甚麼見諸報章的理由。我完全相信，布拉德斯垂特督察會把您所說的一切記錄在案，然後再把它交給適當的上級。這樣一來，這件案子壓根兒就用不着走上法庭。」

「願上帝保佑您！」犯人激動地叫了一聲。「我寧願

＊　迄 1961 年《自殺法》(*Suicide Act 1961*) 頒佈為止，自殺在英格蘭和威爾士屬於違法行為。

坐牢，真的，甚至寧願上刑場，也不願意讓我這個可恥的秘密變成一個家庭的污點，壓到我的孩子們身上。

「跟別人講起自己的家世，對我來說還是頭一回。我父親是切斯特菲爾德*的一位中學校長，我在他的學校裏受了非常好的教育。年輕的時候我四處旅遊，還曾經登上舞台，最後當上了倫敦某家晚報的記者。有一天，主編想在報紙上搞一個關於首都乞丐的系列報道，我就跟他自告奮勇，說我可以負責撰寫這些報道。這麼着，我後來的種種奇遇就開了頭。當時我只能去客串一下乞丐，這樣才能搜集到報道所需的基本素材。我以前當過演員，自然知道化妝的所有訣竅，實際上，我的本事在劇場的後台還是頗有名氣的。到這時，我就撿起以前的本事，往臉上抹了些油彩，為了讓自己顯得盡量可憐，還在臉上畫了道嚇人的傷疤，又用一小片肉色的橡皮膏把嘴唇的一邊兒吊了上去。接下來，我戴上紅色的假髮，穿上符合身份的衣裝，然後就在故城的商業區找了個位置，表面上是賣火柴，實際上卻是要飯。我兢兢業業地討了七個小時飯，晚上才收工回家，然後就驚訝地發現，我竟然收到了整整二十六先令零四便士。

「我寫完了那些系列報道，沒有再去想這件事情。後來有一次，我幫一個朋友擔保一張票據，之後就收到傳票，必須替他清償二十五鎊的債務。當時我走投無路，不知道該到哪裏去籌這筆錢，跟着就突然想出了一個主意。我從債主那裏求得了兩個星期的寬限，又跟東家請了假，

---

* 切斯特菲爾德 (Chesterfield) 是英格蘭中北部城市。

然後就利用這段假期，化好裝到故城裏去要錢。十天之內，我就要到了足夠的錢，還清了自己的債務。

「這一來，你們不難想像，既然我已經發現，只需要用點兒顏料畫個花臉，把帽子往地上一放，然後一動不動地坐上一天，就可以掙上整整兩鎊，再要我安心回去辛辛苦苦地工作，花一週的時間來掙同樣多的錢，該有多麼地困難。我在尊嚴與金錢之間掙扎了很長一段時間，最終獲勝的還是金錢。於是我拋棄了記者生涯，日復一日地上我最初選定的那個拐角去坐着，用我可怕的面孔去博取同情，用銅板塞滿我的口袋。知道我這個秘密的人只有一個，那就是斯旺丹巷一家下流煙館的東家，因為我在他的煙館裏租了房間，這樣才能每天早上以骯髒乞丐的面目出現，晚上又變回一個衣冠楚楚的社交明星。這傢伙是個印度水手，從我這兒收到了相當不菲的房費，所以我可以放心，他不會洩露我的秘密。

「這麼着，我很快就發現，自己已經攢下了一大筆錢。倒不是說倫敦大街上的所有乞丐都能有七百鎊的年收入——實在說的話，我的平均收入還不止這個數——可我擁有一些特殊的本領，裝化得好，嘴巴也很能說，本領又在實踐當中越練越精，最後就成了故城裏的一號人物。每一天，銅板都會川流不息地湧到我身上，有時候還夾雜着銀幣，除非是趕上了倒霉透頂的日子，我一天的收入才會低於兩鎊。

「我越來越富裕，野心也越來越大，於是就在鄉間買了座別墅，最後還結了婚，誰也不曾對我的真實職業產生

過絲毫懷疑。我親愛的妻子知道我在故城裏做生意，卻不知道我做的到底是甚麼生意。

「上週一，我結束了一天的生意，正在煙館樓上的房間裏換衣服，無意之中往窗外望了一眼，結果就驚駭萬分地發現，我妻子竟然站在外面的街上，眼睛還死死地盯着我看。我驚叫一聲，抬起胳膊想遮住自己的臉，然後就衝下樓去找我的印度同伙，求他別讓任何人上來找我。我聽到樓下傳來了她的聲音，心裏卻知道她上不來，於是就飛快地脫去身上的衣服，換上乞丐的行頭，抹好油彩，戴上假髮。這麼徹底的偽裝，即便是妻子的眼睛也無法識破。可我突然想到，他們沒準兒會對房間進行搜查，我的衣服會讓我露餡兒。這麼着，我一把抬起了窗子，因為用力過猛，就把早上在自家臥室裏拉的那個小口子給掙破了。接下來，我從我裝乞討收入的那個皮包裏掏出許多銅板，把它們塞到外套裏面，然後就抓起沉甸甸的外套，把它扔到窗子外面，看着它消失在了泰晤士河裏。其他的衣物我本來也想照此處理，不巧的是，就在那個時候，外面已經響起了警察快步上樓的聲音。幾分鐘之後，我發現自己被他們逮了起來，說實在的，當時我只覺得如釋重負，因為他們並沒有認出我就是內維爾·聖克萊爾，而是把我當成了殺害他的兇手。

「要我看，其他也沒有甚麼需要解釋的地方了。本來我鐵了心要偽裝到底，所以就死活不肯洗臉。我知道我妻子肯定會非常擔心，於是就把手上的戒指摘了下來，趁警察不注意的時候把它託付給了那個印度水手，又附上一張

草草寫成的便條，告訴她不用為我擔心。」

「她昨天才收到您的便條，」福爾摩斯說道。

「天哪！這個星期她是怎麼過的啊！」

「警方一直在監視那個印度水手，」布拉德斯垂特督察說道，「所以我完全可以想像，他一定會發現，要想躲過監視寄封信出去並不是那麼容易。他興許是把信託給了煙館的某個水手主顧，後者又過了好幾天才想起這件事情。」

「情況肯定是這樣，」福爾摩斯讚許地點了點頭，「這一點我絕不懷疑。還有，您乞討了這麼些年，難道就從來沒被抓過嗎？」

「被抓過很多次，可是，那麼點兒罰款對我來說又算甚麼呢？」

「不過，你的生意只能到此為止，」布拉德斯垂特說道。「要讓警方閉口不談這件事情，休·布恩這個人就必須徹底消失。」

「我已經為此發下了最為鄭重的誓言。」

「這樣的話，我覺得我們多半不用再採取進一步的行動。不過，要是我們再逮到你的話，這一切可就包不住了。福爾摩斯先生，您幫我們查清了這件案子，毫無疑問，我們欠了您很大的人情。我很想知道，您是通過甚麼方法得出這個結論的。」

「這一次的方法嘛，」我朋友說道，「就是坐在五個枕頭上抽了一盎司的粗切煙絲。依我看，華生，咱們這會兒坐車回貝克街的話，剛好還能趕上早飯。」

藍色石榴石 *

　　聖誕節之後的第二個早晨，我登門拜訪我的朋友歇洛克·福爾摩斯，向他致送佳節的問候。只見他懶洋洋地躺在沙發上，穿着一件紫色的睡袍，身子右邊伸手可及的地方擺着一個擱煙斗的架子，同樣近便的地方還擺着一堆揉皺了的報紙，顯然是剛剛經過他的研究。沙發旁邊有一把木頭椅子，椅子靠背的犄角上掛着一頂十分破舊、極不雅觀的硬質呢帽，帽子磨損得非常厲害，甚至還有幾處裂縫。椅子的坐墊上擱着一柄放大鏡和一把鑷子，表明他之所以要如此安排這樣一頂帽子，為的是對它進行仔細的檢查。

　　「看樣子你很忙啊，」我說道，「我沒有打擾你吧。」

　　「一點兒也不打擾。我有了一些發現，很高興能有朋友來跟我一起討論。這件東西平凡瑣碎到了極點」——他豎起拇指，衝那頂舊帽子指了指——「不過，與它相關的一些問題卻可以說是不無趣味，甚至稱得上富於教益。」

　　我在他的扶手椅上坐了下來，借着壁爐裏燒得噼啪作響的火焰暖了暖手。前幾天下過一場很重的霜，窗子上

---

*　這篇故事首次發表於 1892 年 1 月；「石榴石」原文為 carbuncle，是以前的人對幾乎所有橢圓形無琢面紅色寶石的統稱，尤指紅色石榴石。

結了一層厚厚的冰花。「據我估計，」我說道，「這件東西雖然看似平凡，但卻肯定是牽涉到了甚麼非常可怕的事情。我還覺得，它一定是一條重要的線索，而你正在借助它破解謎案、懲罰罪行。」

「不，不是這樣，它跟罪行沒有關係，」歇洛克·福爾摩斯笑着說道。「不過是一個稀奇古怪的小小樣本而已。想想吧，整整四百萬人在區區幾平方英里的範圍之內你挨我擠，這一類的樣本自然比比皆是。如此夥頤的人性在如此狹窄的區域之中相互碰撞，足以產生應有盡有的事件組合，也足以帶給我們許許多多匪夷所思卻又無關罪行的小小問題。這樣的問題，咱們以前也見識過的。」

「你說得對極了，」我說道，「根據我的記錄，光是在最近的六件案子當中，就有三件跟法律意義上的犯罪完全無關哩。」

「的確如此。你指的想必是尋找艾琳·阿德勒相片的那次嘗試，瑪麗·薩瑟蘭小姐委託的那件奇案，以及那個翻唇男人的離奇經歷。好了，我敢肯定，這件小東西跟它們一樣，也和罪行沒有甚麼牽連。當雜役的*那個彼得森，你應該認識吧？」

「認識。」

「他就是這件戰利品的主人。」

---

*　這裏的「雜役」原文是 commissionaire，可能是特指雜役隊 (Corps of Commissionaires) 的成員，雜役隊是英國的愛德華·沃爾特 (Edward Walter, 1823–1904) 於 1859 年創立的一個提供信使、門衛、安保等服務的機構，機構的名義首腦為英國君主，今日猶然，當時的員工都是退伍軍人，有專門的制服。

「也就是說，這頂帽子是他的。」

「不，不是，這頂帽子是他撿到的，主人的身份我們還不清楚。不過，我想提醒一下，你可別把它簡單地看成一頂破爛不堪的小禮帽，應該把它看成一個考驗智力的學術問題。好了，第一件事情，我得把帽子來到這裏的經過告訴你。帽子是聖誕節早上來的，跟它一起來的還有一隻大肥鵝，那隻肥鵝嘛，我敢肯定，眼下應該是在彼得森家的爐火上面烤着。具體的來歷則是這樣的：聖誕節凌晨大概四點鐘的時候，彼得森趕完了一場小小的熱鬧，正在順着托特納姆宮廷路往家裏走。彼得森為人非常老實，這你也是知道的。走着走着，他突然看見，有一個身材挺高的男人在前方的煤氣路燈下面走，那人肩上扛着一隻大白鵝，走路的時候稍微有點兒跟跟蹌蹌。走到和古吉街交叉的那個拐角的時候，那個陌生人跟一小群流氓起了爭執，其中一個流氓還一把掀掉了他的帽子。於是他奮起自衛，把手杖高高地舉過頭頂，結果卻把身後的櫥窗玻璃打得粉碎。彼得森連忙跑了過去，想要幫那個陌生人擺脫流氓的糾纏。可是，那人發現自己打碎了窗子，又看到一個身穿制服、類似警察的人朝自己跑了過來，驚慌之下就把鵝扔到地上，扭頭便跑，消失在了托特納姆宮廷路背後那些迷宮一般的小巷當中。看到彼得森到場之後，那群流氓也是一哄而散，留下他一個人在那裏打掃戰場，同時也把所有的戰利品留給了他，具體說嘛，就是這頂破爛不堪的帽子，外加一隻無可挑剔的聖誕肥鵝。」

「難道他沒把這些東西還給失主嗎？」

「親愛的伙計，問題就出在這個地方。千真萬確，鵝的左腿上確實繫着一張小小的卡片，卡片上也確實寫着『謹奉亨利‧貝克太太』的字樣，同樣千真萬確的是，帽子的襯裏上還寫着 『H.B.』* 這個首字母縮寫。可是，咱們這座城市裏有成千上萬個姓貝克的人，名叫亨利‧貝克的也得說是成百上千，無論失主是他們當中的哪一個，要把東西還回去都不會特別容易。」

「那麼，彼得森是怎麼辦的呢？」

「他當天早上就把帽子和鵝一古腦地送到了我這裏，因為他知道，再小的問題我都會有興趣。那隻鵝我本來一直留着，可是，到了今天早上，種種跡象已經表明，儘管有那麼一場小小的霜凍，鵝還是應該立刻吃掉，不能再有無謂的拖延。所以呢，撿到鵝的人已經把它帶走，它也即將完成一隻鵝的最終使命，不過，那位陌生的紳士雖然不幸失去了他的聖誕大餐，他的帽子卻仍然留在我這裏。」

「他沒有登啟事來找嗎？」

「沒有。」

「那麼，關於他的身份，你有些甚麼線索呢？」

「線索只能靠我們自己去推測。」

「用他的帽子來推測嗎？」

「一點兒不錯。」

「你一定是在開玩笑吧。這不過是一頂又舊又破的呢帽子，你能從上面推出些甚麼呢？」

「我的放大鏡就擺在你面前，而你也知道我的方法。

---

* 亨利‧貝克的英文是 Henry Baker，縮寫為「H.B.」。

關於帽子主人的個性，你自個兒能從帽子上面推出些甚麼呢？」

我把這件破破爛爛的玩意兒捧在手裏，心不甘情不願地翻過來看了看。眼前是一頂十分普通的黑色圓頂禮帽，呢料硬邦邦的，磨損得非常厲害。帽子的襯裏本來是紅色的絲綢，顏色已經褪掉了許多。帽子裏面沒有製造商的標記，但卻像福爾摩斯剛才所說的那樣，有一側寫着潦草的首字母縮寫「H.B.」。帽子邊緣打上了穿帽帶的洞眼，帽帶則不知所蹤。除此之外，帽子上有裂縫幾條，塵土甚多，並有污漬數處。另一方面，帽子上還有一些墨水塗抹的痕跡，看情形，主人是打算借此遮掩那些褪色的地方。

「我甚麼也沒看到，」我說道，把帽子還給了福爾摩斯。

「恰恰相反，華生，你甚麼都看到了。只不過，你沒有根據自己看到的東西去進行演繹。在推導結論的時候，你太缺乏自信了。」

「那麼，麻煩你告訴我，你又能從這頂帽子當中推出些甚麼結論呢？」

他拿起帽子，用他那種獨樹一幟、沉思默想的慣有方式盯着它看了一會兒。「興許，它給人的啟示並不像我預想的那麼多，」他說道，「即便如此，有幾個推論還是非常明顯，另外幾個呢，至少也可以說是或然率非常之大。此人學識相當淵博，這一點可謂一目瞭然。過去三年之中他有過相當富裕的時候，現在卻已經落入時乖運蹇的境地。他曾經精打細算，如今則不比從前，由此可以看出

他意氣漸趨消沉，把這一點跟經濟方面的下坡路結合起來看呢，似乎可以說明他染上了某種惡習，多半是酗酒。除此之外，染上惡習的推論還可以用來解釋另一個明顯的事實，那就是他的妻子已經不再愛他了。」

「親愛的福爾摩斯！」

「另一方面，他依然保持着某種程度的自尊，」他沒有理會我的抗議，自顧自地接着往下說。「他過的是一種幽居室內的生活，很少出門，根本不鍛煉身體，目前正值中年，花白的頭髮幾天之內剛剛理過，還抹過檸檬髮乳。他這頂帽子當中包含着許多事實，當然嘍，還是前面說的這些比較明顯。對了，順便說一下，他家沒有裝煤氣燈，這一點幾乎可以說是板上釘釘。」

「你肯定是在開玩笑，福爾摩斯。」

「絕對不是開玩笑。難道說，即便到了現在，即便我已經把結論告訴了你，你仍然領會不了我推導結論的過程嗎？」

「毫無疑問，我這麼說確實是蠢到了家，可我必須承認，我跟不上你的思路。比如說吧，你怎麼知道這個人學識淵博呢？」

福爾摩斯的回答是把帽子往自個兒腦袋上一扣，帽子順着他的額頭往下滑，一直落到了他的鼻梁上。「這純粹是個容積問題，」他說道，「一個人長了顆這麼大的腦袋，裏面總得有點兒東西吧。」

「那麼，家道中落又是怎麼回事呢？」

「這頂帽子是三年之前買的，這種扁平的帽簷兒是當

時的流行款式。看看纏在外面的這圈兒絲帶，再看看縫得無懈可擊的襯裏，你就知道帽子的質量絕對上乘。此人三年之前就買得起這麼昂貴的帽子，打那以後卻沒有再買過別的帽子，如此說來，他必然是在走下坡路。」

「好吧，這一點確實可以說是相當清楚。可是，精打細算和意氣消沉怎麼說呢？」

歇洛克·福爾摩斯笑了起來。「精打細算就體現在這個地方，」他一邊說，一邊用手指戳了戳那個穿帽帶用的小卡子和圓箍。「現成的帽子上是不會有這種東西的，此人既然特意叫人做了一個，說明他多少可以算是精打細算，因為他居然不辭勞苦地採取了這樣的預防措施，就為了不讓風把帽子颳跑。話又說回來，咱倆都瞧見了，帽帶已經沒了，可他並沒有勞神去換一根，顯而易見，他已經不再像從前那麼精打細算，這個事實呢，又是意志趨於薄弱的表徵。另一方面，他曾經往呢料上塗了一些墨水，打算把那些褪色的地方遮蓋起來，這一點可以表明，他的自尊還沒有徹底喪失。」

「你這些演繹的確說得通。」

「其他幾點，甚麼正值中年啦，頭髮花白啦，新近理過髮啦，抹過檸檬髮乳啦，全都是來自對襯裏下半部分的仔細觀察。借助放大鏡，我看到了許多頭髮茬子，斷口十分整齊，顯然是理髮師用剪子剪的。頭髮茬子看起來都有點兒粘乎乎的，還帶有檸檬髮乳的獨特氣味。這些塵土，你瞧瞧，並不是大街上那種砂質的灰色粉塵，而是屋子裏那種蓬蓬鬆鬆的褐色塵埃，說明這頂帽子大多數時間都是

掛在室內。再來看看帽子裏的這些汗漬，它們清清楚楚地證明了帽子的主人出汗出得很厲害，由此也就可以證明，他不怎麼鍛煉身體。」

「可是，他的妻子——你剛才說的是，她已經不再愛他了。」

「這頂帽子已經幾個星期沒刷過了。假設有一天我看到了你，親愛的華生，同時又發現你的帽子上積着整整一個星期的灰塵，而你的妻子也由着你這樣出門，那我就不得不擔心，你恐怕也遭到了同樣的厄運，失去了妻子的歡心。」

「可他沒準兒是個單身漢哩。」

「不可能，那隻鵝是他帶回家去安撫妻子的。你應該還記得，鵝的腿上還繫着一張卡片呢。」

「所有的一切你都解釋得一清二楚，不過，你究竟是怎麼知道他家沒有煤氣燈的呢？」

「一滴蠟油，甚至是兩滴蠟油，咱們都可以說是出於偶然，可是，我已經看到了至少五滴蠟油，因此就可以十拿九穩地斷定，此人必然是經常跟燃燒的蠟燭打交道。情形興許是，夜間上樓的時候，他一隻手拿着帽子，另一隻手則端着一支嘩嘩淌油的蠟燭。不管怎麼說吧，煤氣燈裏總歸是濺不出蠟油的。怎麼樣，你滿意了嗎？」

「呃，你這些推論真的是非常巧妙，」我笑着說道，「不過，既然你剛才說了，這事情與犯罪無關，失主的損失僅僅是一隻鵝而已，那我倒覺得，你這些思考有點兒浪費腦力哩。」

歇洛克·福爾摩斯剛準備開口作答，房門卻猛然開

啟，雜役彼得森衝了進來，臉頰通紅，神色十分驚惶。

「那隻鵝，福爾摩斯先生！那隻鵝，先生！」他上氣不接下氣地說道。

「嗯？那隻鵝怎麼了？難不成它活了過來，搧着翅膀從廚房的窗子裏飛走了嗎？」福爾摩斯在沙發上轉了個身，以便更好地端詳來人的激動面容。

「瞧瞧這個，先生！瞧瞧我老婆在它的嗉子裏找到了甚麼！」他伸出手來，攤開的掌心裏是一顆光華璀璨的藍色石頭，尺寸比豆子還要小一點兒，但卻擁有無與倫比的純淨度和光澤，彷彿是在他黑乎乎的掌心裏閃爍的一個電火花。

歇洛克·福爾摩斯吹了聲口哨，從沙發上坐了起來。「天哪，彼得森！」他說道，「這可真是件寶物啊。要我說，你應該知道你手裏拿的是甚麼東西，對吧？」

「是鑽石嗎，先生？反正它肯定是一顆寶石，劃拉玻璃就跟劃拉鑲玻璃的膩子似的。」

「它可不只是隨隨便便的一顆寶石，它就是**那顆**寶石。」

「該不會是莫爾卡伯爵夫人的那顆藍色石榴石吧！」我忍不住叫了起來。

「如假包換。最近我天天都可以在《泰晤士報》上讀到尋找它的啟事，所以知道它的大小，也知道它的形狀。這顆寶石絕對是獨一無二的，價值多少可沒法說，可以肯定的是，啟事上開出的一千鎊賞格還不到市場價的二十分之一。」

「一千鎊！老天爺啊！」雜役一頭栽進一把椅子，瞪大了眼睛，來回地瞅着我倆。

「這還只是報紙上的賞格而已，而我確實知道，這顆寶石寄託着伯爵夫人的一些情愫，只要能把它找回來，夫人捨掉一半的家產也是肯的。」

「如果我沒記錯的話，寶石應該是在大都會酒店弄丟的吧，」我說道。

「一點兒不錯，時間是十二月二十二號，離現在不過五天。管子工約翰·霍納已經遭到指控，罪名是從伯爵夫人的珠寶盒裏竊取了這顆寶石。對他不利的證據十分確鑿，以至於案子已經交到了巡迴法庭。我記得，我手邊應該有一些相關的報道。」說到這裏，他開始在他那堆報紙當中翻了起來，掃視着報上的日期，最後就把其中一張攤平，又把它對折起來，念出了下面的一段文字：

大都會酒店珠寶失竊案。管子工約翰·霍納，現年二十六歲，被控於本月二十二日自莫爾卡伯爵夫人妝奩中竊取名為「藍色石榴石」之貴重寶石一枚。據酒店高級侍應詹姆斯·賴德指證，竊案當日，賴德曾將霍納領入莫爾卡伯爵夫人之更衣室，此因壁爐第二條護柵業已鬆動，意在令其焊補。嗣後賴德曾於霍納身邊停留少刻，旋即奉召離去，返回之時則不見霍納蹤影，但見妝台抽屜已遭撬開，收納其中之摩洛哥皮 * 妝奩空置台上。事後得知，該妝奩正是伯爵夫人素日

---

* 摩洛哥皮 (morocco) 是一種手工鞣製的染色山羊皮，因最初為摩洛哥名產而得名。

盛放珠寶之器具。賴德當即報告警方，霍納於同日晚間即告落網，寶石則不知去向，既不傍其人之身，亦不在其人寓所。伯爵夫人女僕凱瑟琳‧丘薩克證稱，當時曾聽聞賴德發現失竊之驚叫，由是衝入更衣室，所見情形與上述證人之證詞相符。據蘇格蘭場第二分局督察布拉德垂特所言，霍納被捕之時曾有瘋狂掙扎，並曾以至為激烈之言辭力辯無辜。相關證據表明，人犯此前亦有竊盜前科，地方法官由是不欲草率定罪，已將此案移送巡迴法庭。庭訊期間，霍納之表現極為激動，聽聞地方法官之處分即告暈厥，遂由法警抬出法庭。

「哼！地方法庭就這麼一點兒本事，」福爾摩斯若有所思地說道，把報紙扔到了一邊。「好了，咱們眼前的工作是設法理清這件事情的脈絡，查明這顆寶石是如何從一個撬開的珠寶盒當中流到了托特納姆宮廷路上一隻鵝的嗉子裏。瞧見了嗎，華生，突然之間，咱們剛才的那段小小演繹就有了一個重要得多也罪惡得多的層面。喏，寶石就在這裏，它來自那隻鵝，那隻鵝又來自亨利‧貝克先生，此人是這頂破帽子的主人，同時還具有我剛才嘮叨給你聽的所有那些特徵。如此說來，眼下咱們必須認認真真地把這位先生找出來，看看他在這樁小小謎案當中扮演了甚麼樣的角色。要把他找出來，咱們不妨首先嘗試最簡單的一種辦法。毫無疑問，最簡單的辦法就是在所有的晚報上刊登一則啟事。這個辦法不起作用的話，我也有別的辦法可以用。」

「啟事怎麼寫呢？」

「給我支鉛筆，把那張紙片也遞給我。聽好，啟事是這樣的：

茲於古吉街拐角拾獲鵝一隻及黑色呢帽一頂，敬請亨利・貝克先生於今晚 6：30 前往貝克街 221B 認領。

「這樣寫可說是簡明扼要。」

「非常簡明。可是，他看得到這則啟事嗎？」

「呃，他肯定會留意報紙的，對於窮人來說，這兩樣東西也算是不小的損失呢。當時他不小心打碎了櫥窗，又看到彼得森朝自己衝了過來，肯定是嚇得夠戧，所以才不假思索地拔腿就跑。可是，事後他肯定會為自己的慌張感到非常懊悔，因為他把自己的鵝給弄丟了。還有啊，啟事裏提到了他本人的名字，這也可以確保他看見啟事，認識他的人都會提醒他去看的。這給你，彼得森，你上廣告行去一趟，把它登到晚報上去。」

「哪家晚報，先生？」

「哦，《環球報》、《星報》、《樸爾莫爾公報》、《聖詹姆斯紀事報》、《旗幟晚報》、《回聲報》，再加上你想得起來的所有晚報。」

「好的，先生。這顆寶石怎麼辦呢？」

「哦，對啊，這顆寶石我得留着。謝謝你。還有，聽我說，彼得森，回來的時候順便買隻鵝送到我這裏來，那隻鵝眼下正在供你的家人享用，咱們總得給那位先生一件替代品啊。」

雜役走了之後，福爾摩斯拿起寶石，把它舉到了燈光

下面。「這可真是件漂亮東西，」他說道。「瞧瞧吧，它是多麼地光彩奪目，難怪會成為罪案的焦點。所有的漂亮石頭都是這樣，全都是惡魔用來引逗玩物的誘餌。拿那些比它更大、歷史比它更長的寶石來說吧，每一個琢面上興許都刻着一樁血淋淋的罪行。這顆寶石的歷史還不到二十年，是在中國南方的廈門河岸發現的*。它之所以引人注目，是因為它擁有石榴石的所有特徵，顏色卻與眾不同，是藍色而不是深紅。它面世雖然不久，短短的歷史之中卻已經寫滿了罪惡。就為了這麼一粒區區四十格令的碳素結晶†，已然發生了兩起謀殺、一次硫酸毀容、一樁自殺事件和幾宗竊案。這麼漂亮的一件玩具居然會成為向絞架和監房供應貨源的廠商，誰能想得到呢？我得把它鎖進自己的保險箱，然後再給伯爵夫人去個信兒，告訴她寶石在咱們手裏。」

「按你看，霍納這人是無辜的嗎？」

「無從判斷。」

「那麼，另外那個人，也就是亨利·貝克，你覺得他會跟這件事情有關係嗎？」

「要我說，亨利·貝克多半是完完全全地清白無辜，壓根兒就不知道，自己手裏的鵝比同樣大小的足赤金鵝還要貴重得多。情況是否果真如此，通過一個非常簡單的測

---

* 原文如此，不過廈門並沒有河，所謂「鷺江」指的也是廈門島和鼓浪嶼之間的海域。

† 「格令」為英美重量單位，約等於 0.065 克，英文為亦可指「谷物」的「grain」，制定依據為麥粒的平均重量；通常說來，石榴石與鑽石不同，並不是碳素結晶，不過，通常說來，石榴石也不會是藍色。

試就可以確定，如果他看了啟事來找咱們的話。」

「他來之前，你就沒有別的事情可做了嗎？」

「沒有。」

「這樣的話，我還是繼續去做我的本職工作好了。不過，晚上我會按啟事裏說的這個時間過來找你，因為我很想知道，如此紛亂的一個問題會有一個怎樣的答案。」

「你肯來就太好了。我七點鐘吃晚飯，據我看，飯桌上多半會有一隻山鷸。對了，最近這些事情倒是個很好的提醒，興許我應該告訴哈德森太太，讓她好好檢查一下它的嗉子。」

這天我忙於處理一名病患，六點半過了一點才再次踏進貝克街。快到福爾摩斯寓所的時候，我看到屋裏的燈光透過氣窗照了出來，在地面形成了 個明亮的半圓。半圓之中站着一個身材高大的男人，正在等待屋裏的人出來開門。他頭戴一頂蘇格蘭寬頂無簷圓帽，大衣一直扣到了下巴部位。我剛剛走到門邊，門就開了，僕人把我倆一起領進了福爾摩斯的房間。

「依我看，您就是亨利・貝克先生吧，」福爾摩斯從扶手椅上站起身來招呼客人，舉手投足之間透着一種自然而然的誠懇與親切。「您坐壁爐旁邊的這把椅子吧，貝克先生。今天晚上挺冷的，據我觀察，跟冬天比起來，您的血液循環狀況更適合夏天。噢，華生，你來得可真及時。這頂帽子是您的嗎，貝克先生？」

「沒錯，先生，這的確是我的帽子。」

此人身材魁梧，肩膀渾圓，頭顱碩大，寫滿智慧的寬闊臉膛從上往下漸漸收窄，周圍是一圈帶尖兒的絡腮鬍子，鬍子是棕色的，間雜着點點斑白。他的鼻頭和雙頰都凍得通紅，伸出來的那隻手微微顫抖，完全符合福爾摩斯對他生活習慣的推測。他那件磨得泛出鏽紅的黑色禮服大衣扣得嚴嚴實實，衣領也立了起來，瘦骨伶仃的手腕支棱在大衣袖口之外，上面卻看不見襯衫袖口的痕跡。他說起話來字斟句酌，因此就顯得慢條斯理、斷斷續續。總體說來，我眼前的是一個有學問無時運的落魄文人。

「我們把這些東西留了幾天，」福爾摩斯說道，「還以為能從啟事上看到您的地址呢。可您壓根兒就沒登啟事，這我有點兒不太明白。」

我們的客人笑了笑，多少顯得有點兒難為情。「眼下不比從前，我的阮囊有點兒羞澀，」他說道。「我本來以為，襲擊我的那幫流氓已經把帽子和鵝一塊兒拿走了，所以就覺得，東西反正也找不回來，何必再花冤枉錢呢。」

「這倒也是。對了，說到那隻鵝嘛，我們迫於無奈，已經把它給吃了。」

「吃了！」我們的客人十分激動，身子都從椅子上起了一半。

「吃了，就算我們不吃，它到現在也沒法吃了。不過，食櫥上的這隻鵝雖然不是原來那隻，重量卻跟那隻差不多，而且還非常新鮮，我覺得它同樣可以滿足您的需要，您覺得呢？」

「哦，可以，當然可以，」貝克先生回答道，如釋重負地吁了口氣。

「當然嘍，您自個兒那隻鵝的羽毛啦，腿啦，嗉子啦，等等等等我們都還留着，所以啊，要是您想——」

聽到這裏，客人爆發出了一陣爽朗的笑聲。「那些東西興許可以用來紀念我那天凌晨的奇遇，」他說道，「除此而外，我實在看不出來，那位已故仁兄的殘頭斷尾對我還有甚麼意義。不用，先生，我是這麼想的，您不反對的話，我的要求只限於眼下擺在食櫥上的那隻十全十美的鵝。」

歇洛克‧福爾摩斯飛快地瞥了我一眼，略微聳了聳肩膀。

「好吧，帽子您拿着，鵝也是您的了，」他說道。「對了，能不能麻煩您告訴我，您那隻鵝是從哪兒買的呢？我對禽類多少也算是有點兒愛好，但卻很少看見長得那麼好的鵝。」

「沒問題，先生，」貝克先生說道。這時他已經站了起來，把剛剛收到的財物夾在了胳膊下面。「我們那邊有幾個人經常上阿爾法酒館去消遣，酒館就在大英博物館的旁邊。白天的時候，您明白吧，我們都是在博物館裏面待着的。今年呢，酒館的好東家，也就是名叫溫迪蓋特的那位，組織了一個購鵝俱樂部，讓我們每個星期交那麼幾個便士，到聖誕節的時候就給我們一人一隻鵝。我那份錢是按時交了的，後來的事情您已經知道了。我對您感激不盡，先生，因為蘇格蘭圓帽既不適合我的年齡，也不符合

我莊重的作風。」帶着一種誇張得近於滑稽的禮貌，他一本正經地衝我倆鞠了個躬，然後就大踏步地離去了。

「亨利·貝克先生的事情到這裏就可以打住了，」關上房門之後，福爾摩斯說道。「毫無疑問，他對竊案一無所知。你餓了嗎，華生？」

「不怎麼餓。」

「那我提議，咱們不如把晚餐改為宵夜，眼下就趁熱打鐵，把這條線索追蹤到底吧。」

「沒問題。」

這天晚上天氣很冷，所以我倆都穿上了烏爾斯特大衣，還用領巾裹住了脖子。走到門外，只見點點繁星在無雲的夜空裏閃着清冷的光芒，過路的行人呼出一團團白氣，彷彿是從無數個槍口冒出的青煙。我倆邁着清脆響亮的腳步，穿過醫家聚集的維姆珀爾街和哈萊街，又從威格默爾街轉進了牛津街。不到一刻鐘，我倆就走到了布魯姆斯伯里街區，找到了阿爾法酒館。布魯姆斯伯里街區有幾條通往霍爾伯恩街區的街道，那家小酒館就坐落在其中一條的拐角處*。福爾摩斯推開酒館的門，問店主要了兩杯啤酒。店主臉色紅潤，繫着一條白色的圍裙。

「您的啤酒要是跟您的鵝水平相當的話，味道就肯定好得沒話說，」福爾摩斯說道。

「我的鵝！」店主似乎非常驚訝。

---

* 此段文字當中，除酒館出於虛構之外，其餘地名皆為實有，各條街道今日之格局亦與當時幾無二致。布魯姆斯伯里街區(Bloomsbury)為倫敦久負盛名的文化區，區內有包括大英博物館在內的眾多文化機構。

「是啊，半個鐘頭之前，我剛剛跟亨利·貝克先生聊過，他是您那個購鵝俱樂部的會員。」

「噢！沒錯，我明白了。可您知道嗎，先生，那並不是**我的**鵝。」

「真的啊！那又是誰的呢？」

「呃，那兩打鵝是我從柯汶特花園市場的一個小販那裏買的。」

「真的嗎？那兒的小販我也認識幾個，您説的那個是誰呢？」

「我説的那個名叫布瑞金裏奇。」

「哈！這個我倒不認識。好了，掌櫃的，這一杯祝您身體健康，還祝您家業興旺。晚安。」

「現在該去找布瑞金裏奇先生了，」他一邊接着往下説，一邊扣人衣的扣子，因為我倆已經回到了外面的凜冽空氣之中。「你得記着，華生，咱們眼前的這根鏈條共有兩頭，一頭拴的僅僅是一隻鵝，可以説再尋常不過，另一頭卻拴着一個人，要是咱們不能證明他清白無辜的話，他肯定得攤上七年的苦役。當然，咱們的調查也可能會證明他的確有罪，可是，不管怎麽説，咱們總歸是趕上了一個獨一無二的機緣，掌握了一條警方沒能掌握的線索。咱們咬咬牙，把它追查到底吧。好了，咱們轉頭向南，快步——走！」

我們穿過霍爾伯恩街區，沿着恩德爾街走了一陣，然後就經由一片七扭八彎的窮街陋巷走進了柯汶特花園市場。市場裏最大的攤檔之一掛着寫有「布瑞金裏奇」字樣

的招牌，攤主是一個體態臃腫的大塊頭，長相精明，留着整齊的連鬢鬍子，這會兒正在和一個小伙計一起上攤位的擋板。

「晚上好。今晚上可真夠冷的，」福爾摩斯說道。

小販點點頭，衝我的同伴投去了一個詢問的眼神。

「鵝已經賣完了，是吧，」福爾摩斯接着說道，指了指那張空空如也的大理石案板。

「明天早上來吧，要五百隻都有。」

「明天可來不及。」

「好吧，點着煤氣燈的那家還有鵝賣。」

「是嗎，別人給我介紹的可是您這家啊。」

「誰給您介紹的？」

「阿爾法酒館的老闆。」

「哦，沒錯，我賣過兩打鵝給他。」

「而且是非常不錯的鵝。好了，您那些鵝是從哪兒進的呢？」

出乎我意料的是，聽了這個問題，小販立刻勃然大怒。

「好了，聽着，先生，」他昂起腦袋，雙手叉在了腰上，「你到底想幹甚麼？你直接說好了，說吧。」

「我已經說得夠直接的了。我想知道，您賣給阿爾法酒館的那些鵝是從誰那兒買的。」

「很好，聽着，我不樂意告訴你。我說完了！」

「噢，您不告訴我也無所謂，可我不明白，您幹嗎要為這麼點兒小事表現得這麼激動。」

「激動！要是你受的騷擾跟我一樣的話，恐怕也會跟

我一樣激動的。你花了實實在在的價錢，買到了實實在在的東西，這事情就算完了，可是，有人就喜歡東問西問，甚麼『那些鵝上哪兒去了』啦，『你把那些鵝賣給了誰』啦，還有甚麼『你要多少才肯把那些鵝給我』。聽到有人為幾隻鵝念叨成那副德性，你還以為這世上沒別的鵝了哩。」

「呃，我跟其他那些問問題的人可沒有甚麼關係，」福爾摩斯平靜地說道。「您要不肯告訴我們，那我跟別人打的賭就算吹了，僅此而已，不會有甚麼其他後果。只不過，說到關於禽類的問題嘛，我是從來都不會服輸的，所以我才下了五鎊的注，賭我吃到的那隻鵝是在鄉下養的。」

「是嗎，這麼說的話，你那張五鎊鈔票可就保不住了，因為那隻鵝是在城裏養的，」小販搶白了一句。

「絕對不可能。」

「我說是就是。」

「我不信。」

「還是個小伙計的時候，我就開始跟禽類打交道了，你覺得你會比我懂得多嗎？我告訴你，賣給阿爾法酒館的那些鵝全都是在城裏養的。」

「隨便您怎麼說，我反正不信。」

「那好，要打個賭嗎？」

「打賭等於是騙您的錢，因為我知道自己肯定沒說錯。不過，我還是可以跟您賭上一鎊，就為了讓您知道，人不能這麼頑固。」

小販惡狠狠地冷笑了幾聲。「把賬本給我拿來，比爾，」他說道。

小伙計拿來了一個薄薄的小賬本和一個封皮上全是油膩的大賬本，把兩個本子一起放在了吊着的提燈下面。

「好了，永遠正確先生，」小販說道，「我本來以為店裏的鵝已經賣光了，可是，在我收攤之前，你一定會發現，我店裏還剩着一隻呆頭鵝。你瞧見這個小賬本了嗎？」

「怎麼樣？」

「這是一本花名冊，賣鵝給我的那些人都在上面。明白了嗎？好了，你看好嘍，這一頁記的都是從鄉下來賣鵝的人，名字後面的數字就是他們的戶頭在大賬本裏的頁碼。好，再瞧瞧這個！用紅墨水寫的這一頁，你瞧見了吧？很好，這就是我那些城區賣家的名單。行了，你看看名單裏的第三個名字，把那一條念給我聽聽。」

「奧克肖特太太，布萊克斯頓路 117 號——249，」福爾摩斯念道。

「一點兒不錯。好了，你就按那個頁碼到大賬本裏找找看。」

福爾摩斯翻到了那一頁。「找到了，『奧克肖特太太，布萊克斯頓路 117 號，供應禽蛋和禽肉。』」

「很好，她這個戶頭的最後一筆賬是甚麼呢？」

「『十二月二十二日，鵝二十四隻，計價七先令六便士。』」

「一點兒不錯。就是這一筆。跟在後面的記錄又是甚麼呢？」

「『售與阿爾法酒館溫迪蓋特先生，售價十二先令。』」

「你還有甚麼可說的呢？」

歇洛克·福爾摩斯的神情懊惱之極。他從兜裏掏出一個金鎊，把它扔到案板上，然後轉身就走，完全是一副氣得說不出話的架勢。走出幾碼之後，他才停在了一根路燈燈柱的下面，用他那種無聲無息卻又爽朗開懷的獨特方式笑了起來。

「要是你看到哪個人把連鬢鬍子修成了他那種款式，同時又發現此人兜裏支棱着一份『粉賽報』*，那你儘管去拉他來打賭，他肯定會上鉤的，」他說道。「我敢說，就算我把整整一百鎊甩到他面前，效果也比不上讓他覺得自己是在跟我打賭，得到的資料也不會這麼詳盡。好了，華生，依我看，咱們這一次的探險歷程已經接近了終點，還需要作個決定的事情只有一件，也就是說，咱們是連夜拜訪這位奧克肖特太太呢，還是等到明天再說。從剛才那個大塊頭說的話來看，為這件事情着急的人還不只是咱們倆呢，所以啊，我應該——」

突然爆發的一陣高聲吵鬧從我倆剛剛離開的那個攤檔傳了過來，打斷了福爾摩斯的話。我倆轉過身去，看到一個身材矮小、鼠頭鼠腦的傢伙站在搖晃提燈投下的黃色光暈中央，攤主布瑞金裏奇則站在攤檔的門框裏，惡狠狠地

---

*　「粉賽報」(Pink'un) 是英國報紙《競技時報》(*The Sporting Times*) 的俗稱，因用粉色紙張印刷而得名。該報於 1865 年創刊，1932 年停刊，主要刊載體育新聞，尤其是賽馬新聞。

衝那個畏畏縮縮的傢伙揮舞着拳頭。

「我已經受夠了你和你那些鵝，」他吼道。「你跟它們一起見鬼去吧。你要敢再拿你那些蠢話來煩我，我就要放狗出來收拾你了。你叫奧克肖特太太來好了，我自然會跟她解釋明白，可是，鵝跟你又有甚麼相干呢？我是從你手頭買的嗎？」

「不是，雖然不是，其中終歸有一隻是我的啊，」小個子哀聲說道。

「很好，你去問奧克肖特太太要啊。」

「她叫我來問你啊。」

「是嗎，那你可以去問普魯士國王，不關我的事。我已經受夠了。快滾！」他兇神惡煞地往前衝，打聽鵝的人慌忙逃進了黑暗之中。

「哈！這下子省事了，咱倆不用往布萊克斯頓路跑啦，」福爾摩斯悄聲說道。「跟我來，咱們去看看這傢伙到底是怎麼回事。」燈火明亮的一個個攤檔周圍還有三三兩兩的人在閒逛，我同伴大踏步地從他們中間穿過，很快就追上前面的小個子，拍了拍他的肩膀。那人猛一扭身，燈光照出了他那張嚇得刷白的臉。

「怎麼回事，你是誰？你想幹甚麼？」他顫着嗓子問道。

「麻煩您多多包涵，」福爾摩斯溫和地說道，「可我無意中聽到了您剛才問那個小販的話。要我說，我沒準兒還能幫到您呢。」

「你？你是誰？你怎麼會知道這件事情？」

「我名叫歇洛克・福爾摩斯，專長就是知道別人不知道的事情。」

「可是，這件事情你不可能知道，不是嗎？」

「說出來您別見怪，這件事情我全都知道。您正在找幾隻鵝，可布萊克斯頓路的奧克肖特太太已經把那些鵝賣給了一個名叫布瑞金裏奇的小販，小販把鵝轉手賣給了阿爾法酒館的溫迪蓋特先生，溫迪蓋特先生又把鵝賣給了他的購鵝俱樂部，俱樂部的會員之一是亨利・貝克先生。」

「噢，先生，您正是我等待已久的那個人，」小個子叫了起來，伸出雙手，手指不停地顫抖。「我簡直沒法跟您形容，我對這件事情是多麼地關注。」

歇洛克・福爾摩斯叫住了一輛路過的四輪馬車。「既然如此，咱們不妨找個舒舒服服的房間聊一聊，別在這個冷風颼颼的市場裏站着，」他說道。「可是，往深裏談之前，麻煩您告訴我，我有幸效勞的這位先生姓甚名誰。」

那人遲疑了一下。「我名叫約翰・羅賓遜，」他回答道，眼睛瞟着旁邊。

「不，不對，我問的是真名實姓，」福爾摩斯的語調親切可人。「用假名字辦事可辦不好。」

陌生人蒼白的臉頰立刻紅了起來。「好吧，」他說道，「我的真名實姓是詹姆斯・賴德。」

「這就對了。您就是大都會酒店的那個侍應領班。請上車吧，我很快就可以讓您知道您想要知道的所有事情。」

小個子站在那裏，目光在我倆身上來回逡巡，眼睛裏

半是驚懼，半是希冀，似乎是沒法確定，自己即將迎來的究竟是一筆橫財，還是一場橫禍。接下來，他踏進了車廂，半個小時之後，我們就回到了貝克街寓所的客廳裏。路上我們都沒有說話，車廂裏只有我們這位新同伴尖細的呼吸聲，還有他那雙手反復握緊鬆開的響動，全都在訴說他內心的緊張情緒。

「咱們到了！」我們魚貫走進客廳的時候，福爾摩斯興高采烈地喊了一嗓子。「趕上眼下的這種天氣，壁爐裏的火就顯得格外應景。看樣子您凍得夠嗆啊，賴德先生。您坐那把藤椅好了，我打算先換上拖鞋，然後再開始談您這件小小的事情。好了！您想知道那些鵝的下落，對吧？」

「是的，先生。」

「確切地說，我覺得，是那隻鵝的下落吧。您關注的對象，據我看，只是一隻鵝，一隻尾巴上有一道黑色橫條的白鵝。」

賴德激動得顫抖起來。「噢，先生，」他叫道，「您能告訴我它上哪兒去了嗎？」

「上這兒來了。」

「這兒？」

「是啊，事實證明，這隻鵝的確很不一般，我完全可以理解您對它的關切之情。即便是在死了之後，它仍然下了一枚蛋，一枚古往今來最漂亮、最輝煌的小藍蛋。眼下呢，這枚蛋已經進入了我的私人收藏。」

我們的客人踉踉蹌蹌地站起身來，右手緊緊地抓住了

壁爐台。福爾摩斯打開自己的保險箱，把那顆藍色石榴石舉到了高處，只見它璀璨如星，閃耀着冰冷奪目、毫芒萬道的光輝。賴德站在那裏，拉長了臉盯着那顆寶石，不知道是該開口認領，還是該矢口否認。

「你的戲唱完了，賴德，」福爾摩斯平心靜氣地說道。「站穩嘍，伙計，不然你就要栽到火裏去了！把他攙回椅子裏去吧，華生。我看他的神經可不怎麼堅強，作大案的時候還達不到臉不紅心不跳的程度。給他喝點兒白蘭地*吧。好了！現在他總算是有點兒人樣了。這傢伙真是個蝦米，貨真價實！」

之前有那麼一陣子，他跌跌撞撞，差一點兒就栽在了地上。不過，喝了白蘭地之後，他的臉頰上好歹是有了一絲血色，眼下他坐在那裏，驚恐的眼睛直勾勾地盯着正在數落他的人。

「我幾乎已經掌握了整件事情的所有環節，也拿到了用得上的所有證據，所以呢，需要你交代的問題可以說是少之又少。話又說回來，少之又少的這一點點問題咱們也還是弄清楚比較好，案子要辦就辦個十足周全。下手之前，賴德，你就聽說過莫爾卡伯爵夫人的這顆藍色寶石，對嗎？」

「我是聽凱瑟琳・丘薩克說的，」他用嘶啞的聲音說道。

「我想起來了，你說的是夫人的那個女僕。聽說寶石的事情之後，你就被輕易暴富的誘惑衝昏了頭腦，有些

---

* 維多利亞時代的人們認為白蘭地是一種具有滋補作用的藥劑。

人比你還強點兒，下場卻也跟你一樣。可是，你用的手段可算不上特別厚道。要我看，賴德，你完全可能成為一個特別卑鄙的惡棍。當時你非常清楚，這個當管子工的霍納以前犯過類似的案子，要把事情栽到他頭上比較方便。然後，你幹了些甚麼呢？你，還有你那個同伙丘薩克，在夫人的房間裏動了一點兒小小的手腳，然後就想方設法地讓修理的活計落到了他的頭上。再下來，等他離開之後，你就偷走珠寶盒裏的寶石，發出失竊的警報，致使這個倒霉的人遭到了逮捕。接着你又——」

突然之間，賴德撲通一聲跪倒在地毯上，緊緊箍住了我朋友的雙膝。「看在上帝份上，饒了我吧！」他尖叫道。「想想我爹！想想我娘！這事情會讓他們心碎的。我以前從來都沒幹過壞事！以後也再不敢了。我可以發誓，可以把手放在《聖經》上發誓。噢，千萬別把這事情交到法庭上去！看在基督份上，千萬別這麼做！」

「回你的椅子上去！」福爾摩斯厲聲喝道。「現在你倒是知道滾地求饒，可你壓根兒就沒替可憐的霍納想過，眼下，他正在為他一無所知的一件罪行受審呢。」

「我會逃走的，福爾摩斯先生。我會逃到外國去，先生。那樣的話，他的案子就審不下去了。」

「哼！這件事情我們等會兒再談。好了，現在你就把這齣戲裏的下一幕老老實實地給我們講一遍。講吧，寶石是怎麼到那隻鵝嗉子裏去的，還有，那隻鵝又怎麼會出現在公開買賣的市場上呢？跟我們說實話，這才是你唯一的一條活路。」

賴德舔了舔自己乾裂的嘴唇。「我這就把事情原原本本地告訴您，先生，」他説道。「霍納被抓之後，我覺得最好的辦法莫過於帶着寶石立刻離開，因為我擔心，説不定哪一天，警察就會想到要來搜查我，還有我的那個房間。酒店裏沒有可以藏寶石的安全地方，所以我就裝着出去辦事，其實是去了我姐姐家裏。她嫁給了一個姓奧克肖特的人，住在布萊克斯頓路，平常就在家裏養家禽，然後賣給市場上的小販。去她家的路上，我看着哪個人都像警察，哪個人都像偵探，所以呢，那天晚上雖然冷得要命，汗水卻順着我的臉嘩嘩地往下流，一直到我走進布萊克斯頓路為止。姐姐問我怎麼回事，為甚麼臉色這麼慘白，可我只是跟她説，酒店裏的珠寶竊案搞得我很是心煩。這之後，我就到她家的後院裏抽起了煙斗，琢磨着接下來該怎麼辦。

「我原來有個名叫毛茲利的朋友，他後來不學好，眼下是剛剛才從彭頓維爾監獄出來。以前有一次見面的時候，他跟我聊過竊賊的種種手段，還説起了他們處理贓物的方法。我知道他不會出賣我，因為我手頭有他一兩個把柄。他住在吉爾博恩街區，於是我打定主意到那裏去找他，把這件事情告訴他，他一定會告訴我，怎樣才能把寶石變成現錢。可是，怎麼才能安全地走到他那裏去呢？我想到了從酒店到我姐姐家的這段路，想到了我在路上經受的巨大折磨。那時候，隨時隨地都可能會有人把我抓住，搜我的身，然後呢，那顆寶石就在我的馬甲口袋裏裝着呢。盤算這些事情的時候，我一直都靠在牆上，看着那些

鵝在我腳邊搖搖擺擺地走來走去。突然之間，我想到了一個主意，而且覺得，有了這個主意，我就可以打敗古往今來最厲害的偵探。

「幾個星期之前，我姐姐曾經跟我說，我可以從她那裏挑一隻鵝來作為聖誕禮物，而且我知道，她說話向來是算數的。於是我想，我現在就可以把鵝挑好，然後把寶石藏到鵝的肚子裏，帶着它去吉爾博恩。姐姐家的院子裏有一個小棚子，我就把一隻鵝趕到了棚子後面。那是隻又肥又大的白鵝，尾巴上有一道黑色的橫條。我抓住了它，撬開它的嘴巴，盡量把寶石往它的喉嚨裏塞，直到我的手指沒法再往裏捅為止。那隻鵝吞咽了一下，我摸了摸，感覺寶石已經從它的食管掉進了它的嗉子。可是，那東西拼命地搧翅膀、拼命地撲騰，姐姐就出來看院子裏的情況。就在我轉頭跟姐姐說話的時候，那個畜生從我手裏掙了出去，拍着翅膀鑽進了鵝群。

「『你這是要把那隻鵝怎麼着啊，傑姆＊？』我姐姐問我。

「『呃，』我說，『你説了要給我隻鵝當聖誕禮物，我正在摸哪一隻最肥呢。』

「『哦，』她説，『我們已經給你留了一隻，還替它起了個名字，叫做「傑姆之鵝」。你瞧，就是那邊的那隻大白鵝。我家一共有二十六隻鵝，你一隻，我家一隻，剩下的兩打就賣到市場上去。』

「『謝謝你，麥琪，』我說，『如果你不介意的話，

＊　傑姆 (Jem) 是詹姆斯 (James) 的暱稱。

我還是要我剛才拿在手裏的那隻好了。』

「『給你留的那隻比它重三磅呢，』她説，『我們特意為你餵肥的。』

「『沒關係。我還是想要剛才那隻，現在就拿走。』我説。

「『噢，你愛要哪隻就拿哪隻吧，』她顯得有點兒不高興。『那麼，你想要的是哪隻呢？』

「『尾巴帶黑道的那隻白鵝，就在鵝群的正中央。』

「『噢，好的，你先把它宰了，然後就拿去吧。』

「這麼着，我按我姐姐的話辦了，福爾摩斯先生，然後就帶着鵝去了吉爾博恩。我把自己幹的事情告訴了我那個朋友，因為他就是那樣的人，你可以毫無顧忌地跟他談論這一類的事情。聽了之後，他笑得差點兒背過氣去，然後呢，我倆就拿把刀子給鵝開了膛。緊接着，我的心猛地一沉，因為鵝嗉子裏並沒有寶石的蹤影，而我立刻明白，這事情出了可怕的岔子。我扔下那隻鵝，急匆匆地跑回了我姐姐家，然後又一頭衝進了後院。可是，院子裏一隻鵝也沒有了。

「『鵝都上哪兒去了，麥琪？』我忍不住嚷了起來。

「『上販子那兒去了，傑姆。』

「『哪個販子？』

「『柯汶特花園的布瑞金裏奇。』

「『可是，裏面還有尾巴帶黑道的鵝嗎？』我問她，『還有哪隻鵝跟我挑的那隻一樣嗎？』

「『是啊，傑姆，尾巴帶黑道的鵝一共有兩隻，連我都分不清楚呢。』」

「這一來，我當然明白了其中的原委，於是就以最快的速度跑到了布瑞金裏奇那個傢伙的攤位上。可是，他剛收到鵝的時候就已經轉手賣了出去，我問他賣到了哪裏，他卻一個字兒都不肯說。今天晚上，您自個兒也聽見了他的回答。實際上，他每次都是這麼回答我的。我姐姐覺得我快要瘋了，有些時候，我自個兒也這麼覺得。現在——現在我身上已經烙了個竊賊的標記，可我壓根兒還沒碰到我拿靈魂換來的財富呢。上帝寬恕我！上帝寬恕我！」說到這裏，他爆發出一陣無法自控的抽泣，用雙手捂住了自己的臉。

接下來是一段漫長的沉默，房間裏只有他沉重的呼吸聲，此外就是一種節奏整齊的聲音，那是歇洛克‧福爾摩斯在用指尖叩擊桌子的邊緣。這之後，我朋友站起身來，一把拉開了房門。

「滾吧！」他說道。

「甚麼，先生！噢，願老天爺保佑您！」

「少跟我囉嗦，滾吧！」

他確實也沒甚麼好囉嗦的了。接下來是一段衝刺、樓梯上的一通狂亂腳步、大門的一聲咣噹，然後就是大街上一陣發足狂奔的清脆聲音。

「說到底，華生，」福爾摩斯一邊說，一邊伸手去拿他那隻陶土煙斗，「警方並沒有請我去幫他們拾遺補闕。要是霍納面臨危險的話，情況當然會有所不同，不過，既

然這個傢伙已經不可能再跑去指證他，他那件案子肯定會審不下去。據我看，我確實是放跑了一名重犯，與此同時，我也很可能拯救了一個靈魂。這個傢伙不會再犯事了，因為他已經嚇破了膽。反過來，現在把他送進監獄，他多半就會變成一個終身的罪犯。再者說，眼下可是個寬恕的時節呢。機緣巧合，咱們碰上了這樣一個獨特至極、離奇至極的問題，答案本身就已經是最好的酬勞了。麻煩你拉一下鈴鐺，醫生，咱們這就展開另外一項調查，要說調查的主要對象嘛，仍然是禽類當中的一員。」

斑點帶子

　　過去八年當中，我一共記錄了七十多個案子，借此研究我朋友歇洛克・福爾摩斯的破案方法。瀏覽這些筆記的時候，我發現其中有許多悲劇性的案子，也有一些帶有喜劇色彩，還有為數眾多的案子說不上悲和喜，僅僅是十分離奇而已，與此同時，沒有哪件案子屬於平淡無奇的範疇。原因在於，福爾摩斯的探案工作更多是基於他對自己那門手藝的熱愛，並不是為了發財致富，這樣一來，如果一件案子沒有表現出不同尋常乃至匪夷所思的發展趨勢，他也就不會投身參與。他這些案子各有特色，不過，就我記憶所及，其中還沒有哪一件能比我即將講述的這件案子更加古怪離奇。這件案子牽涉到薩里郡的一個望族，也就是斯托克莫蘭 * 的羅伊洛特家族。案子發生在我與福爾摩斯結為知交的初期，那時我倆還都是單身漢，一起住在貝克街的寓所裏。以前我之所以沒有把它寫出來，是因為案發當時，我曾經向一位女士承諾守秘，直到上個月，這位女士不幸過早離世，與此一承諾相關的義務才得解除。時至今日，將格萊米斯比・羅伊洛特醫生死亡的真相公之於

---

* 　這篇故事首次發表於 1892 年 2 月；斯托克莫蘭 (Stoke Moran) 是作者虛構的一個地方。下文中所說鄰近此地的勒瑟海德 (Leatherhead) 則是薩里郡的一個小鎮，東北距倫敦約 30 公里。

眾或許不無裨益，因為我確切地知道，關於這件事情，社會上有不少傳播廣遠的流言，那些流言的內容呢，甚至比真相本身還要可怕。

事情發生在一八八三年四月初，一天早晨，我醒來就看到福爾摩斯站在我的床邊，全身上下都已穿戴整齊。我看了看壁爐台上的時鐘，發現時間才七點一刻。鑑於他平常都起得很晚，所以呢，眯縫着眼睛仰頭看他的時候，我心裏多少有些驚訝，甚或有一點兒忿忿不平，因為我自己的生活是非常有規律的。

「非常抱歉把你吵起來，華生，」他說道，「不過，吵醒他人是今天早晨的通例。哈德森太太被人吵了起來，然後就報復到了我的頭上，這不，我又找上了你。」

「可是，究竟是甚麼事情——失火了嗎？」

「不是，是來了個主顧。據我所知，來的似乎是一位年輕女士，情緒十分激動，無論如何也要見我。眼下，她就在客廳裏等着呢。要我說，年輕女士一大早就在首都街頭晃蕩，還把睡得正香的人們從床上吵起來，一定是遇上了甚麼十萬火急的事情，不得不找人傾訴。而我可以肯定，要是事實證明她的案子非常有趣的話，你多半會希望從一開始就對它有所了解。所以我覺得，不管怎麼樣，我都應該叫你一聲，免得你錯過機會。」

「親愛的伙計，這樣的機會說甚麼我也不能錯過。」

對我來說，最大的樂趣莫過於跟蹤了解福爾摩斯的專業調查工作，懷着讚嘆的心情欣賞他解決手頭疑案的演繹過程，他的演繹迅捷得如同出於直覺，同時又總是基於嚴

密的邏輯。這麼着，我飛快地穿上衣服，幾分鐘之內就收拾停當，跟我朋友一起走進了樓下的客廳。客廳的窗邊坐着一位女士，看見我倆就起身行禮。她一身黑衣，還蒙着厚厚的面罩。

「早上好，女士，」福爾摩斯興高采烈地說道。「我名叫歇洛克‧福爾摩斯，這位是我的親密朋友兼合作伙伴，華生醫生，您可以對我說的話都可以對他說，不必有甚麼顧慮。哈！哈德森太太還體貼地生好了壁爐，真是不錯。您往壁爐旁邊靠一靠吧，我叫人給您端杯熱咖啡，我瞧見了，您這會兒正在發抖哩。」

「我發抖並不是因為覺得冷，」女士一邊依言換了個座位，一邊用低沉的嗓音回答道。

「那又是因為甚麼呢？」

「因為恐懼，福爾摩斯先生，巨大的恐懼，」說話之間，她掀起了自己的面罩，我倆立刻發現，她的確是處於極度焦慮的凄慘境地。她灰暗的臉繃得緊緊的，不安的眼睛透着驚懼，眼色與遭人追獵的動物相彷彿。她的相貌和身形表明她不過三十左右，可她的頭髮已經過早地掛上了霜花，表情也是又疲憊又憔悴。歇洛克‧福爾摩斯從頭到腳地打量了她一下，用的是他那種機敏迅疾卻又明察秋毫的方式。

「您用不着害怕，」他一邊溫言勸慰，一邊探身向前，拍了拍她的小臂。「我可以保證，我們很快就能讓一切回到正軌。據我看，您是坐今天早晨的火車來的吧。」

「這麼說，您認識我？」

「不是，我只是看到您左手手套的掌心有一張只剩後半聯的雙程車票，如此而已。您一定是一早就動了身，到達車站之前，您坐着輕便馬車 * 趕了挺長的一段路，道路還特別泥濘。」

女士猛一哆嗦，驚恐的眼睛直勾勾地盯着我的室友。

「這事情一點兒也不神秘，親愛的女士，」他微笑着說。「您外套的左邊袖子濺上了至少七個泥點，而且是剛剛濺上的。除了輕便馬車之外，別的交通工具都不會把泥土濺到這麼高的位置。此外，這些泥點還可以說明，您當時必然是坐在車夫的左邊。」

「不管您這些推測都有些甚麼樣的依據，總之您說得一點兒沒錯，」女士說道。「我六點鐘就離開了家，六點二十趕到勒瑟海德車站，然後就坐第一班火車到了滑鐵盧車站。先生，我受不了這樣的折磨，再這樣下去我就要瘋了。我沒有可以求告的對象，一個也沒有，有個人雖然關心我，可他自個兒也很可憐，幫不上我甚麼忙。我聽人家說起過您，福爾摩斯先生，是法林托什太太跟我說的，她說您在她危難的時候幫助過她，您的地址也是她給的。噢，先生，您也幫幫我吧，至少讓我在黑暗的深淵裏看到一點兒光明，可以嗎？現在我沒有能力給您甚麼回報，可我再過四到六週就要結婚了，結婚之後，我就有權支配我自己的收入，而您就會發現，再怎麼說，我這個人並不是不懂得感激的。」

---

* 輕便馬車 (dogcart) 是一類小馬車的泛稱，通常用於鄉區，只套一匹馬，搭載一至兩名乘客。

福爾摩斯轉向自己的書桌，打開鎖着的抽屜，從裏面拿出一本小小的案件記錄，隨手翻閱起來。

「法林托什，」他說道。「沒錯，那件案子我想起來了，裏面牽涉到一個鑲貓眼石的頭冠。要我說，華生，那還是咱倆認識之前的事情呢。我只能這麼說，女士，我以前怎麼為您的朋友效勞，現在也樂意向您貢獻同樣的力量。至於回報嘛，我這個職業本身就是回報。當然嘍，如果您願意在您覺得最合適的時候支付我辦案的花銷，那也是您的自由。好了，麻煩您給我們講講您的案子，把有助於我們判斷案情的所有事實都講出來吧。」

「唉！」我們的客人回答道，「我眼下的處境，可怕就可怕在我的恐懼都是些非常模糊的東西，而我的懷疑也全都是來自一些細枝末節，難免會讓別人覺得我小題大做。就連他，那個我最有理由尋求幫助和建議的人，居然也把我告訴他的種種事情看成了神經質女人的胡思亂想。他嘴上倒是沒這麼說，可我聽了他那些安撫的話語，看了他躲躲閃閃的眼神，就知道他心裏是這麼想的。不過我聽說，福爾摩斯先生，您能夠洞察世人心裏的種種邪惡。興許您可以告訴我，我應該怎麼應付籠罩在我身上的種種危險。」

「我仔仔細細地聽着呢，女士。」

「我名叫海倫·斯東納，眼下跟我的繼父住在一起。斯托克莫蘭的羅伊洛特家族就剩了他這麼一根獨苗，這個家族生活在薩里郡的西面邊界，是英格蘭最古老的撒克遜*家族之一。」

---

*　撒克遜人 (Saxon) 是日耳曼民族的一支，原本生活在今天德國的北

福爾摩斯點了點頭。「我知道這個家族，」他說道。

「這個家族曾經是英格蘭數一數二的豪富，名下的產業越出了薩里郡的範圍，向北延伸到了伯克郡，向西延伸到了漢普郡。可是，到了上個世紀，家族裏連着四個當家的都是生活放蕩的敗家子，進入攝政時期＊之後，家族裏又出了一個賭鬼，這個家族由此徹底敗落，僅剩的產業只有幾英畝†地和一幢兩百年的老宅。宅子本身也已經朝不保夕，因為他們把它用作借款的抵押，背上了沉重的債務。家族裏最後一位鄉紳就在這座宅子裏苟延殘喘，過着討口貴族的淒涼日子。不過，他的獨子，也就是我的繼父，意識到自己必須順應變化的時勢，於是就從親戚那裏借了一筆錢，靠着它拿到了醫學學位，然後又去了印度的加爾各答。憑借自己的專業技能和堅強意志，他在那裏辦起了一個龐大的診所。不幸的是，後來他家裏發生了幾起竊案，而他一怒之下打死了自己的男管家，管家是印度本地人，他差一點兒因此被處極刑。這麼着，他在監獄裏待了很長一段時間，然後就回到了英格蘭，滿心都是怨恨和失望。

「還在印度的時候，羅伊洛特醫生娶了我母親，也就是斯東納太太。我母親原來是孟加拉炮兵部隊斯東納少將的妻子，只可惜年紀輕輕就守了寡。我和我姐姐朱莉婭是

部，後於公元五、六世紀之間與盎格魯人和朱特人等其他日耳曼部落一起侵入英國土地。

＊　英國的攝政時期 (Regency) 是指 1811 至 1820 年，其間尚未登基的英國國王喬治四世因父親喬治三世的瘋病而代行王政。

†　1 英畝約等於 6 畝。

雙生姐妹，我母親再婚的時候，我倆還只有兩歲大。我母親自個兒的收入相當可觀，每年不少於一千鎊。由於我們都在羅伊洛特醫生身邊生活，我母親就立了一份遺囑，把所有的錢都留給醫生，與此同時，按照遺囑裏一個附帶條款的規定，我和我姐姐一旦結婚，就可以從她的遺產當中領取一筆年金。剛回英格蘭不久，我母親就離開了人世，那是八年之前的事情，克魯 * 附近的一次火車事故要了她的命。我母親去世之後，羅伊洛特醫生放棄了在倫敦開業興家的打算，帶着我倆回到了斯托克莫蘭的祖傳老宅。我母親留下的遺產足夠滿足我們的一切需要，看樣子，稱心如意的生活指日可待，不應該再有甚麼障礙了。

「可是，大概就在這個時候，我繼父發生了可怕的變化。街坊鄰里看到斯托克莫蘭的羅伊洛特家族重歸故里，本來都非常高興，可他不和他們交朋友，也不跟他們相互串門，成天都把自己關在屋子裏，很少走出家門，出門也不過是碰上誰就跟誰大吵大鬧，完全沒有任何顧忌。這個家族的男人本來就有一個代代相傳的毛病，脾氣暴烈得近於癲狂，按我看，這個毛病到了我繼父身上更是變本加厲，因為他曾經在熱帶地方待了很長的時間。這一來，有傷顏面的爭執接二連三地發生，有兩次還鬧上了地方法庭。到最後，他變成了村子裏的一個夢魘，大家看到他都是望風而逃，因為他力氣非常大，一旦發作起來，誰也制他不住。

「上個星期，他隔着欄杆把村裏的鐵匠扔進了小河，

---

* 　克魯 (Crewe) 是英格蘭西北部的一個城鎮。

我把我自個兒能湊到的錢全都賠了出去，這才沒有再一次當眾出醜。他甚麼朋友也沒有，唯一的朋友就是那些流浪的吉普賽人*。他的家族就剩了那麼幾英畝長滿樹莓的領地，可他不但允許那些遊民在自家的土地上紮營，而且會接受邀請去他們的帳篷裏作客，有時甚至會跟他們一起去流浪，幾個星期都不回來。除此之外，他還對印度的動物情有獨鍾，那些動物是他讓外國的一名代理商寄給他的。眼下他就養着一頭獵豹和一隻狒狒†，那兩隻野獸在他的土地上自由活動，帶給村民的恐懼幾乎跟它們的主人不相上下。

「聽了我說的這些事情，你們應該可以想像，對我和我可憐的姐姐朱莉婭來說，生活並沒有太大的樂趣。我們家根本留不住僕人，很長的一段時間裏面，家裏的事情都是我倆自己操持。她死的時候才三十歲，頭上卻已經有了斑斑白髮，就跟我現在的情況一樣。

「這麼說，您的姐姐已經死了嗎？」

「她的死離現在剛好兩年，我要跟你們說的就是這件事情。你們想必能夠理解，我和我姐姐既然過着我剛才描述的那種生活，自然就沒有甚麼機會接觸年齡和身份跟自己相當的人。還好，我倆有一個一輩子都沒結婚的姨媽，

---

* 吉普賽人 (gypsy) 參見《波希米亞醜聞》中有關「波希米亞人」的註解，今天的吉普賽人喜歡稱自己為羅姆人 (Roma)。當時的西歐人覺得這個種族很神秘，又因為他們膚色較深、居無定所，因此往往把壞事算到他們頭上。

† 狒狒共有五種，全部出產在非洲，阿拉伯半島也偶有分佈，並不是印度動物；獵豹曾經生活在南亞，如今主要分佈在非洲和西亞。

也就是住在哈羅 * 附近的翁諾麗亞·韋斯特菲爾小姐，我倆偶爾可以得到准許，上她家去小住幾天。兩年之前的聖誕節，朱莉婭去了姨媽家，在那裏認識了一個領半薪的海軍陸戰隊少校 †，還跟他訂了婚。姐姐回家之後，繼父聽說了她訂婚的事情，倒也沒有表示反對。可是，離她的婚禮還不到兩週的時候，那件可怕的事情卻從天而降，奪去了我唯一的伙伴。」

這之前，歇洛克·福爾摩斯一直都靠在椅子背上，閉着眼睛，腦袋枕着一隻靠墊。聽到這裏，他突然眼睛半睜，瞥了一眼我們的客人。

「麻煩您，說到細節的時候一定要準確，」他說道。

「這對我來說非常容易，因為那個可怕時刻的每一個細節都深深地烙進了我的記憶。我們家的宅子，就像我剛才說的那樣，已經是非常古老，所以就只有一廂還住着人。這一廂的臥室都在一樓，客廳則在宅子中央的主樓裏。這些臥室當中，第一間屬於羅伊洛特醫生，第二間屬於我姐姐，第三間則屬於我。臥室與臥室互不相通，所有臥室的門卻都開在同一條走廊上。我說清楚了嗎？」

「非常清楚。」

「三個臥室的窗子都對着草坪。慘劇發生的那個晚上，羅伊洛特醫生早早就回了房，不過我們知道他並沒有休息，因為我姐姐被印度雪茄的濃烈煙味嗆得很難受，而

---

* 哈羅 (Harrow) 是倫敦西北部的一個區域，1965 年之前屬於米德爾塞克斯郡，著名的哈羅公學即在此地。

† 「半薪」的意思就是軍人因傷病等原因不再出勤，只領取一半的薪水；《四簽名》當中，華生曾經將自己形容為一名「半薪軍醫」。

他平常抽的就是那種雪茄。所以呢，我姐姐走出自己的臥室，到我的房間裏和我一起坐了一會兒，聊了聊她即將到來的婚禮。十一點鐘的時候，她起身回房，走到門邊又停住腳步，回過頭來看着我。

「『我問你啊，海倫，』她說，『夜深人靜的時候，你聽見過有人吹口哨嗎？』

「『從來沒有，』我說。

「『要我說，你總不會睡着之後在夢中吹口哨吧？』

「『當然不會。你幹嗎問這個呢？』

「『因為前幾天夜裏，大概凌晨三點鐘的時候，我總是會清楚地聽到輕輕的口哨聲。我睡覺本來就不踏實，所以總是被它吵醒。我聽不出口哨聲是從哪裏來的，可能是來自隔壁房間，也可能來自草坪。所以我想，倒不如乾脆問一問你，看你有沒有聽見口哨聲。』

「『沒有，我沒有聽見。一定是園子裏那些遭殃的吉普賽人吹的。』

「『很有可能。可是，如果口哨聲從草坪那邊來的話，那我就想不明白，你為甚麼沒有聽見。』

「『說得也是，不過，我睡得可比你沉啊。』

「『好吧，管它呢，這也不是甚麼大事情。』她回頭衝我笑了笑，帶上了房門。幾秒鐘之後，我就聽見了她拿鑰匙鎖門的聲音。」

「確實不是甚麼大事情，」福爾摩斯說道。「按你們的習慣，夜裏總是會把自個兒的房門鎖上嗎？」

「總是如此。」

「為甚麼呢？」

「剛才我跟您說了啊，醫生養了一頭獵豹和一隻狒狒。不鎖門的話，我們心裏就不踏實。」

「確實如此。麻煩您接着講吧。」

「那天夜裏，我怎麼也睡不着，心裏隱隱約約有一種禍事臨頭的感覺。你們應該還記得，我和我姐姐是一對雙生姐妹，還有啊，你們肯定也知道，兩個人如此骨肉相連，彼此之間的那種聯繫會有多麼微妙。那天夜裏的天氣非常狂暴，風在外面拼命哀號，雨也使勁兒地抽打着窗子。突然之間，風雨的喧鬧之中響起了一個驚恐的女人發瘋似的尖叫。我聽出來是我姐姐的聲音，趕緊從床上跳了起來，裹上一條披肩，衝到了走廊裏面。打開房門的時候，我恍恍惚惚地聽到了一聲低低的口哨，就像我姐姐形容的那樣。片刻之後，我又聽到了一記哐噹的聲響，似乎是一塊金屬掉到了地上。我還在順着走廊往前跑，姐姐的房門卻突然開了，開始慢慢地往裏轉。我嚇得呆住了，直勾勾地瞪着她的房門，不知道會有甚麼東西從裏面跑出來。接下來，借着走廊裏的燈光，我看到姐姐出現在了門口，臉已經嚇得沒有一絲血色，雙手摸索着想找個支撐，整個身子搖來晃去，就跟喝醉了一樣。我跑到她的身邊，用雙手抱住了她，可是，就在那一刻，她的膝蓋似乎突然間沒了力氣，整個人一下子栽倒在地。她扭動着身體，似乎是承受着巨大的痛苦，四肢也抽搐得非常厲害。一開始，我以為她並沒有認出我是誰。不過，等我蹲到她身邊的時候，她突然厲聲尖叫起來，那聲音我永遠也忘不了，『噢，我的

上帝啊！海倫！是那條帶子！那條斑點帶子！』她似乎還想說點兒甚麼，而且把一根手指舉到空中，指向了醫生的房間，可是，抽搐再一次攫住了她，把她的話堵在了嘴裏。我衝出房門，大聲呼叫我的繼父，發現他正從自己的房間急匆匆地趕過來，身上穿着睡袍。他跑到我姐姐身邊的時候，姐姐已經人事不省。他往她喉嚨裏灌了白蘭地，還打發人上村裏去找醫生，可這些努力全都是白費，因為她身子漸漸癱軟，再也沒有恢復神智，就這麼死去了。就這樣，可怕的結局降臨到了我親愛的姐姐身上。」

「稍等一下，」福爾摩斯說道，「您能肯定您聽見了口哨聲和咣噹聲嗎？您能百分之百地保證嗎？」

「進行死因調查的時候，郡裏的驗屍官也是這麼問的。我印象非常深刻，覺得自己的確是聽見了，可是，那天晚上風聲那麼響，再加上老宅子裏那種吱吱呀呀的聲音，我聽錯了也是有可能的。」

「您的姐姐當時穿的是平常的衣服嗎？」

「不是，她穿的是睡衣。我們還發現，她右手捏着一根燒殘了的火柴棍兒，左手拿着一盒火柴。」

「如此說來，慘劇發生的時候，她曾經劃過火柴來察看周圍的情況。這一點非常重要。驗屍官的結論是甚麼呢？」

「這件事情他調查得非常仔細，因為羅伊洛特醫生早已是本郡一個惡名昭彰的人物。可是，他始終沒能找出一個有說服力的死因。我可以證明房門是從裏面鎖着的，窗子上又有那種老式的窗板，鐵製的窗閂很粗，每天晚上都上得死死的。他們仔細地敲過了房間的牆壁，發現所有

地方都是實心的，地板也經過徹底的檢查，結果跟牆壁一樣。房間的煙囪雖然很大，裏面卻有四根粗大的 U 形鐵環封着。由此就可以斷定，我姐姐遭遇不測的時候，房間裏並沒有其他的人。還有啊，她身上沒有任何暴力傷害的痕跡。」

「會不會是毒藥呢？」

「醫生們查過了，沒查到毒藥的痕跡。」

「那麼，按您的看法，這位不幸的女士是怎麼死的呢？」

「我認為她的死純粹是因為恐懼和精神打擊，只不過，她到底是受了甚麼驚嚇，我一點兒也想不出來。」

「出事的時候，那些吉普賽人在園子裏嗎？」

「是的，園子裏幾乎天天都有吉普賽人。」

「哦，那麼，關於她說的那條帶子，那條斑點帶子，您有些甚麼想法呢？」

「有些時候，我覺得這只是她譫妄之中的胡言亂語，也有些時候，我覺得她指的可能是某一幫人*，沒準兒就是園子裏的那幫吉普賽人。他們當中有好些人都會把那種帶圓點的手帕裹在頭上，不知道她說的『斑點』是不是指這個。」

福爾摩斯搖了搖頭，看樣子是對眼前的局面很不滿意。

「這裏面肯定有非常複雜的內情，」他說道，「請您接着往下講吧。」

---

*　前文中的「帶子」和這句話裏的「一幫」在英文裏都是「band」，
　　在沒有充分上下文的情況下，兩種解釋都說得通。

「那是兩年之前的事情，打那以後，我的生活就更加孤獨，直到最近都還是如此。不過，一個月之前，承蒙一位相識多年的好友青眼相看，邀請我攜手步入婚姻殿堂。他名叫阿米塔吉，珀西‧阿米塔吉，是雷丁附近鶴溪鎮 * 阿米塔吉先生的二兒子。我繼父並不反對這門婚事，我倆今年春天就要成親。兩天之前，工人開始對我家宅子的西廂進行修補，還在我臥室的牆壁上鑽了洞，所以我只好搬進了我姐姐去世時住的那個房間，睡的也是她以前睡的那張床。然後呢，昨天夜裏，我躺在床上睡不着，想着她悲慘的命運，跟着就突然從死寂之中聽到了預告她死亡的那種輕輕的口哨聲，你們可以想一想，當時我恐懼到了何種程度。我從床上跳了起來，點起一盞提燈，房間裏卻沒有任何異樣。即便如此，我還是嚇得再也不敢上床。於是我穿戴整齊，天一亮就溜出家門，到宅了對面的王冠旅館僱了一輛輕便馬車，坐着它到了勒瑟海德，又從那裏趕了過來，心裏只有一個念頭，那就是一定要來見您，聽聽您的建議。」

「您這麼做非常明智，」我朋友說道。「不過，您已經把所有的事實和盤托出了嗎？」

「是的，所有事實。」

「羅伊洛特小姐，您沒有。您還在袒護您的繼父。」

「甚麼，您這話是甚麼意思？」

福爾摩斯沒有開口作答，徑直把手伸向客人擱在膝蓋上的那隻手，然後就把客人飾有黑色蕾絲花邊的袖口往上

---

* 雷丁見前文注釋，鶴溪鎮 (Crane Water) 是作者虛構的地名。

一撸。客人的白皙手腕立刻露了出來，上面有五塊小小的瘀青，顯然是五根手指留下的印跡。

「您遭受了非常殘忍的虐待，」福爾摩斯說道。

女士的臉漲得通紅，趕緊遮住了自己受傷的手腕。「他這個人非常嚴厲，」她說道，「興許，他壓根兒就不知道自個兒的力氣有多大。」

接下來是一段漫長的沉默，其間福爾摩斯一直用雙手托着下巴，緊盯着壁爐裏噼啪作響的火焰。

「這件案子非常複雜，」他終於開口說道。「在決定採取何種行動之前，我還有無數的細節需要了解。可是，咱們已經沒有時間可以耽擱。如果我們今天就去斯托克莫蘭的話，有沒有可能在不讓您繼父知道的情況下察看一下那些房間呢？」

「說來也巧，之前他跟我說過，今天要上倫敦來辦一件特別重要的事情。所以呢，興許他這一整天都不在家，不會對你們造成甚麼妨礙。眼下我們有一個管家，可她人又老，腦子又糊塗，我很容易就可以把她支開。」

「好極了。這一趟你不會不願意跑吧，華生？」

「絕對不會。」

「那麼，我們兩個都會去。您自個兒有甚麼打算呢？」

「既然進了城，我就想順便辦一兩件事情。不過，我會坐十二點的火車回去，應該趕得上招呼你們。」

「好的，我們午後不久就會到。我自己也有幾件小小的業務需要處理。您不打算再坐一會兒，等吃過早飯再走嗎？」

「不用，我現在就得走。能把自己的麻煩告訴你們，

我已經覺得輕鬆了不少。今天下午，我會在家裏等你們的。」說完之後，她放下那塊厚厚的黑色面幕，飄然走出了房間。

「聽了這麼多，你有些甚麼看法呢，華生？」歇洛克·福爾摩斯問道，靠回了椅子背上。

「我覺得這件事情非常陰暗、非常邪惡。」

「確實陰暗，確實邪惡。」

「可是，這位女士說地板和牆壁都沒問題，門窗煙囪也進不去，如果她沒說錯的話，她姐姐遭遇離奇不測的時候，房間裏就不可能會有別的人。」

「那麼，夜間的口哨聲是怎麼回事，那個女人臨死之前的古怪話語又是甚麼意思呢？」

「我想不出來。」

「夜間有口哨聲，附近有一幫跟那個老醫生交情很好的吉普賽人，咱們又有充分的理由相信那個醫生有阻止繼女結婚的動機，死者臨終之時提到了『一幫人』，最後還有海倫·斯東納小姐聽見的吭噹聲，那很有可能是窗板上的金屬窗閂閂上的聲音，把所有這些線索綜合起來的話，依我看，咱們可以十拿九穩地說，廓清這件謎案並不是不可能的事情。」

「可是，照你這麼說的話，那些吉普賽人是怎麼幹的呢？」

「我想不出來。」

「照我看，不管你假定他們是怎麼幹的，都有很多說不通的破綻。」

「我也這麼看。正是由於這個原因，咱們今天才要去斯托克莫蘭。我倒想看一看，這些破綻究竟是無藥可救，還是尚有可為。見鬼，這究竟是怎麼回事！」

我室友之所以失口驚叫，是因為我們的房門突然被人撞了開來，一個身形龐大的男人把門框塞了個滿滿當當。來人的打扮是專業人士與鄉下農夫的奇異混合，頭戴一頂黑色的大禮帽，身穿一件長長的禮服大衣，腳上卻打着高高的綁腿，手裏還揮舞着一根獵鞭。他個子非常高，帽子的頂端實實在在地掃到了門楣，身體的寬度也幾乎與門楣的長度不相上下。他皺紋密佈的寬闊臉膛是日光曬出的古銅色，寫滿了種種邪惡的嗜慾。他一會兒看看我，一會兒看看福爾摩斯，深陷的眼睛兇光畢露，又高又細的鼻梁枯乾無肉，活像是一隻老邁的掠食猛禽。

「你們兩個當中哪一個是福爾摩斯？」天外來客問道。

「我就是，先生。我的名字您已經知道了，敢問閣下尊姓大名，」我室友平靜地說道。

「我是格萊米斯比‧羅伊洛特醫生，家住斯托克莫蘭。」

「久仰，醫生，」福爾摩斯的口氣非常溫和。「請坐。」

「我沒興趣坐。我繼女剛剛來過你這裏，我一直都跟在她後面呢。她都跟你說了些甚麼？」

「以時節而論，天氣冷得有點兒反常，」福爾摩斯說道。

「她都跟你說了些甚麼？」老頭怒不可遏地尖叫起來。

「不過我聽人說，報春花的長勢還不錯，」我室友只當沒有聽見，繼續自說自話。

「哈！你打算跟我支支吾吾，是不是？」新來的客人上前一步，抖了抖手裏的獵鞭。「我知道你，你這個無賴！我以前就聽說過你。你，福爾摩斯，一個沒事找事的主兒。」

我朋友面露笑容。

「福爾摩斯，管閒事專家！」

我朋友的笑容更加燦爛。

「福爾摩斯，蘇格蘭場那個愣充掌櫃的小伙計！」

福爾摩斯吃吃地笑出聲來，看樣子是樂開了花。「您說話真是太風趣了，」他說道。「出去的時候麻煩把門帶上，穿堂風颳得呼呼的呢。」

「話說完了，我自然會走的。你居然敢來管我的閒事。我知道斯東納小姐來過你這裏，我就在後面跟着呢！我這樣的人你可惹不起！瞧着。」他疾步衝上前來，一把抄起撥火棍，用他那雙棕褐色的巨手把棍子彎成了弧形。

「你最好留點兒神，千萬別落到我的手裏，」他大聲咆哮，狠狠地把彎曲的撥火棍擲進壁爐，然後就大踏步地走出了房間。

「他這個人還真是和藹可親，」福爾摩斯笑道。「我的塊頭沒他那麼大，可他要是多留一會兒的話，我倒可以讓他看看，我的手也不比他的軟多少。」說話間，他撿起那根鋼製的撥火棍，手上一使勁兒，棍子重新直了起來。

「我真不明白，他怎麼能那麼粗魯，竟然把我跟警方

的偵探混為一談！不過，剛才的事情只是起到了給咱們這次調查助興的作用，還有啊，咱們那位嬌小的朋友不小心讓這頭畜生盯了梢，我只能希望她不會因此吃到苦頭。好了，華生，咱們叫他們把早餐送來吧，吃完之後我就上博士會堂﹡去一趟，希望能找到一些有助於破案的資料。」

將近下午一點的時候，歇洛克・福爾摩斯總算是遠足歸來，手裏拿着一張藍色的紙，紙上有一些潦草的筆記和數字。

「我看到了醫生那位已故妻子的遺囑，」他說道。「為了弄清楚遺囑的準確內涵，我不得不對列入遺囑的那些投資的現有價值進行了一番計算。他妻子去世的時候，那些投資帶來的年收益是將近一千一百鎊，現在則已經因為農產品跌價而減少到了至多七百五十鎊。與此同時，女兒一旦結婚，就可以分到二百五十鎊的收益。顯而易見，要是兩個女兒都結了婚的話，這個妙人兒就會所剩無幾，即便結婚的只有一個，他的荷包也會遭受重創。我今天早上的工作沒有白費，因為它已經證明，這傢伙有極其強烈的動機去阻止這一類的事情。還有啊，華生，這件案子非常嚴重，容不得咱們優哉游哉，更何況，這個老傢伙已經知道咱們對他的事情產生了興趣。所以呢，如果你準備好了的話，咱們這就叫輛出租馬車去滑鐵盧吧。此外，你要是樂

﹡ 博士會堂 (Doctors' commons) 實際上是倫敦的一個民法律師協會，曾經保存着許多諸如婚姻登記證、遺囑之類的民事檔案。不過，該協會自十九世紀中葉開始已經名存實亡，所在建築亦於 1867 年遭到拆除。

意把你那把左輪手槍悄悄裝到兜裏的話，我也會覺得非常感激。要跟一位能把鐵棍兒打成疙瘩的紳士講道理，一把埃萊二型*就是再有力不過的論據。帶上它，再帶上一把牙刷，我覺得，咱們的旅行用品就算是齊了。」

到達滑鐵盧車站的時候，我倆剛巧趕上了一列開往勒瑟海德的火車。到了勒瑟海德，我倆從車站旅館僱了一輛雙輪小馬車，然後就在薩里郡風光旖旎的鄉間小路上跑了那麼四五英里。天氣非常不錯，朗日高懸，空中飄着幾朵羊毛似的白雲。田野裏的樹木和道旁的灌木籬笆剛剛抽出綠色的嫩芽，空氣中瀰漫着濕潤泥土的宜人氣息。不知道福爾摩斯怎麼想，我反正是覺得，眼前的盎然春色和我們手頭的險惡任務形成了一種怪異的對比。我同伴坐在馬車前面，雙臂抱在胸前，帽簷兒拉到了眼睛下方，下巴貼着胸膛，陷入了深沉的冥想。突然之間，他猛一激靈，拍了拍我的肩膀，指向了草地遠處的一個地方。

「快看！」他說道。只見一片草木繁盛的莊園土地沿着一道緩坡向高處伸展，植被越來越密，到頂端就形成了一片小小的樹林，樹木的枝杈之間露出了一座古老宅邸的灰色山牆和高聳屋頂。

「斯托克莫蘭到了嗎？」他問道。

「是的，先生，那就是格萊米斯比·羅伊洛特醫生的宅子，」車夫說道。

---

*　「埃萊二型」原文為「Eley's No. 2」，據上下文應該是指華生手槍
　的型號。不過，英國的埃萊兄弟公司 (Eley Brothers) 雖然是一家軍
　火公司，但卻只生產彈藥，並不生產槍支。

「那座宅子正在修，」福爾摩斯說道，「我們打算去攬點兒活計。」

「這邊是村子，」車夫指着左手邊不遠處的一片屋頂說道，「不過，你們如果要去那座宅子的話，倒不如從這段台階爬上去，然後順着田地裏的小路往前走，這樣還近一些。喏，路就在那邊，有位女士正在路上呢。」

「那位女士，據我估計，應該就是斯東納小姐吧，」福爾摩斯說道，手搭涼棚往那邊望去。「沒錯，我覺得我們還是走你說的這條路比較好。」

我們下了車，付了車錢，馬車吱吱呀呀地順着來路跑向了勒瑟海德。

「剛才我是這麼想的，」爬上台階之後，福爾摩斯說道，「乾脆讓那個伙計覺得咱倆是建築師，來這裏有一個明確的目的，省得他胡亂猜測，說一些閒言碎語。下午好，斯東納小姐。您瞧，我們說話是算數的吧。」

這位清早上門的主顧已經急匆匆地走到了我倆跟前，心裏的歡喜全部都寫在臉上。「等你們等得我好焦心啊，」她大聲說道，跟我倆熱情地握了握手。「一切都順利極了，羅伊洛特醫生去了倫敦，傍晚之前多半是不會回來的。」

「我們已經有幸結識了這位醫生，」福爾摩斯說道，然後就簡單地講了講之前的事情。聽着聽着，斯東納小姐的臉一直白到了嘴唇上。

「天哪！」她叫了起來，「這麼說，他一直都跟在我的後面啊。」

「情形似乎的確如此。」

「他實在是太狡猾了，我真不知道怎樣才能擺脫他。一會兒回來的時候，他會說些甚麼呢？」

「他得多留點兒神才是，因為他將會發現，有一個比他自個兒還要狡猾的人已經盯上了他。今晚您得把自己鎖在房裏，不要跟他見面。要是他動粗的話，我們就帶您走，送您去哈羅的姨媽家。好了，咱們必須抓緊時間，麻煩您立刻領我們到屋裏去，我們要檢查一下那些房間。」

她家的宅子是用灰色的石材砌成的，石頭上印着斑駁的苔痕，主樓很高，弧形的兩廂向左右兩邊伸展開來，彷彿是一對蟹螯。其中一廂的窗子破破爛爛，上面釘着一些木條，屋頂也已經塌了一部分，活脫脫是一幅家道敗落的寫照。主樓的情況也好不了多少，右手邊的一廂倒還比較新，窗子上掛着百葉簾，煙囪上方也有裊裊的藍煙，顯然是這家人居住的地方。右廂的山牆上搭着一些腳手架，石磚也已經被人鑿穿，眼下卻看不到工人的蹤影。福爾摩斯慢慢地在修剪不善的草坪上來來回回走了一陣，仔仔細細地檢查了一遍所有窗戶的外側。

「據我看，這扇窗子裏面就是您的臥室，中間的一扇是您姐姐臥室的窗子，挨着主樓的那一扇則屬於羅伊洛特醫生的臥室，對吧？」

「一點兒不錯。不過，現在我睡的是中間那個臥室。」

「我沒理解錯的話，您說的應該是修繕期間的臨時安排。對了，那堵山牆似乎並沒有甚麼非得馬上修繕的毛病啊。」

「確實沒有，我覺得這只是他的一個借口，就為了讓我搬出自己的臥室。」

「哈！這一點很有意思。好了，這一窄溜建築的另一面，肯定就是三間臥室開門的那條走廊。走廊裏當然也有窗子，對吧？」

「是的，可那些窗子都非常小，而且特別窄，誰也擠不過去。」

「你們倆夜裏都會鎖門，如此說來，誰也不可能從那一面闖進你們倆的房間。好了，麻煩您到您的房間裏去，然後把窗板閂上，行嗎？」

斯東納小姐照辦之後，福爾摩斯先是仔細地檢查了一遍開着的外層窗子，然後就千方百計地想要把窗板撬開，結果是徒勞無功。窗板壓根兒就沒有縫隙，沒法把刀子伸進去撥開窗閂。於是他用放大鏡檢查了一下窗板的合頁，卻發現合頁的材質是實心的鑄鐵，牢牢地嵌在巨大的石磚裏面。「哼！」他撓了撓自己的下巴，神情多少有點兒迷惑，「我原來的假設顯然是說不太通了。這些窗板要是閂上了的話，誰也別想鑽進去。算了，咱們還是進去吧，看看裏面有沒有甚麼線索。」

我們從一道小小的邊門走進了刷着白灰的走廊，三間臥室的門都開在走廊上。福爾摩斯拒絕檢查第三間臥室，於是我們直接走進了第二間，斯東納小姐目前就睡在這裏，她的姐姐也正是在這裏遭遇了不測。這是個普普通通的小房間，採用的是以前那種鄉村別墅的格局，天花板很低，壁爐張着大嘴。房間的一角立着一個帶抽屜的褐色衣

櫃，另一角則擺着一張窄窄的床，床上鋪着白色的床罩，窗子的左手邊還有一個梳妝台。除了這些東西之外，房間裏僅有的傢具不過是兩張小小的藤椅，外加鋪在地板中央的一塊平絨方毯。地板和四壁的鑲板都是褐色的橡木，蛀痕累累，顏色也掉得很厲害，看起來十分古舊，年代興許得跟宅子本身一樣久遠。福爾摩斯把一張藤椅拉到角落裏，坐了下來，嘴裏一聲不吭，眼睛則上下左右看個不停，沒放過房間裏的任何細節。

「那根鈴繩連的是甚麼地方的鈴鐺？」良久之後，他終於指着一根粗大的鈴繩開口發問。鈴繩從上方一直垂到了床邊，繩頭的穗子已經掃到了枕頭。

「連的是管家房間裏的鈴鐺。」

「鈴繩看着比其他東西都新啊，您不覺得嗎？」

「是啊，兩年前才裝上的。」

「照我看，應該是您姐姐讓裝的吧？」

「不是，我從來都沒聽她拉過它。需要甚麼東西的時候，我們都是自己去拿的。」

「說實在的，在那兒裝一根這麼漂亮的鈴繩，似乎是沒有必要嘛。好了，接下來幾分鐘您得包涵一下，因為我必須好好地檢查一下地板。」說完之後，他猛一下趴到地板上，開始以飛快的速度爬來爬去，用放大鏡仔細地檢查板子之間的縫隙。接下來，他又以同樣的方式檢查了一遍四壁的鑲板。這之後，他走到床邊，盯着床看了一會兒，還上上下下地打量了一遍床後面的那堵牆。到最後，他抓起鈴繩，乾脆利落地拽了一把。

「怎麼回事，鈴繩是做樣子的啊，」他說道。

「拉不響嗎？」

「拉不響，鈴繩的另一頭壓根兒就沒有跟鈴鐺相連的線啊。這可真是有趣極了。您自個兒瞧瞧，鈴繩的另一頭是繫在一個鉤子上的，鉤子就在牆上那個小通氣孔往上一點兒的地方。」

「怎麼會有這麼荒唐的事情！以前我還真沒注意呢。」

「真是怪事！」福爾摩斯咕噥了一句，又拽了拽那根鈴繩。「這房間裏有一兩個非常古怪的地方。比如說吧，施工的人得有多蠢，才會讓通氣孔通到另外一個房間裏去呢，他完全可以讓它通到屋子外面去啊，又不用多費甚麼力氣！」

「那個通氣孔也是沒多久之前才有的，」女士說道。

「開通氣孔的時間跟裝鈴繩差不多嗎？」福爾摩斯說道。

「是啊，這個房間有過幾處小小的改動，全都是那個時候的事情。」

「看樣子，全都是一些有趣得不能再有趣的改動，既有拉不響的鈴繩，又有不通氣的通氣孔。您允許的話，斯東納小姐，咱們這就到裏面那個房間去查一查吧。」

格萊米斯比・羅伊洛特醫生的臥室比繼女的臥室大一些，陳設則同樣簡單。一眼看過去，主要的東西無非是一張行軍床，一個裝滿了書的木製小書架，書的內容多數跟技術有關，再加上床邊的一把扶手椅，牆邊的一把素樸的木頭椅子，一張圓桌，以及一個鐵鑄的大保險櫃。福爾摩

斯在房間裏慢慢地轉了一圈兒，全神貫注地把所有物品挨個兒檢查了一遍。

「裏面是甚麼東西？」他敲着保險櫃問道。

「我繼父的商業文書。」

「噢！這麼説，您看見過櫃子裏面的東西？」

「就看見過一次，那是好些年以前的事情了。我記得，櫃子裏當時裝滿了文件。」

「裏面不會有，比如説，一隻貓吧？」

「不會。您這個想法可真奇怪！」

「不奇怪啊，瞧瞧這個！」保險櫃的頂上擺着一隻小小的牛奶碟，他把碟子拿了起來。

「我不知道，我家沒有養貓，只有一頭獵豹和一隻狒狒。」

「噢，沒錯，那是當然！嗯，獵豹也可以算是一隻大貓，不過呢，要我説，一碟子牛奶可滿足不了它的需要。還有個地方，我得確定一下。」説完他就蹲到那把木頭椅子跟前，聚精會神地研究了一下椅子的坐墊。

「謝謝您。這樣子就沒甚麼疑問了，」他一邊説，一邊站起身來，把放大鏡裝回了衣兜裏。「嘿！這件東西還挺有意思的！」

引起他注意的是一根細細的訓狗鞭，鞭子就懸在床的一角。奇怪的是，鞭繩的下梢捲了上去，而且繫了個結，形成了一個繩套。

「這你怎麼看，華生？」

「不過是一根普通的訓狗鞭而已。我只是想不明白，為甚麼要這樣繫上。」

「這麼說的話，它也就不那麼普通了，對吧？噢，天哪！這世界已經夠糟糕的了，聰明人要是把腦子用來犯罪，那就更是雪上加霜。斯東納小姐，我覺得我已經看得差不多了，您允許的話，咱們這就到草坪上去走走吧。」

離開調查現場的時候，我朋友面容無比冷峻、神色無比陰沉，我從來沒見過他如此凝重的模樣。我們在草坪上來來回回地走了幾趟，斯東納小姐和我都沒有說話，免得打斷他的思路。到最後，他終於回過神來。

「最要緊的是，斯東納小姐，」他說道，「您一定得完全按我的建議辦，一點兒都不能走樣。」

「這我肯定可以做到。」

「事情非常嚴重，容不得半點猶豫。您能否保住性命，取決於您能否依言行事。」

「我可以向您保證，我完全聽您安排。」

「第一條，今天晚上，我和我朋友必須在您的房間裏過夜。」

斯東納小姐和我緊緊地盯着他，震驚不已。

「是的，必須這麼做。我這就給你們解釋。那邊那座房子就是村裏的旅館，對吧？」

「是的，那就是王冠旅館。」

「很好。從那邊應該可以看到您的窗子吧？」

「當然。」

「您繼父回來的時候，您必須假裝頭疼，把自個兒

關在房裏。到了夜裏，聽到他上床就寢之後，您必須打開窗板，拔掉窗子的插銷，把您的提燈放在窗邊，當作發給我倆的信號。接下來，您就帶上您可能會用得着的所有東西，悄悄地上您以前的臥室去。我敢肯定，那間臥室雖然還在修繕之中，您在裏面湊合一晚上還是沒問題的。」

「噢，是的，這很容易。」

「剩下的事情就全都交給我們。」

「不過，你們打算怎麼做呢？」

「我們會在您的房間裏過夜，查一查讓您心煩的那種聲音是怎麼來的。」

「據我看，福爾摩斯先生，您已經有了自己的結論，」斯東納小姐說道，牽住了我同伴的衣袖。

「也許吧。」

「那麼，麻煩您行行好，把我姐姐的死因告訴我吧。」

「我覺得，還是等拿到明確一點兒的證據再說比較好。」

「那您至少可以告訴我，我自個兒的猜測對不對，她是不是死於某種突如其來的驚嚇。」

「不是，我認為並非如此。依我看，她的死多半有某種更為具體的原因。好了，斯東納小姐，我們得跟您告辭了，要不然，萬一羅伊洛特醫生回來的時候看到了我們，我們這趟就算是白來了。再見，勇敢點兒，您可以放一百二十個心，只要您按我剛才說的去做，我們很快就可以趕跑您身邊的威脅。」

接下來，歇洛克·福爾摩斯和我沒費甚麼力氣就在王

冠旅館訂到了一間帶客廳的臥房。房間在二樓，從窗子可以看到斯托克莫蘭莊園的大門，還可以看到宅子裏有人居住的那一廂。黃昏時分，我們看到格萊米斯比‧羅伊洛特醫生驅車經過，龐大的身形跟身邊那個瘦小的馬童形成了鮮明的對比。打開莊園那道沉重鐵門的時候，馬童的手腳稍微有點兒不利索，我們便立刻聽到了醫生粗礪的咆哮，看到他暴跳如雷地衝馬童揮起了拳頭。馬車繼續前行，幾分鐘之後，對面的樹叢裏突然有了亮光，想必是宅子裏的某一間起居室掌上了燈。

「你知道嗎，華生，」我倆對坐在漸漸濃重的暮色之中，福爾摩斯開口說道，「今晚要不要帶上你，我真的非常猶豫。這次行動的危險性是一目瞭然的。」

「我能幫得上忙嗎？」

「你在場的話，可能會帶給我莫大的幫助。」

「那我肯定得去。」

「那我真要多謝你啦。」

「你既然說有危險，顯然是在那幾個房間裏看見了一些我看不見的東西。」

「不能這麼講，只能說我演繹出來的東西可能比你多一點兒。要我說，我看見的你應該都看見了。」

「可我並沒有看見甚麼值得注意的東西，要說有的話，也就是那根鈴繩罷了。還有啊，那根鈴繩用意何在，老實說，我完全想不出來。」

「那個通氣孔，你應該也看見了吧？」

「是啊，可我覺得，在兩個房間之間開一個小洞，並

不是甚麼特別不尋常的事情。那個洞那麼小，恐怕連老鼠都鑽不過去。」

「還沒來斯托克莫蘭的時候，我就知道房間裏會有一個通氣孔。」

「親愛的福爾摩斯！」

「噢，沒錯，我真的知道。你還記得吧，跟我們講這件案子的時候，她說她姐姐能聞到羅伊洛特醫生的雪茄煙味兒。她既然這麼說，我當然立刻斷定，兩個房間一定是通着的。連接兩個房間的通道一定很小，要不然，驗屍官進行死因調查的時候就會問起這件事情。於是乎，我推測到了通氣孔的存在。」

「可是，一個通氣孔又能有多大的關係呢？」

「呃，別的不說，光是日子上的巧合就很蹊蹺。房間裏開了個通氣孔，又裝了根鈴繩，然後呢，睡在那張床上的女士就死了。這還不能引起你的注意嗎？」

「我還是看不出來，這些事情之間有甚麼聯繫。」

「那張床也有非常古怪的地方，你注意到了嗎？」

「沒有。」

「那張床是鉚在地板上的。用這種方式固定的床，你以前見過嗎？」

「這我倒真沒見過。」

「這一來，住那間房的女士就沒法挪動自己的床，床跟通氣孔之間的相對位置也就始終不會改變，不會改變的還有床和那根繩子之間的相對位置，咱們就管它叫繩子好了，因為很顯然，它從來也不曾具有鈴繩的功用。」

「福爾摩斯，」我叫了起來，「我似乎模模糊糊地意識到了你暗示的是甚麼。這裏面有一件陰險毒辣的罪行，咱們僅僅是剛剛來得及阻止而已。」

「確實陰險、確實毒辣。當醫生的人要是鐵了心往壞道上走，就會變成最為兇惡的罪犯，因為他既有堅強的神經，又有豐富的知識。從這方面來說，帕爾默和普里恰德*都是他們那個行當裏的精英人物。眼前這個傢伙的手段比他們還要狡猾，不過我覺得，華生，咱們應該可以使出更加狡猾的手段。要我說，明天天亮之前，咱們肯定會經歷足夠多的恐怖事情，所以啊，老天爺開恩，眼下咱們不妨消停幾個小時，抽抽煙斗，想想高興點兒的事情吧。」

約摸九點鐘的時候，對面樹叢之中的燈光滅了，宅子的方向一片漆黑。接下來的兩個小時過得異常緩慢，然後，鐘剛敲十一點的時候，我倆的前方突然閃出了孤零零的一點明亮燈火。

「那是發給咱們的信號，」福爾摩斯一躍而起，「是從中間那扇窗子裏出來的。」

出門的時候，他跟旅館老闆聊了幾句，解釋說我倆深夜出門是為了拜訪一個熟人，還可能會在熟人家裏過夜。眨眼工夫之後，我倆已經走在了黑暗的大路上。寒冷的風吹拂着我倆的臉，一點黃色的燈火透過漆黑的夜幕在我倆的前方閃爍，引領我倆去完成這件陰森可怖的差使。

---

* 帕爾默 (William Palmer) 和普里恰德 (Edward Pritchard) 都是英國醫生，前者因毒死朋友於 1856 年被處絞刑，後者因殺害妻子及岳母於 1865 年被處絞刑。

古老的莊園圍牆上有不少年久失修的缺口，我倆輕而易舉地走了進去。我倆穿過樹叢走上草坪，又穿過草坪走到了窗子跟前。剛要翻進窗子的時候，一個東西突然從一叢月桂當中躥了出來，看起來像是一個極其醜陋的畸形小孩。它張牙舞爪地撲到草地上，然後就飛快地跑過草坪，消失在了黑暗之中。

「天哪！」我悄聲說道，「你看見了嗎？」

一瞬之間，福爾摩斯也跟我一樣驚駭。情急之下，他的一隻手像老虎鉗一樣緊緊地夾住了我的手腕。緊接着，他輕輕地笑了笑，把嘴貼到了我的耳邊。

「真是戶好人家啊，」他喃喃說道。「這就是那隻狒狒。」

之前我已經忘記了醫生鍾愛的那些奇異寵物，這時才想起來，宅子裏還有一頭獵豹，說不準甚麼時候就會撲到我倆身上來。說老實話，等到我仿照福爾摩斯的方法，脫掉鞋子爬進那間臥室之後，心裏才覺得輕鬆了一點兒。我的同伴悄無聲息地關上了窗板，把提燈放到梳妝台上，開始四下打量房間裏的情況。房裏的情況跟我倆白天看見的一模一樣。接下來，他躡手躡腳地走到我面前，一隻手做成喇叭筒的形狀，又開始貼着我的耳朵悄聲說話。他的聲音非常地小，我只能勉強聽清他是在說：

「一丁點兒聲音就會讓咱們的計劃徹底泡湯。」

我點了點頭，表示我聽明白了他的話。

「咱們只能坐在黑暗裏。這邊要是有亮光，他會從通氣孔看見的。」

我又點了點頭。

「千萬不能睡過去，你自個兒的性命就取決於這一點。把你的手槍準備好，咱們沒準兒得用上它。我就坐床邊，你坐那把椅子。」

我掏出自己的左輪手槍，把它擺在了梳妝台的角上。

福爾摩斯帶了一根又長又細的藤條，這會兒便把藤條擱在床上離自己很近的地方，又在藤條旁邊擺上了一盒火柴和一支燒殘的蠟燭。接下來，他滅掉了提燈，周遭立刻變得漆黑一片。

那一次可怕的守夜經歷，我怎麼可能忘得掉呢？我耳邊沒有任何聲音，連呼吸聲都沒有，可我清楚地知道，我同伴就坐在離我只有幾英尺的地方，睜着眼睛，跟我一樣處於高度緊張的狀態。窗板遮斷了所有的光線，我倆在徹徹底底的黑暗之中靜靜等待。外面時或傳來一隻夜鳥的啼鳴，其間還有一次，一聲類似貓叫的長長嗚咽貼着我倆的窗邊響了起來，我倆由此知道，那頭獵豹的確在四處亂跑。渾厚低沉的教堂鐘聲從遠遠的地方傳進我倆的耳朵，告訴我倆又一刻鐘已經逝去。可是，每一刻鐘都顯得何等漫長！鐘敲了十二點、一點、兩點，然後又是三點，可我倆還是默不作聲地坐在那裏，等待着未知的命運。

突然之間，通氣孔那邊閃出了一點微弱的亮光，亮光轉瞬即逝，跟着卻馬上飄來了一股煤油燃燒和金屬受熱的濃烈氣味。顯而易見，隔壁房間裏的人點燃了一盞帶有擋板的提燈。耳邊傳來一陣輕微的響動，接下來，周圍又是一片死寂，那股氣味卻越來越濃。我支起耳朵聽了足足半

個小時，然後才突然聽見了另一種聲音，一種非常輕柔、令人寬慰的聲音，就像是有一小股蒸汽正在不停地從一把水壺裏往外噴湧。這種聲音剛剛傳進我倆的耳朵，福爾摩斯就從床上跳了起來，劃燃一根火柴，開始用他的藤條瘋狂地抽打那根鈴繩。

「你看見了嗎，華生？」他高聲喊道。「你看見了嗎？」

可我甚麼也沒看見。福爾摩斯劃燃火柴的那個瞬間，我倒是清楚地聽見了一聲輕輕的口哨。可是，突如其來的強光晃花了我疲倦的雙眼，讓我根本無法分辨，我朋友的動作如此兇猛，究竟是在抽打甚麼東西。不過我確實看到，他的臉已經一片煞白，寫滿了恐怖和憎惡。

他已經停止了抽打，這會兒正直勾勾地仰望着那個通氣孔。突然之間，一聲我聞所未聞的淒厲慘叫打破了深夜的寂靜。這是一種嘶啞刺耳的可怕尖叫，交織着痛苦、恐懼和憤怒，聲音越來越高。後來我聽人説，在宅子下面的村子裏，甚至是在距離遙遠的牧師寓所，都有人被這聲慘叫從夢中驚醒。這聲音讓我倆不寒而慄，我倆站在那裏面面相覷，直至它的最後一絲餘響漸漸消失，周遭再一次歸於沉寂。

「這究竟是甚麼意思？」我倒抽了一口涼氣。

「意思是一切都結束了，」福爾摩斯回答道，「這樣的結局，説到底，興許也算是最好的了吧。拿上你的手槍，咱們到羅伊洛特醫生的房間去看看。」

他神情嚴峻地點上提燈，領着我順着走廊往前走。他敲

了兩下門，裏面沒有回應，於是他轉動門把，走進了醫生的房間。我也跟了進去，手裏端着扳好了擊鐵的左輪手槍。

出現在我們眼前的是一幅詭異的景象：桌上立着一盞擋板半開的提燈，明亮的燈光投射在保險櫃上，櫃門半開半掩。格萊米斯比·羅伊洛特醫生坐在桌邊的木椅上，身穿一件長長的灰色睡袍，光着的腳踝露在睡袍下面，兩腳戳在一雙紅色的土耳其無跟拖鞋裏面，我們白天看見的那根短柄長鞭則橫在他的膝蓋上。他的下巴向上方支棱着，充滿恐懼的眼睛死死地盯着天花板的角落。一條古怪的黃色帶子繞在他的額頭周圍，帶子上有褐色的斑點，似乎是緊緊地箍住了他的腦袋。我倆走進房間的時候，醫生沒有發出任何聲音，也沒有任何動作。

「帶子！斑點帶子！」福爾摩斯輕聲説道。

我往前走了一步。轉眼之間，醫生的那件古怪頭飾有了動靜，一顆粗短的菱形腦袋和一段膨脹的頸項從他的頭髮當中立了起來，腦袋和頸項都屬於一條令人作嘔的毒蛇。

「沼澤蝰蛇！*」福爾摩斯説道，「這是印度最致命的毒蛇。蛇咬了他之後，他不到十秒鐘就死掉了。暴行，説實在的，終歸會報應到施暴者的頭上，搞陰謀的人，遲早也會掉進自己為別人挖的陷坑†。咱們先把這東西弄回它的巢穴，然後就可以送斯東納小姐去一個安全的地方，再把這裏的事情通知郡裏的警察。」

---

* 沼澤蝰蛇 (swamp adder) 是作者虛構的一種蛇，尚未有人指出現實中有哪種毒蛇與文中的描述完全吻合。

† 參見《聖經·傳道書》：「挖陷坑的，自己必掉在其中。拆牆垣的，必為蛇所咬。」

他一邊說，一邊迅速地抄起死者膝上的那根訓狗鞭，甩出繩套，套住那條爬蟲的脖子，把它從那個可怕的寶座上扯了下來。這之後，他伸直手臂，拎着它走到保險櫃跟前，將它扔了進去，跟着就關上了櫃門。

以上就是斯托克莫蘭的格萊米斯比‧羅伊洛特醫生死亡的真相。故事到這裏已經太過冗長，因此我不想畫蛇添足，再去贅述我倆如何把這個可悲的消息告訴那位受驚的姑娘，如何陪她搭早班火車去哈羅找她那個好心的姨媽，官方又如何通過緩慢的調查程序得出結論，醫生的死因是玩弄危險寵物的不智之舉。至於我還沒搞清楚的那一點點案情嘛，我也在次日返回倫敦的途中聽到了歇洛克‧福爾摩斯的解釋。

「剛開始，」他說道，「我得出了一個完全錯誤的推論，這一事實說明，親愛的華生，材料還不充分就貿然進行演繹，始終是一件極其危險的事情。附近有吉普賽人，死者又使用了可以理解為『一幫人』的『帶子』這個詞，這兩點已經足夠把我引上完全錯誤的軌道，儘管那個可憐的姑娘之所以用了這個詞，無疑是想解釋她借着火柴的光亮匆匆瞥見的景象。在這件事情當中，我只有一個值得表揚的地方，那就是我剛剛認識到威脅房間主人的東西不可能經由門窗出入，馬上就改變了自己的立場。接下來，就像我當時跟你提過的那樣，我迅速地把自己的注意力轉向了那個通氣孔，還有垂到床邊的那根鈴繩。我發現鈴繩只是擺設，又發現床被鉚在了地板上，於是就開始懷疑，繩子承擔着搭橋的作用，為的是讓某種東西從通氣孔下到床

上。我馬上就想到了蛇，而我之前又已經知道，有人向醫生提供印度的動物，兩點結合起來，我覺得自己可能找對了方向。使用一種無法通過化學方法鑑別出來的毒物，這樣的鬼主意正好是一個頭腦靈活、殘忍無情、擁有東方背景的人可能會想出來的東西。從他的角度來看，這種毒物還有一個優勢，那就是發作得非常快。此外，說實在的，要想看出毒牙留下的那兩個小小的黑色齒孔，驗屍官的眼睛不知道得有多銳利才行呢。再下來，我又想到了那種口哨聲。當然嘍，他肯定得在天亮之前把蛇喚回去，要不然就會被受害人發現。之前他一定是對蛇進行過訓練，讓它聽到口哨聲就爬回他那邊去，訓練的獎品嘛，興許就是咱們看見的那些牛奶。他會在自己認為最合適的時辰讓蛇鑽過通氣孔，心裏知道它會順着繩子爬到床上去。它可能會咬房間的主人，也可能不咬，甚而至於，受害人可以連着一週天天夜裏都逃脫厄運，可是，或遲或早，她終歸會成為犧牲品＊。

「走進醫生的房間之前，我已經得出了上面的這些結論。之後我檢查了他的椅子，發現他有站在椅子上的習慣，當然嘍，要夠到那個通氣孔，他必須得這麼做。即便我仍然心存疑問，房間裏的保險櫃、牛奶碟和那根繫成繩套的鞭子也足以讓我蓋棺論定。顯而易見，斯東納小姐之所以會聽到那記金屬的哐噹聲，是因為她的繼父正在手忙

＊ 很多學者指出，這段敍述當中有不少與事實不符的地方，最顯著的一點是蛇沒有聽覺，不可能通過口哨聲召喚，其他還有蛇不能順着繩子攀爬、不喝牛奶，如此等等。然而，譯者以為這種蛇既然出於虛構，與別的蛇不同也屬情理中事。

腳亂地把保險櫃裏那個可怕的居民重新關進去。算定這些事情之後，我採取了一些甚麼步驟來進行驗證，你全都已經知道了。當時我聽見了那東西的嘶嘶聲，毫無疑問，你肯定也聽見了。聽見之後，我立刻劃燃火柴，衝着它發起了攻擊。」

「結果就迫使它從通氣孔逃了回去。」

「還讓它找上了待在通氣孔那一邊的主人。我用藤條抽它的時候，有幾下抽得相當結實，惹起了它的毒蛇脾氣，結果呢，它撲向了它見到的第一個人。從這個角度來看，毫無疑問，我對格萊米斯比‧羅伊洛特醫生的死亡負有間接的責任。不過，依我看，這件事並不能對我的良心造成特別沉重的負擔。」

工程師的拇指

　　我和歇洛克‧福爾摩斯相知莫逆的那些年裏，他受理的案子只有兩件是經由我的介紹，一件是哈瑟利先生拇指案，另一件則是沃伯頓上校瘋病案。就這兩件案子而言，後一件為這位明察秋毫、匠心獨運的觀察專家提供了更大的用武之地；不過，前一件肇端無比離奇，情節又極盡跌宕，所以呢，儘管它提供的空間比較有限，沒能讓我朋友盡情施展他那些成果卓著的演繹本領，我還是覺得它更加值得形諸筆墨。我記得，這件案子已經不止一次見諸報端。然而，跟所有這一類的報道一樣，如果把案子一股腦地塞進半欄鉛字，給人的印象就難免失於平淡，遠不如親眼看到案情慢慢展開，看到一個又一個新的發現一步一步地驅散迷霧，最終揭示出完整的真相。案發當時，相關的種種情形給我留下了十分深刻的印象，時隔兩年，我依然對當時的情景記憶猶新。

　　我打算摘要敍述的這些事件發生在一八八九年的夏天，其時我新婚燕爾，業已重操民間醫生舊業，並且徹底拋下了福爾摩斯，讓他獨個兒待在貝克街的寓所裏。當然，我還是經常去拜訪他，偶爾也能勸説成功，使得他暫時放棄自己那種波希米亞式的生活習慣，竟至於願意登門探訪我們。我的醫師業務蒸蒸日上，加上我的寓所剛好離

帕丁頓車站不遠，來我這裏看病的人當中就有了幾名鐵路上的職工。我幫他們當中的一個人治好了一種苦楚不堪的頑疾，這個人便不知疲倦地到處宣傳我的醫術，同時還竭盡全力，把每一個肯聽他勸說的病人都打發到我這裏來。

一天早晨，將近七點的時候，女僕的敲門聲將我從夢中驚醒。她告訴我，帕丁頓那邊來了兩位先生，眼下正在診療室裏面等我。我急匆匆地穿好衣服，然後就疾步下樓，因為過去的經歷已經讓我知道，鐵路上來的病患很少會是甚麼小災小痛。下樓之後，長期為我搖旗吶喊的那名車站警衛從診療室裏走了出來，隨手就緊緊地關上了房門。

「我把他帶來了，」他悄聲說道，豎起一根拇指，指了指身後的房門，「他跑不掉了。」

「那麼，到底是怎麼回事呢？」我問道，因為看他的神態，來的似乎是甚麼奇異生物，好不容易才被他圈進了我的診療室。

「是個新病人，」他繼續悄聲說話。「我覺得我應該親自帶他來，省得他半道溜走。這不，他已經來了，穩穩當當。我得走了，醫生，跟您一樣，我也有我的職責。」說完之後，我這位值得託付的吹鼓手轉身就走，甚至沒給我留下道謝的時間。

我走進診療室，看見桌邊坐着一位先生，身穿一套樸素的灰紫色花呢衣服，布製的軟帽已經擱在了我那些書的上面，一隻手纏着手帕，手帕上滿是血漬。他年紀很輕，至多不過二十五歲，長相呢，要我說還相當英武，另一方

面，他臉色煞白，情緒則似乎十分激動，需要他竭盡全力才能控制。

「抱歉這麼早把您吵起來，醫生，」他說道，「可是，昨天夜裏，我遇上了一次非常嚴重的意外。今早我是坐火車回來的，於是就在帕丁頓車站打聽了一下，上哪兒能找到醫生，然後呢，一位可敬的伙計非常熱心地送我來了您這裏。剛才我給了女僕一張名片，不過我瞧見了，她把名片留在了牆邊的桌子上。」

我拿起名片掃了一眼。「維克多・哈瑟利先生，水利工程師，維多利亞大街 16A 四樓」，以上就是我這位晨間訪客的姓名、頭衛和地址。「真不該讓您久等，」我一邊說，一邊在我的扶手椅上坐了下來。「剛才我聽您說，您剛剛結束了一次夜間旅程，那樣的旅程本來就已經夠單調的了啊。」

「噢，我這個夜晚可不能用單調這個詞來形容，」他說道，跟着就笑了起來，笑容十分爽朗，笑聲十分響亮，笑得整個人仰到椅子背上，兩脅不停顫抖。身為一名醫生，所有的職業本能都在提醒我，他這種笑法可不是甚麼好事。

「快停下！」我叫道，「冷靜點兒！」緊接着，我拿起水瓶，倒了些水給他。

可是，這根本無濟於事。他已經歇斯底里地發作起來，捱過某種巨大的危機之後，性格堅強的人往往會有這樣的表現。過了一會兒，他回過神來，恢復了疲憊不堪、臉色蒼白的模樣。

「我這洋相出得可真夠大的，」他氣喘吁吁地説道。

「沒那回事。把這個喝了吧。」我往水裏加了一點兒白蘭地，喝了之後，他慘白的雙頰開始有了血色。

「這就好多了！」他説道。「好了，醫生，麻煩您瞧瞧我的拇指，呃，還是這麼説吧，瞧瞧我曾經長着拇指的那個部位。」

他解開纏着的手帕，把那隻手伸了過來。看到他的手，我久經考驗的神經也不由得顫了一顫。眼前只有四根伸展的手指，拇指卻不知去向，取而代之的是一個殷紅怵目的海綿狀斷面。看樣子，他的拇指是被人齊根斬掉的，要不就是被人給硬生生地扯去了。

「天哪！」我叫了起來，「您傷得可真是不輕，一定流了好多血吧。」

「是啊，流了好多血。拇指剛剛斷掉的時候，我暈了過去，照我看，我肯定是暈了很長的一段時間。甦醒過來的時候，我發現傷口還在流血，於是就把手帕的一頭牢牢地綁在手腕上，又用一根小樹枝作為支撐，好把傷口裹得更緊。」

「處理得好極了！您真該去當外科醫生。」

「您瞧，這終歸也是個水利問題，並沒有超出我的專業範圍。」

「這樣的傷口，」我一邊説，一邊檢查他的創口，「一定是某種既沉重又鋒利的東西造成的。」

「那東西看着像是把切肉刀，」他説道。

「一次意外，對吧？」

「絕對不是。」

「甚麼！有人想要您的命嗎？」

「確實是很想要我的命。」

「我可讓您給嚇着了。」

我用海綿把傷口擦拭乾淨，敷上藥膏，最後又用脫脂棉和消毒繃帶把傷口包紮起來。其間他倚在椅子上，並沒有絲毫畏縮，只是時不時地咬住了自己的嘴唇。

「感覺怎麼樣？」包紮完之後，我問道。

「棒極了！有了您的白蘭地和繃帶，我感覺自己像是換了個人。剛才我確實非常虛弱，來這裏之前，我可是經歷了不少事情呢。」

「您最好別提這件事情，我看得出來，它對您的神經是個巨大的考驗。」

「噢，沒事，現在沒事了。我必須把我的遭遇告訴警方，不過，咱倆私下說啊，要不是有這個傷口充當有力證據的話，他們肯相信我的故事才怪呢，因為我的故事非常離奇，而我又拿不出甚麼旁證。還有啊，就算他們相信了我，我能夠提供的線索也只是一些非常模糊的東西，能不能討回公道，照樣是個問題。」

「哈！」我叫道，「如果您想解決這個問題的話，我強烈建議您先不要去找警方，不妨去找找我的朋友，歇洛克‧福爾摩斯先生。」

「噢，我聽說過這位仁兄，」我的客人回答道，「他要是願意接手這件案子，那我會覺得非常高興，當然，警方的力量我也得同時用上。您能替我向他引見一下嗎？」

「不光是引見而已，我可以親自領您去找他。」

「那我可真是感激不盡。」

「咱們可以叫輛馬車，一塊兒上他那兒去。現在去的話，剛好趕得上跟他一起吃點兒早餐。您現在可以趕路嗎？」

「沒問題，不把我的事情講出來，我心裏是不會舒坦的。」

「那好，我這就打發僕人去叫車，一會兒再來陪您。」我急匆匆地上了樓，跟我妻子簡單地解釋了一下眼前的事情。五分鐘之後，我已經坐上一輛雙輪馬車，跟我的新相識一起走在了前往貝克街的路上。

跟我預想的一樣，歇洛克·福爾摩斯正在客廳裏來回蹓躂，身上穿着睡袍，一邊閱讀《泰晤士報》的私人啟事專欄，一邊按常例抽着他早餐之前的一斗煙。這斗煙用的都是前一天抽剩的煙絲，因為他會把前一天抽剩的煙絲仔仔細細地晾乾，收在壁爐台的角落裏備用。看到我們進門，他用他那種平靜而又誠摯的方式打了個招呼，叫人送來了又一些熏肉和雞蛋，然後就跟我們一起，開始了一頓豐盛的早餐。吃完之後，他把我們的新相識安頓到沙發上，往他腦袋下面塞了個枕頭，又把一杯兌水的白蘭地擺在了他的手邊。

「顯而易見，您的經歷非同一般，哈瑟利先生，」他說道。「您就躺那兒好了，千萬別有甚麼拘束。您盡量講吧，累了就歇會兒，再來點兒提神的飲料，給自己鼓鼓勁兒。」

「謝謝您，」我的病人說道，「不過，醫生給我包紮完之後，我感覺自己已經換了個人，再加上您的早餐，要我說，治療的過程可以說是功德圓滿。為了盡量節省你們的寶貴時間，我打算立刻開始講述我的離奇遭遇。」

福爾摩斯坐在他那把寬大的扶手椅上，眼皮都抬不起來的疲憊表情掩藏了他機敏熱切的天性，而我坐在他的對面，兩個人都默不作聲，聽我們的客人把他的奇異故事細細道來。

「你們得知道，」他說道，「我是個孤兒，又是個單身漢，獨個兒住在倫敦的公寓裏。我的職業是水利工程師，經驗也相當豐富，因為我曾經在格林尼治的維納及馬特森事務所當過七年的學徒，那是一家非常著名的事務所。兩年之前，我學徒期滿，又趕上我父親不幸去世，留給了我一大筆錢，於是我決定自立門戶，並且到維多利亞大街去租了幾間辦公室。

「據我看，所有的人都會發現，初次創業是一種相當勞神的經歷。對我來說，這種經歷尤其勞神。整整兩年當中，我一共攬到了三筆諮詢業務和一件小小的施工活計，總收入是二十七鎊零十先令，除此之外，我的職業再沒有給我帶來任何收穫。從早上九點到下午四點，我每天都在自己那個小小的窩巢裏面苦苦等待。到最後，我終於開始灰心絕望，終於開始相信，我壓根兒就不該開甚麼事務所。

「然而，到了昨天，就在我打算離開辦公室的時候，我的職員進來報告，說有位先生正在等我，想跟我談一談

生意上的事情。他還把來人的名片帶給了我，上面寫的是『萊森德・斯塔克上校』。上校本人緊跟着他走了進來，塊頭中等偏上，同時又非常瘦削。要我說，以前我還真沒見過像他那麼瘦的人呢。他整張臉瘦得只剩了鼻子和下巴，兩頰的皮膚緊緊地繃在突出的顴骨上。不過，他這副瘦骨嶙峋的樣子似乎是天生的，並不是因為疾病，因為他眼睛明亮、步伐輕快，神態也非常自信。他一身的衣着簡樸而不失整潔，年齡嘛，據我看應該是接近四十。

「『哈瑟利先生嗎？』他說話帶着一點兒德國口音。『有人向我推薦了您，哈瑟利先生，說您不光精通業務，而且為人謹慎，守得住秘密。』

「我衝他鞠了一躬，心裏的感覺跟所有那些聽了這種話的年輕人一樣，多少有點兒得意洋洋。『我能不能問問您，是誰給了我這麼高的評價呢？』

「『這個嘛，興許我還是暫時保密比較好。同一個消息來源還告訴我，您既是孤兒，又是個單身漢，眼下是獨個兒住在倫敦。』

「『的確如此，』我回答他，『可是，恕我直言，我看不出這跟我的專業資質有甚麼關係。我聽說，您找我是為了專業上的事情，對吧？』

「『千真萬確。不過，您馬上就會明白，我說這些並不是東拉西扯。我有一件業務要委託給您，不過，您首先得做到絕對保密——**絕對**保密。您明白吧，從這一點來看，獨自生活的人當然要比生活在家庭懷抱當中的人更為可取。』

「『只要我答應了保守秘密，』我說，『那您就絕對可以放心，我一定說到做到。』

「我說話的時候，他一個勁兒地盯着我看，當時我禁不住覺得，我還從來沒見過這麼多疑、這麼不相信人的眼神呢。

「『那麼，您答應嗎？』到最後，他這麼問了一句。

「『可以，我答應。』

「『事前，事後，過程之中，您都得對這件事情保持完完全全、徹徹底底的緘默，口頭上不能提，書面上也不能提，做得到嗎？』

「『我已經保證過了。』

「『很好。』他突然跳了起來，像電光一樣衝過房間，然後就一把推開了房門。門外的過道裏一個人也沒有。

「『這還差不多，』他一邊說，一邊走了回來。『據我所知，有些時候，職員會對東家的事情比較好奇。好了，咱們可以放心地談了。』說到這裏，他把椅子拉了過來，跟我的椅子緊挨在一起，然後就又一次開始盯着我看，眼神跟剛才一樣，充滿疑問、若有所思。

「看到這個皮包骨頭的傢伙形同丑角的古怪舉止，我一方面是覺得十分反感，一方面又模模糊糊地覺得有點兒恐懼。我雖然很不願意失去主顧，但卻還是情不自禁地露出了不耐煩的神色。

「『究竟是甚麼事情，麻煩您快說吧，先生，』我說，『我的時間可是非常寶貴的。』老天在上，我真不該說最後那句話，沒辦法，當時我就是脫口說了出來。

「『工作一個晚上，報酬五十幾尼，這樣的業務適合您嗎？』他問我。

「『非常適合。』

「『説是説一個晚上，實際上可能只需要一個鐘頭。我們的一台水力衝壓機出了毛病，您只需要給我們提個建議就行了。您告訴我們機器的毛病在哪兒，我們自個兒就能把它修好，用不了多少時間。這樣的一筆業務，您覺得怎麼樣？』

「『工作似乎非常輕鬆，報酬卻十分慷慨。』

「『的確如此。我們希望您搭今天晚上的末班火車來。』

「『去哪兒？』

「『伯克郡的艾弗德＊，那是個小地方，在牛津郡的邊界附近，離雷丁不到七英里。帕丁頓車站有班火車，大概十一點一刻就可以把您送到。』

「『好極了。』

「『我會坐馬車來接您。』

「『這麼説，從車站到您那裏還有段路嘍？』

「『是的，我們那個小地方在偏遠的鄉下，離艾弗德車站還有整整七英里呢。』

「『照這樣看，咱們半夜才能到您那裏。據我看，到時是不會有回來的火車的，也就是説，我只能在您那裏過夜了。』

＊　這篇故事首次發表於 1892 年 3 月；艾弗德 (Eyford) 是作者虛構的一個地名。

「『是的，我們可以給您安排一個住處，一點兒也不費事。』

「『那樣可太不方便了。我可以換個更方便的時間去嗎？』

「『我們已經考慮過了，您深夜去是最合適的。就是為了補償給您造成的不便，我們才為您這樣一個寂寂無名的年輕人開出了這樣一個價碼，說實話，這個價碼完全可以買來您那個行當裏最權威的意見。當然嘍，如果您想要推掉這筆業務，現在說也完全來得及。』

「我想到五十幾尼的報酬，又想到我是多麼地需要這筆錢，於是就說，『沒問題，我非常樂意按您的意願調整自己的日程。不過，對於您打算讓我完成的任務，我希望能有一個稍微清楚一點兒的概念。』

「『您說得對。我們這麼嚴格地要求您發誓保密，您感到好奇也是非常自然的事情。我並不打算讓您把事情答應下來，同時又不讓您對事情有一個完整的概念。要我說，眼下不會有人偷聽咱們的談話吧？』

「『絕對不會。』

「『那好，事情是這樣的。漂白土 * 是一種很有價值的礦產，英格蘭只有一兩個地方出產，這您應該知道吧？』

「『我聽人這麼說過。』

---

* 漂白土 (fuller's earth) 指的是具有高度吸附性的無塑性粘土或是類粘土物質，主要成份是水合鋁硅酸鹽，具有漂白、過濾、淨化等用途，主要產區在美國，英國也有出產。

「『不久之前，我在離雷丁不到十英里的地方買了一小片地，非常小的一片地，而且非常幸運地發現，其中的一塊地裏埋藏着漂白土的礦床。不過，經過進一步的勘察，我發現這個礦床儲量相對較小，只不過是聯繫左右兩個礦床的一根紐帶，那兩個礦床的儲量都比它大得多。可惜的是，那兩個礦床都在我鄰居的土地上，與此同時，那些好伙計壓根兒就不知道，自家的地裏埋藏着價值有如金礦的東西。這一來，對我來說，最上算的做法自然是趕緊把他們的土地買下來，搶在他們意識到它的真正價值之前。不巧的是，我沒有足夠的資金來做這件事情。這麼着，我就跟幾個朋友分享了自己的秘密，他們的建議是我們不妨秘而不宣、悄悄地開採自家的小礦床，通過這種方法來籌集購買鄰居土地所需的資金。我們已經這麼幹了一段日子，還架起了一台水壓機，為的是方便操作。剛才我已經解釋過了，這台水壓機出了毛病，所以呢，我們希望聽聽您的建議。話說回來，我們必須萬分警惕地保護自己的秘密，一旦別人知道我們把一位水利工程師請進了自己那間小屋，很快就會有人跑來問東問西，然後呢，如果事情洩露出去的話，我們就只能放棄自己的計劃，再也別想買到那些土地了。就是由於這個原因，我才讓您跟我保證，保證您不會跟任何人提起您今晚要來艾弗德的事情。聽我這麼一解釋，您應該全明白了吧？』

　　「『完全明白，』我說。『只有一點我不太理解，開採漂白土為甚麼會用到水壓機，據我所知，漂白土跟礫石一樣，都是直接從礦坑裏挖的啊。』

「『哦！』他滿不在乎地說道，『我們有我們自個兒的一套流程。我們把漂白土壓成磚塊，這樣一來，往外運的時候，人家就沒法知道我們在運甚麼東西。不過，這也只是個細節而已。眼下我對您已經沒有任何保留，哈瑟利先生，足以證明我對您有多麼信任。』說話之間，他已經站了起來。『好了，十一點一刻，我在艾弗德等您。』

「『我肯定會準時到的。』

「『而且不能告訴任何人。』他再一次用充滿疑問的目光盯着我看了好一會兒，又用冰涼潮濕的手緊緊地握了握我的手，然後就匆匆離去了。

「接下來，我冷靜地思考了一下整件事情，結果呢，你們兩位多半也想得到，這筆突然找上門來的業務讓我感到十分驚訝。一方面，我當然非常高興，因為要讓我自個兒來開個價碼的話，至多只有他們給的報酬的十分之一，再者說，這筆業務還可能會帶來其他的業務；另一方面，這位主顧的長相和舉止都給我留下了很不愉快的印象，而他關於漂白土的說辭也不足以解釋我為甚麼必須半夜前往，不足以解釋他為甚麼那麼擔心我把這件差使告訴別人。即便如此，我還是把所有的畏懼心理拋到九霄雲外，吃了頓豐盛的晚餐，坐車去了帕丁頓，然後就啟程前往艾弗德，而且分毫不差地遵守了他的指示，對這件事情守口如瓶。

「到了雷丁，我要做的不光是換乘火車，還得換個乘車的車站。可我還是及時趕上了開往艾弗德的末班車，並且在十一點多的時候趕到了那個燈光昏暗的小站。在那個

站下車的只有我一個人，月台上也只有一個拎着提燈、昏昏欲睡的搬運工，再沒有別的人。不過，從小小的出站口走出去之後，我發現上午來的那位新相識正在出站口那邊的暗處等我。他一句話也沒說，一上來就抓住我的胳膊，催着我上了一輛開着車門等候的馬車。上車之後，他關上了車廂兩邊的窗子，敲了敲車廂板子，馬車就以最快的速度跑了起來。」

「車上只套了一匹馬嗎？」福爾摩斯突然插了一句。

「是的，只有一匹。」

「馬的毛色您留意了嗎？」

「是的，上車的時候，我借着馬車的側燈看到了那匹馬。馬是棗紅色的。」

「它看上去是疲憊不堪，還是精神抖擻呢？」

「哦，它精神頭好極了，毛色也非常油潤。」

「謝謝。抱歉我打斷了您，您的故事非常有意思，麻煩您接着講吧。」

「我們一路前行，至少走了一個鐘頭。萊森德·斯塔克上校原來說只有七英里，可我覺得，從馬車的速度和路上的時間來看，這段路程一定得有差不多十二英里。他坐在我的身邊，整段路程之中都是一言不發，其間我衝他那邊瞥了幾眼，不止一次地發現他在看我，神色十分緊張。那個地區的鄉村道路似乎不怎麼好，因為車子顛簸得很厲害。我很想看看窗子外面是甚麼地方，可惜窗子上裝的是毛玻璃，除了偶然掠過的模糊亮光之外，我甚麼也看不見。我三番五次試着開口說話，想要打破旅途的單調，上

校的回答卻總是只有一個音節，談話自然是迅速收場。到最後，大路上的顛簸終於換成了礫石小徑上平穩輕快的小跑，再往後，馬車就停了下來。萊森德‧斯塔克上校跳下馬車，我跟着下車之後，他飛快地把我推進了面前一個敞着的門廊。這麼着，我倆等於是從馬車的車廂直接跨進了屋子的廳堂，所以我一點兒也沒看見，屋子的正面是甚麼模樣。我剛剛邁過門檻，身後的門就重重地關了起來，緊接着，我隱隱約約地聽見了馬車轔轔遠去的聲音。

「屋子裏一片漆黑，上校摸索着尋找火柴，還低聲地叨咕了幾句。突然之間，過道另一頭的門開了，一道長長的金色亮光朝我們這邊照了過來。亮光逐漸展寬，我眼前出現了一個手拿提燈的女人。她把提燈高高地舉過頭頂，探過頭來打量我倆。我發現她長得相當漂亮，從她身上那件黑裙子的光澤來看，裙子的質地應該非常不錯。她念出了幾個外語單詞，聽口氣是在問甚麼問題。我同伴沒好氣地給出了一個單音節的回答，她立刻猛一哆嗦，手裏的提燈差一點兒就掉到了地上。接下來，斯塔克上校走上前去，在她耳邊悄聲說了句甚麼，把她推回了她剛才出來的那個房間，然後就拿着提燈走回了我的面前。

「『看樣子，我們得麻煩您在這個房間裏等幾分鐘，』他這麼說了一句，一把拉開了另一道門。門裏面是個色調淡雅、裝飾簡樸的小房間，房間中央有張圓桌，桌上散放着幾本德文書籍。斯塔克上校把提燈放在了門邊的小風琴頂上。『我不會讓您等太久的，』說完之後，他消失在了黑暗之中。

「我瞥了一眼桌上的書，雖然我不懂德文，倒也看得出其中有兩本科學專著，其他的都是詩集。接下來，我走到窗邊，想要看一看外面的鄉野，可是，窗上有一塊橡木窗板，而且閂得嚴嚴實實。整座屋子真是安靜極了，過道裏的某個地方傳來了一架老式時鐘滴滴答答的響亮聲音，此外就是一片死寂。這時候，模模糊糊的不安感覺悄悄地浮上了我的心頭。這些德國人是幹甚麼的，他們幹嗎要住在這麼個陌生偏僻的地方呢？這地方又是在哪裏呢？眼下我是在離艾弗德大約十英里的地方，可我知道的就只有這麼點兒情況，連這地方在艾弗德的哪個方向都不知道。說到地方嘛，方圓十英里的範圍之內有雷丁，沒準兒還有其他的大城鎮，這樣看的話，這地方終歸也不是那麼偏僻。不過，從周圍那種鴉雀無聲的寂靜來看，這地方準保是在鄉下。我在房間裏來回踱步，輕聲哼着小曲兒來給自己打氣，心中暗想，我這五十幾尼收得可一點兒都不冤。

「突然之間，房間的門慢慢地開了，而我並沒有從全然的寂靜之中聽到任何提示性的聲響。先前的那個女人站在了門口，身後是黑暗的廳堂，房間裏提燈的黃光映着她寫滿焦急的美麗臉龐。一眼望去，我就看出她嚇得要命，自己也跟着心裏一寒。她舉起一根顫抖的手指，示意我不要出聲，然後就悄聲衝我說了幾句勉強拼湊的英語，一邊說一邊回頭去看身後的黑暗，就像一匹受驚的馬駒。

「『要是我我就走，』她這麼說，似乎是在竭力保持平靜的語氣，『要是我我就走。是我就不會在這兒待着。您在這兒不會有甚麼好處的。』

「『可是，小姐，』我説，『我的任務還沒完成呢。看到機器之前，我可不能走。』

「『不值得您等，』她接着説。『您可以從那道門出去，沒人攔着。』看到我只是微笑着搖了搖頭，她突然不再克制自己，上前一步，雙手絞在了一起。『看在老天爺份上！』她低聲説，『趕緊離開吧，要不就來不及了！』

「可是，我這人天生就有點兒倔脾氣，越是碰到障礙，就越是願意往前闖。我想到五十幾尼的報酬，想到這番辛苦的奔波，又想到眼前這個看樣子不會特別美妙的夜晚。難道説，這一切就這麼白費了嗎？我幹嗎要落荒而逃，不等到完成任務、拿到應得的報酬再走呢？照我看，這女人完全可能是個偏執狂。想到這裏，雖然她的神態給我造成了很大的震動，可我並沒有流露出來，反而擺出一副堅定的神情，繼續搖頭拒絕她的建議，表示我打算待在這兒不走。她剛想接着求我離開，頭頂卻傳來了一記沉重的關門聲，跟着就是幾個人在樓梯上走的聲音。她聽了一小會兒，然後就舉起雙手做了個絕望的手勢，從我眼前消失了，消失的時候跟來的時候一樣突然、一樣無聲無息。

「接踵走進房間的是萊森德·斯塔克上校，還有一個又矮又胖的男人，雙下巴上滿是褶子，褶子裏長着鼠毛似的灰鬍子。上校介紹説，這位是弗格森先生。

「『他是我的秘書兼管事，』上校説。『對了，剛才我走的時候，我記得我把房間的門帶上了啊，要我説，您該不會讓穿堂風給吹着了吧。』

「『恰恰相反，』我說，『門是我自個兒打開的，因為我覺得這房間有點兒悶。』

「他又用那種狐疑的目光看了看我。『那好，咱們幹活去吧，』他說。『我和弗格森先生這就帶您去看機器。』

「『要我說，我得把帽子戴上吧。』

「『哦，不用，機器就在屋裏＊。』

「『甚麼，你們在屋裏挖漂白土嗎？』

「『不，不是這樣，我們只是在屋裏壓製漂白土。您不用管那麼多了。我們只是希望您去檢查一下機器，讓我們知道它究竟出了甚麼毛病。』

「我們一起往樓上走，上校拎着提燈走在頭裏，胖管事和我跟在後面。那是一座迷宮一般的老屋，到處都是走廊、過道和曲裏拐彎的狹窄樓梯，還有一道道又矮又小的門，門檻的中央已經被一代又一代的主人踩得塌了卜去。屋子的底樓沒鋪地毯，也看不見任何傢具，牆上的灰泥剝落不堪，還印着一個個透着潮氣的污穢綠斑。我竭力裝出一副若無其事的樣子，可是，我雖然沒聽那位女士的警告，卻也沒有忘了她說的話，於是就密切地留意着身邊這兩個人的舉動。弗格森似乎是個性情乖僻的悶葫蘆，很少說話，不過，聽了他的寥寥數語，我至少可以判斷出來，他是我們的同胞。

「到最後，萊森德・斯塔克上校在一道小門跟前停下來，打開了門上的鎖。門裏面是一個方形的小房間，幾

＊　原文如此，據此可知工程師沒有拿上帽子，但據開篇所述，工程師來找華生的時候，隨身帶了一頂「布製的軟帽」。

乎容不下我們三個人同時進去。上校領着我走了進去，弗格森則留在了外面。

「『實際上，』他説，『眼下我們是在水壓機的內部，要是有人把機器開動起來的話，我們就會趕上一件特別不愉快的事情。這個小房間的天花板其實是下落式衝頭的底面，它落到這塊金屬地板上的力量不知道得有多少噸呢。房間外面有一些小小的橫向水壓缸，它們可以接收機器的動力，再通過您熟悉的那種方式傳輸並放大動力。機器運轉得還算穩定，就是有點兒不夠靈活，損耗了一點點動力。興許您可以費心幫我們看看，怎樣才能把它修好。』

「我拿過他手裏的提燈，非常仔細地檢查了一遍那台機器。那台機器確實稱得上巨大無比，能夠產生極其強大的壓力。不過，隨後我走出房間，壓下控制衝頭的操縱杆，立刻就發現了問題所在。機器運轉時的嘶嘶聲響是因為甚麼地方有點兒洩漏，導致側面的一個水壓缸出現了回流現象。進一步的檢查表明，包在一根傳動杆前端的一條天然橡膠墊圈發生了收縮，因此就不能把傳動杆往復運行的那條管槽完全充滿。顯而易見，動力損耗的原因就在這裏，於是我便向身邊的兩個人指出了這個問題。他們聽得非常認真，還問了幾個關於修理方法的實際問題。跟他們解釋清楚之後，為了滿足我自己的好奇心，我又走回了衝頭所在的房間，仔仔細細地查看起來。一望而知，關於漂白土的説辭絕對是再明顯不過的瞎編，眼前這台機器的馬力如此強勁，要説他們裝它就為了這麼一個小小的目的，那可真是太荒唐了。房間的牆壁是木頭做的，地板卻是一個巨

大的鐵製凹槽，細看之下，我還發現地板上鋪滿了金屬碎屑，結成了一層硬殼。我俯下身去，正在用手摳那些碎屑，想要知道它到底是甚麼金屬，卻聽見有人用德語嘰里咕嚕地嚷了一聲，跟着就看見，上校那張死人一般的臉正在俯視着我。

「『您這是在幹甚麼呢？』他問我。

「之前他用了那麼一大套精心編造的謊話來愚弄我，我覺得非常生氣，於是就說，『我正在欣賞您的漂白土。依我看，如果能知道您這台機器的準確用途的話，我給您提供建議的時候還可以做得更好呢。』

「這話剛一出口，我就後悔自己不該這麼魯莽。聽到我的話，他的臉立刻板了起來，灰色的眼睛裏閃出了惡狠狠的光芒。

「『非常好，』他說，『您馬上就會知道這台機器的全部用途。』他一步退到房間外面，砰一聲關上小小的房門，然後就用鑰匙把門給鎖上了。我衝到門前，開始猛拽門把，可是，房門非常堅固，任憑我又踢又撞，也不能將它撼動分毫。『喂！』我開始大喊大叫。『喂！上校！放我出去！』

「緊接着，寂靜之中突然響起了一種聲音，我的心一下子提到了嗓子眼兒。那是操縱杆的軋軋聲，還有那個洩漏的水壓缸發出的嘶嘶聲。很顯然，他已經開動了機器。檢查地板凹槽的時候，我把提燈立在了地板上，這會兒它還在原位，而我借着燈光看見，黑乎乎的天花板正在朝我壓過來。它的來勢雖然慢慢悠悠、一抖一抖，可是，沒有

人比我更清楚，它的力道足以在一分鐘之內把我碾成一團無法辨認的肉醬。我高聲尖叫，縱身撲到門邊，用指甲去摳門鎖。我苦苦哀求上校放我出去，操縱桿的無情吱呀卻淹沒了我的喊聲。天花板離我的頭頂已經只有一兩英尺，我伸手就可以摸到它堅硬粗糙的表面。這時我突然想到，死亡會有多麼痛苦，很大程度上是取決於我採用甚麼姿勢。如果我趴在地板上的話，衝頭的重量就會率先壓上我的脊柱，想到脊柱折斷的可怕聲音，我禁不住發起抖來。興許，翻個面兒會好一點兒吧。可是，要躺在那裏眼睜睜地看那團致命的黑影晃晃悠悠地往我身上落，我的神經有那麼堅強嗎？就在我已經沒法站直身子的時候，我突然瞥見了一件東西，心裏又湧起了活命的希望。

「剛才我已經提過，房間的地面和天花板雖然都是鐵鑄的，牆壁用的卻是木頭。就在我最後一次匆匆四顧的時候，我看到兩塊牆板之間閃出了一道窄窄的黃光。那道光越來越寬，越來越寬，有人正在把一塊小小的鑲板往後掰。剎那之間，我簡直不敢相信，眼前真的有一道能讓我逃出生天的門。接下來的一個瞬間，我縱身穿過了那道門，半昏半醒地躺倒在門的另一邊。有人重新合上了鑲板，可我聽見了裏面那盞提燈碎裂的聲音，片刻之後又聽見了兩塊金屬相撞的哐噹聲，由此便意識到，我的逃脫是多麼地僥倖。

「有人瘋狂地拽我的手腕，我這才回過神來，發現自己躺在一條鋪着石頭地板的狹窄走廊裏，身邊蹲着一個女人，左手正在我身上拉扯，右手則拿着一支蠟燭。眼前正

是剛才那位好心的朋友，她曾經警告我離開，得到的卻是我無比愚蠢的拒絕。

「『快跑！快跑！』她上氣不接下氣地衝我喊叫。『他們馬上就要來了。他們會發現您沒在裏面。噢，別浪費這麼寶貴的時間，快跑！』

「這一回，我好歹沒有漠視她的忠告。我跟跟蹌蹌地站起身來，跟她一起順着走廊往前跑，然後又跑下一段盤旋的樓梯，樓梯下面是又一條寬闊的過道。我倆剛剛跑進過道，就聽見了奔跑的腳步聲和兩個人彼此應答的叫喊，一個人的聲音來自我倆所在的這一層，另一個則來自下面一層。我的嚮導停了下來，開始四下張望，看樣子是已經走投無路。接下來，她一把推開了旁邊的一道房門，門裏面是一間臥室，臥室的窗子外面掛着一輪明晃晃的月亮。

「『這是您唯一的機會，』她説，『這裏很高，叮您興許能跳下去。』

「話音未落，過道的遠端就閃出了一點亮光，萊森德・斯塔克上校狂奔而來的瘦削身影映入了我的眼簾，只見他一隻手拎着提燈，另一隻手則拿着一把形狀跟屠夫用的切肉刀相似的武器。我趕緊衝到臥室的牆邊，用力推開窗子，往外面看了看。月光下的花園是那麼地恬靜、那麼地芬芳、那麼地賞心悦目，跟窗口的距離呢，充其量也只有三十英尺。我爬到窗子外面，一時之間卻沒有往下跳，因為我想要知道，我的救星會怎樣應付那個追趕我的惡棍。我暗自拿定主意，要是她遭到虐待的話，那我無論如何也要回去幫她。我這個念頭還沒轉完，上校已經出現在

了臥室門口，打算推開她闖進臥室，可她用雙臂抱住了他，使勁兒地想要把他攔住。

「『弗里茨*！弗里茨！』她用英語叫了起來，『想想你上回那件事情之後的承諾吧。你說過的，這種事情不會再發生了。他不會說的！噢，他不會說的！』

「『你瘋了嗎，伊莉斯！』他一邊嚷嚷，一邊奮力掙脫她的雙手。『你會把我們都毀了的。他看到的東西太多了。讓我過去，聽見沒有！』他把她撞到一邊，衝到窗子跟前，用他那把沉重的武器砍了過來。之前我已經把身子放到了窗子下面，他的刀落下來的時候，我只有一雙手還搭在窗台上。轉眼之間，我察覺到了一絲模糊的痛楚，跟着就鬆開雙手，摔到了下面的花園裏。

「我摔得頭昏腦脹，還好是沒有摔傷，於是就爬了起來，開始用最快的速度在灌木叢中拼命奔跑，因為我心裏明白，眼下還遠遠説不上是脫離了險境。跑着跑着，我突然覺得天旋地轉，腦袋暈得要命，手上也傳來了疼得鑽心的感覺。我低頭瞥了一眼，這才發現自己的拇指已經被砍掉了，鮮血正在從傷口汩汩地往外冒。我好不容易用手帕包住了傷口，耳朵裏卻嗡的響了一聲，緊接着，我一頭栽倒在玫瑰花叢裏，徹底失去了知覺。

「我不知道自己暈了多久，只知道時間一定很長，因為我甦醒過來的時候，月亮已經落了下去，明亮的曙光

---

* 弗里茨 (Fritz) 是一個典型的德語民族男子名字，經常被用作弗雷德里克 (Frederick) 的略稱。這個詞也可以是對德國人和其他德國事物的一種泛稱，因為 1688 至 1861 年間的四代普魯士國王都叫弗雷德里克。一戰前後，這個泛稱漸漸帶上了貶意。

正在綻放。我的衣服浸透了露水，外套的袖子也被傷口的鮮血泡得精濕。傷口的劇痛讓我瞬間記起了昨夜歷險的所有細節，接着我又想到，我肯定還沒有逃出那些追捕者的掌握，於是就趕緊從地上跳了起來。叫人萬萬料想不到的是，我四下打量了一番，卻發現房子和花園都不見了，我剛才躺着的地方是大路旁邊樹籬當中的一個角落，下邊一點點的地方就有一座長長的建築。走到建築近旁之後，我發現它不是別的，正是我昨夜下車的那個車站。要不是手上有這麼一個難看的傷口，我簡直會以為，前面那幾個可怕時辰裏的所有事情都只是一個噩夢呢。

「我昏昏沉沉地走進車站，打聽了一下早班的火車。他們告訴我，一小時之內就有一班去雷丁的火車。我還發現，值班的搬運工依然是我昨夜下車時看見的那一個。我問他聽沒聽說過萊森德‧斯塔克上校，他說這名字他很陌生。昨晚他看沒看見一輛馬車來接我呢？沒有，他沒看見。附近有警察局嗎？有，但是在大約三英里之外。

「當時我又虛弱又難受，沒力氣跑那麼遠的路，於是就決定先回倫敦，然後再去報警。到倫敦的時候才六點多一點，所以我就先去包紮傷口，然後呢，醫生又不辭勞苦地把我帶到了這兒。好了，這件案子就交給您來辦，您怎麼說我就怎麼做。」

聽完這個非同一般的故事之後，我倆一言不發地坐在那裏。書架上擺着一些又厚又重的剪貼簿，裏面都是福爾摩斯收集的剪報。坐了一小會兒之後，他把其中的一本從書架上拽了下來。

「這裏邊有一則啟事，你們應該會有興趣，」他說道。「大概一年之前，所有的報紙都刊登過這則啟事。你們聽一聽：

尋人：耶利米‧海林先生於本月九日失蹤，現年二十六歲，職業為水利工程師。該先生於昨夜十時離開住處，從此杳無音訊。該先生身穿——

「等等，等等，哈！要我說，上校的機器上一次出毛病，應該就是在啟事裏的這個時候。」

「天哪！」我的病人叫道。「這下我可知道那位姑娘為甚麼要那麼說了。」

「一點兒不錯。非常明顯，上校是一個冷酷無情的亡命之徒，絕不會讓任何東西妨礙他那套小小的把戲，就跟那些明火執仗的海盜一樣，不會在搶來的船上留下任何活口。好了，眼下的每一秒鐘都非常寶貴，如果您吃得消的話，咱們現在就去蘇格蘭場，為啟程前往艾弗德做點兒準備活動。」

大概三個小時之後，我們已經坐上了從雷丁開往那個伯克郡小村的火車，一行人當中包括歇洛克‧福爾摩斯、那位水利工程師、蘇格蘭場的布拉德斯垂特督察和一名便衣探員，再加上我自己。布拉德斯垂特已經把一張伯克郡軍用地圖攤在了座位上，這會兒正拿着一支圓規，忙着在地圖上畫一個以艾弗德為圓心的圓。

「你們瞧，」他說道。「這個圓的半徑是十英里，圓心就是那個村子。咱們要找的地方一定是在這個圓周附近。我

沒記錯的話，先生，您説您當時跑了十英里的路。」

「馬車足足跑了一個鐘頭哩。」

「按您的看法，在您不省人事的那段時間裏，他們又從那麼遠的地方把您送回了村子裏嗎？」

「他們多半是這麼幹的吧。我腦子裏還有一點兒模模糊糊的記憶，當時我被人抬了起來，送到了甚麼地方。」

「我想不通的是，」我説道，「既然他們已經發現您暈倒在花園裏，為甚麼還會放過您。沒準兒，是那個惡棍經不起那個女人的央求吧。」

「我覺得這不太可能，我這輩子從來都沒見過比那傢伙的臉更決絕的面孔。」

「咳，所有這些問題，咱們很快就能弄清楚，」布拉德斯垂特説道。「好了，我已經把圓圈畫了出來，現在我只想知道，咱們要找的那個傢伙究竟在圓圈上的哪一點。」

「依我看，我現在就可以把那個地方指出來，」福爾摩斯平靜地説道。

「真的嗎，您説現在！」督察叫了起來，「您的結論下得可真快！好吧，咱們先來猜一猜，看看誰的意見跟您一致。我的意見是在南邊，因為那邊比較荒涼。」

「我認為是在東邊，」我的病人説道。

「我覺得是西邊，」便衣探員説道。「那邊有幾個特別僻靜的小村子。」

「我倒覺得是北邊，」我説道，「因為那邊沒有山，咱們這位朋友也説了，他覺得馬車沒有爬過坡。」

「嗬，」督察嚷了一嗓子，笑了起來，「咱們的意見分佈得可真均勻，把四個方向都給包圓兒了。您會把決定性的一票投給誰呢？」

「你們都錯了。」

「可我們是不會**都**錯的。」

「噢，會的，你們會的。我的意見是這裏。」他把手指放在了圓心。「咱們應該到這裏去找他們。」

「可是，十二英里的路程上哪兒去了呢？」哈瑟利倒吸了一口涼氣。

「六英里去，六英里回，再簡單不過了。您自個兒也說了，您上車的時候，馬兒精神抖擻，毛色油潤。要是它剛剛在崎嶇的道路上跑了十二英里的話，怎麼還能是這副模樣呢？」

「沒錯，他們很有可能會耍這樣的花招，」布拉德斯垂特若有所思地說道。「當然嘍，這幫人做的是甚麼買賣，我看也沒有甚麼疑問了。」

「半點疑問都沒有，」福爾摩斯說道。「他們是大規模製造假幣的專家，那台機器的用途是壓製假充銀幣的合金硬幣。」

「一段時間以前，我們就已經知道，有一幫狡猾的歹徒正在活動，」督察說道。「他們一直在生產半克朗的假幣，數量以千枚計。我們甚至追查到了雷丁，可惜的是再也查不下去了，因為他們抹去了所有的蹤跡，手法十分巧妙，一看就是經驗極其豐富的老手。現在好了，多虧了這個幸運的發現，按我看，我們多半是可以逮到他們了。」

然而，督察的判斷似乎過於樂觀，因為這幫歹徒還沒到落入法網的那一天。火車緩緩駛入艾弗德車站的時候，我們看到附近的一片小樹林背後騰起了一根巨大的煙柱，彷彿是一片碩大無朋的鴕鳥羽毛，高懸在如畫原野的上空。

　　「哪家的房子着火了嗎？」火車噴着白煙開出車站的時候，布拉德斯垂特問道。

　　「是的，先生！」車站站長說道。

　　「甚麼時候着起來的呢？」

　　「我聽說是夜裏着起來的，先生，糟糕的是它越燒越大，整座房子都已經變成了一片火海。」

　　「是哪一家的房子？」

　　「比徹醫生家的。」

　　「告訴我，」工程師插了一句，「比徹醫生是不是一個非常瘦削、鼻子又長又尖的德國人？」

　　車站站長樂呵呵地笑了起來。「不是，先生，比徹醫生是個英國人，還有啊，我們這個教區裏誰的腰身也沒有他粗。不過，據我所知，他那裏還住着另外一位先生，是他的一個病人，那個人倒是個外國人，從長相上看嘛，也確實應該多吃點兒伯克郡的上好牛肉。」

　　站長的話還沒說完，我們已經急匆匆地衝向了火場。我們沿路跑上一座小丘，前方出現了一幢刷了白灰的巨型建築，每一道裂隙和每一扇窗子都在往外面噴吐火舌。建築正面的花園裏排着三輛救火車＊，正在徒勞無益地試圖控制火勢。

＊　維多利亞時代的英國已經有蒸汽驅動的救火車和專業的消防隊伍。

「就是這座房子！」哈瑟利十分激動地嚷了起來。「瞧，那就是我說的礫石小徑，那就是我躺過的玫瑰花叢。從那邊數的第二扇窗子，就是我跳下來的地方。」

「這麼說的話，」福爾摩斯說道，「最低限度，您的仇也算是報了。毫無疑問，正是您那盞碎在水壓機裏的油燈引燃了周圍的木牆，同樣毫無疑問的是，他們追您追得太過興奮，當時就沒有發現火情。好了，您睜大眼睛好好看看，眼前的人群裏有沒有您昨晚遇見的那些朋友，雖然我非常擔心，到了這會兒，他們多半已經跑到了整整一百英里之外。」

福爾摩斯的擔心果然變成了現實，因為從那天開始，一直到今天，不管是那位美麗的女子、那個邪惡的德國人，還是那個性情乖僻的英國人，都不曾有過半點音訊。那天清早，一位農夫曾經碰上一輛飛速趕往雷丁方向的大車，車上載着幾個人，還載着一些非常大的箱子。可是，到了雷丁之後，逃犯們就沒了蹤影，以福爾摩斯的天才，竟然也找不到關於他們下落的哪怕是一丁點兒蛛絲馬跡。

那座房子內部的奇怪設施讓消防隊員們惶惑不安，更讓他們惶惑不安的是，他們還在三樓的一個窗台上找到了一根剛剛切下來不久的拇指。不過，大概是在日落時分，他們的努力終於收到了成效。然而，他們雖然撲滅了火焰，但卻沒來得及阻止房頂塌陷，也沒法阻止整座房子變成一片徹徹底底的廢墟。除了一些扭曲的圓柱和鐵管之外，那台機器再沒有留下任何痕跡，儘管它讓我們那位不幸的相識付出了如此巨大的代價。人們在附屬於那座房子

的一間屋子裏找到了大塊大塊的鎳和錫，但卻找不到任何硬幣。興許，這一事實可以說明，前面說的那輛大車上為甚麼會有那些碩大的箱子。

我們那位水利工程師究竟是怎麼從花園裏去到了他甦醒時所在的那個地點，本來有可能成為一個永遠解不開的謎團，萬幸的是，鬆軟的土壤為我們提供了一個非常明顯的答案。他顯然是被兩個人抬到那裏去的，其中一個的腳特別小，另一個的腳則特別大。總體說來，非常可能的情形是，那個悶葫蘆英國人要麼是膽子沒有同伙大，要麼就是殺氣沒有同伙重，所以就幫了那個女人的忙，把不省人事的受害人抬出了險境。

「唉，」又一次在返回倫敦的火車上落座的時候，我們的工程師滿心悔恨地說道，「這筆業務可把我害得夠戧！我失去了一根拇指，還失去了五十畿尼的報酬，換來的究竟是甚麼呢？」

「經驗，」福爾摩斯笑着說道。「您知道嗎，它可以帶給您一些間接的好處。您只需要把這件事情宣揚出去，就可以為自己贏得絕佳同伴的美名，終身受用不盡。」

單身貴族

作為一名時乖運蹇的新郎，聖西蒙勳爵的婚事雖然結局離奇，但卻早已引不起他那些貴族同儕的興趣。樁樁件件的新醜聞提供了種種更為刺激的細節，不但令這齣四年之前的老鬧劇相形見絀，也為它充當了擋箭牌，將風言風語的矛頭引向了別處。然而，我確切地知道，這樁婚事的真相至今也還沒有完整地呈現在公眾眼前，與此同時，我朋友歇洛克·福爾摩斯又為解決此中糾紛貢獻了巨大的力量，因此我覺得，如果不對這段非同一般的軼事來一番簡短的敘寫，關於他事跡的記載就難免有所闕漏。

事情發生在我還和福爾摩斯一起住在貝克街的時候，距離我自個兒的婚事只有短短幾週的時間。那天下午，福爾摩斯出去閒逛，回來就發現桌上有一封信在等着他。我呢，一整天都沒有出門，原因是天降驟雨、秋風肆虐，我從阿富汗戰場帶回來的紀念品，也就是殘留在我肢體裏的那粒捷澤爾槍彈 *，又開始隱隱作痛、無休無止。我把自個兒安置在一把安樂椅上，雙腿伸進另一把安樂椅，又在身邊擺上一大堆報紙，到最後，腦子裏就裝滿了當天的新

---

* 　這篇故事首次發表於 1892 年 4 月；作者此處沒有指明槍彈具體是在哪一肢，在《暗紅習作》當中，這粒槍彈在肩上，在《四簽名》當中則是在腿上；捷澤爾 (Jezail) 是過去印度和中亞地區常用的一種火槍。

聞。於是我把所有報紙掃到一旁，無精打采地躺在那裏，看着桌上那封給福爾摩斯的信，看着信封上那些碩大的飾章和花押*，有一搭沒一搭地暗自尋思，給我朋友寫信的會是哪位貴族。

「喏，這兒有一封非常氣派的書簡，」他一進門我就告訴他。「可是，我沒記錯的話，你早上收來的信件可不大一樣啊，一封來自一名魚販，另一封則來自一名海關關員。」

「是啊，我收到的信件確實具有品種豐富的迷人特色，」他笑着回答道，「一般說來，信件越是寒酸，也就越有意思。這一封嘛，看着倒像是那種不受歡迎的社交傳票，你要是去了的話，要麼是被別人煩死，要麼就得滿嘴瞎話。」

他拆開信封，瀏覽了一下信的內容。

「噢，我說，歸根結底，這封信沒準兒還挺有趣的呢。」

「跟社交沒有關係，對吧？」

「沒有，顯然是業務上的事情。」

「主顧是貴族嘍？」

「英格蘭數一數二的貴族。」

「親愛的伙計，那我可要恭喜你啦。」

「我這可不是裝樣子，華生，我可以跟你保證，對我來說，主顧的身份地位並不重要，重要的是案子是否有趣。話說回來，這件新案子興許不無趣味。你最近讀報讀得很用功，對不對？」

---

* 　飾章 (crest) 是通常出現在盾形紋章上方的附帶裝飾；花押 (Monogram) 是通常由主人姓名首字母構成的一種用作標記的圖案。

「看樣子是對的，」我滿腹怨言地指了指角落裏的一大堆報紙。「我沒有別的事情可做啊。」

「這是件好事，因為你多半可以給我一些最新的消息。報上的其他東西我一概不讀，閱讀範圍只限於罪案報道和私人啟事欄，後一樣東西總是讓人受益匪淺。好了，你既然對最近的事件如此關注，肯定讀到過聖西蒙勳爵，讀到過他的婚禮吧？」

「噢，當然，我對這事情的興趣大極了。」

「很好。我手裏這封信就是聖西蒙勳爵寫來的。我這就把信念給你聽，作為回報，你得幫我翻翻那些報紙，把相關的報道通通找出來。他信裏是這麼說的：

歇洛克·福爾摩斯先生台鑑：

據巴克沃特勳爵所言，尊駕之慎思明辨足可仰賴無疑。故此我決意登門討教，所詢之事至為苦痛，且與我本人婚禮有所干涉。蘇格蘭場雷斯垂德先生業已介入此事，該先生並已明言，尊駕之參與不唯無所妨礙，甚或有所助益。今日午後四時，我當上門拜訪。此事關係重大，尊駕倘已有約在先，萬望暫且推遲。

此啟，

聖西蒙

「信是用鵝毛筆寫的，留的地址是格羅斯夫納公館，還有啊，咱們這位尊貴的勳爵運氣不好，右手小指的外側沾上了一滴墨水，」福爾摩斯一邊說，一邊把信疊了起來。

「他說四點鐘來，現在已經三點了，也就是說，他一個小時之內就會到。」

「這樣的話，有了你的幫助，我剛好來得及把這道題目的含義搞清楚。你翻一翻那些報紙，把相關的報導按時間順序排好，我先來掃一眼，咱們這位主顧到底是何方神聖。」說完之後，他從壁爐台旁邊的一排參考書當中抽出了一本紅色封面的卷帙 *。「我找到他了，」他坐了下來，把書攤在了自己的膝蓋上。「羅伯特・瓦辛厄姆・德・維爾・聖西蒙勳爵，巴爾莫拉公爵的次子。嗬！家族紋章：天藍底色，圖案是上方三枚鐵蒺藜，中間一條黑色的帶子。生於一八四六年，現年四十一歲，這個年紀結婚可真是成熟極了。曾在往屆政府當中擔任殖民地事務副大臣，他那位公爵父親則一度擔任外交大臣。他們是普蘭塔日奈家族的直系後裔，母親一方又有都鐸王室的血統 †。哈！好了，這些東西可沒有甚麼啟發性。依我看，華生，要想弄到更加實在的材料，我只能指望你了哦。」

「我需要的東西一點兒也不難找，」我說道，「因為這都是最近的事情，而且給我留下了很深的印象。之前我不敢跟你說這些事情，是因為我知道你手頭有案子，不樂意受其他事情的打擾。」

「哦，你說的是關於格羅斯夫納廣場傢具搬運車的那

---

* 「紅色封面的卷帙」應該是指《德布雷特英國貴族年鑑》(*Debrett's Peerage*) 之類的參考書籍。

† 普蘭塔日奈 (Plantagenet) 是英國歷史上金雀花王朝 (1154–1485) 歷代君主的家族姓氏；都鐸王朝 (Tudor) 是 1485 至 1603 年間統治英國的王朝。

件小案子吧。那件案子基本上算是已經了結了——說實在的，案情從一開始就非常明顯。好啦，麻煩你把你選編報紙的成果告訴我吧。」

「唔，這篇是我能找到的最早的報道，出現的地方是《晨郵報》的名人軼事專欄，日期嘛，你瞧，已經在好幾週以前了。報道是這麼說的：

> 傳言倘若不虛，巴爾莫拉公爵次子羅伯特·聖西蒙勳爵已與美國加州舊金山阿洛伊修斯·多蘭先生獨女哈蒂·多蘭小姐喜訂鴛盟，佳期在即。

「這篇報道就這麼多。」

「真是簡明扼要啊，」福爾摩斯說道，把細長的雙腿伸到了壁爐跟前。

「同一週，還有一份社交圈裏的報紙對這件事情進行了比較詳細的報道。唔，就是這個：

> 婚姻市場不久將有保護呼聲，皆因現行之自由貿易法則似已令本土產品損失慘重。大不列顛之名門巨室前仆後繼，家政次第落入大西洋彼岸姣好表親之掌握*。此輩入侵佳麗於本土多有斬獲，復於上週將巨獎一項攬入懷中。聖西蒙勳爵堅拒愛神之箭已逾廿年，今則斷然宣佈，將於近日與加州某巨富之絕色千金哈蒂·多蘭小姐喜結連理。多蘭小姐身姿宛妙，貌美驚人，前此已在韋斯特伯里宅邸歡宴之中傾倒眾

---

* 維多利亞時代晚期，英國貴族紛紛與美國富豪聯姻的事實確曾引發廣泛關注，顯例即是倫道夫·丘吉爾勳爵 (Lord Randolph Churchill) 與美國富翁之女詹妮·傑羅姆 (Jennie Jerome) 的婚姻，他倆於 1874 年結婚，長子就是英國的戰時首相溫斯頓·丘吉爾。

人。貌美之外，多蘭小姐更為富室獨女，嫁妝據云遠超十萬之數，嗣後尚有其他進項。盡人皆知，巴爾莫拉公爵近年已須變賣藏畫以補家計，聖西蒙勳爵名下亦是產業無多，僅於伯奇莫爾保有窄小田莊一處。以此觀之，該加州女繼承人雖可借由此次聯姻實現時下通行之輕鬆轉變，自合眾國平民女子躋身英國貴族行列，事亦顯然，由此受益者絕非彼姝一人。

「還有別的嗎？」福爾摩斯打着哈欠問道。

「噢，有的，多的是。好了，《晨郵報》上的另一則簡訊說，婚禮一切從簡，地點定在漢諾威廣場的聖喬治教堂，只請了六、七位至交好友。婚禮結束之後，眾人就會返回蘭開斯特大門住宅區*的新裝房屋，那是阿洛伊修斯・多蘭先生置下的產業。兩天之後，也就是說本週三，報上又登了一條簡短的公告，說的是婚禮已經完成，兩位新人準備到巴克沃特勳爵的莊園去度蜜月，具體地點是在彼得斯菲爾德附近。新娘失蹤之前，相關的報道就是這些了。」

「甚麼之前？」福爾摩斯問道，吃了一驚。

「那位女士失蹤之前。」

「甚麼時候失蹤的呢？」

「就是在婚宴當中失蹤的。」

「真的啊，這案子比乍一看的時候有意思了，實際上，我得說它相當富於戲劇性。」

---

* 蘭開斯特大門住宅區 (Lancaster Gate) 是當時倫敦的一處上流住宅區，今日猶然，名字來自附近一座公園的大門。

「是啊，當時我就覺得，這事情有點兒不一般。」

「她們經常都會在婚禮之前失蹤，偶爾也會在蜜月期間這麼幹，可我還真是想不起來，有誰的動作像她這麼乾脆。麻煩你，給我講講詳情吧。」

「我得先提醒你一下，事情的經過很不完整。」

「說不定，咱們可以讓它變得完整一些。」

「雖然不完整，昨天還是有一家晨報進行了專文報道，我這就念給你聽。文章的標題是，『上流婚禮驚現離奇變故』：

羅伯特・聖西蒙勳爵之婚禮突生令人痛惜之離奇變故，勳爵家人因之至為震恐。婚禮確如昨日報章簡訊所言，已於前日晨間舉行。然則時至如今，本報乃得確證，綿延不絕於坊間之奇異傳言實有其事。勳爵親友雖極力遮掩，此事究已引發廣泛關注、播於眾人之口，即欲假作不知，亦屬於事無補。

婚禮地點為漢諾威廣場聖喬治教堂，儀式極為簡樸，列席人士唯有新娘之父阿洛伊修斯・多蘭先生、巴爾莫拉公爵夫人、巴克沃特勳爵、尤斯坦斯勳爵與克拉拉・聖西蒙夫人（此二人為新郎弟妹），以及阿麗西亞・惠廷頓夫人。禮成之後，眾人隨即前往蘭開斯特大門街區阿洛伊修斯・多蘭先生宅邸，喜宴已於該處備辦。其間似有小小波折，肇事者為姓名迄未確證之女子一名，該女子自稱曾受聖西蒙勳爵虧負，意欲跟隨列席眾人闖入宅邸。令人嘆惋之難堪局面持續多時，該女子方由管家及男僕合力驅出。所幸新娘已先

行入室，未及目睹此節不歡插曲。新娘與眾人席間就座之後，忽告身體欠安，即便回房。眾人久候新娘不出，嘖有煩言。新娘之父入房探看，遂自女僕口中獲知新娘雖曾上樓回房，少刻即已匆匆返回樓下過道，此前唯於房中着上烏爾斯特大衣一件及軟帽一頂。男僕之一聲言曾見此等衣着之女子一名離開宅邸，當時以為女主尚與眾人同席，故此未能揣知此人身份。既已斷定嬌女失蹤，阿洛伊修斯·多蘭先生乃偕新郎即刻與警方取得聯絡。警方調查雷厲風行，可望迅速廓清此一離奇事件。所可怪者，截至昨日深宵，失蹤女士之下落尚無任何頭緒。傳言稱此事牽涉罪案，另有消息稱，警方業已拘捕此前啟釁之肇事女子，以該女子或因妒忌之類情由而與新娘之離奇失蹤有所牽連。

「就這些了嗎？」

「只剩下另一家晨報刊登的一則簡訊了，不過，這則簡訊倒是滿有啟發性的。」

「簡訊說的是——」

「製造事端的是弗洛拉·米勒小姐，確實已經遭到了警方的拘捕。她以前似乎是阿勒格羅劇院的芭蕾舞演員，與新郎相識已有多年。好啦，更多的細節也沒有了，就見諸公開報道的材料而言，你已經不折不扣地看到了整件案子。」

「而且，我看到的還是一件特別有趣的案子，無論如何也不能錯過。你聽，華生，門鈴響了，既然時鐘顯示四點已經過了幾分，毫無疑問，來的就是咱們那位尊貴的主

顧。你可別想着躲開，華生，因為我非常希望能有人給我作個見證，哪怕只是讓我自個兒的記憶多個參照也好啊。」

「羅伯特·聖西蒙勳爵到，」我們的小聽差推開房門，通報了一聲。一位紳士走了進來，長着一張文雅悅目的面孔，高鼻梁，臉色蒼白，嘴巴似乎帶着一點兒慍意，大睜着的眼睛一瞬不瞬，表明他生來幸運，始終居於發號施令、令出必行的地位。他的動作輕快敏捷，整個兒的外表卻給人一種未老先衰的印象，因為他走路的時候背有點兒駝，膝蓋有點兒打彎，等他摘掉那頂帽簷兒高翹的帽子之後，露出來的頭髮也是四圍斑白、頂上則稀稀拉拉。與此同時，他一身的打扮講究到了接近矯飾的地步，高硬領、黑禮服、白馬甲、黃手套、漆皮鞋子，再加一副淺色的鞋套。他慢慢地往房間裏走，腦袋從左向右轉了一圈兒，帶鏈子的金絲眼鏡吊在他的右手上，不停地甩來甩去。

「下午好，聖西蒙勳爵，」福爾摩斯說道，站起身來鞠了個躬。「您坐那把藤椅好了。這位是我的朋友兼同事，華生醫生。您不妨往壁爐邊上挪一挪，咱們來好好談談這件事情。」

「您應該不難想像，福爾摩斯先生，這件事情讓我非常痛苦，可以說是痛徹骨髓。我聽說，先生，這一類的敏感案子您以前也辦過幾件，不過據我看，那些案子應該不是來自同樣的社會階層吧。」

「確實不是，案子的社會階層越來越低了。」

「抱歉，我沒聽明白。」

「就這一類的案子來說，我的上一位主顧是個國王。」

「噢，是嗎！這我還真不知道。哪一位國王呢？」

「斯堪的納維亞國王。」

「甚麼！他的妻子也不見了嗎？」

「您得明白，」福爾摩斯和顏悅色地說道，「我得為我其他的主顧保守秘密，就跟為您保密一樣。」

「當然！完全正確！完全正確！剛才的問話請您多多擔待。說到我自己的案子嘛，只要能幫助您得出結論，我甚麼都可以告訴您。」

「謝謝您。我已經掌握了見諸公開報道的所有情況，其他就沒有了。據我看，相關的報道，比如說這篇敍述新娘失蹤的文章，應該是屬實的吧。」

聖西蒙勳爵掃了一眼那篇文章。「是的，報道裏的事情完全屬實。」

「可是，報道裏的事情還需要很多補充，要不然，誰也得不出甚麼結論。我覺得，要了解相關的情況，最直接的辦法就是問您。」

「您儘管問。」

「您第一次遇見哈蒂·多蘭小姐是甚麼時候？」

「一年之前，在舊金山。」

「當時您是在美國旅行嗎？」

「是的。」

「當時你們就訂婚了嗎？」

「沒有。」

「不過，當時你們就走得很近了吧？」

「我喜歡跟她來往，她也看得出我喜歡。」

「她的父親非常富有嗎？」

「據說是太平洋坡地＊的首富。」

「他的財富是怎麼來的呢？」

「開礦。幾年前他還是一無所有，可他幸運地找到了金礦，然後投資開採，一下子就暴發了。」

「好了，按您自個兒的印象，這位年輕的女士，也就是您的妻子，是個甚麼樣的人呢？」

這位貴族手裏的眼鏡甩得快了那麼一點點，目光耷拉下去，注視着壁爐裏的火焰。「您知道嗎，福爾摩斯先生，」他說道，「父親變成富翁的時候，我妻子已經二十歲了。二十年當中，她一直都在礦區小鎮裏到處亂跑，在森林和大山之中到處遊蕩，所以呢，她的教育來自大自然，而不是學校的老師。她是我們英格蘭人所說的那種假小子，個性很強，自由奔放，不受任何傳統的約束。她性子很急，要我看，說是狂躁也可以。她拿主意拿得非常快，拿定主意就會去做，天不怕地不怕。話說回來，我本來是不會把我有幸承繼的這個姓氏給她的」──他煞有介事地輕輕咳了一聲──「可我轉念又想，從骨子裏說，她終歸還是一個高貴的女人。我敢說，她具有英雄一般的自我犧牲精神，任何有失體面的事情都跟她沾不上邊。」

「您有她的相片嗎？」

「我身上帶着這個。」他打開一個鏈墜小盒給我們看，裏面是一幀正面頭像，頭像的主人是一位十分美麗的

＊　太平洋坡地 (Pacific slope) 是指南北美洲從大陸分水嶺到太平洋岸之間的區域，用於美國則是指從落基山脈到太平洋岸之間的區域。

女子。頭像並不是相片，而是一件小小的牙雕，她烏黑光亮的頭髮、大大的黑色雙眸和線條精緻的嘴唇在藝術家的刻刀之下得到了淋漓盡致的展現。福爾摩斯仔仔細細地看了好一會兒，然後才合上蓋子，把盒子還給了聖西蒙勳爵。

「如此說來，那之後，這位年輕的女士來了倫敦，你們又重新有了交往，對吧？」

「是的，她父親帶她到倫敦來參加前面的這個社交季*。我跟她見了幾次面，後來就訂了婚，現在又跟她結了婚。」

「我聽說她帶來了相當可觀的嫁妝，對嗎？」

「嫁妝還算豐厚，不過也沒有超出我們家族的通常水平。」

「當然嘍，既然你們的婚姻已經是既成的事實，這筆嫁妝無論如何都會屬於您，對吧？」

「我真的沒去過問這件事情。」

「沒去過問也很自然。婚禮之前的那一天，您見過多蘭小姐嗎？」

「見過。」

「她的精神狀態好嗎？」

「比以前哪個時候都要好。她不停地跟我說，我倆將來的生活應該怎麼安排。」

---

* 社交季起源於 18 世紀的倫敦上流社會，是上流人士集中進行社交活動和戶外活動的時節。按照《德布雷特英國貴族年鑑》的說法，倫敦的社交季由英國王室在倫敦居留的時間確定，為每年的四月到七月以及十月到聖誕節。

「真的啊！這就有意思了。婚禮當天的上午呢？」

「她的精神好得不能再好，最低限度，在婚禮完成之前可以這麼說。」

「婚禮完成之後，您發現她有甚麼變化嗎？」

「呃，說實話，就是在那個時候，我看到了一些跡象，這才頭一次意識到，她性子有那麼一點兒急躁。可是，致使她發生變化的事情小之又小，根本不值得一提，更不可能跟這件案子產生任何關係。」

「別管多麼小，您還是講給我們聽聽吧。」

「唉，她那時簡直是在犯小孩子脾氣。我們往正堂旁邊的小屋裏走的時候，她手裏的花束突然掉了。當時她剛好走在正堂裏最前面的那排椅子旁邊，花束也就掉到了椅子上。中間雖然有一點兒小小的耽擱，可椅子上的那位先生很快就把花束還給了她，花束看起來也是完好無損。可是，等我跟她提起這件事情的時候，她回答的口氣卻顯得相當生硬。我們坐馬車回家的路上，她仍然在為這件芝麻大的事情苦惱不已，簡直是荒唐透頂。」

「真的啊！您剛才說，椅子上有位先生。如此說來，在場的還有一些跟婚禮沒關係的人嘍？」

「哦，是的，教堂的門既然開着，不可能不讓他們進來。」

「那位先生肯定不是您妻子的朋友嗎？」

「不，不是。我稱他先生不過是客氣而已，他的外表其實非常普通，我幾乎沒留意到他長甚麼模樣。不過，我真的覺得，咱們跑題跑得有點兒太遠了。」

「這麼說的話，參加完婚禮回家的時候，聖西蒙夫人的心情沒有去參加婚禮的時候那麼好了。再次走進她父親的房子的時候，她做了些甚麼呢？」

「我看見她跟她的女僕聊了幾句。」

「她的女僕是誰呢？」

「女僕名叫愛麗斯，是個美國人，跟她一起從加州來的。」

「她的心腹僕人？」

「都心腹得有點兒過頭了。按我看，女主人對她十分縱容。當然，美國那邊的人看待這些事情的方法跟我們不太一樣。」

「她跟這個愛麗斯聊了多久呢？」

「哦，大概是幾分鐘吧。當時我正在操心別的事情。」

「您沒有碰巧聽見她們在聊甚麼嗎？」

「聖西蒙夫人說了句甚麼，『霸佔人家的田地』。她老是喜歡用這一類的俚語，我完全不知道她這話是甚麼含義。」

「有些時候，美國俚語的含義還是挺豐富的。跟女僕聊完之後，您妻子又做了些甚麼呢？」

「她走進了擺喜宴的那個房間。」

「跟您手挽手嗎？」

「不是，她自個兒進去的。在這一類的小事情上，她向來都是我行我素。大家一起坐了約摸十分鐘之後，她急匆匆地站了起來，含含糊糊地賠了幾句不是，然後就離開了房間，再也沒有回來。」

「不過，據我所知，這個名叫愛麗斯的女僕作證說她回了自己的房間，用一件烏爾斯特長大衣罩住自己的新娘禮服，又戴上一頂軟帽，然後才出了門。」

「的確如此。後來，有人看見她跟弗洛拉·米勒一起走進了海德公園，米勒就是當天上午在多蘭先生的宅子裏鬧事的那個女人，眼下已經被抓了起來。」

「噢，沒錯。關於這位年輕女士，還有您和她的關係，我倒想了解得詳細一點兒。」

聖西蒙勳爵聳了聳肩，跟着又挑了挑眉毛。「前幾年，我跟她交情不錯——這麼說吧，交情**非常**不錯。她以前是在阿勒格羅劇院跳舞的。我對她不能說是不慷慨，並沒有給她甚麼抱怨的理由，可您也知道，福爾摩斯先生，女人就是這個樣子。弗洛拉是個非常可愛的小東西，只可惜頭腦太過衝動，對我也太過死心塌地。聽說我將要結婚，她就寫了一些可怕的信件給我，說實話，我的婚禮之所以辦得這麼冷清，就是因為擔心教堂裏會有笑話看。我們剛剛回到多蘭先生的宅子裏，她就跑了過來，拼命地想要往裏闖，嘴裏說着一些對我妻子非常無禮的話，甚至還威脅要傷害她。幸虧我估計到了會有這樣的事情，預先在那裏佈置了兩個穿便衣的警察伙計，他倆很快就把她推了出去。她發現鬧下去也沒有甚麼好處，這才消停了下來。」

「您妻子聽見這些吵鬧了嗎？」

「沒有，謝天謝地，她沒有聽見。」

「可是，後來卻有人看見她跟這個女人走在一起，對嗎？」

「是的。就是因為這件事情，蘇格蘭場的雷斯垂德先生才把局面看得無比嚴重。按他的看法，弗洛拉把我妻子騙了出去，還設了某種可怕的陷阱來對付她。」

「呃，這種假設也是有可能的。」

「您也這麼想嗎？」

「我只是說有可能，並沒有說很有可能。您自個兒就不覺得這事情有可能嗎？」

「我覺得，弗洛拉連隻蒼蠅都不忍心傷害。」

「話雖然這麼說，妒忌卻是一種可以改變性格的古怪東西。麻煩您說一說，按您自己的解釋，到底發生了甚麼事情呢？」

「呃，說實在的，我來這裏是為了尋找解釋，並不是為了提出解釋。還有啊，所有的事實我都已經告訴了您。不過，既然您這麼問嘛，那我的解釋就是，很有可能，我妻子一方面是讓這樁婚事弄得激動萬分，一方面又意識到自己的社會地位發生了一步登天的變化，所以就產生了一點點精神方面的困擾。」

「一句話，就是她突然之間發了神經，對嗎？」

「呃，說真的，想到她這麼扔下，我的意思不是扔下我，而是扔下許多人求之不得的這麼多東西，我實在找不出甚麼別的解釋。」

「哦，當然，您這種解釋也是有可能的，」福爾摩斯笑着說道。「好了，聖西蒙勳爵，我覺得我要的材料已經差不多齊了。我只想問一問，你們坐在吃喜宴的桌子周圍的時候，能夠看到窗子外面的景象嗎？」

「我們可以看到馬路對面，還可以看到海德公園。」

「我想也是。這樣的話，依我看，我就不用再耽擱您的時間了。我回頭會跟您聯繫的。」

「但願您有足夠的運氣來解決這個問題，」我們的主顧一邊說，一邊站起身來。

「我已經解決了。」

「哦？您剛才說甚麼？」

「我說我已經解決了。」

「那麼，我妻子在哪裏？」

「那不過是個小小的細節，我很快就能提供給您。」

聖西蒙勳爵搖起了腦袋。「依我看，要提供這個細節，恐怕需要一些比你我更為聰明的腦袋才行。」說完這句話，他鄭重其事地鞠了個老式的躬，然後就離開了。

「聖西蒙勳爵居然把我的腦袋跟他自己的相提並論，真是讓我受寵若驚，」歇洛克·福爾摩斯笑道。「來來回回地盤問了這麼久，我看我應該來一杯威士忌加蘇打水，再抽上一支雪茄。實際上，咱們的主顧還沒有踏進這間屋子，這案子我就已經有了結論。」

「親愛的福爾摩斯！」

「我手頭有幾件類似案子的記錄，當然嘍，剛才我也說了，其中還沒有哪件辦得像眼下這件這麼乾脆。所以呢，剛才的盤問不過是讓我已有的推測得到了確證而已。偶然的情形之下，間接證據也是很有說服力的，比如說，借用梭羅舉的那個例子，當你在牛奶當中發現鱒魚的時候 *。」

---

* 梭羅 (Henry David Thoreau, 1817–1862) 為美國作家，以《瓦爾

「可是，你聽説的事情，我也都聽説了啊。」

「可你沒聽説過先前的那些例子，就是那些例子幫了我的大忙。若干年之前，阿伯丁出過一件同樣的案子，普法戰爭之後的那一年＊，慕尼黑也出過一件大同小異的事情。正是其中的一個案例——等等，喂，甚麼風把雷斯垂德給颳來了！下午好，雷斯垂德！你瞧，食櫥上還有隻杯子，雪茄就在那個盒子裏。」

這位官方探員穿着一件水手們經常穿的雙排扣粗呢短大衣，脖子上繫着領巾，十足的一副海員模樣。除此之外，他手裏還拎着一個黑色的帆布口袋。寒暄幾句之後，他自個兒找地方坐了下來，點起了福爾摩斯遞給他的雪茄。

「我説，你找我有甚麼事情呢？」福爾摩斯問道，眨巴了一下眼睛。「看樣子，你好像不太高興啊。」

「我確實不太高興。我來是為了這件該死的聖西蒙婚事案，它叫我完全摸不着頭腦。」

「是嗎！這我可真沒想到。」

「誰聽説過這麼混亂的事情呢？所有的線索似乎都從我的指縫裏溜了出去。我一整天都在為這件案子忙乎。」

「看樣子，這案子還往你身上澆了不少涼水呢，」福爾摩斯一邊説，一邊把手搭在了他那件粗呢大衣的袖子上。

<hr />

登湖》(*Walden*, 1854) 聞名於世。他身後出版的文集《遠足》(*Excursions*, 1863) 收錄了同為美國作家的好友愛默生 (Ralph Waldo Emerson, 1803–1882) 為他寫的一篇《生平速寫》(*Biographical Sketch*)，其中提到梭羅的未發表手稿當中有這麼一句話：「有時候，間接證據也可以非常有力，比如說，當你在牛奶當中發現鱒魚的時候。」(這句戲謔的妙語意在諷刺牛奶摻水。)

＊　即 1872 年。

「是啊,我一直都在九曲湖*裏撈東西。」

「我的老天,撈甚麼呢?」

「撈聖西蒙夫人的屍體唄。」

歇洛克·福爾摩斯仰到椅子背上,縱聲大笑起來。

「你沒到特拉法爾加廣場†的噴泉池子裏去撈一撈嗎?」他問道。

「為甚麼?你這話甚麼意思?」

「你要找這位夫人的話,這地方的成功機率跟那個地方一樣大。」

雷斯垂德怒衝衝地瞪了我室友一眼。「瞧瞧,就跟你甚麼都知道似的,」他吼了一嗓子。

「呃,我剛剛才聽說案子的情況,只不過,我已經有了結論。」

「噢,是嗎!這麼說,你認為九曲湖跟這件案子沒有關係,對嗎?」

「照我看,多半不會有甚麼關係。」

「那你不妨行行好,幫我解釋一下,我們為甚麼會在湖裏找到這些東西?」他一邊說,一邊打開他那個帆布口袋,把一件波紋綢的婚紗、一雙白色的緞面鞋子和一個帶紗冪的新娘花冠抖在了地板上,所有東西都被水泡得變了顏色。「這兒,」他說道,又把一個嶄新的結婚戒指擺到

---

* 九曲湖 (Serpentine) 是倫敦海德公園裏的一個湖,因形狀蜿蜒如蛇而得名。《波希米亞醜聞》當中那條虛構的九曲湖街由此得名。

† 特拉法爾加廣場 (Trafalgar Square) 是倫敦市中心的一個著名廣場,名字是為了紀念英國海軍於 1805 年在西班牙附近的特拉法爾加角大敗西班牙、法國聯合艦隊的戰役,廣場上有噴泉池子。

了那堆東西的最上面。「這兒有一個小小的難題，麻煩您給解答一下，福爾摩斯大師。」

「噢，是嗎！」我朋友說道，往空中噴了幾個煙圈。「這些都是你從九曲湖裏撈上來的？」

「不是。這些東西就在岸邊漂着，是一個公園管理員發現的。經過辨認，這些衣物的確是她的，所以我覺得，衣物既然在那裏，屍體多半也在附近。」

「按照你這種天才演繹，所有人的屍體都應該出現在自個兒的衣櫃附近。麻煩你告訴我，你搞這些名堂，究竟想得到甚麼結果呢？」

「想得到一些證據，證明弗洛拉·米勒跟她的失蹤有關係。」

「我擔心，你這個願望恐怕很難實現。」

「是嗎，真的嗎，你擔心嗎？」雷斯垂德叫道，語氣多少有點兒刻薄。「我倒是擔心，福爾摩斯，你可能把你的那些演繹和推理看得太高了一點兒。不過是兩分鐘的時間，你就犯了兩個大錯。這件婚紗確實可以證明，弗洛拉·米勒小姐跟她的失蹤有關係。」

「怎麼證明的呢？」

「婚紗有個口袋，口袋裏有個裝卡片的盒子，盒子裏還有張字條。喏，這就是那張字條。」他把字條重重地拍在了面前的桌子上。「聽聽這個：

> 一切安排好了之後，你就會看見我。看見我就立刻出來。
>
> F.H.M.

「好了，我從一開始就斷定，聖西蒙夫人是被弗洛拉‧米勒騙出去的，同時還斷定，這個弗洛拉‧米勒，毫無疑問還有她的同伙，得對夫人的失蹤負責。你瞧，這張字條上署着她的姓名縮寫 *，毫無疑問，她從門口把字條偷偷塞到了夫人手裏，靠它把夫人騙進了他們的陷阱。」

「幹得好，雷斯垂德，」福爾摩斯笑着說道。「你真的非常出色。讓我來瞧瞧好了。」他心不在焉地拿起了那張字條，轉眼之間卻變得全神貫注，還輕輕地歡呼了一聲。「這張字條確實非常重要，」他說道。

「哈！你也發現它重要啦？」

「重要極了。我向你表示熱烈的祝賀。」

凱歌高奏的雷斯垂德站起身來，低頭看了一眼。

「怎麼回事，」他尖叫起來，「你看的是反面啊！」

「恰恰相反，這才是正面。」

「正面？你瘋了吧！鉛筆寫的字句明明在另一面。」

「可是，這一面似乎是一張殘缺的酒店賬單，這個我特別感興趣。」

「賬單上甚麼也沒有，我已經看過了，」雷斯垂德說道。

１０月４日，房費８先令，早餐２先令６便士，雞尾酒１先令，午餐２先令６便士，雪利酒一杯，８便士。

「我看不出這裏邊兒有甚麼奧妙。」

「多半是沒甚麼奧妙，不過，它還是非常重要。至於另一面的字句嘛，也可以算得上重要，至少那個首字母縮

---

* 弗洛拉‧米勒的英文是「Flora Millar」。

寫可以算，所以呢，我再一次向你表示祝賀。」

「我時間浪費得夠多的了，」雷斯垂德一邊說，一邊站了起來。「我相信勤奮的工作，不相信坐在壁爐旁邊編織出來的神奇理論。再見，福爾摩斯先生，咱倆可以走着瞧，看誰先把這個問題弄個水落石出。」他收攏那些衣物，把它們塞進口袋，舉步走向門口。

「給你點兒提示吧，雷斯垂德，」趕在對手消失之前，福爾摩斯長聲夭夭地說道，「我要告訴你的是這個問題的真正答案。聖西蒙夫人是個傳奇式的人物，像她這樣的人現在沒有，以前也不曾有過。」

雷斯垂德悲天憫人地看了看我的室友，轉過頭來對着我，用指頭連敲三下自己的額頭，然後就神色肅穆地搖了搖腦袋，急匆匆地離去了。

他剛剛帶上房門，福爾摩斯就站起身來，開始穿自己的外套。「這傢伙關於戶外工作的說法也有一定的道理，」他說道，「所以我覺得，華生，我得失陪一下，你自個兒看會兒報紙吧。」

歇洛克·福爾摩斯是五點多的時候撇下我出門的，可我並沒有甚麼時間去感受孤獨，因為他走了還不到一個小時，一家點心店就派人送來了一個特大號的扁盒子。來人還帶了個年輕的助手，兩人一起拆開了盒子。叫我萬分驚訝的是，沒一會兒工夫，一頓相當奢侈的小小冷餐就開始在我們那張寒酸的公寓餐桌上次第排開，其中包括兩對冷拼山鷸、一隻野雞、一塊鵝肝餅以及幾瓶塵封已久的陳

釀。放下這些珍饈美酒之後，兩名訪客就像《一千零一夜》裏的精靈一樣消失得無影無蹤，停留期間也沒有進行任何解釋，只是説東西已經有人付了賬，送貨地址就是我們這裏。

剛剛要到九點的時候，歇洛克·福爾摩斯步履輕快地走進了房間。他面容雖然嚴肅，眼睛裏卻閃着一點亮光，我由此知道，這一趟的收穫並沒有令他失望。

「這麼説，他們已經把晚餐擺上了哩，」他摩拳擦掌地説道。

「你請了客人吧，他們擺的可是五個人的餐具。」

「是啊，我覺得，咱們應該會有客人上門，」他説道。「我倒是奇怪，聖西蒙勳爵為甚麼現在還沒到。哈！我覺得我已經聽見了，眼下他正在上樓呢。」

匆匆走進房間的確實是下午來過的那位訪客，他那張貴氣十足的面孔顯得十分不安，手裏那副眼鏡也晃動得空前猛烈。

「這麼説，我的信差找到您了？」福爾摩斯問道。

「是的，坦白説吧，信裏的事情讓我吃驚得沒法形容。您説的那些東西都有充分的依據嗎？」

「再充分不過了。」

聖西蒙勳爵頹然坐進一把椅子，一隻手捂住了額頭。

「聽到自己家的人承受了如此巨大的羞辱，」他喃喃説道，「公爵會怎麼説呢？」

「僅僅是一場意外而已，要説這當中存在甚麼羞辱，我可不能同意。」

「是嗎，您看這些問題的角度確實跟我們不同。」

「我看不出有誰應該受到指責，也看不出這位女士還有甚麼別的選擇，當然嘍，她實施這種選擇的方法相當生硬，無疑是件令人遺憾的事情。可她沒有母親，自然也就沒有人來教她，這樣的危機該如何應對。」

「這是一種蔑視，先生，一種當眾挑明的蔑視，」聖西蒙勳爵一邊說，一邊用手指敲打桌子。

「您一定得對這位可憐的姑娘多多包涵，她的處境確實是前所未見。」

「這我可包涵不了。我的的確確非常憤怒，還有，我遭受的侮弄確實非常可恥。」

「剛才我好像聽到了門鈴聲，」福爾摩斯說道。「沒錯，腳步聲已經到了樓梯口。我可能沒法說服您對這件事情採取一種寬容的看法，聖西蒙勳爵，可我已經叫來了一名說客，這名說客興許能勝我一籌。」說到這裏，他打開房門，把一位女士和一位先生讓了進來。「聖西蒙勳爵，」他說道，「容我向您介紹弗朗西斯·海伊·莫爾頓先生及太太*。莫爾頓太太嘛，我覺得，您以前已經見過了。」

看到這兩個新來的客人，我們的主顧從椅子上一躍而起，身子挺得筆直，眼睛看着地面，一隻手插進禮服大衣的前襟，活脫脫是一副尊嚴遭受巨大傷害的模樣。女士已經疾步走了過來，把手伸到了他的面前，可他仍然不肯抬起眼睛。不抬眼睛也好，興許有助於讓他保持堅定，因為

---

*　弗朗西斯·海伊·莫爾頓的英文是「Francis Hay Moulton」，縮寫是「F.H.M.」。

她那張哀懇的臉龐楚楚可憐，委實讓人難以抗拒。

「你生氣啦，羅伯特，」她說道。「唉，要我說，你確實有一萬個理由生氣。」

「麻煩你，別跟我道甚麼歉，」聖西蒙勳爵的語氣充滿辛酸。

「噢，真的，我知道我對你實在是太壞了，也知道我應該跟你說一聲再走。可我當時慌張極了，還有啊，從我在這邊看到弗蘭克*的那一刻開始，我就不知道自己在做甚麼，也不知道自己在說甚麼了。從聖壇跟前走過的時候，我竟然沒有摔倒在地，也沒有當場暈倒，連我自己都覺得奇怪呢。」

「要不，莫爾頓太太，我和我朋友先迴避一下，您在這兒慢慢解釋這件事情，好嗎？」

「要讓我說的話，」陌生的先生說道，「在這件事情上，咱倆的保密工作已經做得有點兒過頭了。從我這方面來講，我倒願意讓整個歐洲和整個美國都來聽聽事情的原委。」這個人瘦小結實，皮膚曬得黝黑，鬍子剃得乾乾淨淨，面相精明，神態也顯得十分機警。

「那我現在就把我倆的故事講出來，」女士說道。「我和弗蘭克是一八八四年在落基山附近的麥奎爾礦場認識的，我爸爸當時在那裏開礦。我們訂了婚，我和弗蘭克兩個。可是，後來有一天，父親撞上了一個富礦，掙了一大堆錢，可憐的弗蘭克呢，礦越採越少，啥也沒賺着。爸爸越來越富，弗蘭克越來越窮，到最後，爸爸就死活不

---

* 弗蘭克 (Frank) 是弗朗西斯的暱稱。

樂意讓我倆的婚約繼續下去了，還把我帶到了舊金山。可是啊，弗蘭克不肯放手，不光跟着我到了舊金山，還偷着跟我見面，爸爸一點兒也不知道。讓他知道也只會把他氣瘋，所以我倆乾脆就自個兒把事辦了。弗蘭克說他要出去掙錢，不跟爸爸一樣有錢就不回來領我走。於是我答應等他，一直等到時間的盡頭，還跟他發了誓，只要他還活在世上，我絕對不會嫁給別人。『既然這樣，咱們還不如乾脆把婚結了呢，』他跟我說，『這樣的話，我對你就放心了。回來之前，我也不會跟人說我是你丈夫，你說好不好？』這麼着，我倆就商量好了。原來啊，他之前就已經把一切安排得妥妥當當，還找了個牧師在那兒等着呢。所以呢，我倆當場就結了婚。完了之後，弗蘭克出去找他的財運，我就回到了爸爸身邊。

「我下一次聽到弗蘭克消息的時候，他已經到了蒙大拿。後來他去了亞利桑那淘金，再後來，我又聽說他去了新墨西哥*。那之後，報紙上登了一篇長長的文章，說一個礦場遭到了阿帕奇†印第安人的襲擊，我的弗蘭克也在死者名單當中。當場我就昏死過去，後來的幾個月也病得一塌糊塗。爸爸以為我得了癆病，帶我看遍了舊金山一半的醫生。一年多的時間裏，我沒有聽見哪怕是一個字的消息，所以我以為弗蘭克真的死了，再也沒有懷疑過。接下來，聖西蒙勳爵去了舊金山，我們又來了倫敦，婚事安排

---

* 這裏的蒙大拿，亞利桑那和新墨西哥雖與美國今日的州名相同，故事情節發生之時卻都還不是正式的州。

† 阿帕奇 (Apache) 是一些印第安部族的統稱，原本生活在美國西南部 (比如亞利桑那和新墨西哥) 和墨西哥北部。

好了，爸爸也非常高興，可我始終覺得，我的心已經給了可憐的弗蘭克，這世上再也沒有哪個男人能夠把他代替。

「話雖然這麼說，如果我嫁給了聖西蒙勳爵的話，我當然也會盡我該盡的義務。我們勉強不了自己的愛情，總可以勉強自己的行動。我跟他一起走向聖壇，心裏想的是要盡我自己的能力，成為他的好妻子。可是，就在我走到聖壇跟前欄杆邊上的時候，我回頭看了一眼，看到弗蘭克站在第一排的椅子那邊，眼睛正在朝我看，你們可以想一想，當時我是甚麼樣的感覺。剛開始我以為自己看到了鬼魂，於是就再看了一眼。可他還在那裏，眼睛裏帶着疑問，好像是在問我，我看見他是高興還是難過。我不知道當時我為甚麼沒有暈倒，可我知道，周圍的一切都開始打起轉來，牧師的話到了我耳朵裏，就像是蜜蜂在嗡嗡叫。我不知道該怎麼辦。該不該打斷婚禮，在教堂裏鬧出笑話來呢？我又看了他一眼，他似乎明白了我的想法，於是就把一根手指舉到嘴唇邊上，告訴我先不要輕舉妄動。然後，我看見他往一張紙上刷刷刷地寫東西，就知道他是在給我寫便條。出教堂的時候，我從他那一排椅子旁邊經過，把花束掉在了他的身邊。他把花束還給我，趁機把便條塞到了我的手裏。便條上只有一行字，叫我看到他打手勢就出去找他。當然啦，我一秒鐘也沒懷疑過，現在我首先要盡的是對他的義務，所以我拿定了主意，他叫我怎麼做我就怎麼做。

「回到家的時候，我把事情告訴了我的女僕，女僕在加州的時候就認識了他，跟他一直都是朋友。我叫她甚

麼也不要説，只需要幫我收拾幾件行裝、再把我的烏爾斯特大衣準備好就行了。我知道我應該先跟聖西蒙勳爵説一聲，可是，當着他的母親，還有那麼多的大人物，我實在是不敢説。所以我決定立刻逃走，以後再慢慢解釋。在桌子上坐了不到十分鐘，我就透過窗子看見了馬路對面的弗蘭克。他朝我打手勢，然後就開始往海德公園裏面走。於是我溜下桌子，穿戴好我的東西，跑到外面去追他。有個女人跑來跟我説了些聖西蒙勳爵的閒話，從我聽到的一言半語來看，跟我結婚之前，他自己似乎也有一點兒小小的秘密。不過，我還是想辦法甩開了她，很快就追上了弗蘭克。我倆一起坐上馬車，去了他在戈登廣場租下的公寓，等了這麼些年，這才算是我真正的婚禮。這之前，弗蘭克當了阿帕奇人的俘虜，後來又逃了出來，一路趕到了舊金山。他發現我以為他死了，又發現我來了英格蘭，於是就跟了過來，最後才在我第二次婚禮的當天早上找到了我。」

「我是在報上看到的，」那個美國人解釋道。「報上説了人名和教堂，卻沒説這位女士住在哪裏。」

「接下來，我倆商量了一下該怎麼辦，弗蘭克毫不猶豫地選擇公開，可我卻覺得非常害臊，恨不得就這麼徹底消失，再也不跟他們當中的任何一個人見面——沒準兒得給爸爸捎個話，讓他知道我還活着，這樣也就行了。想到喜宴的桌子邊上還有那麼多的勳爵和夫人在等我回去，我真是覺得難堪極了。所以呢，為了不讓人家找到我，弗蘭克就拿上我婚禮上的穿戴和飾品，把它們打成一個包，又

把包扔到了一個沒人能找着的地方。本來呢，我倆多半是明天就要去巴黎的，只不過，今天傍晚的時候，這位好心的紳士，也就是福爾摩斯先生，跑來找了我們。雖然我想不出他是怎樣找到我們的，可他清清楚楚、和和氣氣地開導我們，我的想法不對，弗蘭克才是對的，我倆要是這麼遮遮掩掩的話，就會把好事變成錯事。接着他又說，他可以給我倆提供一個跟聖西蒙勳爵單獨談話的機會，所以我倆馬上就趕來了。好啦，羅伯特，所有的事情你都聽到了。要是我給你造成了痛苦，我覺得非常抱歉，還有啊，希望你不要把我想得太卑鄙。」

聖西蒙勳爵的僵硬姿態一點兒也沒有放鬆，只見他眉頭深鎖、嘴唇緊繃，好歹是聽完了這段長篇大論的講述。

「恕我無禮，」他說道，「不過，我並不習慣以這種公開的方式談論我最為私隱的個人事務。」

「你這麼說，是不肯原諒我嗎？我走之前，你都不肯跟我握個手嗎？」

「噢，當然可以，如果能讓你覺得高興的話。」他伸出自己的手，但卻只是冷冰冰地捏了一下她等在那裏的手。

「我原來的希望是，」福爾摩斯發出倡議，「您能跟我們一起共進友好的晚餐。」

「我覺得您這個要求有一點點過份，」勳爵大人回答道。「我也許會被迫默認近來的事態，但您不能指望我會拿這些事情來尋開心。依我看，諸位允許的話，我這就祝諸位擁有一個非常愉快的夜晚。」他飛快地衝在場所有人

鞠了一躬，然後就高視闊步地走出了房間。

「既然如此，照我看，再怎麼說，你們兩位總不會不賞臉吧，」歇洛克・福爾摩斯說道。「跟美國人結識，始終是一件令人愉快的事情，莫爾頓先生，原因在於，包括我在內的一些人始終相信，許多年前一位君主的愚蠢舉動和一位大臣的荒唐謬誤*並不能抹殺這樣一種前景，那就是有朝一日，我們的孩子終歸會成為同一個世界大國的公民，並肩走在由十字旗和星條旗組合而成的國旗之下†。」

「這件案子還挺有意思的，」客人走了之後，福爾摩斯說道，「因為它清清楚楚地證明，那些乍一看幾乎無法解釋的事情，到頭來卻可能會有一個無比簡單的解釋。這位女士講述的一系列事件順理成章，自然到了不能再自然的地步，與此同時，到了有些人的眼裏，比如說蘇格蘭場的雷斯垂德先生，這些事件的結果卻離奇到了不能再離奇的地步。」

「這麼說的話，辦這件案子的時候，你自己就一點兒都沒覺得困惑嗎？」

「從一開始，我就清楚地看到了兩個事實，一個是這位女士本來非常樂意完成婚禮，另一個則是，剛回家不過

---

* 這裏說的「一位君主」和「一位大臣」應該是指美國獨立戰爭 (1775–1783) 期間在位的英王喬治三世 (George III, 1738–1820, 1760 至 1820 年在位) 和他的首相諾思勳爵 (Frederick North, 1732–1792, 1770 至 1782 年擔任英國首相)，他們的強硬態度和一系列高壓政策激化了北美殖民地與宗主國之間的矛盾，最終導致美國獨立，諾思勳爵更被後人視為「喪失美洲版圖的首相」。

† 當時有不少英國人持有英美兩國重新聯合的主張，亞瑟・柯南・道爾也是其中之一。

幾分鐘，她就已經感到後悔不迭。顯而易見，當天上午一定是發生了甚麼事情，致使她改變了心意。具體是甚麼事情呢？回家之前，她不可能跟任何人說話，因為新郎始終陪在她的身邊。如此說來，她會不會是看見了甚麼人呢？如果是的話，她看見的就一定是個美國人，因為她剛來我們這個國家沒多久，任何新相識都不大可能擁有如此巨大的影響力，以至於僅僅是在她眼前露個面，就可以讓她徹底改變自己的打算。你瞧，通過一系列的排除法，咱們這就已經推斷出來，她可能看見了一個美國人。那麼，這個美國人是誰，為甚麼能擁有如此巨大的影響力呢？可能是她的情人，也可能是她的丈夫。據我所知，她為時尚短的成年女性階段是在粗獷氛圍和奇異環境之中度過的。聽到聖西蒙勳爵的講述之前，我知道的情況只有上面說的這些。通過勳爵的講述，咱們知道前排椅子上有個男人，知道新娘的態度發生了變化，知道新娘耍了個掉花束取便條的明顯花招，知道她找了心腹女僕幫忙，還知道她用了一個意味深長的比喻，『霸佔田地』，在礦工的俚語當中，這話的意思是搶佔開採權屬於他人的礦區。這樣一來，整個局面就已經徹底明朗，她一定是跟某個男人跑了，這個男人要麼是她的情人，要麼就是她以前的丈夫，兩相比較，還是後面一種情況的可能性大一些。」

「可是，你究竟是怎麼找到他們的呢？」

「這件事本來可能不太好辦，多虧咱們的朋友雷斯垂德掌握了相關的資料，儘管他自己並不知道資料的價值。

字條上的首字母縮寫當然至關重要，不過，它更大的價值卻是讓我知道，不到一個星期之前，這個男人曾經在倫敦一家數一數二的酒店裏結過賬。」

「你怎麼知道酒店數一數二呢？」

「通過數一數二的價錢唄。八先令一晚的房間和八便士一杯的雪利酒，足以説明那是收費最昂貴的酒店之一。在倫敦，價碼這麼高的酒店並不多。我到諾森伯蘭大街去打聽了一下，打聽到第二家的時候，我發現酒店的登記簿上有一個名為弗朗西斯‧H. 莫爾頓的美國住客，一天之前才剛剛離開。再看看客人名下的賬單，我找到了一些我已經在那張賬單副聯上看到過的項目。美國客人留了話，讓酒店把他的信件轉到戈登廣場 226 號。我按那個地址趕了過去，幸運地發現這對恩愛夫妻剛好在家。於是我不揣冒昧，以長者的身份提出了一些建議，並且告訴他們，不管從哪一方面來説，他們的上策都是把自己的情況向公眾，尤其是向聖西蒙勳爵，交代得稍微清楚一些。我請他們到這裏來見勳爵，與此同時，你已經看到了，我也讓勳爵來赴了約。」

「可是，約會的結局算不上特別美好，」我説道。「勳爵的表現顯然算不上特別大方。」

「咳，華生，」福爾摩斯笑着説道，「要是經歷了求愛結婚的一系列麻煩，到頭來卻發現自己轉眼之間人財兩空，你可能也不會特別大方的。要我説，咱倆應該用格外厚道的眼光來看待聖西蒙勳爵，同時還要感謝命運，因

為咱倆多半是永遠也不會落入同樣的境地。好啦，你把椅子拉近點兒，再把我的小提琴遞給我，眼下咱倆只有一個問題需要解決，那就是如何打發這些個慘淡陰冷的秋日夜晚。」

綠寶石王冠

一天早晨，我站在寓所的弧形凸肚窗旁邊俯瞰下面的街道。「福爾摩斯，」我開口說道，「有個瘋子正在下面的街道上跑呢。他的家人竟然讓他單獨出門，真是太淒慘啦。」

我朋友懶洋洋地從扶手椅上站了起來，雙手插在睡袍的口袋裏，隔着我的肩頭往下方張望。這是個晴朗清新的二月早晨，昨天的雪依然厚厚地鋪在地面，在冬日的陽光之中熠熠生輝。來往的馬車在貝克街的街心犁出了一道滿是碎屑的褐色溝槽，主路邊緣和人行道的凸起街沿則依然是銀裝素裹，光景一如下雪之時。經過清掃的人行道露出了原來的灰色，走在上面卻還是非常容易跌跤，這樣一來，街上的行人就不像平時那麼多。實際上，從地鐵車站*那邊過來的行人只有一個，也就是那位行止古怪得讓我不能不予以注意的紳士。

那人大概五十歲左右，又高又胖，塊頭大得引人注目，寬大的臉膛棱角分明，整個人顯得氣派非凡。他的衣

---

* 這篇故事首次發表於 1892 年 5 月；倫敦於 1863 年開通地鐵的時候，貝克街地鐵站是首批開放的車站之一，今天的貝克街地鐵站矗立着一尊福爾摩斯雕像。那條地鐵當時的名稱是「都市鐵路」(Metroplitan Railway)，因此，譯文中的「地鐵車站」在作者原文中的說法是「Metropolitan Station」(直譯為「都市車站」)。

着十分莊重，同時又相當奢華，其中包括一件黑色的禮服大衣、一頂光閃閃的禮帽、一雙款式優雅的褐色長統鬆緊靴，以及一條裁剪精良的珠灰色長褲。另一方面，他的舉止卻與他威儀十足的打扮和長相形成了一種滑稽可笑的對比，因為他正在拼命奔跑，中間還時不時地往上躥一躥，腿腳完全不習慣奔波勞碌的人跑得累了，表現就是他這個樣子。奔跑的過程當中，他的雙手像抽風似的上上下下抖個不停，腦袋搖來晃去，面容也扭曲到了匪夷所思的程度。

「他究竟有甚麼事情呢？」我問道。「他還在看房子的門牌號碼哩。」

「依我看，他是要上咱們這兒來，」福爾摩斯摩拳擦掌地說道。

「咱們這兒？」

「沒錯，而且我認為，他來的目的多半是找我諮詢專業上的事情。要我說，我認得出他身上的那些徵候。哈！我沒說錯吧？」他話音未落，那人已經呼哧呼哧地衝到了我們的家門口，把門鈴拉得咣啷啷響徹整座房屋。

片刻之後，他已經走進了我們的房間，依然氣喘吁吁、依然雙手亂舞。可是，他眼睛裏的悲哀與絕望實在是太過凝重，我們臉上的笑意立刻變成了心裏的驚駭與憐憫。有那麼一小會兒，他根本說不出話，只是一個勁兒地在那裏搖晃身子、拉扯頭髮，似乎他的理性已經被逼到了崩潰的邊緣。接下來，他突然身子一縱，開始用自個兒的腦袋去撞牆壁，力道大得讓我倆不得不趕緊衝了過去，把

他拖到了房間中央。再下來，歇洛克·福爾摩斯把他摁進了那張安樂椅，然後就坐在他的身邊，拍了拍他的手，開始用自己無比擅長的那種舒緩安神的語調跟他交談。

「您來是想跟我講您的事情，對吧？」福爾摩斯說道。「您走得這麼匆忙，一定是累壞了吧。您先歇會兒，好讓自己緩過勁兒來，到時候，不管您把甚麼樣的小小問題交給我，我都會非常樂意幫您解決。」

來人靜靜地坐了一分多鐘，胸脯起伏不停，努力控制着自己的情緒。這之後，他掏出手帕擦了擦自己的額頭，緊緊地繃住嘴唇，把臉轉向了我倆這邊。

「你們肯定是覺得我瘋了吧？」他說道。

「我覺得您肯定是遇上了非常大的麻煩，」福爾摩斯回答道。

「老天作證，我確實遇上了麻煩！這麻煩無比突然，無比恐怖，足以把理性從我的腦子裏驅趕出去。我可能得面對當眾出醜的結局，儘管我這個人從來不曾有過品格上的污點。我還得承受家庭事務帶來的折磨，這樣的折磨雖然每個人都會有，可是，它跟前面那件事情加在一起，具體的形式又是如此可怕，確實是讓我失魂落魄。此外，有麻煩的還不只是我自己，如果不能從這件駭人聽聞的事情當中找到一條出路的話，我們這片土地上最尊貴的人物也會受到牽累的。」

「您千萬得冷靜下來，先生，」福爾摩斯說道，「好讓我知道您是誰，遇上的麻煩又是甚麼。」

「我的名字，」我們的客人回答道，「你們興許會覺

得耳熟。我是亞歷山大‧霍德爾，在針線街的霍德爾－史蒂文森銀行任職。」

這名字我倆確實非常熟悉，因為名字的主人是故城裏第二大私人銀行集團的主要合伙人。那麼，能夠讓倫敦的一位頭等公民淪落到如此淒慘的境地，究竟會是甚麼樣的事情呢？我倆滿心好奇地等着下文，不過，他又經過了一番掙扎，這才打起精神，開始講述他的故事。

「我覺得眼下的形勢刻不容緩，」他說道，「所以呢，警局的那位督察剛剛建議我來尋求您的幫助，我就十萬火急地趕到了這裏。我覺得馬車在這樣的雪地裏跑不快，所以就坐地鐵到了貝克街，然後又徒步從車站那邊衝了過來，結果就把自己搞得上氣不接下氣，因為我很少鍛煉身體。現在我感覺已經好些了，接下來，我會盡量簡單明瞭地把事情告訴你們。

「當然，你們應該很清楚，要想讓銀行生意取得成功，我們一方面得為自己的資金找到回報豐厚的投資渠道，一方面還得多拉儲戶，增進與儲戶之間的關係。我們最賺錢的投資渠道之一就是出借貸款，前提是還款的保障無可挑剔。過去幾年當中，我們的貸款業務非常興旺，許多顯貴家庭都用藏畫、藏書或者貴重器皿作為抵押，從我們這裏借走了大筆現款。

「昨天上午，我在銀行的辦公室裏坐着，一名職員給我送來了一張卡片。卡片上的名字把我嚇了一跳，因為來找我的不是別人，正是——呃，照我看，即便是在你們面前，我仍然是少說為妙。我只能這麼說，來人的名字在全

世界都是家喻戶曉，也是全英格蘭最顯赫、最高貴、最尊榮的名字之一。我感到受寵若驚，在他進來的時候也急於表白這樣的心情，可他一上來就直奔主題，看架勢是覺得手頭的事情並不讓人愉快，越早了結越好。

「『霍德爾先生，』他説，『我聽説你們經常做貸款生意。』

「『只要有可靠的抵押，我們銀行的確會做這樣的生意，』我回答他。

「『我需要立刻拿到五萬鎊現金，』他説，『這事情對我來説極端重要。當然，這不過是個區區之數，即便十倍於此，我也可以從朋友們那裏借來。不過，我非常傾向於把它變成一件單純的生意，而且要由我本人親自經手。處在我的位置，你應該很容易理解，隨便接受人家的恩惠並不明智。』

「『我能不能問一問，這筆款子您打算用多長時間呢？』我問他。

「『下週一我會有一大筆進賬，到時就肯定會歸還借款，再加上你們認為合適的任何利息。不過，最要緊的是，我必須立刻拿到這筆錢。』

「『不用您勞神多説，我也非常樂意從我私人的口袋裏掏錢借給您，』我説，『只不過，這麼大的一份榮耀，我的口袋未免消受不起。另一方面，要是以銀行的名義來做這件事情的話，我就必須對我的合伙人負責，照章採取所有的保障措施，即便是您，也不能夠例外。』

「『我倒是非常傾向於照章辦事，』他一邊説，一

邊把他放在椅子旁邊的一隻黑色的摩洛哥皮方盒子拿了起來。『毫無疑問，你應該聽說過綠寶石王冠吧？』

「『聽說過，它是整個帝國最寶貴的公共財產之一，』我說。

「『的確如此。』他打開了盒子，盒子的襯裏是柔軟的肉色絲絨，安放在絲絨之上的正是他剛剛提的那件稀世珍寶。『這上面有三十九顆巨大的綠寶石，』他說道，『黃金鏤雕的價值也是無可估量。按照最保守的估計，這個王冠的價值也是我所借數目的兩倍。我可以把它留在你這裏，作為我的借款抵押。』

「我把那個貴重的寶盒捧在手裏，看看它，又看看這位聲名赫奕的主顧，心裏多少有點兒犯難。

「『你懷疑它的價值嗎？』他問我。

「『絕不懷疑。我只是懷疑——』

「『懷疑我把它留在這裏合不合適。這一點你完全可以放心，如果沒有絕對的把握在四天之內把它贖回去的話，我是無論如何也不會這麼做的。這次的抵押僅僅是個形式而已。我交的抵押夠了嗎？』

「『太夠了。』

「你得明白，霍德爾先生，這件事情充分證明了我對你的信任，信任來自我之前聽說的關於你的一切情況。我對你的期望不僅僅是謹慎從事、防止關於此事的任何流言，更重要的是，你一定要萬無一失地把這個王冠保管好。不用我說，你自己也應該知道，要是它有了甚麼閃失，無疑就意味着一樁千夫所指的巨大醜聞。任何損傷的後果

都跟徹底遺失相去無幾，因為世上沒有能跟它們媲美的綠寶石，要想替換是不可能的事情。不過，把它留在你這裏，我還是懷有充分的信心。週一上午，我親自來取。』

「我看出這位主顧急於抽身，所以就沒有再說甚麼，只是叫來我的出納，吩咐他向主顧支付五十張一千鎊的鈔票＊。可是，再一次獨坐在辦公室裏的時候，我看着桌上這隻貴重的寶盒，禁不住覺得責任重大、誠惶誠恐。毫無疑問，王冠既然是國之重寶，任何閃失都會造成可怕的醜聞。當時我就已經開始後悔，覺得自己壓根兒就不該同意保管這件東西。然而，事情至此已經無法改變，於是我把它鎖進自己的私人保險櫃，重新投入了自己的工作。

「黃昏時候，我突然覺得，要是把如此貴重的東西留在辦公室裏，實在不能算是小心謹慎。銀行家的保險櫃遭人撬竊的事情屢見不鮮，我的保險櫃就能夠例外嗎？萬一被人撬了的話，我的處境將會可怕到何種程度！因此我決定，接下來的幾天裏面，不管上班下班，我都要把這個盒子帶在身邊，不讓它離開我伸手可及的範圍。打定主意之後，我叫來一輛出租馬車，帶着寶盒回到了我在斯垂特厄姆街區的家裏。我拿着它上了樓，又把它鎖進更衣室的衣櫥，這才覺得呼吸順暢了些。

「好了，現在我打算說說我家裏的情況，福爾摩斯先生，好讓您對眼下的形勢有一個全面的了解。我的馬夫和聽差都沒有睡在我那座房子裏，他們的情況可以略過

＊　當時存在面額一千英鎊的鈔票，1943 年之後不再發行。目前英鎊紙鈔的最高面值是五十。

不提。女僕當中有三個都已經跟了我好些年，可說是絕對忠誠可靠。另有一個名叫露茜‧帕爾的粗使丫頭，雖然只來了幾個月，但卻擁有無可挑剔的品性證明*，做事也總是讓我感到稱心滿意。她長得非常漂亮，偶爾就會有一些仰慕她的人到我家附近來轉悠。這一點讓我們覺得美中不足，除此之外，無論從哪方面來說，我們都相信她是個非常不錯的姑娘。

「僕人的情況就是這些。至於我的家庭成員嘛，他們的數目非常有限，要不了多久就能講完。我是個鰥夫，只有一個兒子，名字叫做亞瑟。他是我的傷心事，福爾摩斯先生，傷透了我的心。毫無疑問，這事情只能怪我自己。大家都說我把他慣壞了，多半也沒說錯。我親愛的妻子去世之後，我就把全部的愛放在了他的身上，看到笑容從他臉上消失，哪怕是一瞬間我也受不了。我對他從來都是有求必應。要是我嚴厲一點的話，我們兩個的情況可能都會好一些，可是，我這麼寵他也完全是為了他好。

「我的願望自然是讓他接手我的生意，可他並沒有做生意的本事。他沒有規矩，由着性子胡來，說實話，我真不放心讓他經手大筆的錢財。年紀還小的時候，他就加入了一個貴族俱樂部。他的風度舉止討人喜歡，所以很快就跟一些揮霍成性的闊少交上了朋友。他學會了打牌賭錢，賭得也很大，還把錢浪費在馬場裏，結果就一次又一次地跑來找我預支他的花銷，為的是清償債務、保住面子。他

---

* 當時社會當中，僱傭僕人的一個重要依據是以前的僱主或是其他可靠人士提供的品性證明。

不止一次想要跟那些危險的伙伴斷絕關係，每一次又都會受他朋友喬治‧伯恩維爾爵士的蠱惑，繼續跟那些人廝混。

「說真的，他會受喬治‧伯恩維爾爵士這種人的蠱惑，我倒是一點兒也不奇怪，因為他經常把爵士帶到家裏來，連我自己都很難抗拒爵士的翩翩風采。爵士比亞瑟大一些，從頭到腳都是個諳熟世情的人物，甚麼地方都去過，甚麼事情都見過，口才非常好，儀表也十分出眾。不過，他不在場的時候，我可以擺脫他那種迷人風度的影響，冷靜地掂量他的為人。根據他憤世嫉俗的言辭，還有他落在我眼裏的一些眼神，我斷定他這個人完全不堪信任。我這麼想，我的小瑪麗也這麼想，因為她身為女人，對他人的性情有一種敏銳的直覺。

「到現在，還沒講到的人也只剩她了。她本來是我的姪女，可惜我兄弟在五年之前與世長辭，拋下她一個人孤苦度日。於是我收養了她，待她像自己的親生女兒。她是我家裏的陽光，心地善良，美麗可人，非常善於料理家務，溫婉嫻靜的品性也不輸給任何女人。她是我的左膀右臂，沒有她我真不知道該怎麼辦。只有一件事情，她沒有順我的意。我兒子愛她愛得很是癡心，向她求了兩次婚，兩次卻都遭到了她的拒絕。我覺得，要說有哪個人能把我兒子拉回正道的話，這個人就只能是她，他倆如果結了婚，他的人生就會迎來翻天覆地的轉變。現在可好，唉！來不及了，再也來不及了！

「好了，福爾摩斯先生，您已經知道了我家的屋簷下

都有些甚麼人，接下來，我要說的就是那件悲慘的事情。

「昨天晚上，吃完飯在客廳裏喝咖啡的時候，我跟亞瑟和瑪麗講了我白天的經歷，還講了眼下放在家裏的那件珍寶，唯一沒講的就是主顧的名字。端咖啡進來的是露茜·帕爾，不過我敢肯定，我講的時候她已經離開了房間。話說回來，房間的門關沒關我可不敢保證。瑪麗和亞瑟都對這件事情很感興趣，都想看看那個著名的王冠，不過我沒有同意，因為我覺得，還是別去動它比較好。

「『您把它放在甚麼地方呢？』亞瑟問我。

「『在我自己的衣櫥裏。』

「『是嗎，老天保佑，夜裏可別有人到家裏來偷東西啊，』他說。

「『衣櫥是上了鎖的，』我回答他。

「『噢，您那個衣櫥啊，隨便哪把舊鑰匙都打得開。我小的時候就打開過，用的是儲藏室裏那個碗櫃的鑰匙。』

「他經常都這麼胡說八道，所以我也沒當回事。可是，等我回房的時候，他跟到了我的房間裏，臉色非常陰鬱。

「『聽我說，爸爸，』說話的時候，他眼睛望着地面，『您能給我兩百鎊嗎？』

「『不行，我不能！』我厲聲回答他。『在錢的事情上，我對你實在是慷慨過頭了。』

「『您對我確實非常慷慨，』他說，『可我必須拿到這筆錢，要不然，我就再沒有臉面去俱樂部了。』

「『不去最好！』我嚷了一聲。

「『好是好，可您總不能讓我賴着賬離開那裏吧，』他說，『我可丟不起這種人。我無論如何也得想辦法籌到這筆錢，您不幫我的話，那我就只能去找別的門路了。』

「當時我非常生氣，因為他這個月已經是第三次問我要錢了。『我一個子兒也不會給你，』我吼了一句。聽了這話，他沒有再說甚麼，鞠了個躬就出去了。

「他走了之後，我打開衣櫥，確定那件寶物安然無恙，然後就重新鎖上了櫃門。接下來，我開始在屋子裏巡視，看看門窗是不是都關嚴實了。這件工作通常都是由瑪麗來做的，只不過，當晚我覺得還是自己來做比較好。下樓的時候，我看見瑪麗站在大廳側窗的旁邊。我走過去的時候，她關上窗子，插好了插銷。

「『告訴我，爸爸，』她對我說。按我的感覺，她的神色有點兒慌張，『那個叫露茜的女僕今大晚上出去，是您同意的嗎？』

「『當然不是。』

「『她剛剛才從屋子的後門進來。我完全肯定，剛才她只不過是到院子的邊門去見某個人而已，可我還是覺得，這樣終歸不太安全，咱們應該制止她。』

「『那你明天早上跟她講吧，我也可以去講，如果你覺得我講比較好的話。你確定門窗都關好了嗎？』

「『非常確定，爸爸。』

「『那好，晚安。』我吻了她，然後上樓回房，不一會兒就睡着了。

「我盡量講得詳細一點兒，福爾摩斯先生，不落下任

何一件可能會跟案子有關係的事情。如果有哪一點講得不清楚，您一定得問我才行。」

「恰恰相反，您講得清楚極了。」

「尤其是接下來的這個部分，我希望能講得特別清楚。我睡覺本來也不怎麼沉，毫無疑問，心裏裝着這樣的擔憂，我睡得就更不踏實了。這麼着，大概凌晨兩點的時候，我就被屋裏的甚麼聲音給吵醒了。沒等我完全清醒過來，那聲音已經消失了，可它給我留下了一種印象，似乎是甚麼地方有人在輕輕地關窗子。我躺在床上，支起耳朵使勁兒地聽。突然之間，我覺得萬分驚駭，因為我清清楚楚地聽見，隔壁的房間裏傳來了輕輕悄悄的腳步聲。我嚇得心驚肉跳，趕緊溜下床去，站在更衣室的門邊往裏面看。

「『亞瑟！』我忍不住尖叫起來，『你這個無賴！你這個賊！連那個王冠你也敢碰，你哪來的膽子？』

「睡覺之前我沒滅煤氣燈，特意讓它半亮着，這會兒就看見我那個悖時的孩子站在燈的旁邊，身上只穿着襯衫和長褲，雙手捧着那個王冠。他似乎正在扭它，要不就是在扳它，總之是使足了全身的力氣。聽到我的叫喊，他的臉變得像死人一樣煞白，手裏的王冠也掉到了地上。我趕緊把它撿了起來，仔仔細細地看了看。金製的王冠少了一個尖角，一起少掉的還有鑲在那個尖角上的三顆綠寶石。

「『你這個下流坯！』我吼了起來，氣得喪失了理智。『你把它搞壞了！你讓我這一輩子都抬不起頭了！你把那些寶石偷到哪兒去了？』

「『您説我偷！』他嚷了一句。

「『沒錯，你是個賊！』我一邊大吼大叫，一邊抓着他的肩膀使勁兒地晃。

「『寶石沒有不見，不會不見的，』他這麼説。

「『有三顆不見了，你肯定知道它們在哪兒。管你叫賊都不夠，你還非得讓我管你叫騙子嗎？剛剛我親眼看見你打算再掰一個角下來，這樣你還要抵賴嗎？』

「『您罵我罵夠了吧，』他説，『反正我是不會再忍了。既然您這麼侮辱我，這件事情我就不會再説一個字。明天早上我就離開您的房子，自個兒去闖世界。』

「『離開也只能讓警察押着離開！』我吼了一聲，心裏又痛又惱，幾乎是已經瘋了。『我會讓他們把這件事情查個水落石出的。』

「『我甚麼也不會跟您説的，』説這話的時候他顯得極其激動，按我看完全不像他的天性。『您要報警就去報好了，看那些警察能找出些甚麼來吧。』

「到了這個時候，整座房子都已經騷動起來，因為我怒不可遏，嗓門兒提得很高。第一個衝進我房間的就是瑪麗，她看到王冠，又看到亞瑟的臉色，一下子明白了所有的事情，跟着就尖叫一聲，暈倒在地。我立刻打發上房女僕* 去報警，把這件事情交到了警方手裏。亞瑟把雙臂抱在胸前，沉着臉站在原地。等那位督察帶着一名警員走

---

* 　在當時西方的大戶人家裏，女僕有不少等級。「上房女僕」原文是「house maid」，指職責範圍在樓上的高等女僕，通常歲數比較大，經驗也比較豐富。如果是更大戶的人家，上房女僕內部也有幾個等級。

進房子的時候，亞瑟就問我，是不是打算告他盜竊。我回答說，既然弄壞了的王冠是國家財產，這事情就不再是甚麼家庭糾紛，已經變成了一件公共事務。我已經拿定了主意，一切都得按法律來辦。

「『最低限度，』他說，『您還是讓他們等一會兒再逮捕我吧。讓我去屋子外面待五分鐘，對您對我都有好處。』

「『那樣你就會趁機逃走，也沒準兒，你是想趁機藏匿偷來的東西，』我這麼回答他。接下來，我意識到了自己面臨的可怕處境，於是就央求他不要忘了，名譽面臨威脅的不光是我，還有一位比我顯赫得多的人物。我還告訴他，他這麼做，等於是在製造一起震動全國的醜聞，另一方面，只要他肯把那三顆失蹤寶石的下落告訴我，一切都還有挽回的餘地。

「『你不如勇敢地面對這件事情，』我說，『既然你已經被我當場抓住，坦白也不會讓你的過錯顯得更加可恥。只要你願意作出力所能及的補救，把綠寶石的下落告訴我們，一切我都可以原諒，都可以當作沒有發生。』

「『把您的原諒留給那些想要的人吧，』他這麼應了一句，然後就冷笑一聲，從我面前走開了。我看他已經鐵了心腸，再說甚麼都不會管用，於是也就別無選擇，只好把那位督察叫了進來，把他交給了警察。他們立刻展開搜索，不光搜了他的身，還搜了他的房間，搜遍了屋子裏每一個可能藏匿寶石的地方。可是，寶石還是無影無蹤，我那個遭殃的孩子也還是死活不肯開口，我們怎麼連哄帶

嚇都沒有用。今天早上，他們把他送進了監獄。辦完警方的那一大套手續之後，我急急忙忙地趕到了您這裏，懇求您用您的本領來解決這個問題。警方已經公開承認，眼下他們甚麼頭緒也沒有。費用多少不是問題，您只管去花就是，我已經為這些寶石開了一千鎊的賞格。老天爺，我該怎麼辦哪！一夜之間，我就失去了我的名譽、我的寶石，還有我的兒子。噢，我該怎麼辦哪！」

他用雙手捧住自己的腦袋，身子來回搖晃，自個兒衝自個兒哼哼起來，模樣就像是一個悲痛得無法言喻的孩子。

歇洛克·福爾摩斯一聲不吭地坐了幾分鐘，眉頭緊鎖，眼睛直愣愣地盯着壁爐裏的火焰。

「您家裏客人多嗎？」他開口問道。

「不多，只有我那位合伙人和他的家人，再就是亞瑟偶爾帶回來的朋友。最近這段時間，喬治·伯恩維爾爵士來過幾次。按我的記憶，別的也就沒甚麼人了。」

「您經常出去應酬嗎？」

「亞瑟經常去，瑪麗和我總是待在家裏，我倆都不喜歡應酬。」

「年輕姑娘這樣可不多見啊。」

「她生來就喜歡安靜，還有啊，她已經二十四歲，也不算特別年輕了。」

「這件事情，按您剛才的說法，似乎也對她造成了很大的震動。」

「大極了！她甚至比我還要震驚。」

「事情是您兒子幹的，你們倆都覺得這一點毫無疑問，對嗎？」

「還能有甚麼疑問，我親眼看見他把王冠拿在手裏。」

「我可不認為這是一條確鑿無疑的證據。王冠的其餘部分有損壞嗎？」

「是的，王冠被扭彎了。」

「那麼，您有沒有想過，當時他可能是在把它扳直呢？」

「願上帝保佑您！謝謝您盡量維護他，也等於是維護我。只不過，您這個任務實在是太艱巨了。不說別的，他為甚麼要到那裏去呢？如果心裏沒有鬼的話，他幹嗎不說呢？」

「您說到點子上了。如果心裏有鬼的話，他幹嗎不編個理由出來呢？按我看，他拒絕開口的事情可以從兩個方向去解釋。現在看來，這件案子包含着幾個非常特別的地方。關於吵醒您的那個聲音，警方是怎麼說的呢？」

「他們說，那可能是亞瑟把自個兒臥室的門關上的聲音。」

「說得真對！就跟一個正在作大案的人非得使勁兒關門吵醒全家似的。好了，關於那些失蹤的寶石，他們又是怎麼說的呢？」

「他們仍然在敲牆踩地、翻箱倒櫃，希望能把寶石找回來。」

「他們想沒想到去屋子外面找呢？」

「想到了，他們找得特別賣力，已經把整個花園仔仔細細地搜了一遍。」

「到了現在，親愛的先生，」福爾摩斯說道，「您有沒有明顯地感覺到，這件案子要比您和警方剛開始的推斷複雜得多呢？您可能覺得這案子非常簡單，可我卻覺得它特別複雜。好了，咱們來看看您那個假設到底是怎麼回事。按您的假設，您的兒子從床上爬起來，冒着極大的風險跑進您的更衣室，打開您的衣櫥，拿出您那個王冠，使出吃奶的勁兒掰下一個小小的尖角，然後就跑到別的某個地方，藏起三十九顆寶石之中的三顆，藏得還非常巧妙，誰都沒法找到。再下來，他又拿着剩下的三十六顆寶石跑回原來那個房間，給自己招來事情敗露的莫大風險。現在我想問問您，這樣的假設站得住腳嗎？」

「可是，其他的假設又在哪裏呢？」銀行家叫了起來，做了個絕望的手勢。「如果他去那裏是出於某種善良的目的，他為甚麼不說出來呢？」

「我們的任務就是去搞清楚這個問題，」福爾摩斯回答道，「所以呢，您沒意見的話，霍德爾先生，咱們現在就一起去一趟斯垂特厄姆，花上個把鐘頭的時間，把案子的細節看得稍微再仔細一點點。」

我朋友竭力邀請我一起去，而我自己也非常想去，原因在於，剛剛聽到的故事已經讓我產生了極大的好奇與同情。說實話，當時我也跟那位不幸的銀行家一樣，認為他兒子的罪行的確是一目瞭然；另一方面，我又對福爾摩斯的判斷力擁有無比的信心，因此就覺得，只要他還對這

個大家公認的解釋不滿意，銀行家兒子的事情就一定有轉圜的餘地。前往南郊那個街區的路上，福爾摩斯幾乎一句話也沒說，只是自顧自地坐在那裏，下巴貼着胸膛，帽簷兒蓋着眼睛，沉浸在深不可測的思緒之中。至於我們的主顧嘛，眼前既然出現了一點希望的微光，他似乎打起了一點精神，以至於東拉西扯地跟我聊了聊他生意上的一些事情。經過一段短短的火車旅程，再加上一段路程更短的步行，我們就來到了這位大銀行家的簡樸寓所，費爾班宅邸。

費爾班宅邸是一座相當大的方形房屋，房子是用白石砌成的，離馬路稍微有點兒距離。房子正面的庭院裏是一片白雪皚皚的草坪，一條雙行的馬車道穿過草坪蜿蜒而下，直抵庭院入口處的兩扇大鐵門。大門的右側有一道小小的邊門 *，邊門裏面是兩排修剪整齊的樹籬，樹籬之間的小徑是商販出入的通道，從馬路一直通到宅子的廚房門口。大門的左側是通往馬廄的巷道，巷道並不在庭院的範圍之內，而是一條公用的大路，只不過很少有人走而已。到了屋子門口，福爾摩斯撇下我倆在那裏站着，開始自顧自地在庭院裏四處逡巡，走得非常緩慢。他走過屋子的正面，沿着商販使用的那條小徑走了一陣，又從屋子後面的花園繞進了通往馬廄的巷道。他去得實在是太久，我和霍德爾先生便徑直走進餐廳，坐在壁爐旁邊等他回來。我倆

---

* 　這裏的「邊門」原文是「thicket」。「thicket」意為「灌木叢」，
　置於此處情理不通，或為「wicket」（邊門，小門）之誤，除此之外，
　上文當中曾經提到庭院的邊門，為求事理通達，譯文徑採「邊門」
　之說。

默默地坐在那裏，餐廳的門卻突然開了，一位年輕的女士走了進來。她個子中等偏上，身材苗條，完全沒有血色的臉龐讓黑色的頭髮和眼睛更顯烏亮。現在想來，我從來都沒有在其他女人臉上看到過如此慘白的顏色。她的嘴唇也沒有一絲血色，眼睛卻哭得紅紅的。她悄無聲息地走進了房間，給我的印象是她承受着巨大的悲痛，程度比這位銀行家今天早上的表現有過之而無不及。格外讓人吃驚的是，這樣的神情竟然會出現在她的身上，因為她顯然是一個非常堅強的女子，擁有十分驚人的自控能力。進來之後，她沒有理會我的存在，徑直走到叔叔跟前，伸出手去撫摸了一下叔叔的頭，動作之中充滿了女性的溫柔。

「您已經吩咐他們把亞瑟放了，對嗎，爸爸？」她問道。

「沒有，不行啊，我的姑娘，這事情必須得查個水落石出才行。」

「可我非常肯定，他跟這事情沒有關係。您也知道，女人的直覺是很靈的。我知道他沒做甚麼壞事，您對他這麼嚴厲，以後會後悔的。」

「可是，他要是無辜的話，為甚麼不肯開口呢？」

「誰知道呢？也許是因為您懷疑他，他覺得非常生氣吧。」

「我實實在在地看到他把王冠拿在手裏，怎麼可能不懷疑呢？」

「噢，可他只是把它撿起來看看，沒甚麼別的意圖。噢，求您了，求您相信我的話吧，他真的是無辜的。這事

情就這麼算了吧，以後也別再提了。想到我們親愛的亞瑟竟然待在監獄裏，真是太可怕啦！」

「寶石沒找回來，我絕對不能就這麼算了——絕對不能，瑪麗！你喜歡亞瑟，所以就沒有意識到，眼下我面臨着一些多麼嚴重的後果。我不但沒想把這件事情捂住，還從倫敦請來了一位先生，讓他進行更加深入的調查。」

「這位先生嗎？」她問道，轉過臉來看着我。

「不是，是這位先生的朋友。他說他打算自個兒去轉一轉，這會兒已經走進了馬廄門口的那條巷道。」

「馬廄門口的巷道？」她挑了挑烏黑的眉毛。「那兒有甚麼可找的呢？噢！剛剛進來的這位，依我看，就是他吧。我相信，先生，您肯定會成功地證明，真相就是我確信無疑的那件事情，也就是說，我堂兄亞瑟跟這樁罪行沒有關係。」

「我完全同意您的觀點，而且我相信，您和我，咱倆可以一起來證明這件事情，」福爾摩斯一邊回答，一邊走回門口，就着墊子蹭自己鞋子上的雪。「我沒想錯的話，屈尊聽我進言的應該就是瑪麗·霍德爾小姐吧。我可以問您一兩個問題嗎？」

「請吧，先生，只要有助於澄清這件可怕的事情就行。」

「昨天夜裏，您本人甚麼也沒聽見嗎？」

「沒聽見，後來才聽見我叔叔大聲說話。聽見他的聲音，我就下了樓。」

「昨天晚上，門窗都是您關的。所有窗子您都關好了嗎？」

「是的。」

「今天早晨，所有的窗子都還是關得好好的嗎？」

「是的。」

「您家裏的一名女僕正在談戀愛，對吧？昨晚您還跟您叔叔提過，她曾經出去找她的愛人，我沒説錯吧？」

「是的，那個姑娘是在客廳裏伺候的，也許聽見了叔叔説王冠的事情。」

「我明白了。您的意思是，她可能趁着出去的機會把這件事情告訴了她的愛人，竊案可能是他倆一塊兒謀劃的。」

「我已經跟你們説了，我親眼看見亞瑟把王冠拿在手裏，」銀行家不勝其煩地叫了起來，「既然如此，這些捕風捉影的假設還有甚麼用呢？」

「稍安母躁，霍德爾先生，回頭我們就會講到亞瑟的事情。咱們接着説這位姑娘的事情吧，霍德爾小姐。您看見她從廚房的門回來的，對吧？」

「是的，當時我去看門有沒有關好，正好碰見她溜進來。我還看見那個男的躲在暗處呢。」

「您認識他嗎？」

「噢，怎麼不認識！他就是給我家送蔬菜的那個菜販子，名叫弗朗西斯·普洛斯珀。」

「當時，」福爾摩斯説道，「他站在門的左邊——我是説，他站在小路上比較遠的地方，夠不到廚房的門，對吧？」

「是的，的確如此。」

「他還裝了一條木腿，對吧？」

年輕女士那雙會説話的眼睛裏閃出了一抹類似恐懼的

神色。「哎唷，您簡直跟個巫師似的，」她説道。「這您是怎麼知道的呢？」説到這裏，她微微一笑，福爾摩斯的瘦削臉龐卻依舊是那副全神貫注的模樣，並沒有用微笑來回應她。

「我非常希望現在就到樓上去看一看，」他説道。「或許還會再上屋子外面去看一看。又或許，我應該先看看一樓的窗子，然後再到樓上去。」

他飛快地走過一扇又一扇窗子，其間只在餐廳裏對着馬廄巷道的那扇大窗子跟前停了一停。他打開那扇窗子，用他的高倍放大鏡仔仔細細地檢查了一遍窗台。「好了，咱們一塊兒到樓上去吧，」好一會兒之後，他終於説道。

銀行家的更衣室是一個裝潢簡樸的小房間，裏面鋪着一張灰色的地毯，還擺着一個碩大的衣櫥和一架長長的穿衣鏡。福爾摩斯徑直走到了衣櫥跟前，緊緊地盯着衣櫥的鎖。

「打開衣櫥的人用的是哪把鑰匙呢？」他問道。

「就是我兒子説的那一把，儲藏室裏那個碗櫃的鑰匙。」

「鑰匙在這兒嗎？」

「梳妝台上的那把就是。」

歇洛克·福爾摩斯拿起鑰匙打開了衣櫥。

「這把鎖沒有聲音，」他説道。「沒把您吵醒也很正常。據我看，這就是裝王冠的那個盒子吧。咱們得好好地看一看。」他打開盒子，取出王冠，把它擺在了梳妝台上。出現在我眼前的是珠寶工藝的一個巔峰典範，鑲在上

面的三十六顆寶石也是我生平僅見的絕佳樣板。在王冠的一側，有一個鑲有三顆寶石的尖角已經被人掰掉，留下了一個缺口。

「好了，霍德爾先生，」福爾摩斯說道，「您瞧，這個尖角跟不幸失蹤的那個尖角是對稱的。麻煩您把它掰下來給我看看。」

銀行家驚駭不已地往後面縮了一縮。「我做夢也不會去嘗試這樣的事情，」他說道。

「那就讓我來試試好了。」說完之後，福爾摩斯猛然運足力氣掰了一下，王冠卻沒有絲毫變化。「我感覺它稍微有點兒變形，」他說道，「不過，我手指上的力道雖然超出常人，要把它掰下來也得費上不少工夫。普通人應該是掰不動的。好了，霍德爾先生，如果我把它掰下來的話，您知道會怎麼樣嗎？動靜會人得跟手槍開火一樣。您說說，如果這樣的事情發生在離您的床幾碼之內的地方，您有可能無知無覺嗎？」

「我不知道該怎麼說，我眼前完全是一抹黑。」

「咱們走着瞧好了，黑地兒興許會漸漸亮起來的。霍德爾小姐，您怎麼看呢？」

「坦白說，即便是到了現在，我還是跟我叔叔一樣困惑。」

「您看見兒子的時候，他沒有穿鞋或者拖鞋嗎？」

「他只穿了襯衫和長褲，別的甚麼也沒穿。」

「謝謝您。咱們這次調查的運氣顯然是非常之好，要是還不能澄清這件事情的話，那就只能怪自個兒沒用啦。

您允許的話，霍德爾先生，我這就到屋子外面去繼續調查。」

他一個人去的，這是他自個兒提出的要求，理由是多餘的腳印會給他的工作製造障礙。他去了至少有一個鐘頭，回來的時候雙腳已經裹滿了雪，臉上則仍然是一副高深莫測的表情。

「我覺得，我已經看到了所有可看的東西，霍德爾先生，」他說道，「現在我打算回家去，這樣才能更好地為您效勞。」

「可是，福爾摩斯先生，那些寶石在哪兒呢？」

「我說不好。」

銀行家的雙手絞在了一起。「我再也見不到它們了！」他喊了起來。「我的兒子呢？您剛才不是給了我一點兒希望嗎？」

「我的觀點跟剛才完全一樣。」

「那麼，看在上帝份上，昨晚我家裏究竟是中了甚麼邪呢？」

「明天上午九點到十點之間，您不妨到貝克街來找我，我非常樂意向您說明我所知道的一切。還有啊，我沒理解錯的話，只要能找回寶石，費用方面我完全可以自作主張，您並沒有設下任何限制。」

「只要能找回寶石，我可以拿全副身家來換。」

「很好。您來之前的這段時間裏，我會去處理這件事情。再見。也沒準兒，傍晚之前我還得再到這邊來一趟。」

我看得非常明白，我同伴已經對這件案子胸有成竹，

可我一點兒也想不出來，他究竟得出了甚麼樣的結論。回家的路上，我三番五次地想要撬開他的嘴巴，讓他談談這件事情，可他總是把話題轉移到別的地方，致使我終於斷了念頭，不再進行這樣的嘗試。還不到下午三點，我們就回到了自己的寓所。進門之後，他一頭扎進自己的房間，在裏面待了幾分鐘，下樓的時候已經變成了一個大街上司空見慣的流浪漢。只見他身穿一件泛着油光的襤褸大衣，豎着衣領，脖子上繫着一條紅色的領巾，腳上穿着一雙破舊不堪的靴子，完全是那一流人物的標準樣板。

「按我看，這樣應該就差不多了，」他一邊說，一邊從壁爐上方的鏡子裏瞥了一眼自個兒的形象。「我倒是很想帶你一起去，華生，可我擔心那麼幹行不通。眼下我有可能是找到了正確的方向，也有可能只是在跟着鬼火瞎跑，不過，我很快就可以知道，自己的判斷是對是錯。據我看，我幾個鐘頭之內就能回來。」他拿起擺在食櫥上的一大塊牛肉，從上面切了一片，再加上兩片麵包，做成了一個三明治，然後就把這份簡單的飯食塞進口袋，踏上了他的征途。

我剛剛喝完下午茶的時候，他回到了家裏，一副心情大好的模樣，還把一隻鞋幫上有鬆緊帶的舊靴子拿在手裏甩來甩去。進門之後，他一把將靴子扔到了角落裏，給自己斟了一杯茶。

「我只是順路回來看看，」他說道。「馬上就得走。」

「去哪兒？」

「哦，去西區 * 的另一頭。我可能得過上一陣才能回來。要是我回來得太晚的話，那你就別等我了。」

「你的事情辦得怎麼樣呢？」

「噢，還可以，沒甚麼可抱怨的。剛才我去了一趟斯垂特厄姆，但卻沒有去拜訪那戶人家。這個小小的問題妙不可言，我怎麼也不願意錯過。不過，光坐在這兒說長道短是不行的，我得趕緊脫掉這身有礙觀瞻的行頭，恢復我那個莊嚴體面的本相。」

從他的神態來看，他這麼高興一定還有一些更加重大的理由，絕不像他說的這麼簡單。他雙眼閃閃發光，蠟黃的雙頰甚至泛出了一抹紅暈。他急匆匆地上了樓，幾分鐘之後，我聽見了大門重重關上的聲音，知道他又一次踏上了讓他如魚得水的追獵征途。

直到午夜，我還是沒有看到他回來的任何跡象，於是就只好放棄等待，回房休息。全力追查案件的時候，他一連幾天幾夜不回來也是常事，所以呢，他雖然深夜不歸，我並沒有感到驚訝。我不知道他甚麼時候回的家，不過，等我下樓吃早餐的時候，他已經坐在了那裏，一手端著咖啡，一手拿著報紙，氣色和儀表都好得不能再好。

「我沒等你就先吃了，你得多多包涵，華生，」他說道，「可你應該記得，今天上午，咱們跟那位主顧有一個相當早的約會。」

---

* 西區 (West End) 是緊貼倫敦故城西側的一片區域，具體範圍因時代和使用語境不同而有差異。貝克街也在西區範圍之內。西區通常處於故城上風，不受故城煙霧困擾，離政權所在的議會大廈又很近，因此從十九世紀初開始漸漸成為倫敦的上流區域，今日仍然是世界上辦公室租金最高的地方之一。

「可不是嘛，現在都九點多了，」我回答道。「叫門的人如果是他的話，我也不會覺得奇怪。我沒聽錯的話，門鈴已經響了。」

來的果然是我們的銀行家朋友。看到他身上的變化，我着實吃了一驚。他的臉膛本來又寬又大，眼下卻縮成一團，陷了進去，與此同時，按我的感覺，他的頭髮怎麼説也是比昨天白了那麼一點點。進門的時候，他顯得又疲憊又倦怠，讓人覺得他甚至比昨天上午瘋狂發作的時候還要痛苦。我把一張扶手椅推到他的面前，他重重地坐了下去。

「不知道我到底做錯了甚麼，命運要對我進行如此嚴酷的考驗，」他説道。「短短兩天之前，我還是一個快快樂樂的成功商人，甚麼煩惱都沒有。現在呢，我剩下的只是一段孤苦伶仃、顏面無存的殘年，傷心的事情一件接着一件。我的姪女，瑪麗，已經拋棄了我。」

「拋棄了您？」

「是啊。今天早上，我們發現她的床沒人睡過，房間裏也是空空蕩蕩，大廳的桌子上倒是擺着一張留給我的字條。昨天晚上，我跟她説，要是她當初願意嫁給我的孩子的話，他興許就不會出甚麼亂子了。我説這話是因為傷心，並不是生她的氣。或許，我這麼説終歸還是欠缺考慮。這不，她的字條裏也提到了我説的話：

最親愛的叔叔：

我覺得，我已經給您帶來了麻煩。如果我當初另作選擇的話，這樁可怕的禍事或許永遠也不會發生。心

裏裝着這樣的感覺，我再也沒法在您的屋簷下快快樂樂地生活了。所以我覺得，我唯一的選擇就是永遠地離開您。您不用擔心我的未來，因為它已經有了保障，最重要的是，您不要想方設法地找我，因為這不光是一件徒勞之舉，對我來説也是有害無益。不管是生是死，我永遠都是

愛您的

瑪麗

「她這張字條究竟是甚麼意思呢，福爾摩斯先生？按您看，她該不會是要自殺吧？」

「不，不會，沒那回事。説不定，這已經是最好的一種解決方法。我相信，霍德爾先生，您的麻煩很快就要結束了。」

「哈！這可是您説的！您肯定是打聽到了甚麼，福爾摩斯先生，肯定是掌握了甚麼情況吧！寶石在哪兒呢？」

「一千鎊一顆，您不會覺得貴吧？」

「我可以出一萬鎊。」

「用不了那麼多，三千鎊就可以解決這件事情。我沒記錯的話，您還開出了一筆小小的賞金。您帶支票簿了嗎？這兒有支筆。麻煩您開一張四千鎊的支票。」

銀行家一臉茫然地如數開出了支票，福爾摩斯便走到自己的書桌旁邊，從抽屜裏拿出一小塊鑲有三顆寶石的三角形金子，把它扔到了桌子上。

我們的主顧欣喜地尖叫一聲，一把將金塊抓在了手裏。

「您找到它了！」他倒吸了一口涼氣。「我有救了！我有救了！」

他把失而復得的寶石緊緊地貼在自己胸前，大喜過望的反應跟當初痛心疾首的表現一樣激烈。

「您還欠一筆債，霍德爾先生，」歇洛克·福爾摩斯的口氣相當嚴厲。

「沒問題！」他抓起了一支筆。「您說個數，我馬上就給。」

「不對，您不是欠我的債，是欠您的兒子一聲誠誠懇懇的道歉。在這件事情當中，這個小伙子表現得非常高貴，我要是真有為人父母的那一天的話，一定會為這樣的兒子感到十分自豪。」

「這麼說，寶石不是亞瑟拿的嘍？」

「昨天我就告訴過您，今天我還要重覆一遍，不是他。」

「意思是您完全肯定！好啊，咱們趕緊去找他吧，讓他知道這事情已經真相大白了。」

「他已經知道了。事情完全搞清楚之後，我就去找他談了談。他不肯把事情的經過講給我聽，我只好反過來講給他聽，聽了之後，他不得不承認我講的都是事實，不得不把我還不完全清楚的寥寥幾個細節告訴了我。不過，聽了您今天早上帶給我們的消息，他應該不會再隱瞞甚麼了。」

「那麼，看在老天份上，麻煩您告訴我，這樁離奇的謎案到底是怎麼一回事啊！」

「我這就告訴您，還會向您解釋我得出結論的各個步驟。首先，請允許我說一件對我來說最難出口、對您來說也最難入耳的事情：喬治‧伯恩維爾爵士和您的姪女瑪麗之間存在某種默契。眼下，他倆已經一塊兒逃之夭夭了。」

「我的瑪麗？不可能！」

「很不幸，這不僅僅是一種可能的假設，更是一個不容置疑的事實。您和您的兒子允許這個男人踏進自己的家門，可你們都沒有認識到他的本性。他是全英格蘭最危險的人物之一，一名無可救藥的賭徒，一個沒有任何底線的惡棍，人性全無、天良喪盡。對於這樣的男人，您的姪女完全沒有任何了解。他對她說的不過是他曾經對上百個女人說過的同一些誓言，可她卻沾沾自喜，以為就她一個人真正打動了他的心。這個惡魔非常清楚，自己的話不過是逢場作戲，即便如此，她還是變成了他的工具，差不多每天晚上都要跟他幽會。」

「這樣的事情，我不能相信，也不會相信！」銀行家大叫起來，面如土色。

「那麼，我這就告訴您，前天晚上您家裏發生了甚麼樣的事情。那時候，您姪女估計您已經回了房，於是就溜到樓下，站到對着馬廄巷道的那扇窗子跟前，隔着窗子跟她的情人說話。情人的腳印穿透了窗子下面的積雪，因為他在那裏站了很久。她跟他說起了王冠的事情，這個消息立刻點燃了他覬覦財富的邪惡貪慾，然後呢，他迫使她順從了他的意願。她是愛您的，這一點我絕不懷疑。可是，為了成全對情人的愛，有些女人不憚於犧牲其他所有

的愛，依我看，您的姪女必定是其中之一。她還沒來得及聽完他的指示，突然看見您正在下樓，於是她趕緊關上窗子，跟您說起了一名僕人擅自去見她那個木腿愛人的事情。當然嘍，僕人的越軌行為確有其事，一點兒也不假。

「跟您談過之後，您的孩子亞瑟就上床睡覺去了，只不過睡得很不踏實，因為他還在為俱樂部裏的欠賬擔心。深夜之中，他聽見有人輕輕地從自己門前走過，於是就起床去看外面的情形，結果是驚訝地發現，自己的堂妹正在鬼鬼祟祟地順着過道往前走，最後還走進了您的更衣室。小伙子嚇得目瞪口呆，趕緊胡亂穿了幾件衣服，繼續在暗處等着，想知道這件詭異的事情會有甚麼樣的結局。過了一會兒，她從您的更衣室裏走了出來，而您的兒子借着過道裏的燈光看見，她把那個貴重的王冠捧在手裏。她順着樓梯往下走，嚇得渾身發抖的他則悄悄地躲到您房門附近的帷幔後面，從那裏窺視樓下大廳裏的情形。他看見她悄無聲息地打開窗子，把王冠遞給了黑暗之中的甚麼人，然後又關上窗子，急匆匆地跑回她的房間，幾乎是跟站在帷幔後面的他擦身而過。

「他心愛的女人還在現場的時候，他不能採取任何行動，否則就會讓她的行徑遭到可恥的暴露。不過，她的身影剛剛消失，他立刻意識到，這件禍事會對您造成多麼巨大的打擊，亡羊補牢又是多麼地必要。他連鞋都顧不上穿，光着腳衝到樓下，打開窗子，跳進外面的雪地，看到月光下的巷道裏有一個黑影，於是就沿着巷道追了上去。這麼着，亞瑟逮住了正要逃跑的喬治·伯恩維爾爵士，兩

個人廝打起來。您的孩子抓着王冠的一端，他的對頭抓着另一端。混戰之中，您的兒子一拳打中了喬治爵士的眼睛。緊接着，啪的一聲，有甚麼東西突然斷掉了。您的兒子發現王冠已經到了自己手裏，這才趕緊跑回家裏，關好窗子，上樓走進了您的房間。他發現王冠在剛才的扭打當中變了形，所以想把它扳直，他正在扳的時候，您出現在了現場。」

「真的是這樣嗎？」銀行家倒吸了一口涼氣。

「那個時刻，他覺得自己理應得到您最誠摯的感謝，您卻用辱罵激起了他的怒火。他沒法向您説明真相，因為他不想出賣另一個人。毫無疑問，那個人並不值得他手下留情，可他還是採取了一種更有騎士風範的立場，替她守住了秘密。」

「所以她才會一看到王冠就尖叫着暈了過去，」霍德爾先生叫道。「噢，我的天哪！我真是個瞎了眼的蠢貨！當時他還求我讓他去外面待五分鐘！這個好孩子是想去看少掉的一塊在不在打鬥現場啊。我那樣誤會他，實在是太殘忍了！」

「剛到您屋子跟前的時候，」福爾摩斯接着説道，「我小心翼翼地繞着屋子轉了一圈，想看看雪地裏有沒有甚麼可以幫助破案的痕跡，因為我知道前一天傍晚雪就停了，還知道之後的那場嚴霜可以讓痕跡得到完好的保存。我沿着商販出入的小徑走了一遍，發現它已經被踐踏得無從辨識。不過，剛剛跨出那條小徑，我立刻辨認出來，有一男一女曾經站在廚房門口遠離正門的那一側交談，男人的腳

印有一個是圓的，說明他裝着一條木腿。我甚至可以看出他倆受到了驚擾，因為地上有腳尖深腳跟淺的足印，說明那個女的飛快地跑回了門裏。木腿男人則在原地等了一小會兒，然後也離開了那裏。我當即推斷，這兩個人可能就是您提過的那個女僕和她的愛人，後來的調查也證實了我的看法。這之後，我繞着花園走了一圈，只可惜沒有任何收穫。花園裏只有一些亂七八糟的腳印，據我看，腳印的主人應該都是警方人員。還好，走進通往馬廄的那條巷道之後，我立刻發現，眼前的雪地上書寫着一個情節複雜的漫長故事。

「雪地上有兩行足跡，屬於一個穿靴子的男人，另外兩行呢，我欣喜地看到，屬於一個赤腳的男人。根據您之前告訴我的情況，我立刻斷定，赤腳的男人就是您的兒子。穿靴子的男人走着來又走着去，赤腳的男人則跑得飛快，他的腳印跟靴子男人的腳印有一些重疊，顯然是在追趕後者。我順着靴子男人的足跡往上捋，發現它一直延伸到了大廳的窗子下面，靴子男人肯定是在那裏站了很久，因為他的靴子已經穿透了積雪。接下來，我走到了足跡的另一端。另一端在巷道上離屋子一百碼開外的地方，靴子男人在那裏轉過了臉。那裏的積雪七零八落，看樣子是發生過一場打鬥。到最後，我看到了幾點血跡，關於打鬥的推測由此得到了確證。打鬥之後，靴子男人順着巷道跑了開去，而他逃跑的路線上又出現了一點血跡，說明他才是打鬥之中的傷者。循着他的足跡走上大路之後，我發現那裏的人行道已經有人打掃過了，這條線索由此中斷。

「不過，您應該還記得，進屋之後，我用放大鏡檢查過大廳那扇窗子的窗台和窗框。當時我立刻斷定，有人曾經從那扇窗子跳出去，原因在於，一隻打濕了的腳曾經從同一扇窗子爬進來，我可以認出腳背在窗台上蹭出的痕跡。這樣一來，我就對之前發生的事情有了一個概念：有個男人在窗子外面等着，另一個人把寶石王冠拿給了他，您的兒子碰巧看見了這一幕，於是就跑出去追那個竊賊，還跟竊賊打了一架。兩個人都抓着王冠不放，結果呢，兩個人的合力就對王冠造成了任中一人都無法單獨造成的破壞。您的兒子拿着戰利品跑了回來，卻把戰利品的零頭留在了對頭手裏。以上這些情形我已經瞭如指掌，剩下的問題就是，等在外面的男人是誰？把王冠拿給他的人又是誰？

「我有一條奉行多年的格言，也就是說，如果你已經排除了所有不可能的情形，剩下的情形就必然是事情的真相，不管它看上去有多麼地不合常理。好了，我已經知道把王冠送出去的人不可能是您自己，剩下的就只有您的姪女和那些女僕。可是，要說是那些女僕的話，您的兒子幹嗎要替她們頂罪呢？我根本找不出任何理由來解釋那樣的情形。反過來，既然他愛着自己的堂妹，他替她保守秘密的舉動就可以得到完美的解釋，鑑於她那個秘密並不光彩，他這種舉動只能說是越發地符合情理。想到您曾經看見她站在那扇窗子旁邊，又想到她一看見王冠就暈了過去，我就對自己的推測有了十足的把握。

「那麼，她的同伙又會是誰呢？顯然是她的情人，除

了情人，還有誰的分量能超過她對您必然會有的愛和感激呢？我已經知道你們很少出去應酬，也知道你們的朋友圈子非常狹小。可惜的是，這個狹小的圈子當中恰恰包括了喬治·伯恩維爾爵士。我以前就聽說過這個傢伙，知道他在女人的事情上聲名狼藉。如此說來，留下靴子腳印、拿走失蹤寶石的人只能是他，不會是甚麼別人。儘管知道自己已經被亞瑟發現，他多半還是沾沾自喜，覺得自己可以高枕無憂，因為他知道小伙子沒法開口，一開口就會傷害自己的家人。

「聽到這裏，您自個兒也可以據理推測，接下來我會採取甚麼樣的行動。我扮成流浪漢去了喬治爵士的寓所，設法跟爵士的貼身男僕搭上了關係，由此聽說他的主人頭天晚上傷到了腦袋。再下來，我付給那個男僕六個先令，萬無一失地買到了一雙爵士扔棄不穿的舊靴子。這之後，我帶着靴子趕到了斯垂特厄姆，發現它們跟地上的足跡完全吻合。」

「昨天晚上，我確實看到過一個衣衫襤褸的流浪漢在那條巷道上轉悠，」霍德爾先生說道。

「一點兒不錯，那個流浪漢就是我。搞清楚我要對付的這個伙計是誰之後，我回家換了身衣服。到了這個時候，我必須扮演的是一個相當不好拿捏的角色，因為我非常清楚，要想避免醜聞，咱們就不能把他送上法庭，同時也非常清楚，這個惡棍十分精明，肯定能看出咱們縛手縛腳的艱難處境。這麼着，我跑去找了他。剛開始的時候，他當然是一概不認，等我把前前後後所有細節講給他聽了

之後，他就把牆上的一根防身手杖*拿了下來，打算把我嚇住。然而，我完全清楚我這個伙計的路數，於是就搶先用手槍頂住了他的腦袋，沒給他留下動手的機會。這一來，他總算是比先前多了那麼一點點通情達理的意思。我告訴他，我們可以花錢買回他手裏的寶石，一千鎊一顆。聽了這話，他才破天荒第一次表露出了些許悔恨。『甚麼，真是見了鬼！』他這麼說，『三顆一起我才賣了六百鎊！』我跟他保證我們不會告他，很快就從他嘴裏打聽到了收贓的人住在哪裏。接下來，我趕到了收贓的人那裏，跟他來來回回磨了半天，這才按一千鎊一顆的價錢買回了咱們的寶石。再下來，我跑去看了看您的兒子，告訴他一切風波都已過去，最後才在約摸凌晨兩點的時候上床就寢，結束了按我看絕對算得上勤勤懇懇的一天。」

「何止如此，您還在這一天挽救了英格蘭，讓它逃脫了一椿震驚公眾的巨大醜聞†，」銀行家一邊說，一邊站起身來。「先生，我沒法用言辭表達我心裏的謝意，可您千萬不要誤會，以為我會對您所做的一切不知感激。實實在在地說，您的本領比我聽過的所有傳聞還要高明。不過，眼下我必須火速趕到我親愛的孩子身邊，為我讓他蒙受的冤屈向他道歉。至於可憐的瑪麗，聽了您說的那些事情，我真的是傷透了心。您的本領雖然非常地了不起，恐

---

* 防身手杖 (life-preserver) 英文字面與「救生用具」相同，是一種用於自衛的短手杖，通常比較沉重。

† 按照文中的敍述，綠寶石王冠既然是「公共財產」（英國的確有一些王冠是國庫公產，即便是君主也只擁有王冠的使用權），顯然不能用來充當私人借款的抵押品，銀行接受這種抵押亦屬違法。不過，從這個角度來看，醜聞的味道當然更加濃烈。

怕也沒法讓我知道她現在的下落吧。」

「依我看，咱們可以十拿九穩地說，」福爾摩斯回答道，「喬治‧伯恩維爾爵士在哪裏，她也就在哪裏。同樣十拿九穩的是，不管她犯的是甚麼樣的過錯，加倍的懲罰都會迅速來臨。」

銅色山毛櫸 *

「對於熱愛藝術只為藝術本身的人來說，」歇洛克・福爾摩斯一面說，一面將《每日電訊報》的啟事專版扔到了一邊，「藝術的最大樂趣往往蘊藏在它最無足輕重、最卑微渺小的表現形式之中。華生啊，看了你費心為咱們的案子留下的這些篇幅短小的忠實記錄，以及，恕我直言，偶爾出現的誇張敍述，我非常高興地發現，你已經領會了這條真理，因為你選材的重點並不是我曾經參與的諸多轟動性案件以及爆炸性審判，而是另外一類案件，它們牽涉的事由興許微不足道，但卻為我獨擅勝場的演繹本領和邏輯綜合能力提供了用武之地。」

「話雖然這麼說，」我笑着說道，「還是有人指責我這些記錄使用了嘩眾取寵的手法，而我並不能擔保絕無此事 †。」

「你的失誤，興許在於，」他一邊說，一邊用火鉗夾起一塊紅彤彤的爐渣，點燃了他那個長長的櫻桃木煙斗。逞強好辯的時候，他通常都會用櫻桃木煙斗來取代苦思冥

---

* 這篇故事首次發表於 1892 年 6 月；銅色山毛櫸 (copper beech, 拉丁學名 *Fagus sylvatica*) 也稱紫山毛櫸，因樹葉色如紫銅而得名，廣泛分佈於歐洲各地，是一種廣受歡迎的觀賞喬木。

† 在《四簽名》的開篇部分，福爾摩斯曾經對華生撰寫的《暗紅習作》提出類似的批評。

想時所用的陶土煙斗。「你的失誤興許在於，你總想給自己的敍述添上色彩與生氣，因此就沒有一心一意地記錄精密嚴謹的因果演繹過程，與此同時，認真說的話，這樣的演繹過程是探案工作當中唯一的一個值得留意的地方。」

「我倒是覺得，就這件事情來說，我對你可沒有甚麼不公正的地方，」我的語氣多少有些冷淡，因為他這種自我中心的態度惹起了我的反感。自我中心是我朋友特異性格之中的一個顯著特徵，之前我就已經領教過不止一次了。

「不對，我這可不是自私，也不是自負，」跟他平日裏的習慣一樣，他這句回答針對的並不是我說出來的話，而是我腦子裏的想法。「我之所以要為自己的手藝討要一個完全公正的評價，僅僅因為它是一件不帶個人色彩的事物、一件超越我自身範疇的事物。罪行司空見慣，邏輯卻鳳毛麟角。所以說，你關注的焦點應該是邏輯，而不是罪行。這些記錄本該是由一系列講座構成的一門課程，你卻讓它們墮落成了一連串的故事。」

這是一個寒冷的初春早晨，我倆已經用過了早餐，眼下是分坐在貝克街舊寓裏一團愜意爐火的兩邊。濃重的黃色霧氣在一排排灰褐色的房屋之間翻湧流動，街道對面的一扇扇窗子變成了濃霧背後的一個個輪廓模糊的暗影。僕人還沒有來收拾我們的餐桌，煤氣燈映照着白色的台布，陶瓷和金屬餐具在燈光之中閃閃發亮。歇洛克·福爾摩斯整個早上都沒有開口，只顧着蜻蜓點水似的翻閱各種報紙的啟事專欄，最後則顯然是放棄了搜尋的努力，肚子裏裝

滿了某種不那麼愉快的情緒，開始喋喋不休地念叨我瑕疵累累的文筆。

他坐在那裏，一邊就着自己的長煙斗吞雲吐霧，一邊直勾勾地盯着爐火。「與此同時，」片刻之後，他又開了口，「你倒是無需承受嘩眾取寵的指責，原因在於，你惠然垂注的這些案件當中有相當大的一部分根本就不涉及法律意義上的罪行，舉例說吧，我給波希米亞國王幫的那次小忙、瑪麗‧薩瑟蘭小姐的奇特經歷、與翻唇男人相關的那個問題，還有那位單身貴族遭遇的意外變故，這幾件事情都不在法律管轄的範圍之內。另一方面，據我看，你這隻腳離開了嘩眾取寵的深淵，那隻腳恐怕又走到了瑣碎無聊的邊緣。」

「從作品的效果來看，你也許沒說錯，」我回答道，「不過，自始至終，我用的都是一種既新穎又有趣的寫作手法。」

「得了吧，我親愛的伙計，你面對的公眾不過是一大群毫無觀察力可言的庸碌之徒，既不能通過牙齒看出別人的織工身份，也不能通過左手的拇指看出對方是個排字工，他們連這麼簡單的事情都做不到，哪裏還會去關心分析與演繹的各種精妙變化！不過，說實在的，瑣碎無聊也不是你的過錯，怪只怪孕育偉大罪案的時代已經一去不返。人們，至少是以身試法的人們，已經喪失了所有的開拓精神，喪失了所有的創造能力。我自個兒這間小小的事務所呢，似乎也墮入了江河日下的境地，正在變成一家窮極無聊的代理機構，業務無非是幫人家找找失蹤的鉛筆，

要不就是給那些來自寄宿學校的年輕女士出出主意。可是，依我看，今天我才算是終於跌到了谷底。今天早上收到的這張便箋，要我說，正好可以充當我徹底墮落的標誌。讀讀吧！」說到這裏，他隔着桌子把一封皺巴巴的信扔到了我面前。

這封信發自蒙塔古廣場，時間是昨天傍晚，內容如下：

親愛的福爾摩斯先生：

　我得到了一個擔任家庭教師的機會，不知道是否應當接受，因此急切盼望您的指引。如果您方便的話，我將在明天上午十點半登門拜訪。

您忠實的

維奧萊特·亨特

「你認識這位年輕女士嗎？」我問道。

「認識她的人裏沒有我。」

「眼下就已經十點半了。」

「是啊，毫無疑問，正在拉門鈴的就是她。」

「到頭來，事情說不定會比你預想的有趣哩。你應該還記得藍色石榴石那件案子吧，剛開始似乎只是你突發奇想的消遣，後來卻變成了一次正兒八經的調查。這件案子，也有可能是這種情況啊。」

「呃，咱們盡可以這麼期望。不管怎麼說，咱們的疑問馬上就會得到解答，因為當事人已經到了，如果我沒搞錯的話。」

話音未落，房門開了，一位年輕的女士走了進來。她一身樸素整潔的打扮，聰慧活潑的臉龐上點綴着一些雀

斑，彷彿是鴴蛋上的斑點 *。她的舉止輕快伶俐，一看就是個獨闖天下的自強女子。

「冒昧打擾，您一定得多多包涵，」我室友起身招呼她的時候，她開口說道，「可我遇上了一件非常離奇的事情，又沒有父母或者親友來幫我出主意，所以我就想，您沒準兒能給我一些好心的指引。」

「請坐，亨特小姐。為您效勞，我樂意盡我所能。」

看得出來，這位新主顧的舉止和言辭給福爾摩斯留下了不錯的印象。他用他那種探詢的方式上下打量了她一番，然後就恢復了好整以暇的姿態，眼皮耷拉下去，雙手的指尖攏在一起，開始聽她講述自己的故事。

「我在斯彭斯·門羅上校家裏當了五年的家庭教師，」她說道，「可是，兩個月之前，上校在新斯科舍的哈利法克斯 † 謀得一個職位，帶着孩子去了美洲，弄得我沒了工作。我登了求職啟事，還跑去應徵了各式各樣的招聘啟事，始終都沒有成功。到最後，我漸漸花光了僅有的一點點積蓄，完全不知道如何是好了。

「西區有一家介紹女家庭教師的著名機構，名字叫做『韋斯特維』，我每個星期都會上那裏去一趟，看看有沒有適合我的工作。韋斯特維是介紹所創辦人的名字，真正管事的人則是斯托帕小姐。她坐在她自個兒那間小辦公室裏，想找工作的女士都得在一間接待室裏等着。她會挨個

---

* 　鴴 (plover) 是幾種分佈廣泛的涉禽的統稱，一般說來，鴴蛋大小類似雞蛋，蛋殼上有深淺不一的斑點。

† 　新斯科舍 (Nova Scotia) 是加拿大的一個省份，當時是大英帝國治下加拿大聯邦的一個組成部分。哈利法克斯 (Halifax) 為該省首府。

兒地把我們叫進去，然後再翻翻她那些登記簿，看看有沒有適合我們的工作。

「是這樣，上個星期我又去了那裏，又像往常一樣被人叫進了那間小小的辦公室，就有一點不一樣，辦公室裏不光是斯托帕小姐一個人。她身邊坐着個特別魁梧的男人，滿臉堆笑，又大又厚的下巴一層疊一層地耷拉到了喉嚨上，鼻梁上架着一副眼鏡，認認真真地打量着每一位走進房間的女士。我剛一進去，他就在自個兒的椅子上猛一激靈，立刻轉向了斯托帕小姐。

「『這個就可以，』他說，『不能再奢望更合適的了。好極了！真是好極了！』他似乎特別熱情，搓手的動作也顯得格外可親，整個人的樣子快活極了，旁人看了，也覺得心裏暖融融的。

「『您是來找工作的吧，小姐？』他問我。

「『是的，先生。』

「『應徵家庭教師嗎？』

「『是的，先生。』

「『您對薪水有甚麼要求呢？』

「『我上一份工作是在斯彭斯·門羅上校家裏，月薪四鎊。』

「『噢，嘖，嘖！剝削，徹頭徹尾的剝削！』他叫了起來，肥胖的雙手舉到空中，似乎是激動到了極點。『您這麼優雅迷人，又這麼多才多藝，怎麼會有人好意思拿這麼個可憐的數目來打發您呢？』

「『我的才藝，先生，興許並沒有您想像的那麼多，』

我說。『只不過是一點點法語、一點點德語，還有音樂和繪畫，如此而已。』

「『噴，噴！』他繼續嚷嚷。『這些都不是甚麼問題。關鍵的問題是，您究竟具不具備一位女士應有的儀態和風度呢？一句話，如果不具備，您就不適合承擔培育孩子的責任，因為有朝一日，孩子沒準兒會在這個國家的歷史當中扮演一個重要的角色哩。反過來，如果您具備這些條件，那麼，怎麼能有哪位紳士好意思要求您屈尊接受低於三位數的薪金呢？在我這裏，小姐，您的薪金得從一百鎊一年起步。』

「您可以想像，福爾摩斯先生，對我這樣的窮人來說，這樣的報酬簡直是優厚得讓人不敢相信。不過，那位先生似乎是看到了我臉上的懷疑表情，於是就打開自己的錢夾，拿出了一張鈔票。

「『我還有一個習慣，』他這麼說，堆滿褶子的白臉上掛着再和氣不過的笑容，兩隻眼睛變成了褶子當中的兩道亮晶晶的細縫，『那就是向接受邀請的年輕女士預付一半的薪水，以便她們應付自個兒安排車馬和置辦衣裝的小小花銷。』

「當時我覺得，這輩子我還沒見過這麼可親、這麼體貼的男人呢。我已經欠了那些小販一些債務，這筆預付的薪水簡直是雪中送炭。不過，整樁交易終歸顯得有點兒不合常理，所以我就想多了解一些情況，然後再決定答不答應。

「『我能問問您住在哪裏嗎，先生？』我說。

「『漢普郡，風景迷人的鄉村地區，具體說就是銅色山

毛櫸宅邸，從溫徹斯特* 往南五英里就到。那邊的田野漂亮極了，親愛的小姐，還有一座再舒適不過的鄉村別墅。』

「『我的職責呢，先生？我很想知道具體有些甚麼工作。』

「『我只有一個孩子，一個非常可愛的小淘氣，眼下才六歲。噢，您要是能看到他用拖鞋拍死蟑螂的樣子就好了！啪！啪！啪！你還來不及眨眼睛，三隻蟑螂就報銷了！』他仰到椅子背上，又一次笑得連眼睛都縮到了腦袋裏面。

「孩子的消遣方法讓我小小地吃了一驚，不過，看到孩子的父親笑成那個樣子，我覺得他多半只是在開玩笑。

「『這麼說，我唯一的職責，』我問他，『就是照管這麼一個孩子嘍？』

「『不，不是，不是唯一，不是唯一的，我親愛的小姐，』他叫了起來。『說到職責嘛，我敢肯定，您自個兒也能按常理推想出來，您的職責就是聽從我妻子所有的小小吩咐，當然嘍，前提始終是她的吩咐不超過一位女士適合聽從的範圍。一點兒也不難，對吧？』

「『能幫上你們的忙的話，我當然非常樂意。』

「『很好。這樣吧，我就拿服裝的事情來作個例子。我們夫妻倆都比較愛趕時髦，您明白吧，愛趕時髦，同時也沒有甚麼壞心眼。要是我們拿甚麼衣服給您穿的話，您想必不會掃掉我們一時的興頭吧，對嗎？』

---

*　溫徹斯特 (Winchester) 為英格蘭西南部城市，漢普郡首府，東北距倫敦約 100 公里。

福爾摩斯冒險史｜銅色山毛櫸

· 383 ·

「『不會，』我嘴上是這麼回答，心裏卻覺得十分驚訝。

　　「『或者，我們指定您到這兒坐坐、那兒坐坐，您不會覺得反感吧？』

　　「『呃，不會。』

　　「『又或者，我們要求您來之前先把頭髮剪得很短呢？』

　　「聽了這話，我簡直不敢相信自己的耳朵。您可能也注意到了，福爾摩斯先生，我的頭髮多少算是十分濃密，而且是一種相當特別的栗色，還有人覺得它挺藝術的呢。就這麼隨隨便便地把它犧牲掉，真是我做夢也不敢想的事情。

　　「『這件事我恐怕很難做到，』我說。他那雙小眼睛一直在急切地觀察我的反應，而我還注意到，我的回答讓他的臉上掠過了一抹陰影。

　　「『這件事我恐怕不能讓步，』他說。『這是我妻子的一點兒小小怪癖，說到女士的怪癖嘛，小姐，您肯定也知道，女士的怪癖是不能不予以考慮的。這麼說，您是不願意剪頭髮嘍？』

　　「『不願意，先生，我真的做不到，』我的回答非常堅決。

　　「『呃，很好，這事情就算到此為止。我覺得挺遺憾的，因為從其他方面來看，您真的非常適合這個工作。既然如此，斯托帕小姐，您還是再介紹幾位小姐給我看看吧。』

　　「那個女管事一直都在那裏鼓搗她的文件，沒有跟我

倆説過一句話，這會兒卻瞟了我一眼，臉上露出了十分嫌惡的表情，致使我不得不暗自猜測，我的拒絕讓她損失了相當可觀的一筆傭金。

「『你還打算把你的名字留在登記簿上嗎？』她問我。

「『如果您允許的話，斯托帕小姐。』

「『不過説實話，留着似乎也沒甚麼用，既然你如此乾脆地回絕了這樣一個再好不過的機會，』她的口氣非常尖刻。『你可別指望，我們還會費勁勞神地再幫你找一個同樣的機會。再見，亨特小姐。』她敲了一下桌上的喚人鈴，小聽差就進來把我領了出去。

「這麼着，福爾摩斯先生，我回到了自己的住處，發現碗櫃裏已經空空如也，桌子上倒是擺着兩三張賬單，不由得暗自尋思，剛才我是不是幹了一件非常愚蠢的事情。這些人的癖好興許的確占怪，而且還要求別人聽從他們那些匪夷所思的吩咐，可是，不管怎麼説吧，他們好歹還是肯為自己的乖張作派付出代價的。一年掙一百鎊的女家庭教師，整個英格蘭也找不出幾個啊。再説了，頭髮對我又有甚麼益處呢？那麼多人剪了短頭髮都變精神了，説不定，我也應該加入他們的行列。第二天，我開始懷疑自己犯了個錯誤；第三天，我斷定自己確實犯了錯誤。到後來，我已經完全不顧自己的顏面，剛準備回那家介紹所去打聽那個空缺還在不在，但卻收到了那位先生親自寫來的一封信。喏，我把信帶來了，這就念給你們聽：

銅色山毛櫸宅邸，毗鄰溫徹斯特。

親愛的亨特小姐：

承蒙斯托帕小姐把您的地址給了我，我特意寫信來問一問，您是否已經重新考慮過先前的決定。我妻子非常期待您的到來，因為她聽了我的描述，對您產生了極大的好感。為了補償我們的癖好給您造成的小小不便，我們樂意提供每季度三十鎊的薪水，也就是每年一百二十鎊。歸根結底，我們的要求也算不上特別苛刻。我妻子非常喜歡一種特殊的鋼藍色，所以就提了這麼一個要求，每天上午在屋裏的時候，您都得穿上一條這種顏色的裙子。不過，您用不着自己花錢購置，因為我們剛好有一條這樣的裙子。裙子本來屬於我們親愛的女兒愛麗斯（現住費城），據我看，您穿也非常合身。還有，如果我們要求您這兒坐坐、那兒坐坐，或者讓您按我們指定的方式消遣時間，應該也不會給您造成甚麼不便。至於您的頭髮，剪短它無疑是件令人遺憾的事情，更何況，咱們上次見面的時間雖然短，可我還是不由自主地留意到了它的美麗。儘管如此，恐怕我還是得堅持這一點。我只是希望，增加的薪水能夠彌補您的損失。從照看孩子的方面來說，您的職責是非常輕鬆的。請您務必到我們這兒來看看，我會趕着我的輕便馬車到溫徹斯特去接您。您把火車的班次通知我就行了。

您忠實的

傑夫羅·盧卡索

　　「這就是我剛剛收到的信，福爾摩斯先生，而我已經決定接受這份工作。可我又覺得，在走出最後一步之前，

我應該把整件事情告訴您，請您幫我參詳一下。」

「呃，亨特小姐，既然您已經拿定了主意，問題也就不復存在了，」福爾摩斯笑着說道。

「可是，您難道不覺得，我應該拒絕這份工作嗎？」

「老實說，這樣的一份工作，我肯定是不希望自家的姐妹去申請的。」

「福爾摩斯先生，您覺得這一切究竟是甚麼意思呢？」

「呃，手頭沒有資料，我說不好。您多半已經有了一些自己的看法，對吧？」

「是這樣，按我看，這事情只有一種可能的解釋。盧卡索先生似乎是個非常和藹、脾氣非常好的人，有沒有可能，他妻子是個精神病，可他害怕別人把她送進瘋人院，所以才想要掩蓋這件事情，才這麼千方百計地滿足她的種種怪癖、免得她瘋病發作呢？」

「這種解釋的確可能，實際上，就現有的情況來看，這可以說是可能性最大的一種解釋。不過，再怎麼說，他那裏也不像是一戶適合年輕女士的好人家。」

「可是錢很多啊，福爾摩斯先生，錢很多啊！」

「是啊，沒錯，這份薪水確實很高，應該說是高得過了頭。就是這一點叫我心裏不踏實。花四十鎊就可以千挑萬選，他們幹嗎要給您一百二十鎊呢？他們肯這麼做，一定得有甚麼非常了不得的理由。」

「之前我是這麼想的，我得把這些情況告訴您，這樣的話，以後我如果向您求助，你就不會覺得莫名其妙。

如果能感覺到背後有您的支持，我心裏就會比以前踏實一百倍。」

「哦，您完全可以帶着這種感覺上那裏去。實話告訴您吧，您這個小問題帶有一些十分明顯的新奇特徵，很可能會是我這幾個月碰上的最有意思的事情。要是您遇上了甚麼疑難，或者是甚麼危險——」

「危險！您預見到了甚麼樣的危險呢？」

福爾摩斯神色蕭穆地搖了搖頭。「如果能清清楚楚地界定出來的話，危險也就不成其為危險啦，」他說道。「總而言之，任何時間，不分晝夜，您只需要發一封電報，我就會趕去幫您。」

「有您這句話就夠了，」她乾脆利落地從椅子上站了起來，臉上的憂慮一掃而空。「這樣一來，我就可以安安心心地去漢普郡了。我馬上就給盧卡索先生回信，晚上就把我可憐的頭髮犧牲掉，明天就去溫徹斯特。」她向福爾摩斯說了幾句感謝的話，跟我倆道了晚安 *，急匆匆地走了出去。

「別的不說，看她的模樣，」聽到她下樓時輕快堅定的腳步聲，我不由得誇了一句，「她至少是個很懂得照顧自己的姑娘。」

「她必須得是才行，」福爾摩斯的口氣十分沉重。「我沒想錯的話，過不了多少日子，咱們就會聽到她的音訊。」

果不其然，我朋友的預言不久就變成了現實。預言應

---

* 原文如此，應係作者筆誤，因為女士登門是在「上午十點半」，聊完這些事情，應該遠不到天黑的時候。

驗之前的兩個星期裏，我經常都會想到這個孑然一身的女子，經常都會暗自揣測，她漂泊的人生究竟轉入了怎樣的一條離奇巷道。異乎尋常的薪水、稀奇古怪的條件，還有輕輕鬆鬆的職責，種種跡象都表明這件事情不合常理，只不過我完全沒有能力分辨，這件事情是怪癖還是陰謀、這個男的是善人還是惡棍。福爾摩斯呢，他經常都會一動不動地坐上半個鐘頭，眉頭緊鎖、神情恍惚，可是，等我跟他提起這件事情的時候，他卻會把手一擺，拒絕發表任何意見。「資料！資料！資料！」他總是很不耐煩地衝我嚷嚷。「沒有粘土，我可做不出磚頭。」嚷嚷完了之後，他又總是會嘟嘟囔囔地念叨幾句，說他絕不會讓自家的姐妹去接受這樣的一份工作。

　　一天深夜，電報終於還是來了，當時我正準備回房休息，福爾摩斯也正準備投入他樂此不疲的那種通宵達旦的化學研究。趕上這樣的場合，不管是在回房睡覺的時候，還是在第二天下樓吃早餐的時候，我看到的都會是同樣的一幅畫面：他弓着腰站在那裏，對着一個曲頸甑和一根試管。電報來了之後，他拆開那個黃色的信封，掃了一眼電報的內容，然後就把它扔給了我。

　　「趕緊翻一翻列車時刻表*，查一查火車的班次，」說完之後，他轉過身去，再一次扎進了他的化學研究。

　　召喚他的電報非常簡短，語氣則非常緊急，電文如下：

---

* 　原文是「Bradshaw」，實指列車時刻表。1839 年，英國人布拉德肖 (George Bradshaw, 1801–1853) 出版了世界上第一本彙編列車時刻表。對維多利亞時代的英國人來說，所有的列車時刻表都可以稱為「Bradshaw」，不管它跟布拉德肖這個人有沒有關係。

請於明日正午前往溫徹斯特黑天鵝旅館。千萬要來！我已一籌莫展。

亨特

「你跟我一塊兒去嗎？」福爾摩斯問道，抬頭看了我一眼。

「樂意奉陪。」

「那你就趕緊查吧。」

「九點半有班火車，」我翻了翻我那本列車時刻表。「十一點半到溫徹斯特。」

「坐這班就剛剛好。這麼說的話，我還是把我的丙酮分析往後推一推好了，明天上午，咱倆都得精神十足才行哩。」

第二天上午十一點，我倆已經在前往英格蘭故都[*]的路途上行進了很長的一段距離。一路之上，福爾摩斯一直在埋頭閱讀各種晨報。不過，列車駛入漢普郡地界之後，他就把報紙扔到一邊，開始欣賞沿途的風景。春光大好，淡藍色的天空之中，一小朵一小朵羊毛似的白雲正在從西方飄向東方。陽光十分明亮，空氣卻依然帶着一絲清冽的寒意，讓人精神為之一振。以阿爾德碩特[†]周圍的連綿群山為界，整片鄉野都染滿了新葉的嫩綠，其間還點綴着一座座農莊或紅或灰的小小屋頂。

---

[*] 即溫徹斯特。溫徹斯特在公元七世紀晚期成為古英格蘭威塞克斯王國 (Wessex) 的首都，後來又成為英格蘭的首都，至十二世紀左右才被倫敦取代。

[†] 阿爾德碩特 (Aldershot) 為英格蘭漢普郡城鎮，東北距倫敦約 60 公里。

「多麼清新美好的景象啊，不是嗎？」我歡呼一聲，聲音裏充滿了剛剛逃離貝克街濃霧的興奮心情。

沒想到，福爾摩斯卻一臉陰鬱地搖了搖頭。

「你知道嗎，華生，」他說道，「一個人有了我這種稟性，難免會落下種種詛咒，其中之一就是，我非得把萬事萬物都跟自己那個特殊的行當聯繫起來。同樣是面對這些零星散佈的房子，你看到的是令人讚嘆的美麗風景，我看到它們的時候，心裏卻只有一種感覺，那就是它們與世隔絕，由此就為種種罪行提供了逍遙法外的機會。」

「天哪！」我叫了起來。「誰會把罪行跟這些賞心悅目的古樸田宅聯繫到一起呢？」

「看到它們，我心裏總是會湧起或多或少的恐怖感覺。以往的經驗讓我堅信不疑，華生，即便是倫敦那些最下流、最卑賤的里弄，也拿不出一份比這片明媚美好的田園更為可怕的罪行清單。」

「我可真讓你給嚇着了！」

「沒辦法，這當中的道理可謂一目瞭然。在城鎮當中，公眾輿論的壓力可以辦到法律無法辦到的一些事情。不管那些里弄有多麼卑賤，受虐兒童的尖聲哭喊，或者是醉鬼施暴的沉悶聲響，總可以激起街坊鄰里的同情和義憤，與此同時，全套的執法機器始終都是近在咫尺，一聲抱怨就可以讓它投入運行，這樣一來，罪行離被告席就只有一步之遙。反過來，你看看這些孤零零的房子，每一座都是獨門獨院，裏面住的多數都是些目不識丁的可憐傢伙，壓根兒就不知道法律是甚麼東西。想想吧，這些地

方該有多少惡魔一般的獸行、多少深藏不露的罪惡，它們年復一年地持續上演，始終不會有人察覺。要是向咱們求助的這位女士住在溫徹斯特的話，我絕對不會為她擔甚麼心。她之所以面臨危險，正是因為隔在中間的五英里鄉野。話又說回來，顯而易見的是，她並沒有受到人身威脅。」

「應該沒有。她既然能到溫徹斯特來見咱們，想跑的話自然也沒問題。」

「的確如此。她還是有自己的自由的。」

「可是，這**到底**是怎麼回事呢？難道你想不出任何解釋嗎？」

「我已經想出了七種各不相同的解釋，每一種都可以涵蓋咱們迄今所知的全部事實。不過，哪一種才是正確的解釋，咱們只能依靠新的資料來確定。毫無疑問，新的資料就在前面等着咱們呢。你瞧，那就是溫徹斯特大教堂*的塔樓，要不了多久，咱們就可以知道亨特小姐想要告訴咱們的一切了。」

「黑天鵝」是溫徹斯特主街上一家著名的小旅館，離火車站非常近，那位年輕的女士正在旅館裏面等候我們。她在那裏訂了一間會客室，我們的午餐已經擺在了桌子上。

「見到你們我真是太高興了，」她懇切地說道。「兩位如此熱心，我實在非常感激，不過，我確確實實沒了主

---

*　溫徹斯特大教堂是溫徹斯特的著名古跡，始建於 1079 年，是歐洲中殿最長的大教堂。

意。對我來説，你們的建議實在是再寶貴不過了。」

「麻煩您告訴我們，您遇上了一些甚麼事情。」

「我這就告訴你們，而且還得趕快，因為我答應了盧卡索先生，要在三點之前趕回去。今天早上我跟他請假進城，不過他並不知道我進城來做甚麼。」

「請您按照先後的次序，把所有的事情講給我們聽聽吧。」福爾摩斯把細長的雙腿伸到壁爐跟前，擺好了洗耳恭聽的架勢。

「首先我要説，整體而言，盧卡索先生和太太並沒有對我進行甚麼事實上的虐待。我這麼説只是實事求是，並沒有偏袒他們的意思。我只是理解不了他們，老是被他們弄得提心吊膽。」

「甚麼東西讓您理解不了呢？」

「他們那些舉動背後的原因。好了，我這就把他們的舉動原原本本地講給你們聽。我剛來的那一天，盧卡索先生趕着他的輕便馬車到這裏來接我，帶着我去了銅色山毛櫸宅邸。宅子周圍的環境確實很美，跟他説的一樣。不過，宅子本身可算不上美，因為它只是一座巨大的方形房屋，牆面雖然刷着白灰，但卻已經被潮氣和惡劣的天氣弄得斑斑點點、污跡縱橫。屋子四周都是沒有房舍的空地，三面是樹林，正面則是一片坡地，一直伸向從下方約摸一百碼的地方蜿蜒而過的南安普敦公路。正面的坡地附屬於這座宅邸，周圍的樹林則都是索瑟頓勳爵的獵場。緊靠屋子大門的地方長着一叢銅色山毛櫸，宅邸的名字就是這麼來的。

「東家趕着車帶我回去，態度還跟以前一樣和藹可親。當天晚上，他就把我介紹給了他的妻子和孩子。當初在您貝克街寓所的時候，福爾摩斯先生，咱們都覺得有一種假設非常可能，不過，那種假設一點兒也不符合事實。盧卡索太太並不是瘋子，我見到的盧卡索太太是個沉默寡言、面色蒼白的女人，比她的丈夫年輕得多。據我看，她至多只有三十歲，而她丈夫少說也得有四十五歲。從他倆的交談當中，我了解到他倆結婚是大概七年前的事情，當時他前妻已經去世，只給他留下了一個孩子，也就是已經去了費城的那個女兒。盧卡索先生私下告訴我，女兒之所以撇下他倆，是因為她對自個兒的繼母有一種毫無理性的反感。考慮到他的女兒怎麼也得有二十歲，我倒是很能理解，父親的年輕妻子肯定會讓她覺得不好相處。

「按我的感覺，盧卡索太太的性情跟她的面容一樣，都沒有甚麼色彩。她給我的印象不好也不壞，整個人好像壓根兒就不存在似的。一望而知，她非常癡心地愛着自己的丈夫和幼小的兒子，淡灰色的眼睛總是在他倆身上轉來轉去，密切留意着他倆的每一個小小需求，可能的話還會提前加以滿足，用不着他倆開口。他待她也很好，用的是一種粗枝大葉、咋咋唬唬的方式。總的來講，他倆似乎是一對幸福的夫婦。可是，這個女人心裏肯定是藏着甚麼隱痛，因為她經常都在恍恍惚惚地沉思默想，表情極其愁苦，而我還不止一次地撞見了她淚流滿面的模樣。有時候我覺得，她是在為孩子的性情擔憂，因為我從來都沒見過這麼一個天性頑劣、又讓人徹底慣壞了的小東西。他的身

量比同齡的孩子小，腦袋卻大得不成比例。看樣子，他整個兒的生活裏只有交替出現的兩種狀態，要麼是興高采烈地野性大發，要麼就是陰着臉在那裏悶悶不樂。他似乎只懂得一種消遣，那就是折磨所有那些比他弱小的生物，在想方設法捕捉老鼠、小鳥和昆蟲的時候，他更是表現出了驚人的天賦。算了，我不想再談這個小傢伙了，福爾摩斯先生，實在說的話，他跟我的故事也沒有甚麼關係。」

「所有的細節我都樂意聽，」我朋友說道，「不管您覺得它們有沒有關係。」

「好的，我盡量把重要的地方都講出來。走進那戶人家之後，我立刻察覺到了一件讓人特別不愉快的事情，那就是僕人的外表和行為。宅子裏只有兩個僕人，而且是兩口子。男的名叫托勒，舉止粗魯笨拙，頭髮和鬍鬚都已斑白，身上總是帶着一股酒味。從我到那裏之後算起，他已經兩次喝得酩酊大醉，奇怪的是，盧卡索先生就跟看不見似的。托勒的妻子又高又壯，面色陰沉，跟盧卡索太太一樣寡言少語，但卻遠不像太太那麼和藹可親。他倆可算是最讓人看不順眼的一對，還好，我大部分時間是在兒童房和自己的房間裏待着的，那兩個房間挨在一起，都在屋子的一個角落裏。

「剛到銅色山毛櫸宅邸的頭兩天，我的生活非常平靜。第三天，我們剛剛吃完早餐，盧卡索太太就從樓上下來，跟她的丈夫耳語了幾句。

「『噢，好的，』她丈夫一邊說，一邊轉向了我，『亨特小姐，你如此遷就我倆的怪癖，竟至於剪短了自己

的頭髮，我倆實在是非常感激。我可以跟你保證，你的容貌並沒有因此受到一絲一毫的損傷。現在呢，我倆想看一看，那條鋼藍色的裙子適不適合你。裙子就擺在你房間的床上，你要是費心把它穿上的話，我倆都會感激不盡。』

「等着我去穿的是一條顏色很特別的藍裙子，質地非常好，應該是某種嗶嘰，只不過，裙子上留着一些痕跡，一看就知道有人穿過。它非常稱我的身，就算是比着我本人做也不過如此。盧卡索先生和太太都對我穿裙子的樣子大加讚賞，語氣也十分熱烈，聽起來相當誇張。當時他倆是在客廳裏等我，客廳非常大，橫跨屋子的整個正面，開有三扇落地長窗。中間的那扇窗子跟前擺了一把椅子，椅背衝着外面。他倆讓我坐到那把椅子上，然後呢，盧卡索先生就在房間對面來來回回地走，開始給我講各種各樣的故事。那麼有趣的故事我從來都沒聽過，還有啊，他那副滑稽的模樣你們連想都想不出來，所以我笑個不停，直笑得筋疲力盡。可是，盧卡索太太顯然是沒有甚麼幽默感，整個過程當中連個微笑都沒有，只是坐在那裏，雙手放在膝頭，臉上的神情又悲傷又焦慮。大概過了一個鐘頭，盧卡索先生突然說，辦正事的時間已經到了，我可以換身衣服，到兒童房去找小愛德華了。

「兩天之後，同樣的情形再次上演，所有的細節都跟上一次一模一樣。我又一次換上那條裙子，又一次坐到窗子跟前，也又一次被我東家講的有趣故事逗得前仰後合。我東家肚子裏裝着講不完的有趣故事，講故事的本領也是無可匹敵。接下來，他遞給我一本黃皮小說，又把我的椅

子往旁邊挪了挪，免得我自個兒的影子蓋住書頁。他懇求我把小說念給他聽，於是我就從其中一章的中間部分開始念，念了大概十分鐘。再後來，一個句子剛念到一半的時候，他突然止住了我，讓我去換衣服。

「您很容易就可以想到，福爾摩斯先生，對於這種古怪表演的內在含義，我心裏是多麼地好奇。我注意到，他們每次都非常小心，不讓我的臉衝着窗子，因此我更是好奇得沒法自制，想知道我的身後究竟有甚麼東西。這事情乍一看沒法辦到，可我很快就想出了一個辦法。我那面小化妝鏡摔破了，於是我靈機一動，把一塊碎玻璃藏到了我的手絹裏面。下一次聽故事的時候，我一邊笑，一邊把手絹舉到眼前，稍微調了調角度，總算是看到了我身後的一切。老實說，當時我還挺失望的，因為我身後甚麼也沒有。至少，第一眼我是甚麼也沒看見。不過，接着我又看了一眼，立刻發現有個男的站在南安普敦公路上。那個人身材矮小，留着絡腮鬍子，穿着一套灰色的衣服，似乎是正在朝我這邊看。南安普敦公路是一條交通要道，平常也都是有人的。可是，那個男的卻倚在了用作宅院界標的那道欄杆上，而且極力往我們這上面張望。我放下手絹，瞥了一眼盧卡索太太，發現她緊緊地盯着我，眼神無比犀利。她甚麼也沒說，可我完全肯定，她已經看出我手裏藏着鏡子，看出我已經通過鏡子瞧見了身後的情形。這麼着，她立刻站了起來。

「『傑夫羅，』她說，『公路上有個無禮的傢伙，正在使勁兒地盯着亨特小姐看呢。』

「『不會是你的朋友吧，亨特小姐？』他問我。

「『不是，這邊我一個人也不認識。』

「『天哪！他可真夠無禮的！麻煩你轉個身，打個手勢讓他走吧。』

「『還是不理他比較好吧。』

「『不，不行，那樣的話，他會老上這兒來晃蕩的。麻煩你轉個身，像我這樣，揮揮手讓他走吧。』

「我按他說的做了，與此同時，盧卡索太太把百葉簾拉了下來。我說的是一個星期之前的事情，打那以後，我再沒到那扇窗子跟前去坐過，再沒穿過那條藍裙子，也再沒見過公路上的那個男人。」

「請繼續往下說，」福爾摩斯說道。「照我看，您的故事肯定會非常有趣。」

「我擔心您覺得我東拉西扯，還有啊，到頭來，咱們沒準兒會發現，我說了這麼多雜七雜八的事情，事情與事情之間卻沒有甚麼關聯。我剛到銅色山毛櫸宅邸的第一天，盧卡索先生就領着我去看宅子外面的一座小屋，小屋離廚房的門不遠。我們走近小屋的時候，我聽見了鏈條發出的清脆聲響，還聽見有甚麼東西在裏面走來走去，似乎是一頭很大的動物。

「『往這裏邊兒看！』盧卡索先生指着木板之間的一道縫隙對我說。『它可真是個美人兒，對吧？』

「我從那道縫隙往裏面看了看，看到的是一雙灼灼發光的眼睛，還有蜷伏在黑暗之中的一個模糊身影。

「『不用怕，』看到我嚇得猛一哆嗦，我的東家笑着

說。『裏面沒有別的，不過是我的獒犬「卡羅」而已。我說它是我的，實際呢，能應付它的人只有托勒，就是我那個老馬夫。我們每天只餵它一次，就這一次也餵得不多，所以它總是保持着最最迫不及待的狀態。到了晚上，托勒就會把它放出來，那些擅闖私宅的人要是撞上了它的尖牙，那就只好去乞求上帝的保佑。看在老天爺份上，不管有甚麼樣的理由，晚上你都不要跨出宅子的門檻，免得賠上自個兒的性命。』

「他這個警告可不是說着玩兒的，過了兩晚，大概凌晨兩點的時候，我碰巧往臥室的窗子外面望了望。那是個非常美麗的月夜，屋子前面的草坪上灑滿銀光，幾乎跟白晝一樣亮堂。我站在窗前，陶醉在寧靜的美景之中，跟着就突然意識到，有甚麼東西正在那叢銅色山毛櫸的樹影之中移動。那東西走到了月光下，我這才看清了它的樣子。那是一頭巨型的狗，跟牛犢子一樣大，茶色的毛皮，下頜耷拉着，黑色的鼻頭，龐大的骨架格外突出。它慢慢地走過草坪，消失在了另一端的陰影裏。看到那個可怕的警衛，我不由得打了個寒戰，要我說，甚麼樣的竊賊也不能讓我恐懼到那種程度。

「好了，我接下來要說的是一件非常詭異的事情。還沒離開倫敦的時候，我已經剪短了自己的頭髮，這你們都知道，然後呢，我把剪下來的頭髮盤成一個大捲兒，塞到了我那個箱子的底部。一天晚上，孩子上床睡覺之後，我開始檢查房間裏的傢具，收拾我自己的小東小西，就這麼打發時間。房間裏有一個舊的五斗櫥，上邊的兩格抽屜可

以打開，裏面是空的，下邊的一格卻上了鎖。我的衣服就裝在那個五斗櫥裏，上邊的兩格已經塞得滿滿當當，還是有不少東西沒地方放。這一來，我自然覺得第三格抽屜不能用是件很討厭的事情。當時我突然想到，抽屜上鎖也許只是他們的一時疏忽，所以呢，我拿出了我的那串鑰匙，試着把那個抽屜打開。巧得很，我試的第一把鑰匙就跟鎖眼對得嚴絲合縫，於是我就把抽屜給打開了。抽屜裏只有一樣東西，可我敢肯定，你們永遠也猜不到它是甚麼。不是別的，就是我那捲頭髮。

「我把那捲頭髮拿了起來，仔細地看了看。它那種獨特的顏色跟我的頭髮沒有區別，濃密的程度也是一模一樣。可是，這件事情的荒謬之處立刻湧進了我的腦子。我的頭髮被人鎖在了這兒的抽屜裏，這種事怎麼**可能**？我抖抖索索地打開自己的箱子，掏空裏面的東西，把我自己的頭髮從箱底拿了出來，又把兩捲頭髮擺在一起。好了，我可以跟你們保證，兩捲頭髮真的是一模一樣。這事情怪不怪？我想了又想，一丁點兒的道理也想不出來。這之後，我把那捲詭異的頭髮放回了抽屜裏，沒有跟盧卡索夫婦提起這件事情，因為我覺得自己做得不對，不應該擅自打開他們上了鎖的抽屜。

「您可能也注意到了，福爾摩斯先生，我這個人生來就喜歡觀察，所以呢，沒過多久，我就把整座房子的結構清清楚楚地裝進了自己的腦子。可是，看樣子，有一側的廂房根本就沒有住人。托勒兩口子的房門對面有道門，門裏面就是那一側的廂房。可是，那道門始終都是鎖着的。

不過，後來有一天，我正在往樓上走，剛好碰見盧卡索先生從那道門裏面出來，手裏拿着鑰匙，臉上的表情讓他完全變了個人，不再是我熟悉的那副爽朗快活的模樣。只見他兩頰通紅，腦門上佈滿惱怒的皺紋，激動得連太陽穴上的青筋都綻了出來。鎖上那道門之後，他急匆匆地從我身邊走了過去，沒跟我說一句話，連看都沒有看我一眼。

「這件事引起了我的好奇，於是我利用帶孩子去院子裏散步的機會，蹓躂到屋子側面去看了看那些廂房的窗子。那一側有排成一橫排的四扇窗子，其中三扇髒得要命，第四扇則上着窗板。很顯然，那幾個房間都已經廢棄不用。我慢慢地在那裏來回蹓躂，時不時地瞥一眼那些窗子。這時候，盧卡索先生從屋裏朝我走了過來，神情跟往常一樣興高采烈。

「『哈！』他説，『我親愛的小姐，剛才我一言不發地從你身邊走了過去，你可千萬別覺得我粗魯無禮。那時候，我滿腦子想的都是生意上的事情。』

「我説我並不覺得自己受了冒犯，叫他儘管放心。『對了，』我又説，『那上面似乎有好大的一套空房呢，有一間還上了窗板。』

「聽了我的話，他不光是顯得非常意外，按我看，還受到了一點兒驚嚇。

「『我喜歡攝影，』他説。『那一間就是我的暗房。還有啊，我的老天！咱們這兒來了個眼光多麼敏鋭的小姐啊！誰能想到呢？誰能想得到呢？』他説話用的是開玩

笑的語氣，看我的眼神卻沒有半點開玩笑的意思。我在他眼裏看不到戲謔，看到的只有懷疑和惱怒。

「這一來，我立刻意識到那套廂房裏一定有甚麼蹊蹺，而他不樂意讓我知道。從那一刻開始，福爾摩斯先生，我就心急火燎地想去那裏一探究竟。這可不光是因為好奇，雖然我這個人確實比較好奇，更多是因為一種責任感，更多是因為我覺得，查清楚裏面的情況可能會是一件好事。人們總喜歡談論女人的直覺，也許，我這種想法就是來自女人的直覺。不管是甚麼來由吧，我總歸是有了這樣的想法，於是就打醒十二萬分的精神，努力尋找突破那道禁門的機會。

「直到昨天，我才等到了這樣的機會。我可以告訴你們，除了盧卡索先生之外，托勒兩口子也在那些廢棄的房間裏找到了某種活計。有一次，我親眼看見托勒走進了那道門，手裏拿着一個巨大的黑布口袋。最近他喝酒喝得很兇，昨天傍晚更是喝了個昏天黑地，這麼着，我上樓的時候就看見鑰匙插在門上。毫無疑問，鑰匙一定是他落在那裏的。盧卡索先生和太太當時都在樓下，孩子也在他倆身邊，絕好的機會就這麼來到了我的眼前。我輕輕地轉動鑰匙，打開那道門，悄悄地溜了進去。

「門裏面是一段短短的過道，既沒牆紙也沒地毯，過道盡頭是一個九十度的拐彎，拐過去就可以看見三道連成一排的門。第一道門和第三道門都是開着的，門裏面的房間則都是空空如也、塵埃滿佈，看起來十分凄慘。兩個房間一共有三扇窗子，窗子上積着厚厚的塵土，這一來，

照進房間的傍晚天光就變得非常昏暗。中間的那道門是關着的，門外橫着一根從鐵床上拆下來的粗楗子，楗子的一頭鎖在牆上的一個環裏，另一頭則用結實的繩索固定在牆上。門本身也上了鎖，鑰匙卻不在門上。這道重重封鎖的門顯然對應着那扇上了擋板的窗子，下邊的門縫卻還是透着微弱的亮光，說明房間裏並不是漆黑一片。顯而易見，房間裏一定有一扇天窗，光線是從頂上透進去的。我站在過道裏，緊盯着那道兇險的門，暗自揣測它掩蓋着甚麼樣的秘密。就在這時，我突然聽見房間裏響起了腳步聲，看到一個黑影在門底下那道窄窄的微光之中來回移動。看到這樣的景象，福爾摩斯先生，我心裏湧起了一股毫無理性的恐懼，嚇得都快瘋了。緊張過度的神經陡然崩潰，於是我轉身就跑，但卻怎麼也跑不快，就跟背後有一隻可怕的手揪着我衣服卜攏似的。我衝出過道，衝過那道門，跟等在門外的盧卡索先生撞了個滿懷。

「『這麼說，』他微笑着說，『真的是你啊。看到這道門開着，我就知道一定是你。』

「『噢，嚇死我了！』我上氣不接下氣地說。

「『我親愛的小姐！我親愛的小姐啊！』——你們絕對想像不出，他當時的神態有多麼地親切、多麼地溫存——『甚麼東西把你嚇着了呢，我親愛的小姐？』

「可是，他的聲音甜得稍微有那麼一點點膩。他的表演過了頭，我立刻進入了全神戒備的狀態。

「『我真是太蠢了，居然會跑到沒人的那排廂房裏去，』我這麼回答他。『可是，現在的光線這麼昏暗，那

裏面顯得特別淒涼、特別詭異，嚇得我趕緊跑了出來。噢，裏面可真是靜得嚇死人！』

「『只是這樣嗎？』他死死地盯着我。

「『怎麼，您認為不是這樣嗎？』我問他。

「『你說說，我為甚麼要把這道門鎖上呢？』

「『那我可不知道。』

「『就是為了防止沒事兒的人往裏面跑。你明白了嗎？』說這話的時候，他臉上仍然帶着再和氣不過的笑容。

「『我要是一早知道的話，肯定——』

「『那麼，很好，你現在知道了吧。要是你再跨過這道門檻的話』——說到這裏，他的笑容瞬間凝固，變成了一種暴怒的獰笑。他死死地瞪着我，面容跟惡魔一樣可怕——『我就把你扔給那頭獒犬。』

「我嚇得失魂落魄，到現在也想不起來，那之後我都做了些甚麼。依我看，當時我應該是從他身邊飛快地跑回了自己的房間。中間的事情我已經記不得了，只記得後來我躺在自個兒的床上，全身都在發抖。這時我就想到了您，福爾摩斯先生。沒人幫我出主意的話，我就沒法在那裏待下去了。我害怕那座房子，害怕男主人，害怕女主人，害怕那兩個僕人，連那個孩子我都害怕。對我來說，他們全都非常可怕。不過，要是能把您請來的話，一切就都不在話下了。當然嘍，我完全可以逃離那座房子，可是，我的好奇心幾乎跟我的恐懼一樣強烈。這麼着，我很快就打定主意，要給您發個電報。於是我戴上帽子，披上斗篷，走到了大約半英里之外的郵局，然後又走了回來，心裏覺

得輕鬆了許多。快到門口的時候，我產生了一個可怕的疑問，擔心他們已經把那條狗放了出來。不過，我記得托勒傍晚的時候就已經把自己灌得不省人事，又知道那家人當中沒有別人能應付那頭兇蠻的畜生，自然也沒有別人敢去放它出來。就這樣，我溜進房門，躺到床上，想着我很快就能見到您，高興得半宿都沒合眼。今天早上，我沒費甚麼力氣就得到了上溫徹斯特來的許可，可我必須得在三點之前趕回去，因為盧卡索先生和太太要出門作客，整個晚上都不在家，我必須照看那個孩子。好了，我已經把我這段日子的經歷講完了，福爾摩斯先生，現在就巴望着您告訴我，這一切到底是怎麼回事，最重要的是，我應該怎麼做。」

福爾摩斯和我一直全神貫注地聽着這個離奇的故事，就跟中了魔法似的。到這會兒，我朋友站起身來，開始在房間裏來回踱步，雙手插在兜裏，表情嚴峻得無以復加。

「托勒的酒還沒醒嗎？」他問道。

「是的。我聽見他妻子跟盧卡索太太抱怨，說她拿他一點兒辦法都沒有。」

「這樣就好。盧卡索夫婦今天晚上要出門，對吧？」

「是的。」

「宅子裏有甚麼能鎖得嚴嚴實實的地窖嗎？」

「有的，酒窖就可以。」

「根據您在這整個過程當中的表現，亨特小姐，我認為您是一位非常勇敢、非常機智的姑娘。您自個兒掂量一下，能不能再完成一件壯舉呢？這也是因為我覺得您是一

位非常出色的女性，如其不然，我是不會提這種要求的。」

「我願意嘗試。甚麼事情呢？」

「我和我朋友，我倆會在今晚七點趕到銅色山毛櫸宅邸。到時候，盧卡索夫婦已經出了門，托勒呢，咱們不妨期望，依然不能製造甚麼麻煩。唯一的障礙就是托勒太太，她可能會發出警報。如果您能用甚麼差使把她支到酒窖裏去，然後再把她鎖在裏面，就可以為咱們的工作提供莫大的便利。」

「這件事情我可以辦到。」

「好極了！到時候，咱們就可以徹徹底底地查一查這件事情。當然嘍，實在說的話，這件事情只有一種說得通的解釋。他們請您去，無非是想讓您冒充另一個人，讓您冒充的那個人則被他們關在了那個房間裏。這些都是顯而易見的事情。至於他們那個囚徒的身份嘛，我可以百分之百地斷定，囚徒就是他們的女兒，愛麗斯·盧卡索小姐，我沒記錯的話，他們的說法是她去了美國。他們之所以選上您，毫無疑問，是因為您的身高、體形和髮色都跟她非常相似。多半是因為甚麼疾病，她已經剪短了自己的頭髮，所以呢，可想而知，您的頭髮也得作出相應的犧牲。這不，因為一種離奇的巧合，您自個兒也看到了她剪下來的那捲頭髮。公路上那個男的肯定是她的朋友，多半還是她的未婚夫。同樣肯定的是，因為您當時穿的是那位姑娘的裙子，其他方面也跟她那麼相像，又因為他每次都看到您正在開懷大笑，後來又看到了您示意他走開的手勢，所以他已經深信不疑，盧卡索小姐過得非常快活，不再需

要他的關注。他們一到晚上就把狗放出來，正是為了阻止他設法跟她取得聯繫。以上這些事實都可以說是相當明顯。不過，在這件案子當中，最讓人擔心的還是那個孩子的性情。」

「這怎麼能扯得上孩子的性情呢？」我脫口而出。

「親愛的華生，身為醫生，你一直都在通過研究父母來了解孩子的性情。這種方法倒過來也一樣行得通，你不會看不出來吧。屢見不鮮的情形是，通過研究孩子，我對孩子父母的性情有了最初的一點深刻認識。那個孩子的性情異常殘忍，而且是為殘忍而殘忍，不管他這種性情是來自他的母親，還是像我推測的那樣，來自他那個笑容滿面的父親，對於落在他父母手裏的那位可憐姑娘來說，都不是甚麼好兆頭。」

「我完全相信您的看法，福爾摩斯先生，」我們的土顧叫了起來。「聽您這麼一說，我一下子記起了好多好多的事情，足以讓我確信，您說得一點兒也不錯。噢，咱們一秒鐘也別耽擱了，趕緊去幫助那位可憐的姑娘吧。」

「咱們要對付的是一個十分狡猾的傢伙，不能不謹慎從事。七點鐘之前，咱們甚麼事情也做不了。到了那個時間，我倆就會出現在您的身邊，破解這件謎案的時刻也會迅速來臨。」

我倆說到做到，剛好在七點鐘的時候趕到銅色山毛櫸宅邸，把我倆僱來的那輛輕便馬車託付給了路邊的一家酒館。落日餘暉之中，那叢銅色山毛櫸的深色樹葉像拋光的金屬一般熠熠生輝，即便沒有亨特小姐在門口的

台階上笑臉相迎，我倆也能夠認出那座房子。

「那件事您辦好了嗎？」福爾摩斯問道。

地下的某個地方傳來了一記響亮的撞擊聲。「那是酒窖裏的托勒太太在發飆，」亨特小姐説道。「她丈夫還躺在廚房的地氈上打呼嚕呢。喏，這一串就是她丈夫的鑰匙，跟盧卡索先生的那一串是一樣的。」

「您幹得真是漂亮極了！」福爾摩斯發出了熱情洋溢的讚嘆。「好了，您帶路吧，咱們很快就可以終結這樁邪惡的勾當。」

我們走上樓梯，打開過道的門，順着過道往前走，一直走到了亨特小姐講過的那道關卡跟前。福爾摩斯割斷繩索，把橫在門上的槓子撤了下來。接下來，他試着用那些鑰匙去開門上的鎖，但卻沒有成功。門裏面沒有任何聲響，意識到裏面的寂靜之後，福爾摩斯的臉頓時陰雲密佈。

「我相信，咱們來得並不算晚，」他説道。「依我看，亨特小姐，您不用進去，我倆進去就好了。好了，華生，準備用肩膀撞門吧，咱們來瞧一瞧，能不能硬闖進去。」

眼前的不過是一塊鬆鬆垮垮的陳舊門板，我倆合力一撞，它立刻倒了下去。我倆一起衝進房間，房間裏卻空無一人，僅有的東西不過是一張簡陋的小床、一張小桌子和一籃子衣物。房間頂上的天窗敞着，囚徒已經無影無蹤。

「這招可真是陰損，」福爾摩斯説道，「那個妙人兒猜到了亨特小姐的意圖，已經把受害人帶走了。」

「可他是怎麼幹的呢？」

「通過天窗唄。他到底是怎麼幹的，咱們馬上就能看

見。」他抓住天窗的窗框，一翻身上了屋頂。「噢，沒錯，」他叫道，「房簷上搭着一架很長的輕便梯子，這就是他的幹法。」

「可是，這根本就不可能啊，」亨特小姐說道，「盧卡索夫婦出門的時候，梯子還不在那兒呢。」

「他中途跑回來幹的。我不是跟您說過嗎，他可是個又狡猾又危險的傢伙。聽，樓梯上有腳步聲，來的人如果是他的話，我也不會覺得特別驚訝。要我說，華生，你不妨把你的手槍準備好。」

他的話還沒有說完，一個十分肥胖的大塊頭男人已經出現在了房間門口，手裏拿着一根十分沉重的手杖。看到這個男人，亨特小姐尖叫一聲縮到了牆邊，歇洛克·福爾摩斯卻縱身一躍，擋在了來人的面前。

「你這個惡棍！」他說道，「你的女兒到哪裏去了？」

肥碩的男人四下打量了一番，然後又抬眼看了看敞着的天窗。

「這個問題應該是我來問你，」他尖叫起來，「你們這伙賊！探子跟賊都齊了！我可把你們逮了個正着，對不對？你們已經掉進了我的掌心，我不會虧待你們的！」他轉過身去，咚咚咚地往樓下跑，拿出了他最快的速度。

「他牽那條狗去了！」亨特小姐叫道。

「我有左輪手槍呢，」我說道。

「還是把屋子的大門關上比較好，」福爾摩斯叫道，然後就領着我倆一起往樓下衝。我們剛要邁進大廳，耳邊就傳來了狗兒的狂吠，然後是一聲痛苦的尖叫，同時響起

的還有一個讓人毛骨悚然的可怕聲音。緊接着，一個上了歲數的男人從一道側門裏踉踉蹌蹌地走了出來，滿臉通紅、四肢抖顫。

「天哪！」他叫道。「有人把狗給放出來了。它可是連着兩天沒餵了啊。快，快，要不然就來不及了！」

我和福爾摩斯衝出大門，繞到了屋子側面，托勒也手忙腳亂地跟了上來。那頭飢腸轆轆的巨型畜生出現在了我們的眼前，黑色的鼻頭埋進了盧卡索先生的喉嚨，後者一邊在地上翻滾，一邊尖聲慘叫。我衝上前去，一槍就把那頭畜生的腦袋打開了花。獒犬栽倒在地，白森森的尖牙卻依然嵌在主人脖子上那些深深的皺褶裏。我們費了九牛二虎之力才把人和狗分了開來，然後又把人抬到了屋裏。人雖然還活着，身上的傷卻讓人觸目驚心。我們把他放到客廳的沙發上，又打發已然清醒過來的托勒去給主人的妻子報信，這之後，我開始竭盡所能地緩解他的痛苦。一干人等都圍到他身邊之後，房門突然開了，一個又高又瘦的女人走了進來。

「托勒太太！」亨特小姐叫了一聲。

「怎麼啦，小姐。盧卡索先生一回來就把我放了，然後才上去找你們。噢，小姐，你沒讓我知道你們的計劃，實在是太遺憾了，因為我本來可以告訴你，你們的計劃完全是白費力氣。」

「哈！」福爾摩斯喊了一嗓子，眼睛緊緊地盯着她。「顯而易見，托勒太太比誰都更了解這件事情。」

「沒錯，先生，我確實了解，而且非常樂意把我了解的事情告訴你們。」

「那麼，請坐，給我們講講您了解的事情吧。老實說，直到現在，我都還有幾個地方不太明白哩。」

「我馬上就可以跟您講明白，」她說道，「如果能從酒窖裏出來的話，我早就已經講明白了。這事情要是鬧上了地方法庭，您可一定得記住，我跟你們是志同道合的朋友，而且，我還是愛麗斯小姐的朋友呢。

「自從父親再娶之後，她在家裏就不曾有過舒心的日子，我說的她，就是愛麗斯小姐。人家不把她當回事，甚麼事情也輪不到她做主，不過，等她在一個朋友家裏遇上福勒先生之後，她的日子才真正是糟糕到了過不下去的地步。從我了解到的情況來看，根據遺囑當中的規定，愛麗斯小姐是有她自個兒的一些權利的。可她這個人就是這樣，特別地謙和、特別地忍讓，從來沒講過一句關於權利的話，所有的財產都交給盧卡索先生支配。做父親的也知道女兒不會礙着自己，可是，眼瞅着女兒就要有個丈夫，做丈夫的肯定會要求法律賦予的一切權利，做父親的就覺得自己必須趕緊行動，不能讓這樣的事情變成現實。他叫她簽一份文件，內容是不管她結不結婚，他都可以花她的錢。看到她不肯簽，他就一個勁兒地折騰她，搞得她犯了腦炎，在鬼門關上轉悠了整整六個星期。最後她還是挺了過來，整個人卻瘦成了一把骨頭，漂亮的頭髮也剪掉了。還好，這些事情並沒有讓她那個小伙子發生一絲一毫的改變，他對她還是那麼死心塌地，忠誠得不能再忠誠。」

「嗯，」福爾摩斯説道，「照我看，聽了您好心好意的講述，這件案子已經非常清楚，剩下的事情嘛，我都可以推測出來。接下來，盧卡索先生就用上了這套關押犯人的辦法，對吧？」

「是的，先生。」

「然後又把亨特小姐從倫敦騙來，以便擺脫福勒先生那種招人討厭的苦苦糾纏。」

「一點兒不錯，先生。」

「可是，福勒先生不愧是一名優秀的水兵*，確實有那麼一股子執着勁兒，所以就不光對這座房子實行了封鎖，還跟您見上了面，又使上一些金屬物件，或者是別的甚麼手段，結果就是讓您確信，您的利益跟他是一致的。」

「福勒先生確實是一位説話中聽、出手大方的紳士，」托勒太太泰然自若地説道。

「這麼着，他就讓您的好男人過上了酒來張口的生活，又在您主人剛剛出門的時候看到了一架現成的梯子。」

「您説得對極了，先生，事情就是這樣。」

「要我説，我們確實應該跟您賠個不是，托勒太太，」福爾摩斯説道，「因為您確實幫我們澄清了所有的疑問。你們瞧，盧卡索太太已經帶着村裏的醫生來了，所以我覺得，華生，咱倆最好還是護送亨特小姐回溫徹斯特去吧。看情形，咱倆在這兒的合法地位已經成了問題。」

如此這般，門前長着銅色山毛櫸的那座凶宅裏不再

---

* 　「水兵」的原文是「seaman」，意為水手或者水兵，然而，關於福勒的職業，故事前文確實沒有任何提示。

有甚麼謎案。盧卡索先生活了下來，整個人卻從此一蹶不振，全靠他忠實妻子的照料，他才能夠苟延殘喘。夫妻倆仍然跟以前的僕人生活在一起，興許是因為那兩名僕人太了解盧卡索先生的過去，致使盧卡索先生跟他倆難捨難分。逃走之後的第二天，福勒先生和盧卡索小姐就申請到了特許證書，在南安普敦 * 結了婚。眼下，福勒先生已經是毛里求斯 † 的一名政府僱員。說到維奧萊特‧亨特小姐的事情，我朋友福爾摩斯的表現讓我非常失望，原因在於，自打她不再是他手頭案件的中心人物，他再也沒有對她表示過任何關注。她如今是沃爾索爾 ‡ 一家私立學校的校長，而我完全相信，在那個地方，她一定已經取得了斐然可觀的成就。

---

* 南安普敦 (Southampton) 為英格蘭南部海港，北距溫徹斯特約 14 公里。
† 印度洋島國毛里求斯從十九世紀初開始成為英國殖民地，1968 年才獲得獨立。
‡ 沃爾索爾 (Walsall) 為英格蘭中西部工業城鎮。

ISBN 978-0-19-399544-4

9 780193 995444

福爾摩斯全集 II